'격동의 나날,

각오해두는 게 좋을 것이다. 나와 달리 고문관은 친절하지 않으니까.

귀찮을 것 같으니까 저는 그냥 넘어가고 싶군요.

'푸른 악마의 혼잣말,

'묘르마일의 야망,

첫 음부터
확실하게
길을
들여 놓았어야
했어.

'아득한 기억,

당신이
바란다면
이 세계를
선물
해주겠어요.

전생했더니
슬라임이
있던건에대하여 17

Regarding
Reincarnated to Slime

목차 ― 시공단장(時空斷章) 편

제1장

묘르마일의 야망

Regarding Reincarnated to Slime

내 이름은 묘르마일.

운이 좋은 남자라는 것은 스스로도 인정하고 있다.

하지만.

최근에는 아주 조금, 행운이라는 단어 하나만으로는 표현이 되지 않을 만큼 운이 좋다.

잘 생각해보니 나의 행운이 확고해진 것은 리무루 님의 권유를 받아들이고 나서부터였다.

리무루 님이 누구냐면 바로 나의 상사이다.

상사라고 말했지만 단순히 윗사람을 뜻하는 건 아니다.

뭘 굳이 숨기랴. 쥬라 템페스트 연방국의 국가원수, 즉 국왕이신 분이다.

더구나 마왕이시다.

농담이 아니라 정말로.

처음에 만났을 때부터 보통내기가 아니라고 생각했고 지금도 여신 같은 분이라고 생각하지만, 솔직히 말해서 내 상상력으론 쫓아갈 수도 없을 만큼 강하신 분이라고 한다.

대도시를 궤멸시키는 것은 물론이고 작은 나라 하나쯤은 능히 전복시킬 수 있는 레벨의 마물인 스카이 드래곤(천공룡)을 순식간에 쓰러트리고 나를 구해주셨다. 그 시점에서 이미 나에겐 크나큰 은인이자 영웅이었지만, 그 후에 곧바로 '옥타그램(팔성마왕)'의 일원이 되었다는 소식을 들었을 때는 놀랄 수밖에 없었다.

그뿐만이 아니다.

전설 속의, 그야말로 옛날이야기를 통해 들었던 존재인 마왕 밀림 님과 절친한 사이인 것은 물론이고 세계에 넷밖에 없다고 하는 '용종'——베루도라 님과도 맹우였던 것이다.

이제 나는 놀라는데 지친 나머지, 최근에는 무슨 얘기를 들어도 '흐─응'이라는 생각밖에 들지 않게 되었다.

그런고로 리무루 님에 대해서 이야기하는 건 그만하기로 하고 본론에 들어가겠다.

나의 야망은 누구도 업신여길 수 없는 대상인이 되는 것이었다.

블루문드라는 작은 나라에서 상점을 운영하며 잉그라시아라는 대국에도 지점을 냈다.

나름대로 얼굴도 알려졌고 장사도 어느 정도 안정된 궤도에 오르기 시작했을 때 큰 일거리가 들어왔다. 블루문드 왕국의 길드마스터(자유조합 지부장)인 휴즈 공이 의뢰를 했는데, 그게 리무루 님과 만나는 계기가 된 것이다.

그리고 마왕이 되신 리무루 님이 나를 찾아오셔서 마국의 중진이 되어 일해보지 않겠냐고 권유해주신 것이다.

현재의 내 직책은 재무대신이다.

이 명칭은 계속 바뀌지만 내가 하는 일은 바뀌지 않는다. 마국으로 모이는 방대한 부를 내 판단에 따라서 필요하리라 생각되는 부서로 배당하는 일이다.

상인으로 일하고 있었을 때는 다양한 거래를 통한 매상의 일부가 내 보수가 되었다. 매입원가랑 인건비를 제하고 남은 돈에서 운용자금을 짜내느라 고생을 했었지. 하지만 이제 와서 그런 과정은 다른 의미로 큰일이 되었다.

다루고 있는 금액의 차원이 다르다.

옛날의 내 보수 같은 건 큰 바다 앞에 놓인 우물물 정도로밖에 보이지 않았다.

그리고 지금의 내 급료가 어느 정도인가 하면….

한 달에 금화 50닢. 이건 당연히 세금을 제한 후의 금액이다.

상여금이랑 각종 수당은 따로 나오며 거주할 집까지 제공해준단 말이지.

그뿐만이 아니다.

직업훈련생이 무료로 가정부로 일해주기 때문에 사는 집의 유지관리도 마국에서 대행해주고 있는 격이라 할 수 있다.

파격적인 대우인지라 나도 충분히 만족하고 있다.

물론 블루문드에서 나를 따라온 자들을 돌봐주고 있지만, 대부분은 내 부하로 일하고 있는지라 나라에서 급료가 지급되었다. 내가 직접 고용한 자는 집안일을 맡긴 하인이랑 비드뿐이기 때문에 아무리 많아도 금화 20닢 정도면 충분히 해결된다.

하지만 진짜 놀라운 일은 지금부터다.

실은 나는 급료와는 별도로 몇 가지 수입을 얻고 있다.

하나는 내가 설립한 상회가 만들어내는 이익.

개국제에서 패스트푸드점을 연 것을 시작으로 리무루 님의 아이디어를 실현하여 블루문드 왕국이랑 교역용 도로의 휴게소에서 사업을 전개시킨 셈이지만, 형식상으로는 내가 그 점포들을 경영하고 있다. 나라의 관할이기도 하지만, 무슨 이유인지 나에게도 급료가 지급되는 것이다.

리무루 님의 말씀에 따르면 나와 리무루 님은 공동운명체이기 때문이라고 한다.

'묘르마일 군. 자네가 돈을 벌면 내 주머니도 두둑해지는 거야. 그렇지? 우리 아이디어를 실현하여 얻은 돈이니까 그건 정당한 대가로서 받아야 하지 않을까?'

그렇게 말하면서 나를 전면적으로 신용해주고 계신다.

나도 몰랐던 사실이지만, 리무루 님은 나와 이익을 나누는 계약을 맺었다고 혼자서 생각하시는 것 같다. 서면으로 남기진 않았지만 리무루 님은 계약은 절대적으로 지키려는 마음을 먹고 계시는 것 같았다.

그런고로 나는 최선을 다하여 리무루 님의 기대에 부응하였다.

그 결과, 각 점포에서 매달 금화 100닢이 내 주머니로 들어온다. 게다가 초기에는 자금을 투입한 게 있어서 이익이 적을 수밖에 없지만 앞으로는 계속 늘어날 것으로 예상된다.

현존하는 점포도 규모가 커지고 있다. 각국에서도 지점을 내주면 좋겠다는 요청이 쇄도하고 있는지라 그것도 검토할 필요가 있을 것이다.

그리고 점포의 종류도 늘어날 것 같다. 왜냐하면 리무루 님이 고부이치 공에게 부탁하여 확보해둔 요리 메뉴가 아직 많이 남아 있기 때문이다. 맛있는 식사를 맨 처음 맛볼 수 있다는 특전도 있으니 나로서도 그에 대한 투자는 크게 환영하는 바이다.

햄버거 가게, 라면 가게는 대성황이다. 최근에는 철판구이 가게도 메이저의 반열에 올랐으며, 아이스크림이란 걸 파는 가게도 준비 중이었다.

교역용 도로에 있는 역참에서도 신작 요리를 제공하고 있다.

거기서 어떤 것이 인기가 있느냐에 따라서 점포가 더 늘어날 것이다.

그런고로 출자금을 메우고도 남을 만한 이익이 약속된 것이나 마찬가지라고 할 수 있다.

이 정도이다 보니 내 연수입이 얼마나 늘어날 것인지를 생각해 보면 기대의 차원을 넘어서 두렵기까지 하다.

솔직히 말하자면 최근 1년도 되지 않은 시간 동안 평생 놀고먹을 수 있을 만한 돈을 모았다.

그야말로 파격적인 대우지만 이 이야기는 이걸로 끝난 게 아니다.

내 수입원은 하나가 더 있으니까 말이지.

그게 바로 '리에가(삼현취, 三賢醉)'이다…….

*

'리에가(삼현취)'라는 것은 리무루 님과 초대국(超大國)인 마도왕조 살리온의 천제인 에르메시아 폐하, 그리고 나, 가르도 묘르마일, 우리 세 명의 이름 중에서 첫 글자를 따와서 이름을 붙인 조직을 가리키는 말이다.

나야 별 볼 일 없는 인간이지만 에르메시아 폐하는 천상인(天上

人)이다.

대국의 귀족이라고 해도 알현 예약은 몇 년 전에 해놓고 기다리는 것이 당연하다고 한다. 왕족조차 만나고 싶어도 좀처럼 만날 수 없는 분이시다.

뭐니 뭐니 해도 그 영향력은 절대적이니까 말이지.

살리온의 국력은 서방열국 전체의 힘과 필적한다고 일컬어지며, 그런 초대국을 처음 일으켰을 때부터 계속 다스려온 분이므로 에르메시아 폐하의 위광은 세상천지에 비추지 못하는 곳이 없을 정도였다.

살리온 국내에서 에르메시아 폐하는 신과 같은 대접을 받는다고 들었다. 그런 분과 가볍게 술을 마시는 사이가 될 수 있다니, 리무루 님은 정말로 대단하신 분이라고 생각한다.

왜 나까지 술자리에 동석하게 되었는지 지금은 생각나지 않는다. 하지만 그 덕분에 나까지 에르메시아 폐하를 누님이라고 부르게 되었다.

그렇게 우리는 '간계 3인방'이라는 이름으로 불리기도 하지만 '리에가'와 관련되었다는 걸 알려지지 않았다.

이 건은 극비 중의 극비이므로 소수의 사람밖에는 모르는 것이다.

마국에서 아는 사람은 베니마루 공과 소우에이 공 두 분뿐이다.

소우에이 공에겐 필요할 때 부하를 빌리는 등 여러모로 도움을 받고 있기 때문에 비밀로 할 수가 없다.

베니마루 공에겐 리무루 님이 넌지시 언급을 했다.

'너도 언젠가는 결혼할 거잖아?'

'아뇨, 딱히 그런 생각은……..'

'그때를 대비해서 아내 몰래 용돈을 모아놓을 필요가 있을 텐데?'

'아뇨, 지금 받는 급료만으로도 충분합──.'

'이 멍청이! 연수입 정도는 몰래 간직하고 있지 못하면 나중에 남자들끼리 술을 마시러 가는 것도 힘들어진단 말이야!'

'그, 그렇습니까?!'

'그렇고말고. 그게 남자로서 인생을 살아가기 위한 수완이라고!'

그런 대화를 나눴지.

미묘하게 그건 좀 아닌 것 같다는 생각도 들었지만, 내가 끼어들 일도 아니었다. 현명하게 그냥 흘려들으면서 나까지 휩쓸리는 것을 피한 것이다.

그리고 군부의 총대장── 그러니까 국방장관을 맡고 있는 베니마루 공의 연수입은 나와 동등하다. 금화 600닢이기 때문에 술값 정도로 곤란해질 일은 없을 것 같지만 말이지.

뭐, 그건 어찌 됐든 상관없다.

리무루 님은 무슨 이유인지 슈나 님에게 계획이 들통나는 것을 두려워하시는 것 같았다.

베니마루 공을 끌어들인 것은 슈나 님의 오빠로서 슈나 님을 감시하도록 하고 입을 서로 맞추려는 의도가 있었을 것이다.

어쨌든 베니마루 공이라는 협력자를 얻었고, 소우에이 공으로부터는 부하를 빌렸다. 그자들을 실행부대로 삼으면서 비밀결사 '리에가' 계획이 발동된 것이다.

리무루 님의 관점은 재미있었다.

이 계획의 요지는 서로를 견제하는 관계를 변형시킨 것에 있었다.

폭력장치로서 존재하는 어둠의 조직──비밀결사 '리에가'를 완전히 지배한 상태에서 겉으로는 깨끗한 경쟁을 장려한다는 내용이었다.

하나의 거대조직을 만들기만 하는 거라면 이윽고 내부에서 부패하여 와해될 것이다. 애초에 우리 템페스트(마국연방)에 원한을 품고 있는 자들도 있을 것이라는 이유를 들어서 두 개의 조직을 준비하기로 한 것이다.

그걸 서로 경쟁시켜서 상업의 활성화도 노린다. 그뿐만 아니라 상대의 일을 방해하여 전체적인 조직 내에선 서로 협력하는 결과가 나오도록 구성해놓았다.

이런 방식으로 조직이 부패하는 것을 방지하려 한 것이다.

설립할 때부터 그런 미래의 일까지 고려한다는 건 나로선 도저히 생각할 수 없는 일이라 감탄이 나올 뿐이었다.

내가 할 일은 두 조직 중의 어느 한쪽을 지휘하는 것이었다.

에르 누님은 드란 장왕국의 드란 왕을 중심으로 로조 일족의 생존자를 한데 모으셨다. 그리고 우리 마국에 적개심을 지닌 자들이 중심이 된 '서방종합상사'를 설립하셨다.

이에 대항하기 위해서 나도 서둘러 '4개국 통상연맹'을 확고한 체계로 만들 필요가 생긴 것이다.

당초의 계획대로 블루문드 왕국, 파르메나스 왕국, 드워프 왕국의 중진을 끌어들여 모체가 될 조직을 준비했다.

내 손발이 되어줄 자들은 개국제 후에 받아들인 상인들이다.

거래상대가 급격히 줄었고, 조국으로부터도 비난받고 집안사람들로부터도 배척받기 직전인 상황. 그렇게 되기를 기다렸다가 구원의 손길을 내밀어준 것이다.

내 부하가 되어서 일한다면 생활은 보장해주겠다. ——그렇게 미끼를 던져봤는데, 그 제안을 거절할 어리석은 자는 많지 않았다.

당연히 그렇겠지.

각국의 신문을 통해 보도되는 바람에 자신들의 이름이 나쁜 의미로 널리 알려졌으니까. 그런 자를 신용하여 고용할 자는 좀처럼 없으므로. 결국 내 제안이 마지막 구원의 손길이라는 것은 명백한 사실이었기 때문이다.

기자들도 일을 참 잘해주었다. 그렇게 되도록 유도한 리무루님이랑 디아블로 공이 두렵다고 느낀 것은 더 말할 필요도 없을 것이다.

그 사건 덕분에 내 일이 신이 날 정도로 잘 풀렸으니까 말이지.

물론 우리의 의도를 눈치챈 자도 있으며, 오히려 그런 자들이 더 많을 것으로 생각하지만 그렇지 못하면 쓸 만한 자가 되지 못한다. 또한 돈은 확실하게 지불하고 있으므로 불만을 제기할 형편도 되지 못하는 것이다.

문제가 되는 것은 그자들의 자존심이지만 그건 별개의 문제다. 상인이란 자들은 현실적이기 때문에 이익이 된다면 웬만한 일은 허용하고 넘어간다.

유능하다는 걸 보여주면 지위랑 급료도 올라가기 때문에 그자들의 불만은 점차 사라졌다. 그리고 나에게 충성을 맹세한 것이다.

내가 가게를 넘긴 자이자 예전에 거친 일을 하는 사내들의 우두머리 격인 남자였던 바하도 이 일에 끌어들였다.

나에게 진 빚을 갚으면서 훌륭한 경영자가 된 것을 보고 남은 빚을 전부 제해주는 조건으로 내 일을 맡긴 것이다.

처음부터 나에게 은의를 느끼고 있었던 자였기 때문에 예상 이상으로 훌륭한 실적을 보여주었다.

그 외에도 우수한 인재들이 성장하고 있었다.

블루문드 왕은 휴즈 공으로부터 이야기를 듣자마자 자신의 심복인 신하들을 모아주었다고 한다. 그리고 다가올 날을 대비하여 인재육성을 시작해준 것이다.

또한 드워프 왕국에서도 우수한 문관들이 파견해주었다.

드워프는 수명이 길기 때문에 윗사람이 자리에서 물러나지 않는 한 출세할 길이 없다. 그래서 이번 기회에 눈독을 들인 말단 관리들이 앞다퉈서 지원해준 것이다.

야심이 있다는 건 좋은 일이다.

누님이 조직한 '서방종합상사' 쪽에서도 수명이 긴 엘프족이 가담했다고 들었다. 드워프 문관들이 참가해주었으니까 대항마로선 손색이 없었다.

하지만.

파르메나스 왕국에선 반대로 지점을 개설하기 위해 우리가 힘을 빌려줄 필요가 있었다. 자유조합 쪽에서도 도움을 주긴 했지만, 그들의 입장에선 국가의 안정을 우선하는 것은 당연하다고 할 수 있을 것이다.

이 건에 관한 내용은 이미 예상했던 바이므로 장기적인 관점에서 보고 있다. 나중에 성장할 인재를 기대하기로 하면서 우리도 도움을 주는 셈이니까 말이지.

하지만 지금부터가 문제였다.

서방열국으로 세력을 넓게 되니 직원의 수가 너무나 부족했다.

어둠의 조직을 차츰 흡수하여 확대되는 '리에가'를 보고 나는 내심 부럽게 생각했다.

비합법적인 사회에선 그렇게 해결할 수 있지만, 일반적인 사회를 무대로 활약하는 조직에게 필요한 것은 일을 맡길 수 있는 우수한 인재였다. 스카우트한 인재는 마국으로 보내서 교육시키고 있지만, 그 싹이 돋아나기까지는 최소한 몇 년은 필요할 것이다.

그리고 무엇보다 신용이 가장 중요하다.

잘 모르는 인물에게 큰일을 맡기는 건 내 미학에서 벗어나는 일이다.

그러다 보면 고용할 인재도 선별할 필요가 있었던 것이다. 그런 식으로 각국에 직원을 파견하다 보니 결국 우려하던 대로 사람이 부족해지고 말았다.

그래서 나는 리무루 님과 의논했다.

"음―, 난처하네. 우리나라의 인재는 마물이라서 인간사회로 보내면 반발이 있을 테니까 말이야."

"그렇습니다. 우수한 자도 많으니까 같이 일해 보면 나중에는 받아들이게 될 것이라 생각합니다만, 아직은 시기상조라고 감히 생각합니다."

"동감이야, 묘르마일 군. 얕보고 있던 자가 너무 우수하면 나중에는 오히려 질투의 대상이 될 수도 있으니까 말이지. 박해를 받기라도 하면 최악이니까 조바심 때문에 서둘러 해결방법을 생각하는 건 좋지 않을 것 같아."

나와 리무루 님의 의견은 일치했다.

그럼 어떻게 할 것인가?

그걸 고민했을 때, 리무루 님이 해결책을 입에 올리셨다.

"어쩔 수 없군. 그 녀석은 유능할 것 같으니 이번 일에도 도움을 받도록 하자고."

그렇게 말하면서 직속 부하인 테스타로사 공을 호출하신 것이다.

방금 말한 테스타로사 공은 외교무관이며 아주 우수한 인물로 정평이 자자했다. 나도 소개를 받았지만, 터무니없을 정도로 아름다운 여성이었기 때문에 긴장한 나머지 제대로 대화도 나눠보지 못했다.

그리고 그때도.

"리무루 님, 부르셨습니까?"

엄청난 미모에 자애로움으로 가득 찬 미소.

그녀가 풍기는 색향이 실로 대단했기 때문에 나는 그저 압도될 뿐이었다.

넋을 잃고 있는 내 옆에서 리무루 님과 테스타로사 공은 대화를 나누기 시작했다.

"실은 말이지, 일할 사람이 부족해서 곤란한 상태야."

"그렇군요. 그렇다면 저에게 맡겨주십시오. 제 부하들도 동원하여 도움을 드리죠."

"아, 그래 주겠어? 야아, 덕분에 살았네. 그리고 이건 비밀작전이니까 절대로 남에게 말해선 안 돼."

"어머나, 저와 리무루 님 사이의 비밀이란 말이군요. 절대 입밖에 내지 않겠다고 약속드리겠습니다. 물론 제 부하들도요. 만약 누설하기라도 한다면──."

우후후후후 하고 테스타로사 공이 웃었다.

그 미소를 보고 리무루 님과 나는 비밀은 철저히 지켜질 것이라고 확신했다.

이렇게 하여 실로 간단하게 문제가 해결되었다.

그리고 테스타로사 공이 날 보고 미소를 지어주었다.

"가르드 님에겐 절대복종하라고 엄명을 내려두겠습니다."

그 목소리가 내 머릿속에 도달했을 때, 나는 하늘로라도 날아오를 것 같은 기분을 느꼈다.

가르드 님──이라고, 그 테스타로사 공이 내 이름을 불러준 것이다.

"잘 부탁드리겠습니다!"

그 말이 끝나자마자 내가 넙죽 소리치며 부탁한 것은 어쩔 수 없는 일이었다.

이리하여 테스타로사 공의 협조를 받게 되면서, 계획은 무서울 정도로 순조롭게 비약하기 시작했다.

＊

불과 몇 달 만에 평의회의 가맹국 전체에 '4개국 통상연맹'의 지부가 마련되었다. 직원이 열 명 정도 들어갈 수 있는 작은 규모였지만 당분간은 그 정도면 충분할 것이다.

이것만으로도 나는 놀랐지만, 더 놀라운 일이 기다리고 있었다.

놀랍게도 내가 '4개국 통상연맹'의 대표로 선발되고 만 것이다.

'모든 걸 맡기겠다. 리무루가 신용하는 묘르마일 공이라면 나도 신용할 수 있다'고 가젤 왕이 날 격려했을 때는 아무리 나라고 해도 긴장감으로 인해 몸이 굳어질 수밖에 없었다.

어쨌든 뭐, 왕이 그렇게 말한 이상 드워프 문관들 사이에 반대 의견이 나올 리가 없었다. 불만은 있을지도 모르지만 표면상으로 는 순순히 따라준 것이다.

'우리는 도움을 받는 쪽이니까 말이지. 현재도 불만은 없으니 까 뭐, 열심히 일해줘.'

요움 공은 그렇게 말했다.

그 후에 몰래 '나리에게 휘둘리느라 댁도 고생이 많겠어'라고 귓속말로 말했지만, 나는 씨익 웃으면서 '그건 피차 마찬가지 아 닙니까. 덕분에 더할 나위 없이 즐거운 인생을 살게 되었으니 말 이죠'라고 대꾸해주었다.

요움 공도 즐거운 듯한 표정으로 웃었으니 서로 기분이 통했으 리라 생각한다.

블루문드 왕은 좀 골치 아팠다.

언뜻 보기엔 싹싹한 분이었지만 내 직감이 알려주었다.

드럼 블루문드, 이 남자는 방심해선 안 되는 상대라고 말이다.

그리고 예상대로 블루문드 왕과의 교섭은 난항을 거듭했다.

"허허허, 연맹의 대표라면 지금은 별것 아닐지 모르나 장래에 는 상상을 초월하는 권력을 쥐게 될 것이오. 자칫하면 일국의 왕 따위는 말발도 제대로 먹히지 않을 정도로 말이외다. 묘르마일 공이 그 자리에 앉는다면 나도 안심이 되오."

그 정도의 힘을 가지는 자리란 말인가? 그렇게 생각했지만 향 후의 전개에 따라선 충분히 가능할 수도 있는 이야기다.

"하하하, 영광입니다. 그러면 앞으로도──."

"그런데 말이오——."

드디어 시작이구나! 그리 생각하면서 나는 속으로 대응할 준비를 했다.

"우리나라에선 리무루 공의 계획에 맞춰서 직원들을 교육 중이외다. 고용 보장은 당연히 기대할 수 있으리라 생각하오만?"

"물론입니다. 오히려 그분들의 협조가 없으면 계획은 실행되지 않을 겁니다."

"그렇소이까. 그 말을 들으니 안심이 되는구려. 그럼 당연히 우리나라의 사정도 아시고 계시겠지?"

"사정, 이라고요?"

무슨 뜻인지 잘 몰라서 섣불리 대답하지 않고 되물었다.

그러자 블루문드 왕은 사람 좋아 보이는 미소를 유지한 채, '그게 무슨 멍청한 짓이냐?'라고 소리칠 만한 사실을 밝혔다.

"단적으로 말하겠소. 우리나라에선 농업을 전면적으로 폐지했소이다. 국고에 보관 중인 식량도 전부 방출하여 겨우 국민들의 입에 풀칠하는 수준이지. 그러므로 지원을 부탁하고 싶소."

"네?!"

나도 모르게 그렇게 소리치다가 입을 다물고 말았지만, 어쩔수 없는 일이라고 생각한다.

"무, 물론, 최대한 지원해드리겠습니다만 역시 제 독단으로 판단할 수 있는 사안이 아닌지라……."

"뭘 그러시오. 리무루 님이라면 웃으면서 허락했을 텐데. 우리나라에 '마도열차'의 '월드 스테이션(세계중앙역)'을 건설해주시고 계시지 않소이까. 그 마음가짐에 응한 우리를 결코 저버리진 않을 것이외다."

그런 억지를……!

그런 주장은 이상하다고 소리치고 싶었지만, 마음속 한쪽에선 납득하고 말았다.

이 남자는 국가의 운명을 전부 리무루 님의 계획에 건 것이다.

믿을 수 없을 정도로 어리석은 짓일까. 그렇지 않으면 영리한 판단일까. ──아니, 아니다.

그 행동이 옳았다는 것을 내가 증명해야만 했다.

왜냐하면 만약 그 행동이 어리석은 짓이었다는 평가를 받는다면, 리무루 님의 계획이 실패한 것이 되기 때문이다.

원래부터 사람 수는 터무니없이 부족했으니, 블루문드 왕국의 모든 국민이 직원으로 일해준다면 우리에게도 큰 도움이 된다.

그렇다면 내 대답은 하나였다.

"그랬었죠. 이거 한 방 먹었습니다. 블루문드 폐하, 제가 책임을 지고 블루문드의 모든 국민들을 고용하겠다고 맹세하겠습니다. 물론 급료를 미리 지불하는 명목으로 식량지원도 해드리겠으니까 저에게 맡겨주십시오!"

"허허허, 묘르마일 공은 정말 믿음직스럽구려! 앞으로도 부디 많은 걸 부탁하고 싶소이다. 그러니까 앞으로 나는 드럼이라고 불러주시오."

오옷, 이거 정말 놀라운 일이군.

나 같은 일개 상인에게 이름을 부르는 걸 허락한다고?

"그건 너무 황송한 분부입니다."

덫일지도 모르니까 일단은 거절해봤지만──.

"묘르마일── 아니, 이 자리에선 친히 가르드 공이라고 부르 도록 하겠소."

"아뇨, 아뇨, 저는 그저 리무루 님이 발탁해주셔서 이 자리에 있을 뿐이지, 원래는 평민 출신인지라──."

"허허허, 겸손하게 굴 필요 없소이다. 애초에 리무루 님뿐만 아 니라 에르메시아 폐하와도 친하게 지내는 가르드 공을 단순한 평 민으로 여기는 자는 없을 거요."

그분은 나조차 이름을 함부로 부를 수가 없으니까 말이오.

──블루문드 왕이 진지한 표정으로 그렇게 말했다.

리무루 님과는 안면을 트고 친하게 지낼 수 있는 사이라고 해 도 초대국 살리온의 천제폐하가 상대라면 블루문드 왕도 변방의 일개 왕족일 뿐이라는 것을, 그 표정이 알려주고 있었다.

부정은 할 수가 없겠군.

나도 그 사실에서 일부러 눈을 돌리고 있었지만, 에르 누님은 역시 엄청난 분이다.

그렇다면 나와 친밀한 관계가 되고 싶은 것도 블루문드 왕의 본 심인 것으로 판단할 수 있다.

서로의 이름을 부를 수 있는 건 명예이며, 양호한 관계를 구축 하는 데에 도움이 되니 고마운 이야기이기도 하다.

그럼 어떻게 한다……. 아니, 고민할 것도 없지.

잘 생각해보면 상대의 이름은 나라 이름이기도 하니까 말이지. 피가로 왕자가 대표이니 뭐 괜찮겠지.

"그럼 드럼 폐하라고 부르겠습니다."

"잠깐, 이 자리에선 서로 대등하게 대해야 하지 않겠소이까. 그냥 드라라고———."

"아뇨, 아뇨, 그건 이상합니다! 아니, 무리입니다!!"

"그렇소이까?"

"그렇고말고요! 휴우, 알겠습니다. 그럼 앞으로는 드럼 님이라고 부르면 되겠습니까?"

본인이 요청한 것이기도 하니까 나는 조심스럽게 호칭을 달리해봤다. 무례한 짓이라는 이유로 체포라도 당한다면 내 힘으로는 감당할 수 없겠지만, 역시 그럴 일은 없을 것이라고 믿은 것이다.

그 결과, 드럼 님은 기쁜 표정으로 웃어주셨다.

"후후, 기쁘구먼. 그분과 친구인 가르드 공과 친해지니 나까지 격이 높아진 것 같은 기분이 드는구려. 앞으로도 친구로서 잘 부탁드리겠소!"

어느새 나는 드럼 님과 친구가 되었다.

정말 이래도 되는 겁니까? 나는 반대의견이 나와야 하는 게 아닌가 하는 심정으로 주변사람들에게 그렇게 말하면서 도움을 요청해봤다.

그런데.

드럼 님의 뒤에는 엄숙한 표정을 지은 대신들이 나란히 서 있었지만, 아무도 불만을 제기하지 않았다. 그러기는커녕 모두 안도한 듯이 기쁜 표정으로 웃고 있는 게 아닌가.

이 정도면 블루문드 왕국은 진심으로 임하고 있다는 걸 깨달을 수밖에 없었다.

내가 대표인 초국가조직 '4개국 통상연맹'에 전력으로 투자하여 그 운명을 같이하는 것에 국가의 존망을 걸었다는 것을.

믿기 어려울 정도의 도박사들이로군.

이 정도면 나도 결단을 내리기가 어려운 일이다. 그런 의미에서 보면 이 드럼 블루문드라는 국왕은 틀림없이 걸물일 것이다.

"저야말로 오랫동안 좋은 관계를 쌓아가고 싶습니다. 제가 '호가호위'하는 꼴이 되지 않도록 친구로서 지도해주십시오."

나는 진심으로 경의를 담아서 드럼 님에게 그렇게 대답했다.

＊

국왕인 드럼 님께 인사를 드린 후에는 실무적인 논의가 기다리고 있었다.

자작으로 작위가 올라간 베르야드 공으로부터 현재 상황에 관한 보고를 받았다.

식량 비축은 1년분이 있으며 교육은 순조롭다고 한다. 능력이 우수한 자는 바로 전력으로서 각지에 배치했다고 했다.

"뭐, 우리나라는 원래 비합법적인 사회에서의 첩보활동이 특기였으니까 말이죠. 그런 자들이 각국으로 가서 가격조사 등을 하고 있습니다. 사무직의 육성은 부국현민(富國賢民)이라는 슬로건을 내걸고 열심히 노력 중입니다. 남녀노소가 하나로 뭉쳐서 세계정세나 경제학에 대해 배우고 있죠."

빙긋 웃으면서 그렇게 말했지만, 그 극단적인 정책에는 아연실색해질 수밖에 없었다. 드럼 님의 말을 의심했던 것은 아니지만 이렇게 철저하게 실행하고 있을 거란 생각은 하지 않았던 것이다.

왕도 대단하지만 신하도 정말 대단하군.

이런, 놀라고만 있어선 안 되지.

"알겠습니다. 그러면 저희 쪽의 계획진행상황을 말씀드리죠."

나도 감추지 않기로 했다.

그렇게 운을 띄운 뒤에 나도 숨김없이 현재 상황을 이야기했다.

'마도열차'의 개발은 순조롭다.

레일(철도) 부설 공사는 종점인 드워르곤에서 중간 지점인 파르메나스를 경유하여 중앙 지점인 블루문드 바로 앞까지 개통되어 있다.

파르메나스에서 생산한 식재료를 드워르곤으로 운반하고, 그곳에서 실어 온 짐을 공업제품과 바꾼다. 이번에는 그것을 파르메나스에서 필요한 분량만큼만 내려놓고 나머지를 블루문드로 운반하게 되어 있다.

향후에 블루문드는 집적지로서의 역할도 맡아줄 필요가 있었다.

"물론입니다. 앞으로는 식품의 위생관리도 중요한 일이 되겠군요?"

"그렇습니다. 또한 필요한 물자를 어디로 팔러 보낼 것인지, 그걸 검토하는 것도 블루문드 측에게 부탁하고 싶습니다."

"당연합니다. 파견한 직원들에겐 그 점도 설명해두었습니다."

음, 휴즈 공의 절친한 친구라고 들었지만, 베르야드 공도 빈틈이 없군.

그러고 보니 리무루 님도 베르야드 공은 수완이 뛰어난 자이니 방심하지 말라고 말씀하셨지. 과연, 이 정도면 확실히 방심해선 안 될 상대인 것 같다.

"역시 대단하시군요. 그러면 경작을 포기한 땅은 어떻게 하실 예정입니까?"

"그 점에 대해서도 계획을 세웠습니다. 이곳, 왕도 근처에 '월드 스테이션(세계중앙역)' 건설예정지를 확보해뒀죠. 그곳에서 사방으로 이어지게 터를 잡아놓고 최종적으로는 교역용 도로와 연결할 수 있게 정비 중입니다."

"호오?"

"왕도 교외에도 토지를 마련해놓았습니다. '월드 스테이션'과 연결하여 물류의 거점으로 만들 예정입니다."

"그렇게까지……."

준비가 너무 잘 되어 있는지라 어이가 없을 지경이었다.

그 후로는 지리멸렬한 속임수는 제외하고 진심을 터놓은 교섭이 시작되었다.

우리 마국은 노동력을 제공할 것이다. 그 노동력으로 거대한 '월드 스테이션'을 짓고 드워르곤 방면으로 이어지는 노선을 개통시킬 것이다.

그 후에도 계속 살리온 방면과 잉그라시아 방면에 새로운 노선을 차례로 개통시킬 계획을 잡고 있다.

그 계획과 병행하여 준비된 땅에 창고들을 짓기로 결정했다. 이로 인해 블루문드가 일대 상업지역으로 성장하게 될 미래를 충분히 예상할 수 있었다. 토지도 값이 올라갈 테니까 이참에 가장 가치가 높은 땅들을 확보해두는 것이 급선무일 것이다.

바로 이곳, 블루문드 왕국이야말로 장차 물류의 거점이 될 장소이다. 내 입장에선 최고의 입지를 구입할 예정이었지만…….

"그리고 '4개국 통상연맹' 지부 말입니다만, 현재 장소는 임의로 정한 곳이며 나중에 새로이 지을 생각을 하고 있습니다."

"안심하십시오. 최상급의 지역을 확보해놓고 있습니다."

그 말을 듣고 불안한 예감이 들었다.

베르야드 공의 표정을 해석하려고 했지만 그 수상쩍은 미소에 저지당하는 바람에 마음먹은 대로 되지가 않았다.

"그 말씀은 양도해주시겠단 말씀입니까?"

역이랑 레일 공사 등에 필요한 토지는 기술제공과 노동력의 대가 및 장래를 위해서도 공동경비라는 명목으로 무료로 제공하기로 협의했으니까 문제될 것이 없다. 그래서 지부를 짓기 위한 토지 구입을 뒤로 미루고 말았지만, 아무래도 돌아가는 분위기가 요상해지고 있었다.

그런 내 불안은 적중했다.

"아뇨, 그건 좀 봐주시죠. 저희 블루문드 왕국에선 모든 토지를 국가의 소유물로 정해놓았습니다. 그런 상태에서 왕이 국민에게 대여한다는 새로운 체제로 이행되었죠."

당했다!

그렇게 막가는 방법을 쓸 줄이야. 나도 도저히 생각하지 못한 사악한 간계였다.

아니, 그전에 용케도 그런 법안을 통과시켰다고 생각하니 오히려 감탄이 나왔다. 기득권을 보유한 귀족을 대체 어떤 방법으로 설득시킨 것일까…….

"그 지역의 대여료는……?"

"1㎡당 은화 1개로 예정하고 있습니다."

비싸다고 할 정도는 아니었다.

결코 싸다고 할 수는 없었지만, 잉그라시아 왕도에서 토지를 빌린다면 1㎡당 은화 3닢은 필요하니까. 그러므로 해마다 소득세는 뜯기더라도 사는 게 더 이득인 것이다.

하지만 그보다 더 큰 문제가 있었다.

손익을 따지기 이전에 상대가 주도권을 쥐고 있다는 게 문제다!

리무루 님은 의외로 대범하시지만, 에르 누님은 이런 점에 대해서 꽤 엄격하게 반응한다.

도중에 조건을 바꾸기라도 하면 어떻게 대응할 거야? ──그렇게 말하면서 진지한 표정으로 날 꾸짖을 것이다.

우호관계를 유지하고 있을 때는 문제가 없겠지만, 인간은 세월이 지나면 대가 바뀌기 마련이다. 그렇다면 영구적인 권리를 보장해두는 것이 중요하겠지.

그럴 리는 없을 것이라 생각하지만 나중에 대여료를 올리겠다고 나온다면?

상식적인 범위 안에서 생각한다면 협상이라는 형식을 통하여 상대의 요망사항을 받아들일 수도 있을 것이다. 그러나 말도 안 되게 가격을 올릴 경우엔 분쟁이 일어날 가능성도 부정할 수 없다.

아니, 만일의 경우일 뿐이라고 생각하지만, 그렇게 될 경우도 예상하고 대비하라고 누님께선 늘 말씀하셨으니까 말이지.

토지의 소유권이 우리에게 있다면 부당한 요구는 거절할 수 있을 것이다. 하지만 상대에게 소유권이 있을 경우, 조건이 맞지 않으면 우리가 난처하게 된다.

만약 거기서 합의하지 않고 버티더라도 정당성은 소유자에게 있다. 절이 싫으면 중이 떠나야 하는 것이다.

그렇기에 반드시 소유권을 확보해두고 싶었다. 그게 무리라면 이곳을 상대로 과잉투자라는 생각이 들 만큼 과감히 자금을 투입하기는 어려워질 것이다.

자, 그럼 어떻게 한다. ──그렇게 생각한 순간, 베르야드 공이 씨익 웃었다.

"대여료는 경기에 따라서 변동시킬 예정입니다만, 이 자리를 빌어서 묘르마일 공에게만 솔깃한 이야기를 해드리죠!"

이 인간, 정말로 만만치 않은 사내로군.

안 좋은 예감이 들었지만 듣지 않을 수도 없는 노릇이었다.

"무슨 이야기입니까?"

"말씀드릴 내용은 간단합니다. 저희 블루문드 왕국에선 귀국의 우호국이라는 증표로서 조계를 마련하셔도 좋다는 생각을 하고 있죠."

"조계, 라고요?"

"네. 방금 말씀드린 최상급의 지역을 영구적으로 효력을 발휘할 수 있는 영대차지계약(永代借地契約)을 맺으면 치외법권을 인정해줄 수도 있다는 이야기입니다."

"뭐라고요?!"

놀라는 반응을 보이긴 했지만, 우리에게 너무나도 유리한 이야기였다.

어떤 속셈이 있는지 고민하기도 전에 베르야드 공이 먼저 설명해주려는 것 같았다.

"다른 속셈은 없습니다. 드럼 폐하께서 제시하신 아이디어죠.

저는 반대했습니다만, 다른 대신 분들도 찬성하는 쪽으로 돌아서 는 바람에 채택되었습니다. 이 제안에는 이점과 결점이 평등하게 존재합니다. 결점은 말할 것도 없이 국토를 잘라서 파는 짓을 했 다간 다른 나라로부터 업신여김을 받게 되는 것이라고 할까요."

"뭐, 그렇겠죠."

숨길 마음이 없다는 것에 놀랐지만, 드럼 님이 제시한 아이디 어라는 말을 듣고 납득했다. 그리고 이점도 대강 예상이 되었다.

"이점은 당연히 귀국의 전력투자를 기대할 수 있다는 것입니 다. 또한 영대차지계약에 몇 가지 조건을 추가함으로써 우리나라 가 우위에 설 수 있다고 판단했습니다."

"더 말씀해보시죠."

어떤 조건이냐. 그게 문제로군.

"내용은 간단합니다. 우리나라 국민을 직원으로 고용하길 바란 다는 게 첫 번째 조건입니다. 또 하나는 우리나라에 '4개국 통상 연맹'의 본부를 세워주길 바란다는 것입니다."

그렇군. 나는 그제야 전체적인 맥락을 이해했다.

'4개국 통상연맹'의 본부가 블루문드 왕국에 있다면, 물류의 거 점은 물론이고 세계경제의 중심으로 발전할 것이다. 현재 잉그라 시아 왕국이 차지하고 있는 지위를 대신하게 되는 것도 꿈만은 아니므로 블루문드 왕국의 가치도 월등히 높아질 것이다.

당연히 토지의 가격도 높아질 것이고, 각국의 대표가 대사관을 설치하게 된다면 부동산 수입만으로도 상당한 이익을 기대할 수 있겠지.

관광지와는 달리 이쪽 수입은 경기의 영향을 받지 않는다. 게

다가 블루문드 국민의 고용도 약속을 받을 수 있는 것이다.

'4개국 통상연맹'과 운명을 같이할 기개만 있다면 돌아올 이득이 큰 도박이 될 것이다. 타고 난 도박사인 드럼 님답다고, 나는 진심으로 생각하면서 납득했다.

그리고 블루문드 왕국이 세계경제의 중심이 된다는 것은 리무루 님의 구상에도 있었던 내용이다. 내 입장에서도 반대할 이유는 없으므로 힘차게 고개를 끄덕이면서 받아들였다.

✳

그 후, 베르야드 공과 상세하게 논의한 끝에 계약을 체결했다.

전쟁상태가 되면 모든 계약이 파기된다는 등, 기본적으로 서로의 권익을 지키는 내용으로 이뤄졌다.

만족할 만한 내용이라고 생각했지만, 향후를 대비하여 참고삼아 베르야드 공의 진심을 들어보고 싶다는 생각을 했다.

"물어보고 싶은 게 하나 있습니다만——."

"뭡니까?"

"베르야드 공은 그러니까, 이 계약에 반대했다고 하셨는데. 이런 결과가 된 것을 보시면서 어떤 생각이 드십니까?"

우리 '4개국 통상연맹'을 우대하는 듯한 내용으로 이뤄져 있으니 다른 나라를 상대로 한 설명 등 잡다한 일이 늘어날 것이다. 불만이라고 할 정도는 아니라고 해도 달갑게 생각하지는 않을 것 같다는 생각이 들었던 것이다.

"아아, 그 얘기 말입니까."

그렇게 말하면서 베르야드 공은 잠시 고민하는 듯한 모습을 보였다. 그대로 나를 보지 않은 채 자리에서 일어났고, 그리고 무슨 생각을 했는지 창가까지 걸어가서 밖을 봤다.

"?"

이상하게 여기는 나를 앞에 두고 베르야드 공은 헛기침을 한 번 했다.

"이건 제 혼잣말이니 그냥 흘려들으십시오."

그렇게 운을 뗀 뒤에 무겁게 입을 열었다.

"귀족이란 자는 결코 진심을 보일 수 없는 생물입니다. 보여서는 안 되죠. 교섭이 의도한 것과는 다른 결과로 끝이 났을 경우에도 처음부터 이건 예정된 결과였다고 큰소리치는 모습을 보여야합니다. 그러지 못하면 상대에게 약점을 보여주는 꼴이 되니까 말이죠. 저는 '반대**했다**'고 말했습니다. 즉, 교섭을 하는 시점에선 이미 찬성하는 입장에 있었다는 걸 이해해주시면 좋겠군요."

그게 진심이었단 말인가. 나는 놀랐다.

그렇다면 이 결과는 베르야드 공이 노린 대로 되었다는 뜻이 된다.

졌다는 생각까지는 들지 않았지만, 귀족을 상대로 한 교섭은 쉬운 게 아니라는 것을 다시 확인했다.

그러므로 나까지 자신도 모르게 푸념을 늘어놓고 말았던 것이다.

"이것 참, 저도 아직 멀었군요. 이래 봬도 저는 귀족을 상대로 하는 장사도 어느 정도는 도가 텄다고 생각했는데 말입니다. 앞으로 '4개국 통상연맹'의 대표로서 잘해나갈 수 있을지 모르겠군요. 자신감이 약간 사라질 것 같습니다."

"아닙니다, 묘르마일 공은 제가 봐도 만만찮은 분인걸요. 이런,

제가 실례를 했군요."

"하하하, 칭찬의 말씀으로 받아들이겠습니다."

나는 쓴웃음을 지으면서 베르야드 공을 봤다. 그러자 의외로 베르야드 공도 쓴웃음을 짓고 있었다.

평소의 냉철한 표정이 마치 거짓말 같은, 인간미가 느껴지는 얼굴이었다.

그래서 나는 자신도 모르게 솔직해지면서 이런 말을 하고 말았다.

"기분 나쁘게 듣지 않았으면 좋겠는데 당신, 내 부하가 되어서 일해 볼 생각은 없나?"

아마 거절당하겠지. 그렇게 생각하면서 물어보긴 했지만, 아주 조금은 진심도 담겨 있었다.

베르야드 공 같은 우수한 사람이 부하가 되어준다면 가까운 미래에 골칫거리가 될 잉그라시아 왕국에서의 사업 전개를 앞두고 더할 나위 없는 힘이 되어줄 것이라고 확신했기 때문이다.

"흠."

"하하하, 쓸데없는 말을 입에 올리고 말았습니다, 그려. 실없는 농담으로 듣고 넘겨십——."

"아뇨, 꽤 구미가 당기는 제안이군요."

"네?"

나는 베르야드 공의 얼굴을 빤히 바라봤다.

지극히 진지한 표정인데다 농담하는 기색이 느껴지지 않았다.

"진심, 입니까?"

"네. 실은 저도 전직을 고려하던 중이었으니까요."

그렇게 말한 뒤에 베르야드 공은 블루문드 왕국의 현황과 미래에 대한 예상을 이야기해주었다.

부국현민은 양날의 검. 앞으로 국민은 태평성대를 누리겠지만, 귀족의 지위는 흔들리게 될 것이라고 말이다.

"우리 블루문드에는 토지를 소유한 귀족은 없습니다. 애초에 그 수도 적죠. 총인구 100만 명 중에 1퍼센트 정도 될까요. 기사 작위를 가진 자가 약 2,000명, 그 가족이 8,000명 정도 된다는 것을 감안하면 정치에 관여하는 자의 수는 100명도 되지 않습니다. 지금은 괜찮지만 가까운 미래에는 모두가 명예직으로 바뀌겠죠. 그런 방향으로 이끌어갈 것이라고 드럼 폐하께서 말씀하셨으니까요."

과연, 작은 나라이기 때문에 가능한 시도겠지만 귀족들의 이익을 보장해줌으로써 이 급격한 개혁을 성공시켰단 말인가. 그래도 반대의견은 나왔겠지만, 결과적으로 지금에 이르렀다는 말이다.

"베르야드 공은 그러니까, 반대하지 않으셨단 말입니까?"

"왜 반대하겠습니까. 이익이 더 큰데 말입니다. 단, 백수가 되기 전에 다음 일거리를 찾아야겠다는 생각은 했지만 말이죠."

씨익 웃으면서 베르야드 공은 그렇게 말했다.

그 미소를 보고 나는 깨달았다.

당했다고.

"큭큭큭, 이거 한 방 먹었습니다. 내 질문에 대답하는 척하면서 자신을 비싸게 팔려는 시도를 한 것이죠?"

"후훗, 그걸 꿰뚫어 보실 것이라 기대하고 있었습니다."

과연, 꿰뚫어 보지 못했다면 불합격이었단 말이군.

"그럼 정말로……?"

"네. 부디 묘르마일 공이 절 고용해주시면 좋겠습니다. 단, 당분간은 고문으로 일해도 괜찮겠습니까?"

당연하지.

귀족이라는 입장도 있을 테니 한동안은 드러내놓고 크게 움직일 수 없다. 무엇보다 내가 기대하고 있는 건 베르야드 공의 지식과 경험이므로 고문으로 일해도 아무런 문제가 없는 것이다.

"물론입니다! 앞으로 잘 부탁드리겠습니다."

"저야말로 잘 부탁드립니다."

나와 베르야드 공은 서로를 향해 대담하게 웃으면서 굳은 악수를 나눴다.

*

베르야드 공이 내 고문을 맡아주면서 '4개국 통상연맹'은 훨씬 더 순조롭게 성장하기 시작했다.

그리고 드디어 상업 활동에 있어서 최대의 적이라 할 수 있는 대상인들과 상대할 때가 찾아왔다.

"가르드 씨, 그래서 오늘은 오랜만에 잉그라시아 왕국으로 가시는 겁니까?"

나에게 그렇게 물은 자는 경호원으로 고용하고 있는 비드였다. 지금은 서로를 잘 알게 되면서 이름으로 부르는 걸 허락했다.

비드의 현재 실력을 말하자면, 마물의 나라에서 훈련을 받으면서 D+랭크에서 B랭크까지 실력이 올라간 상태다. 무장도 일신하여 나름대로 믿음직스러워졌기 때문에 멀리 갈 때는 반드시 동행시키고 있다.

물론 고부에몬 공도 함께 있었다.

이쪽은 실력이 더욱 강해지면서 이젠 역전의 전사 같은 품격을 띠고 있었다. 사실, 그의 실력은 A랭크 오버 수준이며 키진(귀인족)으로 진화한 상태인 것 같았다.

키진은 전설급의 존재라고 들었는데 마국에선 흔하게 있었다. 그런 걸 일일이 지적하다간 지는 것이라는 생각이 들어서 나도 원래 그런 것이라고 생각하고 넘기고 있었다.

"그래. 오늘은 중요한 회합이 있지. 아주 조금 위험한 장소로 가야 한다."

"호오? 내가 나설 차례도 있을 것 같군."

"무슨 말씀을 하십니까, 고부에몬 형님! 제가 있으니까 형님은 나설 필요도 없습니다."

"훗, 과연 그럴까."

자신만만한 비드를 보면서 고부에몬 공이 쓴웃음을 짓고 있었다.

고부에몬 공은 키진이 되었지만 피부색은 그대로였다. 그런 점은 개체차가 있는 것 같았다.

뿔도 났지만 크기가 작아서 머리띠나 모자로 가리고 있었다. 오늘은 슈트에 어울리는 모자를 써서 멋을 부리고 있었다.

언뜻 보기엔 홉고블린 모습을 그대로 유지하고 있는지라 상대의 방심을 유도하기 좋다고 한다.

비드도 강해졌지만 아직 믿음직스럽지 못한 면이 있단 말이지. 고부에몬 공은 늘 날 호위하면서 도움을 주고 있었다.

평소에 내 호위는 그 두 사람에게 맡기지만, 오늘만큼은 부족하다는 느낌이 들었다. 왜냐하면 오늘 만날 상대는 서방열국을 좌지우지하는 대상인들이니까.

애초에 걱정을 할 필요는 없을 것이다.

왜냐하면 오늘 예정은 리무루 님도 알고 계시기 때문이다. 교섭의 성공여부와는 상관없이 내 몸의 안전만큼은 보장되어 있는 셈이다.

그래서 지금은 이 짜릿한 긴장감을 즐기고 싶었다.

내 호출에 응하여 각국의 거물들이 한자리에 모인다. ──이것이야말로 사나이의 낭만이라고 할 수 있다.

오랜만에 정신을 바짝 차리겠다는 의미를 담아서 오늘은 세 명이 함께 어두운색의 슈트를 입기로 했다.

"자, 준비는 됐소이까?"

내가 물으니 비드와 고부에몬 공이 힘차게 고개를 끄덕였다.

나도 각오를 단단히 굳히고 회합장소가 될 호텔로 이동했다.

자동문이 열렸다.

"손님, 이름을 여쭈어도 되겠습니까?"

세련된 동작으로 호텔 종업원이 내게 물었다.

"묘르마일이오."

"──!! 실례했습니다. 만일을 위해서 신분증을 확인해봐도 되겠습니까?"

흠, 내 이름을 사칭하는 자는 없을 거라 생각하지만 지금은 협조해줘야겠지. 다른 자에게도 이렇게 철저하게 신분을 확인한다는 뜻이니까 오히려 안심이 되었다.

"이거면 될까?"

비드가 품에서 초대장을 꺼내더니 호텔 종업원에게 보여줬다. 그걸 보고 확인한 후에 우리가 무기를 소지하고 있지 않은지 신체검사를 했다.

그러는 동안에 내 부하들이 황급히 달려왔다.

"묘르마일 님, 기다리고 있었습니다!"

"준비는 차질 없이 완료되었습니다. 회합장소는 이쪽입니다."

호텔 직원을 쫓아낸 부하들의 안내를 받으면서 회합장소로 이동했다.

귀족들이 무도회 같은 행사를 여는 대형 홀이 오늘의 회합장소였다.

그곳에는 이미 많은 자들이 몰려와 있었고, 입장하는 우리를 향해 시선이 집중되었다.

"저자가 '4연'의 대표이자, 이번 발기인인가."

"흠, 낯이 익군요. 분명 탐욕스럽게 장사를 하던 사내였던 것으로 기억하고 있습니다만……."

"저 남자, 마왕 리무루의 환심을 사서 지금의 지위에 올랐다고 들었는데?"

"당연히 그렇겠죠. 하지만 얕봐선 안 됩니다. 그 마물의 나라에서 벌이고 있는 상업 활동은 저 남자가 관여하고 있다고 들었으니까요. 호된 꼴을 당하면서 힘들게 된 소매상들을 흡수하여 어느 정도의 힘은 갖추었다는 소문이 돌고 있죠."

"흥, 결국은 벼락부자에 불과한 것을. 로조 일족의 영향력도 이젠 옛날 일입니다. 드란 장왕국에서 반격을 꾀하려는 움직임이 있는 것 같은데, 다른 오대로들에겐 다음 대에 그 자리를 넘겨주려는 기미가 없더군요. 이젠 끝났다고 봐야겠죠."

"로스티아의 요한 공작도 잉그라시아의 마법심문관에게 체포되었으니까 말이죠. 재기는 불가능할 겁니다."

"전해 들은 이야기로는 시들 변경백도 포박을 당했다고 하더군요. 듣자하니 잉그라시아의 국방을 맡기고 있었는데 그걸 포기하고 방치했다나. 두 번 다시 볼 일은 없을 겁니다."

"즉 오늘 회합에서 주도권을 쥔 자에게 다음 세대의 권세가 보장된다는 이야기로군요."

"후후후, 신참에게 그 자리를 양보할 순 없죠. '4개국 통상연맹'이라고 하는 시골뜨기들의 모임은 쓸모없는 존재예요!"

"하지만 마국은 상대하기 벅찹니다."

"물론 그렇죠. 그 나라의 무력은 얕볼 수 없는 데다 테스타로사라는 여걸이 평의회조차 장악했다고 하니까."

"뭐, 실력이 어느 정도인지 보도록 합시다."

"그러죠. 저 남자가 능력이 없다면 우리가 그 자리를 대신 차지하면 되니까요."

"마왕 리무루도 더 실력이 있는 자를 선호할 테니까 말입니다."

등등, 몰래── 아니, 성대하게 소문으로 들은 이야기로 꽃을 피우고 있군.

과연 실력이 있는 자일까. ──모두가 그런 생각을 하면서 나에게 깊은 관심을 가지고 있는 것 같았다. 노골적으로 나누는 대화도 일부러 나에게 들리도록 이야기하고 있었다.

뭐, 무리도 아니다.

오늘 모인 자 중에는 구(舊) 로조파만이 아니라 각국에 존재하는 어둠의 사회를 좌지우지하는 거물까지 섞여 있었다. 평소에는 얼굴을 마주칠 일도 없는, 세계의 부를 독점하는 자들인 것이다.

옛날의 나였다면 만나는 것조차 어려웠을 거물들. 그들의 정보망이 얼마나 대단한지는 오대로에 관한 소문을 이미 알고 있는 것만 봐도 확실히 알 수 있을 것이다.

눈 감으면 코를 베어 갈 자들. 그 욕망은 끝이 없으며, 로조 일족의 실추에 겁을 먹기는커녕 오히려 찬스라고 여기며 단단히 준비하고 있었다.

이 정도면 절대 방심할 수 없겠다고 생각하면서, 나는 한층 더 정신을 바짝 차리려고 애썼다.

*

그런 분위기 속에서 나에게 말을 건 자가 있었다.

"여어, 묘르마일이잖아. 너도 엄청 출세했군. 나한테 인사도 안 하는 거야?"

윽, 이 녀석은 돈 가바나의 전속 경호원인 아를레키오다.

덩치가 크고 근육질인 장년의 남자. 이 자리에 전혀 어울리지 않는 검은 가죽으로 만든 전신갑옷을 착용하고 있지만 아무도 꾸짖는 자가 없었다.

그것도 당연했다.

왜냐하면 아를레키오는 지금은 은퇴한 A랭크의 전직 모험가이며 비합법적인 사회에서 이자의 이름을 모르는 자가 없을 정도로 폭력의 화신이었으니까.

나도 당연히 이자와는 아는 사이였다. 굳이 말하자면 만나고 싶지 않았지만 말이다.

아를레키오는 맹수 같은 남자다.

늘 공복 상태에서 사냥감을 노리고 있었다.

나도 젊었을 적에 만난 이후로 늘 억지로 밥을 사주거나 푼돈을 뜯기곤 했다. 불만을 토로하고 싶었지만 이자는 폭력의 화신이었으니까 말이지.

더구나 귀찮게도 이자의 뒤에는 돈 가바나가 버티고 있었다. 작위만 지니지 않았을 뿐이지 귀족의 피를 이었으며, 잉그라시아의 왕족조차도 거역하려 들지 않는 거물이었다. 아를레키오가 힘을 지나치게 쓴 나머지 똘마니를 죽였을 때도 헌병은 자살로 처리했었다.

그 이후로는 아무도 아를레키오에게 대들 수 없었다.

경제계의 향후에 대한 논의를 하기 위해 마련한 자리인데, 여기서 아를레키오와 충돌하는 것은 좋지 않다. 발기인인 나로선 비록 저자세로 대하더라도 이 자리를 끝까지 마무리 지어야 할 것이다.

나는 미소를 지으면서 아를레키오와 마주섰다.

"이런, 아를레키오 씨 아닙니까. 이런 자리에서 만나다니 우연이군요."

"아앙? 뭐야, 그 말투는. 이봐, 너, 잠시 안 본 사이에 진짜 건방지게 변한 것 같은데."

무, 무서워……

아를레키오가 겁을 주는 목소리는 거친 목소리를 내는 것도 아닌데 내 속에 울려 퍼졌다.

자칫하면 쌀 뻔했다.

나도 블루문드에선 뒷골목의 제왕이라고 불렸지만, 이런 '진짜'를 눈앞에 보고 있으면, 나 자신이 얼마나 소인배인지 깨닫게 된다……

"아, 아를레키오 형님, 오늘은 경사스러운 날이니까 그 이야기는 나중에——."

비드 녀석도 아를레키오에게 위축되어 있었다. 보아하니 아를레키오에 대해서 알고 있는 것 같았으며, 그를 보자 겁을 먹고 말았다.

나도 남의 말을 할 처지가 아닌데다, 오히려 비드를 다시 보게 되었을 정도였다.

예전부터 아를레키오에게 반항하려는 짓은 절대 하지 않았던 것으로 알고 있으니까.

그건 그렇고 이건 위험하군.

"뭐야, 넌? 내 이름을 함부로 부르다니, 누구 허가를 받은 거냐고? 으응?"

아를레키오의 칼끝이 나에게서 비드 쪽으로 향했다.

역시 생각했던 대로 이 남자는 비드를 전혀 기억하지 못했다. 아니, 그 이전에 기억할 가치도 없다고 생각하고 있을 것이다.

그런 잔챙이가 허가도 없이 자신에게 말을 걸었으니, 아를레키오 입장에선 용서할 수 없었을 것이다. 엄청나게 기분이 상하고 말았군.

옛날 같았으면 돈이라도 쥐어주고 그만 물러나달라고 부탁했을 것이다.

하지만 오늘은 그럴 수도 없었다.

지금의 나는 '4개국 통상연맹'의 대표이므로, 이 자리에서 적들에게 얕보일 수는 없다.

지금도 주변에 있는 자들은 우리를 도우려고도 하지 않고 웃으면서 보고 있었다. 재미있는 구경거리, 여흥으로 여기고 있는 것 같지만 이런 상황을 말 한마디 못 하고 넘어간다면, 내가 설 자리는 사라지고 말 것이다.

이 정도의 트러블도 제대로 처리하지 못한다면 내빈들로부터 실소를 살 뿐이니까 말이다.

"아를레키오, 네놈이야말로 착각을 하고 있는 것 같구나. 지금의 나는 '4개국 통상연맹'의 대표다. 옛정을 봐서 용서해줄 테니까 어서 꺼지도록 해라!"

나는 의연한 태도를 가장하면서 아를레키오에게 그렇게 내뱉었다. 목소리가 떨리지 않도록 고심했지만 그럭저럭 의도한 대로 나와서 일단은 안심했다.

"뭐라고?"

이, 이게 살기라는 건가?!

아를레키오의 분위기가 바뀌었고, 가늘게 뜬 눈으로 날 노려보고 있었다.

너무나도 무서웠다.

"묘, 묘르마일 씨……."

비드가 다리를 와들와들 떨면서 울먹이는 목소리로 나를 불렀다. 하지만 그에 대응할 여유 따위는 있을 리가 없었으며, 나는 아를레키오로부터 시선을 거두지 않은 채 애써 버렸다.

"이봐, 묘르마일. 네놈이 정말로 정신이 돌은 거냐? 아니면 이렇게 이목이 많은 자리에선 내가 손을 대지 못할 거란 생각이라도 하는 거냐?"

"으……."

그럴 거라고 생각한다!

조금이라도 지혜가 있다면 이런 자리에서 지위가 있는 자에게 함부로 손을 대는 짓은 절대 할 수 없다. 본능대로 살아가는 마수라면 또 모를까, 상식이 있는 자라면 참는 게 일반적인 반응일 것이다.

더구나 아를레키오는 돈 가바나가 고용한 경호원이다. 여기서 문제를 일으켰다간 고용주에게까지 폐를 끼치게 된다.

그러므로 나는 절대적으로 안전하다——고 생각한 순간, 아를레키오의 왼손이 흔들리는 것처럼 보였다.

어? ——그렇게 생각한 순간, 비드를 뒤로 잡아당겨 쓰러트리면서 고부에몬 공이 내 앞으로 끼어들었다.

보아하니 그 짧은 순간에 아를레키오가 나를 때리려고 했던 모양이다. 고부에몬 공이 그 공격에서 나를 보호해준 것이다.

비드를 잡아당겨 쓰러트린 자도 고부에몬 공이었으며, 그대로 내버려 뒀다간 위험할 뻔했던 모양이다. 그 증거로 비드의 귀가 아를레키오가 날린 주먹의 풍압으로 인해 찢겨져 있었으니까.

"괜찮으냐, 비드?"

"네, 네. 죄송합니다, 아무런 도움도 못 되고……."

"마음에 둘 것 없다. 이런 곳에서 네가 죽었다면 리무루 님이 크게 화를 내셨을 거다."

"저, 저 같은 놈을 위해서 화를 내주실까요?"

"당연하지. 나도 화를 냈을 거다!"

나는 비드에게 손을 내밀어서 그를 일으켰다. 그러고 있는 동안에도 고부에몬 공과 아를레키오 사이에선 불꽃이 튀는 듯한 설전이 오가고 있었다.

"죽일 생각이었나?"

"사고였어, 사고. 가볍게 쓰다듬어주려고 했을 뿐이야. 네가 방해하는 바람에 저 애송이가 넘어진 거잖아."

"웃기지 마라. 아직 미숙하지만 비드는 내 동생 같은 존재다. 체면을 세워주려고 잠자코 돌아가는 상황을 보고 있었는데 도가 지나쳤어, 넌."

"후하하, 저 녀석이 약한 게 잘못이지. 이 자리는 무기 반입이 금지되어 있거든. 그래서 살짝 쥐어박았을 뿐인데 그 정도로 죽는단 말이야?"

"……호오?"

고, 고부에몬 공의 분위기도 바뀌었군.

이래선 회합 같은 걸 벌일 만한 분위기가 아니게 되는데.

——나는 그렇게 생각했다. 하지만 그 순간을 기다렸다는 듯이 돈 가바나가 나타났다.

※

"아를레키오, 뭘 하고 있는 거냐?"

"이런, 가바나 씨. 아뇨, 옛 친구에게 잠시 인사를 하던 중입니다."

"그런가. 응? 거기 자네. 다쳤지 않나. 자, 이거라도 뿌리게."

뻔히 보이는 촌극이로군.

부하를 꾸짖어 중재하는 척을 한 뒤에 이 일로 빚을 지게 하여 내가 고개를 들지 못하게 하겠다는 심산이었다.

아를레키오도 이미 다 알고 있었기 때문에 아무런 반항도 하지 않고 비드에게 회복약을 뿌려주고 있었다.

모처럼 입은 슈트에 얼룩이—— 잠깐, 비드의 귀가 순식간에 원상회복이 되었는데. 저 정도의 효능이라면 풀 포션(완전회복약)이겠군.

"오오오오, 귀중한 풀 포션을 저런 미천한 자에게 쓰다니!!"

"역시 가바나 공은 대단하시군요! 저분에겐 그 귀한 비약조차도 아까울 것이 없다는 뜻이겠죠."

"당연하죠. 당연한 일입니다. 아를레키오 공의 무력과 가바나 공의 재력이 합쳐지면 그야말로 무적이니까요."

그렇게 말하는 제3자들의 목소리를 들은 순간 왜일까, 나는 갑자기 지금의 상황이 부질없이 느껴졌다.

갑자기 두렵지 않게 되었고, 악몽에서 깨어난 기분이 들었던 것이다.

비드 쪽으로 눈길을 돌리니 어안이 벙벙한 표정을 짓고 있었다. 그 모습을 보니 나와 같은 심정이라는 걸 알 수 있었다.

그도 그럴 것이.

풀 포션 같은 것은 우리에겐 이미 익숙한 것이니까.

비드도 여유가 생기면 고부에몬 공에게 수련을 받기도 하는데, 하루에도 몇 번이나 팔이랑 다리가 절단되곤 했다. 풀 포션이 없다면 지금쯤 살아 있지도 못할 것이다.

그래서 우리 기준에서 풀 포션 같은 건 흔하게 존재하는 것으로 느꼈던 것이다.

그걸 신기해하고 감탄하는 자들의 대화를 듣고서야 비로소 지금의 우리가 얼마나 큰 혜택을 받고 있는지, 그것을 다시 확인할 수 있었다.

"오오, 그리고 보시오! 가바나 공의 가슴에서 빛나는 배지를!"

"오오, 저도 보입니다. 저 문장, 묵직한 광채를 발하고 있군요."

"당연하죠. 그게 바로 진짜 '마강'으로 만들었다는 것을 뜻하니까요."

"틀림없군요. 소문이 맞는 것 같습니다. 신진기예인 정체불명의 단체가 비합법적인 조직을 남김없이 흡수하고 있다더군요. 그 단체의 문장이 바로 저것인가 보군요——."

그렇게 말하는 다른 자들의 목소리를 듣고 흥미가 생겨서 나도 돈 가바나의 가슴을 봤다. 그리고 경악했다.

그 자리에서 빛나는 것은 낯익은 모양이었다. 세 마리의 뱀이 서로 얽혀있는 모습이었던 것이다.

낯이 익은 것도 당연한 것이, 저 모양을 생각해내느라 사흘밤낮을 꼬박 들였으니까.

분명 리무루 님이 '너무 깊이 생각하지 말고 뱀이면 되지 않을까? 용이니 봉황이니 하는 것보다 심플한 게 더 좋아. 그리고 말이지 뱀은 '지혜'랑 '욕망'이랑 '영원' 등의 상징이기도 하니까 '리에가(삼현취)'에 딱 맞을 것 같은데?'라고 제안했고, 그 의견에 누님이 '그러네, 뱀에게도 주정뱅이라는 이미지가 있으니 우리에겐 어울릴 수도 있겠어'라고 동의했으며, 내가 '와하하하하! 그러면 세 마리의 뱀을 서로 얽어보도록 하죠. 저희 세 사람처럼 술에 취한 듯이 배배 꼬아서 얽으면 되겠군요!'라고 정리했었는데——그래, 역시 아무리 봐도 저건 '리에가'의 문장이야!

구성인원에 대해서 자세히 듣지는 않았지만, 돈 가바나의 조직도 흡수된 상태였단 말인가…….

그렇다는 걸 알게 된 지금은 괜히 겁을 먹었다는 생각이 드는군.

하지만 이건 찬스다.

돈 가바나를 이용하여 나를 돋보이게 한 뒤에 내 위치를 어필하기로 하자.

"당신은 분명 가바나 상단의 회장님이시죠? 그래서 이번 건에 대한 사과와 보상을 어떻게 하실 생각입니까?"

"뭐라고?"

"이해력이 부족하시군요. 제 경호원에게 상처를 입힌 것에 대한 사과 말입니다. 저기 있는 비드는 이 자리가 어떤 자리인지를 알고 있기 때문에 저 똘마니에게 무례를 범하지 않은 겁니다. 그런데 저희가 겁을 먹은 것으로 멋대로 착각해서는 이렇게 상처까지 입혔단 말입니다!"

"……내가 똘마니라고?"

크큭큭, 이거 유쾌하군. 주인과 부하가 함께 내 반격에 당황하면서 어쩔 줄 모르고 있어.

"뭐, 뭐야, 저 남자는?! 가바나 공에게 대들다니."

"가바나 공은 정체불명의 단체——'리에가'에 소속된 분인데!!"

"당연하지. 유명한 무투파집단조차도 '리에가'의 산하로 들어갔다고 들었으니까. 그런데——."

"목숨 아까운 줄 모르는군……. 그게 아니면 무슨 비책이라도 있단 말인가?"

"설마 그렇지는 않겠지만, '4개국 통상연맹'은 '리에가'에게 대항할 수 있는 존재이기라도 하다는 뜻인가?!"

제3자들의 목소리가 시끄러웠지만 나를 돋보이게 해야 하니까 참기로 하자.

지금은 그보다——.

"너 이 자식, 죽었다고 생각해라."

"잠깐, 아를레키오. 여기서 그러는 건 곤란하다. 그리고 쉽게 죽이면 재미가 없지."

"알겠습니다, 가바나 씨. 이 녀석은 나중에——."

눈앞에서 으름장을 놓고 있는 이 인간들을 어떻게든 해결하는 것이 먼저로군.

"그 입 다물지 못할까!"

나는 그 자리에서 일갈했다.

목소리가 떨리지도 않았고 아주 자연스럽게 나왔다. 평소대로 돌아왔음을 실감할 수 있었다.

방금 전까지 아를레키오를 두려워했던 것이 마치 거짓말 같지만…… 생각해보면 당연한 일이다.

나는 평소에도 그보다 훨씬 더 무시무시한 사람들(존재)과 얘기를 나누고 있었다.

베루도라 님이 보시기에 돈 가바나 따위는 벌레보다도 못할 것이다. 오라(요기)를 해방하기만 해도 멀리 날려버릴 수 있겠지.

아를레키오라면 버텨낼 수 있을지도 모르지만 그래도 승부 자체가 아예 성립이 되지 않는다. 베루도라 님이 살의를 뿜어내기만 해도 그 존재가 소멸할 테니까 말이다.

쉽게 말하자면.

나는 평소에도 그렇게나 두려운 존재인 베루도라 님 같은 분을 상대하고 있다는 뜻이다. 용돈 인상에 대한 교섭 등에서도 단호하게 거절하곤 했으니 말이지.

그리고 그 도시에는 캘러미티(재액) 급 이상의 마인들도 많이 살고 있다.

그런 마물의 나라에 사는 자들을 상대로 재무를 총괄하는 것이 내가 하는 일이었다. 작은 나라 하나쯤은 쉽게 멸망시킬 수 있는 자들도 예산을 배정해달라고 나에게 머리를 숙이면서 부탁한다.

그런 자들에게 호통을 치거나 쫓아내기도 하는 등—— 스스로 생각해도 좀 믿기 어렵지만, 지금은 그게 내 일상이 되었다.

그러고 보니 얼마 전에도 시엔 공과 가볍게 잡담을 나눈 적이 있었는데——.

"야아, 테스타로사 공은 우수하신데다 일 처리가 빨라서 저에겐 아주 큰 도움을 주고 있습니다. 그리고 미인이시죠. 시엔 공이 정말 부럽습니다."

"네? 이것 참, 하하하. 묘르마일 님은 농담을 잘하시는군요. 이렇게 웃어본 적은 정말 오랜만입니다!"

——평소에는 냉정하고 침착하던 자가 그렇게 말하면서 큰 소

53

리로 웃었지. 그 후로 무슨 이유인지 나를 마음에 들어 했고, 지금은 가끔 둘이서 술을 마시러 갈 정도로 친해지게 되었다.

그 후에 생각이 난 사실이지만, 테스타로사 공은 너무나도 무시무시한 악마라고 한다. 외모에 속아선 안 된다고 하지만, 평소의 몸가짐도 우아하고 부드러운 미소도 매력적인지라 나에게는 무서운 사람이라는 생각이 들지 않았다.

하지만 뭐, 그런 테스타로사 공이 평의회를 장악해버린 이야기는 유명하기 때문에 나로선 절도 있는 태도를 유지할 것을 늘 마음에 담아두고 있었다.

성희롱은 안 돼! 절대로!!

그게 직장에서의 슬로건이었다.

이야기가 다른 곳으로 새고 말았지만, 그런 식으로 우리 직장에는 엄청난 분들이 많이 있다. 그런 생각을 떠올린 지금, 돈 가바나나 아를레키오 따위는 두려워할 이유가 하나도 없었던 것이다.

"네, 네 이놈——!!"

돈 가바나와 아를레키오가 얼굴을 새빨갛게 붉히면서 격노하고 있지만, 그래봤자 딱히 의미가 없다는 기분밖에 들지 않았다.

나뿐만 아니라 비드도 현실을 생각해낸 것 같았다.

"이봐, 묘르마일 씨는 신사라서 내가 대신 말해주겠는데 그런 말투를 쓰다간 위험해질걸? 나는 참을 수 있지만, 묘르마일 씨는 너희들이 함부로 말을 걸 수도 없는 분이라고!"

그렇게 도발했다.

하지만 이렇게 대응하면서 이 자리에 있는 모든 사람의 시선이 내게 못 박혔으니 최고의 무대로 완성한 셈이다. 지금 여기서 돈 가바나를 말로 꺾어버리고 내 지위가 얼마나 높은지 알려주는 작업을 완료하기로 하자.

*

나는 이 시점에서 대담한 미소를 지어 보였다.

싸움은 약하지만 악당처럼 보이는 얼굴로는 정평이 나 있었다.

"그래. 비드의 말이 옳다. 옛정을 들먹이면서 잘 대해줄 게 아니라 처음부터 확실하게 길을 들여놓았어야 했어."

"그렇습니다, 묘르마일 씨. 그랬으면 저도 참을 필요가 없었고, 다치는 일도 없이 넘어갔을 테니까요."

"미안하다. 그럼 이제 이 무례에 대한 대가를 어떻게 받아내야 할까?"

"우선은 사과부터 받으시죠. 사과하는 태도를 본 뒤에 생각해도 늦지는 않을 겁니다!"

"그것도 그렇군. 이봐, 아를레키오, 그리고 가바나 공. 지금 여기서 사과하겠다면 이번 건은 눈을 감아줄 수도 있네. 하지만 결국 결판을 내야겠다면 이야기는 달라지지. 쥬라 템페스트 연방국의 재무장관이자 '4개국 통상연맹'의 대표인 이 가르드 묘르마일이 상대가 되어서 싸워주겠다! 자, 어떡할 테냐?!"

짐짓 과시하는 듯한 태도를 보이면서 나는 큰 목소리로 내뱉었다.

"이, 이 자식……."

"잠깐, 아를레키오. 진정해라. 아무래도 오해가 있었던 것 같지만 우리 때문에 기분이 상했다면 사과해야 하지 않겠나. 묘르마일 군, 이라고 했던가?"

"군?"

"아, 아니…… 묘르마일 공……."

내가 되묻자, 돈 가바나는 분하다는 표정으로 자신이 한 말을 정정했다.

이겼군. 나는 그렇게 생각했다.

이 자리에는 대상인들이 많이 있었다. 잉그라시아 왕국뿐만 아니라 다른 나라들의 재정을 감당하는 자들이 모인 자리였다.

그런 중진들 앞에서 돈 가바나는 나를 인정할 수밖에 없게 된 것이다.

내가 굴복하지 않은 것이 예상 밖이었겠지만, 그건 그들의 생각이 안일했기 때문이다.

뱀처럼 차가운 눈으로 살기를 담아서 나를 노려봤지만 조금도 무섭지 않았다. 옛날 같았으면 울면서 사과했겠지만 이젠 나도 성장한 것이다.

"흠. 그래서 뭐가 오해란 말이지?"

내가 그렇게 언질을 주자 돈 가바나가 이마에 힘줄이 돋은 채 머리를 숙였다.

"이번 일은 내 경호원이 감정이 앞서는 바람에 폐를 끼쳤소이다. 좀 지나치게 흥분했던 모양이니 이번 일은 너그러이——."

"뭐어? 당신네는 사람이 공격을 받아서 다쳤는데도 웃으면서 용서하라고 가르치나? 우리 비트는 한쪽 귀가 날아갈 뻔한 모욕을 받았는데?"

"그건 회복약으로……."

"하핫! 그런 싸구려 약으로 무마하려 들다니 당신네의 수준을 알겠군!"

나는 큰 소리로 웃었다.

사실, 걱정이 많은 리무루 님이 가지고 가라고 주신 게 있기 때문에 지금도 몇 개를 지니고 있다. 거짓말은 아니여서, 나는 강한 어조로 거듭 말했다.

"그 정도 그릇밖에 안 된다면 내가 인원을 모아서 실행하려 했던 큰 계획에 참가할 자격은 없겠군. 이 자리에서 당장 꺼지도록 해라!"

내가 꾸짖는 소리를 듣고 돈 가바나는 얼굴을 찌푸렸다.

그리고 뼛속까지 얼어붙을 듯한 차가운 목소리로――.

"후회하게 될 거다."

――라고 나에게만 들릴 정도로 낮게 위협하는 말을 뱉더니 아를레키오를 데리고 이곳을 떠났다.

나의 완전승리였다.

회합장소는 조용해졌지만, 돈 가바나의 모습이 사라지자마자 함성이 일어났다. 단, 호의적인 반응만 있는 것이 아니라 악의에 찬 목소리도 섞여 있었지만 말이지.

설마 돈 가바나를 내쫓을 줄이야――. 그게 바로 공통된 의견이라는 것은 틀리지 않을 것이다.

나는 주목을 받고 있는 지금이 찬스라고 생각하여 그대로 개회 선언을 했다.

그 후에 리무루 님이랑 베르야드 공과 의논했던 '블루문드 유통 거점 계획'을 선보이면서, 많은 자의 관심을 끄는 데에 성공했다.

그 자리에서 계획에 참가하겠다는 승낙을 받지는 못했지만 말이다.

이유는 간단했다.

돈 가바나에게—— 즉 '리에가'에게 싸움을 건 내가 머지않아 제거될 것이라고 생각했기 때문이겠지.

어차피 주최자가 사라진다면 그 뒤를 노리면 된다. 애초에 중핵이 될 인물이 사라지면 계획 그 자체가 파탄 날 가능성도 있다. 대상인들의 입장에선 서둘러 손을 댈 만한 안건이 아니었던 것이다.

하지만 이건 내가 바라던 상황이었다.

여기서 살아남기만 해도 내 신용도는 점점 올라갈 테니까.

더구나 상대는 '리에가'다.

내가 바로 그 리, 에, 가 중의 '가'이므로 승리는 약속된 것이나 마찬가지였다.

그리하여 나는 마음껏 열변을 토했다.

회합장소는 열기에 휩싸였고 회합은 대성황으로 끝났다.

*

그리고 다음 날 아침.

호텔에서 나온 우리 앞에 검은 마차가 세워져 있는 것이 보였다.

남들의 눈이 있는데 대담하게 구는군.

"어서 타."

낮은 목소리로 아를레키오가 말했다.

나는 씨익 웃었고, 비드와 고부에몬과 함께 그 마차에 올라탔다.

"……배짱 하나는 좋군."

마지막에 탄 아를레키오가 으름장을 놓았지만, 나에겐 패배를 인정하기 싫어서 억지를 부리는 것으로밖에 보이지 않았다.

"그건 그렇고 어디로 가려는 거지?"

"좋은 곳이야. 부디 마지막 여행을 즐기라고."

그렇게 말하자마자 아를레키오는 입을 다물었다.

더 이상 말할 생각이 없다는 태도를 보이는지라 우리도 말없이 마차의 진동에 몸을 맡겼다.

마차는 20분 정도 지나서 목적지에 도착했다.

호텔로부터의 거리를 생각해보면 이곳은 고급주택지로군. 즉, 내 추측이 적중했다는 뜻이다.

나는 진심으로 안도했다.

만일 돈 가바나가 지배하는 곳으로 끌려갔다면 아주 조금은 당황했을 것이다. 하지만 이제 아무런 걱정도 할 필요가 없을 것이다.

왜냐하면 이곳은 '벨트(녹색의 사도)'가 잉그라시아의 거점으로 이용하고 있던 곳이니까. 이곳을 개조할 때 나도 도와준 적이 있기 때문에 잘 아는 곳이다.

"내려. 너희가 상상해본 적도 없는 무시무시한 분들이 이 앞에 기다리고 계신다. 기대가 되는군. 네놈이 대소변을 질질 흘리면서 바닥을 기며 목숨을 구걸하는 게 말이야."

그렇게 위협하는 아를레키오를 나는 안쓰러운 눈길로 바라봤다.

이 녀석도 불쌍한 남자다.

"뭐야, 너? 왜 그런 눈으로 보는 거야?!"

"아니, 됐다. 어차피——."

이 녀석은 끝났으니까 말이지.

"어차피? 이 자식…… 대체 무슨 이야기를 하는 거야?"

내 태도를 보면서 아를레키오도 뭔가를 감지한 것 같았다. 약간 불안한 표정을 짓고 있었다.

그 자리에 서 있는 저택 앞에는 여러 명의 남자들이 모여 있었다. 마차가 서자마자 이리로 달려왔다.

그중의 한 명이 아를레키오에게 말을 걸었다.

"저기, 아를레키오 씨. 전해드릴 말씀이 있습니다."

"……뭐냐?"

"상당히 높은 간부 분들이 '아래'에서 기다리겠다고 하십니다."

"높은 간부라고? '칠인(七刃)'이냐?"

"아뇨…… 더 높은 분입니다……."

"설마 '현인회(賢人會)'의 현로(賢老)들이나 '암천중(暗天衆)'의 흉인(凶忍)들이——."

"그분들이 안내를 맡으셨습니다."

"그렇다면 설마 삼두령(三頭領)이——?!"

아를레키오가 경악하고 있었지만, 나도 잘 모르는 자들인지라 대체 어떤 자들인지 상상도 되지 않았다.

대화를 듣고 짐작해보자면 이 녀석들은 가바나 패밀리로군. 분위기를 보면 아직 신참인 것 같았다.

하지만 뭐, 일단 비밀결사를 표방하는 '리에가(삼현취)'가 어떤 조직을 산하에 받아들였는지는 나도 자세히 모른다. 그렇기 때문에 이번 일 같은 불행한 사건도 일어날 수 있는 것이겠지.

나도 나름대로 비합법적인 사회에 몸을 담았던 자였는데, 서방 열국에 그렇게나 많은 조직이 있었단 말인가…….

"가바나 씨는 그 분들을 따라서 먼저 가셨습니다."

"알았다. 이봐, 가자고."

얼굴이 굳어진 아를레키오를 따라 우리는 저택 안으로 발을 들였다.

우리가 간 곳은 지하실이었는데, 그곳은 호화롭게 꾸며진 장소였다.

원래는 '벨트(녹색의 사도)'가 제단을 차린 곳이었지만 그걸 들어내고 알현실로 다시 만든 것이다.

리무루 님의 의견에 따라서 상당히 분위기를 중시하여 만들었다.

비밀결사는 이래야 한다고 주장하시면서 타협을 받아들이지 않고 세세한 부분까지 공을 들이셨지.

어쩌면 마국에 있는 시설보다 더 호화로울지도 모르겠다.

거기선 나도 예산을 관리하고 있는 이상, 쓸데없는 자금낭비를 허용할 수는 없다. 하지만 여기선 번 돈을 어떻게 쓰든 간에 악의 조직이므로 문제가 없는 것이다.

"이 자식…… 왜 그렇게 아무렇지 않게 있을 수 있는 거야?"

불안했기 때문인지, 아를레키오가 내게 물었다.

"글쎄, 왜 그럴까?"

그렇게 대답하자 "쳇"이라고 혀를 한 번 찼다. 그리고 그 이후는 침묵을 유지한 채 지하 3층에 있는 커다란 문 앞에 도착했다.

"들어가라."

61

"치, '칠인'의 멤버인 비간 씨가 문을 지키고 계신단 말입니까?"

"쳇, 아를레키오. 난 네 실력을 인정했다. '칠인' 중에 결원이 생기면 너를 추천해도 좋겠다고 생각했는데. 멍청한 녀석 같으니."

"왜 그런 말씀을…… 비간 씨? 제가 뭘 했다고——?"

"됐으니까 어서 안으로 들어가! 이봐, 너희는 여기서 대기해라. 안으로 들어갈 수 있는 자는 손님들과 아를레키오뿐이라는 지시를 받았으니까."

아를레키오의 부하들을 노려보면서 비간이 말했다.

뭐, 그렇겠지.

내 정체가 보스 중의 한 명이라는 걸 아는 자는 되도록 적은 게 좋을 테니까 말이다.

그래서 나도 이 자리에선 아무 말도 하지 않고 묵묵히 따랐다.

"——들어간다."

그렇게 말하면서 아를레키오가 안으로 들어갔고, 우리도 그 뒤를 따랐다. 비간이 마지막으로 방으로 들어오고 난 뒤에 문이 닫혔다.

이 문은 마법처리가 되어 있어서 내부의 소리가 밖으로 새어 나가지 않는다. 그래서 안에서 무슨 일이 일어나는지 밖에선 절대 알 수가 없는 것이다.

지하임에도 불구하고 방 안은 환하게 밝았다. 다 셀 수 없을 만큼 많은 촛불이 방을 고루 비추고 있었다.

마법으로도 해결할 수 있지만, 리무루 님의 말씀에 따라서 일부러 촛불을 쓰고 있다. 그런 쓸데없는 낭비에 바로 낭만이 있는 것이라고 하셨다.

이곳 지하 3층은 구획이 나뉘어 있지 않기 때문에 방이라기보다 커다란 홀이라고 할 수 있었다. 그래서 알현실로 활용할 수 있지만, 이곳은 기본적으로 간부만 들어올 수 있게 되어 있었다.

그 간부는 바로 내 정체를 알고 있는 자를 의미한다. 하지만 이 방 안에 있는 자 중의 반 이상이 내가 모르는 자들이었다.

그 100명 가까운 간부들의 시선이 집중된 가운데, 나는 당당히 걸어 나갔다.

"야!"

아를레키오가 큰 소리로 부르면서 나를 제지하려고 했지만 무시했다.

아를레키오가 내 어깨를 붙잡기 위해 손을 얹으려 했지만, 비드나 고부에몬이 움직이기도 전에 비간이 그를 발로 차서 쓰러트렸다. 문을 지키라는 임무를 부여받았을 때 내 정체에 관해서도 들은 모양이로군.

내가 모르는 간부들의 반응도 제각각이었다.

놀라는 자도 있었지만, 무슨 일인지 몰라서 당황하는 자도 있었다.

그런 자들도, 내가 아는 자들이 일제히 무릎을 꿇는 것을 보고 내 정체를 간파한 것 같았다. 옆으로 나란히 서서 일제히 머리를 숙였다.

"서, 설마…… 묘르마일── 공이 두령님이란 말인가?!"

조용해진 방에 돈 가바나의 망연자실한 목소리가 울려 퍼졌다. 환기는 제대로 되고 있겠지만 지하인지라 목소리가 메아리쳤다.

돈 가바나는 방 안쪽에서 나도 잘 아는 인물을 앞에 두고 일장

연설을 했던 모양이다. 아마도 건방진 신흥조직——'4개국 통상연맹'에게 본보기를 보여주는 의미로 날 죽이자는 의견을 냈겠지.

"그래. 당신이 지금까지 필사적으로 역설하면서 처참한 죽음을 선사하길 바랐던 상대가 바로 우리의 위대한 삼두령 중의 한 분이야."

돈 가바나에게 대답한 자는 내가 아니라 화려하고 노출이 많은 드레스를 입은 여성이었다.

그렌다 아트리, 우리를 대신하여 '리에가'의 보스를 연기해주고 있는 여걸이다.

그리고 그런 그녀의 말은 내 추측을 긍정하는 것이었다.

하지만 내 이야기를 하고 있는데도 왠지 남의 일처럼 느껴지는군.

"으, 으에에에엑——?!"

늘 냉정하고 침착하던 돈 가바나가 다리에 힘이 풀릴 만큼 놀라고 있었다. 옛날의 내 입장에선 구름 위의 존재 같았던 자였는데, 설마 이렇게 비참한 모습을 목격하게 될 줄은 몰랐다.

"그렌다. 수고가 많구나. 덕분에 계획은 순조롭게 진행 중이다. 어제 회합도 대성공으로 끝났지."

"칭찬해주셔서 감사합니다! 그렇다면 부디 공로 포인트에 대해서도 신경을 좀——."

"알고 있다. 평소보다 두 배로 내 선에서 지급해놓으마."

"참으로 기쁜 말씀이네요. 역시 나리는 말귀를 잘 알아들으신다니까요!"

그렌다는 나를 안내하여 원래는 제단이었던 단상으로 인도했다. 그곳에는 세 개의 의자가 있었고, 그중의 한 자리에 나는 앉았다.

*

그렌다의 반응을 보고 나서 내가 두령이라는 것에 불만을 제기하는 자는 없었다. 그 정도로 다들 그렌다를 두려워하고 있다는 뜻이겠지.

그리고 지금, 내 눈앞에는 돈 가바나와 아를레키오가 끌려와서 바닥에 엎드려 있었다. 두령인 나를 죽이자고 진언한 돈 가바나랑 나에게 무례한 말을 뱉은 아를레키오를 어떻게 처분할 것인지에 대한 판결을 내려야 하겠지.

간부들 전원이 만장일치로 죽여야 한다는 의견을 내고 있었다.

"우리 두령님에게 저지른 무례에 대한 대가는 죽음밖에 없겠지."

"편하게 죽여선 안 되지. 본보기를 보여준다는 의미에서라도 7일 동안은 고통을 맛보게 해주자고."

"그래. 악마에게 주는 것도 재미있을 것 같고, 시체를 소재로 합성수를 만드는 것도 즐거울 것 같군."

"저자는 자신의 입으로 두령님을 죽일 방법을 희희낙락 열거하고 있었지. 좋은 기회로군. 그 방법을 전부 본인에게 시험해보는 것이 좋겠어!"

등등, 잔인하기 짝이 없는 논의를 하고 있군.

돈 가바나는 안색을 잃은 채 가쁜 숨을 쉬고 있었다. 바지에 얼룩이 생기고 있었지만 보지 않은 것으로 치고 넘어가 주자.

아를레키오의 안색도 좋지 않았다.

지금부터 찾아올 자신의 운명을 깨닫고 저항해야 할 것인지를 계산하고 있을 것이다.

하지만—— 여기 모인 자들은 어둠의 사회에서도 강자에 속하는 자들이다. 나 혼자라면 당장에라도 죽일 수 있겠지만, 다른 간부 중에는 뛰어난 실력을 지닌 자가 많았다.

싸운다고 해도 이자들을 모두 이기는 것은 불가능했다. 그 이전에 그렌다 한 명조차도 쓰러트리지 못할 것이다.

간부들의 의견은 점점 과격해졌고 방안의 열기도 상승했다.

자, 어떻게 한다.

포기한 듯한 표정으로 고개를 숙인 두 사람을 보면서 나는 생각했다.

솔직히 말해서 이 두 명이 실수를 하긴 했지만 그게 죄가 되는 것은 아니었다.

신흥세력을 위협하는 것은 어둠의 사회에 사는 인간이라면 지극히 당연한 행동이다. 자신이 소속된 조직의 보스에게 불경한 짓을 저지른 건 문제지만, 그건 내 얼굴을 몰랐기 때문이니까 어쩔 수 없다.

비드를 폭행한 건 화가 나긴 했지만, 그것도 결과를 보면 문제가 없다고 할 수 있다. 애초에 이번 건은 리무루 님도 잘 알고 계시므로 큰일이 나지 않도록 모두가 우리를 지켜주었을 테니까 말이지.

이 자리에도 몇 명, 소우에이 공의 부하인 자들이 보였다. 그 사실만 보더라도 만에 하나 위험한 일은 없었을 것이다.

그렇게 생각해보면 돈 가바나를 처분하는 건 지나친 짓인 것 같다.

"조용히 하라!"

머릿속으로 결론을 내렸기 때문에 나는 다른 자들을 조용히 시켰다.

"처분은 내리지 않겠다. 가바나는 조직을 배신한 것이 아니며 내가 두령이라는 것을 몰랐던 것뿐이니까. 앞으로 배신한다면 또 모르지만 이번 건은 불문에 부치도록 하겠다."

약간 부아가 나는 일도 있었지만 그건 참기로 했다. 그렇게 판단하여 나는 결정을 내렸다.

하지만 이런 내 결론에 불만을 느끼는 자도 있었다.

"어설픈 처분입니다! 그래선 조직에 대한 본보기가 되지 못합니다!"

그렇게 소리치는 자의 의견에 동의하는 목소리가 여럿 있었다.

"두령―― 당신, 혹시 이쪽 세계에 대해서 잘 모르는 건가? 우리 같은 어둠의 사회에 사는 인간에겐 체면이 무엇보다 중요하거든? 이 자리에서 얕보이는 짓을 했다간 아무도 당신을 따르지 않게 될 거야."

――그렇게 나를 업신여기는 듯한 발언을 하는 자까지 나오기 시작했다.

내 결정에 불만을 제기하는 것뿐이라면 그냥 넘어가 줄 수 있지만, 이런 반응은 그냥 보고 넘길 수 없지.

"방금 발언한 자는 앞으로 나와라."

내가 그렇게 말하자 당돌한 표정을 지은 젊은 남자가 한 걸음 앞으로 나왔다.

"'흑조단(黑爪團)'의 얀이라는 자입니다. 용병단 시절에 함께 싸운 적도 있습니다만 적에겐 인정사정없는 가혹한 성격이죠. 독자적인 실력도 상당하며 A랭크 수준은 될 겁니다.”

어느새 내 옆에 서 있던 지라드가 알려주었다. ‘벨트’의 단장이었던 만큼 아는 게 많군.

나는 고개를 한 번 끄덕인 뒤에 얀을 바라봤다.

“너, 이름이 얀이라고 하더구나.”

“그래.”

“내가 이쪽 세계를 잘 모른다고?”

“아닌가? 어중간하게 동정을 베풀다니, 이 업계에선——.”

“얕보인단 말이냐?”

“……그럼 아니란 말이야?”

이것 참, 얀은 자신의 발언이 나를 폄하하고 있다는 걸 깨닫지 못하는 건가?

아니, 그건 아니겠지.

여기서 나에 대한 불신감을 심어놓고 차후에 하극상을 노리고 있을 것이다.

힘이 없는 자는 어둠의 세계에서 살아남지 못한다.

늘 힘을 과시하지 않으면 축출당할 것이란 의미지만, 나는 ‘리에가’를 그런 조직으로 만들고 싶지 않다.

그나마 나는 모르겠지만, 애초에 리무루 님이랑 누님을 축출하는 것은 불가능하지만 말이지.

그러므로 이 자리에서 현실이 어떤지 확실하게 가르쳐줘야겠군.

“누가 나를 얕보는가?”

“뭐?”

"누가 나에게 이길 수 있는지 묻고 있다. 얀, 너라면 날 이길 수 있느냐?"

"아, 아니……."

내 질문을 받은 얀은 그레다 쪽으로 시선을 힐끗 돌렸다. 보아하니 '흑조단'을 박살 낸 자는 '벨트'가 아니라 그렌다였던 모양이다.

"체면이 중요하다고 말하지 않았나? 그렇다면 얀, 나를 얕보는 발언을 한 너야말로 그 책임을 져야 하지 않겠느냐?"

"그, 그건……."

"그렌다, 아까 말했던 공로 포인트 말인데, 역시 없던 일로 하겠다."

"그, 그럴 수가——."

"입 닥쳐라! 이 얀도 그렇지만, 다른 자들도 마찬가지다. 두령을 공경하려는 태도를 전혀 갖추지 않고 있으니까! 가바나를 책망할 자격이 없다!"

돈 가바나와 아를레키오가 놀란 표정으로 나를 봤다.

그런 두 사람의 표정을 보면서, 내 머릿속에는 한 가지 생각이 더 떠올랐다.

이 두 사람은 이용당했다는 것을.

"그렌다, 넌 일부러 이 녀석들에게 교육을 시키지 않은 것이지? 누군가가 제멋에 겨워서 나에게 도전하도록 꾸민 것 아니냐?"

"들켰나요?"

"당연하지. 나였으니 다행이지, 만약 그분들이었다면 큰 문제가 되었을 것이다……."

"그건 문제없어요. 이번 건은 이미 얘기가 되어 있는 것이고, 나리 몰래 일을 진행시키라는 분부를 내리신 분은 에르 님이니까."

"그랬단 말인가……."

누님의 악질적인 장난에는 나도 늘 당하기만 한다.

확실히 그 덕분에 일은 잘 진행되었지만 말이지.

뭐, 그건 그렇다 치고.

"얀. 가바나를 용서한 것 정도로 나를 얕보는 자가 나타난다면 만나보고 싶구나. 다른 자들도 마찬가지다. 하극상을 노리지 말라는 말은 하지 않겠지만 각오하는 게 좋을 것이다. 나는 약하니까 성공할지도 모른다만, 그렇게 될 때엔 '리에가' 자체가 사라질 테니까."

나는 단호하게 경고했다.

얀 녀석은 그 말을 듣고 부들부들 떨고 있었다. 내 말이 과장이나 허풍이 아니라 진실이라는 것을 깨달았겠지.

"저, 저기…… 삼두령 중 나머지 두 분은 혹시……."

"네놈들이 알 필요 없다."

"그 말이 옳아. 너무 많은 걸 알면 사라질 수도 있는데, 그래도 꼭 알고 싶단 말이야?"

지라드랑 그렌다가 그렇게 대답하자, 간부들은 식은땀을 흘리면서 입을 다물었다.

나는 그 모습을 보면서 마지막으로 한 번 다짐을 놓았다.

"자, 그럼 가바나와 아를레키오 건은 불문에 부치기로 하겠는데, 내 결정에 불만은 없겠지?"

"""네엣——!!"""

모두 엎드리면서 내 결정에 순순히 따르겠다는 뜻을 보였다.

"얏, 기뻐해라. 네놈의 무례도 이번만큼은 넘어가 주겠다. 하지만 다음 기회는 없을 줄 알아라."

"물론입니다! 감사합니다. 이 은혜에 보답하기 위해서라도 성심성의껏 열심히 일하겠습니다!!"

"그러냐. 그건 좋은 마음가짐이다."

일이 잘 풀렸다고 생각하면서 나는 만족했다.

이리하여 '리에가'를 완전히 장악한 나는 이 기회에 근본이 될 규율을 정하기로 했다.

1. 동료를 배신하지 않는다.
2. 다른 사람의 실수를 용서하는 마음을 가진다.
3. 누군가를 축출하여 불행에 빠트리지 않는다.

이 세 가지 항목이 기본이었다.

동료를 배신하지 않는 것은 당연한 일이며, 이를 어긴 자는 죽을죄를 지은 것으로 정해놓았다.

다른 사람의 실수를 용서하는 것은 어려운 일이지만, '리에가'는 낙오자를 최종적으로 받아들이는 곳으로 만들 예정이다. 우수한 자의 수가 더 적을 테니까 부하의 실수는 최대한 감싸주라고 나는 지시했다.

이런 건 상층부에서 의식적으로 개혁하지 않으면 나아지지 않으니까 말이다. 간부들이 전부 모인 이 기회에 단단히 못을 박아두었다.

마지막 항목인 '누군가를 축출하여 불행에 빠트리지 않는다'는 규율 말인데, 이게 가장 중요했다.

'리에가'에는 비합법적인 사회의 무력이 집결하게 될 테니까 합법적인 활동을 하는 상인들이 그 사실에 주목하게 되면 그들은 제대로 된 경쟁을 할 수 없을 것이다. 지금까지 그런 나쁜 짓으로 돈을 모은 자들도 있겠지만 앞으로는 일절 금지시키기로 했다.

지금까지와는 영향력이 달라진다는 것을 자각해주길 바라면서, 더 정정당당한 방법으로 사회에 공헌하는 것을 목표로 삼은 것이다.

무법의 폭력집단이 아니라 약한 자를 도와주고 강한 자를 벌하는 '협객'이 되는 것. 그건 나뿐만 아니라 리무루 님의 바람이기도 하기 때문이다.

비합법적인 조직인 이상, 정도만 지키다간 일이 해결되지 않을지도 모르지만, 그래도 긍지만큼은 잃어선 안 된다.

위에 있는 자들이 썩으면 아래에 있는 자들은 그 흐름을 거역하지 못한다. 이건 물론 나에게도 해당되는 말이므로 늘 잊지 않도록 마음속에 담아두자는 생각을 하고 있다.

"지금까지 살아온 방식을 바꾸는 건 어렵겠지만, 이게 '리에가'가 추구하는 것이라는 것을 명심해라. 살아갈 수 있는 수단은 하나만 있는 게 아니라는 것을 젊은이들도 천천히 배울 수 있으면 좋을 것이다."

내가 그렇게 말을 마치자, 간부들은 미묘한 표정으로 생각에 잠겼다.

지금까지 지저분한 일에 익숙해질 대로 익숙해진 자들이다. 그들의 의식을 지금 바로 개혁하는 건 무리겠지. 하지만 나——— 아니, 리무루 님과 에르 누님의 위세를 빌린다면 불가능하진 않다고 생각을 할 수 있었다.

반론을 힘으로 봉쇄하는 결과가 되고 말았지만, 힘이야말로 정의라고 여기는 자들이 상대이므로 이게 정답이라는 생각이 들었다.

이게 계기가 되면서 다른 자들도 모두 바뀌면 좋겠다고 나는 생각했다.

*

가바나 패밀리는 해산되었고, 그 구성원은 다른 조직에 들어가도록 처리했다. 가바나는 내 직속부하가 되었으며 이름을 바꾸고 블루문드 본부에서 일을 시키게 되었다.

돈 계산은 잘하는 남자인데다 나름대로 우수했기 때문이다. 마냥 놀리는 건 아까웠던 것이다.

귀찮기 짝이 없는 일거리였던 열차의 운용계획을 맡겼다.

애초에 이 모든 악의 근원은 리무루 님이란 말이지.

아이디어를 생각하시기만 할 뿐, 그다음은 뭐든 다 나에게 잡무를 떠넘기신다.

아니, 그건 좋다.

그게 내가 할 일이고, 너무나 매력적인 계획이라는 것도 부정은 할 수가 없었다.

하지만 말이지. 내 몸이 하나밖에 없다는 것을 제발 좀 생각해주셨으면 좋겠다.

그리고 나는 리무루 님과 달리 평범한 인간이라서 매일 잠을 잘 필요가 있다. '부탁하네, 묘르마일 군!'이라는 말을 들으면 거절하기가 어렵지만, 예산이 부족하다는 이유를 들어서 계획을 그냥 반려하는 것은 솔직히 말해서 내 건강을 위해서였다.

하지만 이렇게 많은 돈을 벌게 되었으면 그 변명도 이젠 통하지 않겠지.

슬슬 그런 시기가 되었기 때문에 가바나를 부하로 들일 수 있었던 것은 참으로 행운이었다.

그 가바나는 현재 "제길, 고맙게 생각하고는 있지만 일거리가 산더미처럼 쌓여 있잖아!! 이렇게 힘든 일일 줄은 몰랐어"라고 매일 투덜대고 있다고 한다. 그 일도 내가 리무루 님으로부터 무리하게 받아들인 것이니까 원망하려면 리무루 님을 원망하길 바란다.

하지만 뭐, 아주 조금 죄책감이 생기긴 했기 때문에 급료만큼은 우대해주자고 생각했다.

그리고 아를레키오는 고부에몬 공에게 맡겼다.

비드 건으로 악연도 생긴데다 승부를 확실하게 가리고 싶다고 고부에몬 공이 말했던 것이다.

사실 아를레키오에겐 거부할 권리도 없었지만, 이기면 간부로 등용해주겠다는 조건을 제시하여 시합을 성사시켰다.

결과는 더 말할 것도 없이 고부에몬 공의 압승이었다.

"이제 이해했겠지. 아무리 강해봤자 위에는 위가 있다. 이런 나조차도 본국에선 중상급 수준이니까 말이지. 강함은 과시하는 것이 아니라 마음속에 숨기는 거다. 그리고 절대 양보할 수 없는 것을 지키기 위할 때 비로소 올바르게 구사하는 거야. 나는 그렇게 배웠다. 지금부터라도 늦지 않았으니까 너도 자신을 다시 살펴보도록 해라."

그런 충고를 듣고 아를레키오도 새로이 눈을 뜬 것 같았다. 스스로 지원하여 고부에몬 공의 부하가 되었으니까.

이런 식으로 나와 시비가 붙으면서 악연이 생겼던 가바나와 아를레키오의 처분은 온건하게 끝났지만 표면상의 발표는 그 내용이 달랐다.

'리에가(삼현취)'를 이용하여 '4개국 통상연맹'이 화려하게 데뷔해야만 했다. 그와 동시에 '리에가'가 얕보이지 않도록 하는 방법을 찾아야 했던 것이다.

그래서 우선은 '4개국 통상연맹'의 잉그라시아 지부로 구입한 저택을 산산조각으로 폭파시켰다. 직원들은 사전에 피난시켜두었기 때문에 무사했지만, 이 일은 상당한 임팩트를 남기면서 사람들의 화젯거리를 독점하게 되었다.

디아블로 공으로부터 소개받은 기자들이 실로 좋은 기사를 적어준 것도 큰 도움이 되었다.

그리하여 '리에가'의 무시무시함을 어필함과 동시에 그 위협에 굴복하지 않는 내 모습도 널리 알려지게 만들었다. 미국의 재무대신이라는 내 위치도 있다 보니 부당한 폭력에 굴하지 않은 이유도 사람들이 납득했다.

가바나 패밀리가 해산한 것도 큰 기사로 다뤄지면서 '4개국 통상연맹'이 사람들의 상상보다 훨씬 더 큰 조직이라는 것을 어필할 수 있었다.

거기서 그치지 않고 '리에가'와 '4개국 통상연맹'의 충돌이 서로 어느 정도의 피해를 입으면서 무승부로 끝났다는 소문을 흘렸다. 그 소문을 사람들이 믿게 되면서 이번 소동은 무사히 끝을 맺은 것이다.

이리하여 '4개국 통상연맹'도 무사히 활동을 시작하게 되었는데…… 각 지부에서 거두는 수익을 봤을 때만큼은 아무리 나라도 말문이 막힐 수밖에 없었다.

넌지시 이야기하자면 한 시간에 금화 수십 닢, 하루에 연수입을 넘어설 정도의 돈이 품으로 들어온다고 할까.

지금 말한 연수입은 마국에서 장관으로 일하는 내 급료에 해당하는 것이니…… 일반인이 보기에 나는 그들의 연수입보다 더 많은 돈을 한 시간에 벌어들이는 남자가 되겠지.

참고로 베니마루 공이랑 소우에이 공에겐 '리에가' 쪽에서 협조비라는 명목으로 돈을 지불하고 있다. 그 액수는 분명 한 달에 금화 50닢 정도인 것으로 기억한다.

'리에가'에 소속된 소우에이 공의 부하들은 필요경비까지 포함하여 더 막대한 보수를 받고 있을 것이다.

뭐, 간부가 가난하면 부하들의 기강이 서지 않으니까 말이지. 그렌다랑 지라드 같이 보스를 연기해주고 있는 자들은 상당히 사치스러운 모습을 보이고 있다.

그리고 우리도 상납금을 받는데, 리무루 님, 에르 누님, 나까지 각각 이익의 2퍼센트씩을 받게 되어 있었다. 1년마다 받을 예정이지만 현시점에서도 깜짝 놀랄 만한 금액이 쌓이고 있다고 한다.

운이 좋은 남자임을 스스로도 인정하고 있는 나였지만, 역시 이렇게까지 규모가 커지면 도저히 현실감이 느껴지지 않는지라 오히려 무섭다는 생각이 들었다.

　하지만 내 야망은 여기서 끝난 것이 아니다. 꿈은 크게 가져야 하므로 작은 성공에 만족하고 있을 때가 아닌 것이다.

　내 이름은 묘르마일.

　리무루 님과 만나면서 운명이 바뀐 남자.

　그 사실을 후회할 일이 없도록, 이번 인생에서 어디까지 올라갈 수 있을지 확인해보기 위해서 전력으로 달려볼 생각이다.

　마지막으로 '죽음'이 찾아오기 직전까지 내 도전은 끝나지 않을 것이다.

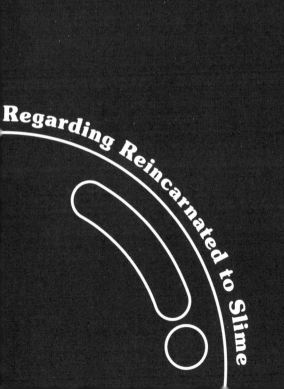

제2장

아득한 기억

Regarding Reincarnated to Slime

베루글린드가 맨 처음 도약한 곳은 어딘지도 모르는 이계의 틈 새였다.

그곳에서 시간에 구애받지 않은 채 자신의 내면과 마주했다. 그렇게 함으로써 얼티밋 스킬(궁극능력) '크투가(염신지왕, 炎神之王)'를 완전히 자신의 것으로 만들었다.

얼티밋 스킬 '크투가'에는 루드라의 '영혼'을 추적하는 기능이 있었다. 엄밀히 말하자면 한 번 지정한 것(존재)을 발견하는 효과 였다.

베루글린드는 이로 인해 아무리 멀리 떨어진 장소에 있어도, 시 간과 공간조차 넘어선 곳에 있다고 해도 사랑하는 루드라의 '영혼' 조각을 발견할 수 있게 되었다.

이제 그걸 쫓아서 '도약'을 하는 것만 남았다.

얼티밋 스킬 중에서도 특히 더 뛰어나며 강대한 권능이기에 가 능했던 '시공간조작'과 '차원도약'을 합친 기술──완전한 '시공간 도약'이었다.

단, 목표의 좌표지점을 알아낼 수 없으므로 임의의 시간과 장 소로 '도약'하는 것은 불가능했다. 어디까지나 목적지가 정해진 뒤에야 '시공간도약'을 쓸 수 있었다.

하지만 동일한 시공간 상에 있으면 이런 제한은 문제가 되지 않았다.

　그야말로 시간도 무시하고 어떤 거리도 이동할 수 있기 때문에 '순간이동'조차도 가능해진 것이다.

　그런고로 베루글린드는 자신의 권능에 의지하면서 루드라를 찾아 돌아다녔다.

　그리고 맨 처음 도착한 곳은 이제 막 문명이 싹튼 어느 별의 대륙이었다.

　적동색의 피부를 가진 야만족의 족장.

　아직 젊은 금발의 청년이 바로 루드라의 '영혼' 조각이 깃들어 있는 자였다.

　수렵민족이었던 청년들은 이윽고 큰 강 유역에 거점을 정했다.

　베루글린드는 자중하지 않고 그들을 도왔다.

　비를 내리게 하여 큰 강을 마음대로 다루면서 비옥한 대지를 만들어냈다.

　이 무렵부터 그들은 수렵으로만 살지 않고 농경에도 손을 대기 시작했다. 식량사정이 대폭 개선되면서 먹여 살릴 수 있는 사람들의 수도 늘어났다. 이윽고 그 집락은 읍 수준으로 커지면서 주변 마을로부터 두려움을 사게 되었다.

　풍요로운 자들을 노리는 건 당연했다.

　그래서 베루글린드는 다음 단계를 준비했다.

　이 시대에는 오파츠라고도 불리는 '쇠를 녹이는 온도'를 버틸 수 있는 고온로를 주었다. 이로 인해 청년들은 석기에서 청동기 단계를 바로 건너뛰어 철기를 손에 넣게 되었다.

주변의 집락들을 흡수하고 병합했으며, 그리고 왕국으로 발전하게 된 것이다.

왕의 자리는 아들에게, 그리고 손자에게 이어졌다.

베루글린드는 왕국을 도와주는 것을 중단하고, 그저 사랑하는 자의 곁에 머물렀다. 사람들이 아무리 애원해도 그 권능을 발휘하는 일은 없었다.

왜냐하면 그게 사랑하는 사람의 바람이었기 때문이다.

"나는 너한테서 다 갚을 수 없을 만큼 많은 은혜를 받았어. 하지만 더 이상은 필요 없어. 내가 왕에서 은퇴한 이상 저 바보들에겐 분에 넘치는 힘이 될 테니까 말이야."

"네, 알았어요. 루드라."

왕의 자식들과 손자들에겐 '영혼'의 조각이 깃들어 있지 않았기 때문에 베루글린드도 도와줄 이유가 없었다. 변덕을 부려서 일시적으로 도와줄 수도 있겠지만, 자손이 자립하는 것을 왕이 바라고 있는 이상, 베루글린드는 그 의사를 존중할 생각을 하고 있었다.

"쳇, 또 '루드라'인가. 내 이름은—— 쳇, 달리 마음에 둔 사람이 있다면 내가 상대되지 못하는 것도 당연하려나."

"우후후. 질투하는 건가요? 귀엽네요."

"시끄러워—. 이런 극상의 여자가 내 앞에 있는데 내 것으로 만들지 못하다니, 죽을 지경이라고."

그 말대로 야만족의 족장에서 대하문명을 세운 아시아 왕국의 첫 번째 왕이 된 남자는 자신의 여신으로 소중하게 대해주긴 했지만, 베루글린드를 자신의 품에 안지 않았다.

베루글린드는 그걸로 충분하다고 생각하고 있었다.

지켜보는 게 자신의 역활이라고 생각했다.

사랑하는 자가 자식을 낳고 그의 핏줄이 대를 이어갈 것이다. 그리고 또 그 자손에게 루드라의 '영혼' 조각이 깃들기를 기다릴 뿐이다.

그게 베루글린드가 살아갈 방식이었다.

발전, 그리고 번영의 시대.

행복한 시간은 금세 지나갔다.

청년은 늙었고 죽음만을 기다리는 노인이 되었다.

『나는 행복했어. 여신이여. 너는—— 당신은 나를 남편이라고 불렀는데, 나는 그런 당신의 바람에 제대로 응해주었을까?』

"네, 충분히요. 저는 행복했어요."

『그렇군. 그 말을 들으니 안심했어. 당신에게 축복을…….』

그게 위대한 왕이 남긴 마지막 말.

비록 자신의 입으로 직접 말하지는 못했지만 그 말과 함께 그 '영혼'을 베루글린드에게 양도한 것이다.

이리하여 베루글린드는 자신의 목적인 '영혼'을 손에 넣었다.

하지만 그건 아주 일부의 조각일 뿐이었다.

여행은 아직 시작되었을 뿐이며, 다음 목적지를 향해 베루글린드는 도약했다——.

왕국은 이윽고 주변의 나라들을 흡수하고 병합하면서 제국이 되었다.

후에 남은 자들은 그 기록을 전기로 만들어 후세에 남겼다.

그리하여 신화가 탄생했다.

청년의 핏줄이 계속 이어지는 신성 아시아 제국이 맹주로 군림하는 그 지방에선 베루글린드를 불을 관장하는 '창세의 여신'으로서 영원히 숭배하게 된 것이다.

＊

베루글린드는 무수한 만남과 이별을 되풀이했다.

그러던 중에 베루글린드가 이해한 것은 베루다나바가 만들어낸 세계는 하나가 아니라는 사실이었다.

그야말로 수많은 세계가 있었다.

동일한 세계는 하나이며 패러렐 월드(평행세계) 같은 건 존재하지 않았다. 하지만 어너더 월드(다른 차원의 세계)는 존재했다.

'이세계인'이 존재했으므로 그 사실은 자신도 파악하고 있었다. 그러나 이렇게나 다양한 세계가 있을 거라곤 베루글린드는 상상조차 하지 못했다.

전혀 다른 법칙에 따라서 돌아가고 있었으며, 인과가 맞물리며 돌고 도는 일도 없었다. 거대한 정신세계에 내포되는 물질세계로서 다종다양한 문명이 혼재하고 있었다.

검과 마법이 주류인 익숙한 세계부터 마력요소가 거의 없어서 마법을 쓸 수 없는 세계까지. 과학문명이라는 것이 발전하면서 인류가 기계화된 신기한 세계도 있었다.

'용종'이 자신의 힘을 최대로 해방하면 사라질 만큼 약소한 세계도 있었으며, 각성마왕에 필적할 수준의 천사랑 악마가 늘 싸움을 벌이는 황폐한 세계도 있었다.

베루글린드는 그런 세계를 돌아다녔다.

단, 그건 전부 자신의 의지가 아니라 이끌리는 대로 우연히 들르게 되는 형식의 여정이었다.

문명 레벨도 제각각 달랐으며, 그게 어떤 차원이고 어떤 시간축에 존재하는지도 베루글린드는 가늠할 방법이 없었다. 또한 평행세계가 겹쳐서 존재하는 일은 없기 때문에 동일한 시간축에 같은 존재가 중복되는 것은 불가능했다.

즉, 한 번 갔다고 해서 같은 장소에 또 갈 수 있는 것은 아니었던 것이다.

베루글린드가 존재하는 차원과 동일한 시간대라면, 정확한 시공간좌표를 인식할 수 있었다. 하지만 그곳에는 그 시점의 베루글린드가 존재하고 있으므로 얼티밋 스킬(궁극능력) '크투가(염신지왕)'의 '시공간도약'으로도 넘어갈 수 없었던 것이다.

그래서 베루글린드는 모든 세계, 모든 루드라를 기억하고 있었다.

성간세계의 함대사령관.

검과 마법의 세계에선 작은 나라의 대신.

마법이 없는 세계에선 희대의 사기꾼.

문명세계에선 가난한 과학자였다.

베루글린드가 그 세계로 불려가는 건 루드라의 '영혼' 조각이 깃들어 있는 자가 위기에 빠진 순간일 때가 많았다. 죽음의 위기에 처했을 때야 비로소 그 '영혼'이 빛을 발했기 때문이었다.

그래서 제시간에 구하지 못하면서 어린아이일 때 그대로 죽는 자도 있었다. 그건 너무나도 슬픈 일이었지만, 그게 운명이라고 베루글린드는 납득했다.

그리고 그건 그대로 '영혼' 조각이 빨리 모이는 결과가 되는지라 탄식할 필요는 없었다.

단, 자신의 손으로 시간을 빨리 돌리는 짓은 하지 않았다. 다양한 성격의 루드라를 지켜보는 것이 베루글린드에겐 낙이 되었기 때문이다.

핏줄에 의미가 없다는 것도 일찍이 깨달았다.

신체적 특징조차도 의미가 없었는데, 검은 머리인 자도 있는가 하면 붉은 머리인 자도 있었던 것이다.

하지만 그런 자들도 모두 베루글린드에겐 '루드라'였다.

그런 식으로 오랜 세월을 보냈다.

모은 '영혼' 조각도 크기가 점점 커지면서 아름다운 모양을 되찾아갔다.

베루글린드는 직감적으로 남은 '영혼' 조각이 얼마 남지 않았다는 것을 확신했다.

다음, 혹은 그다음이 마지막이 될 것이다.

그렇게 생각하면서 자신을 부르는 목소리를 그대로 따라 그 세계로 도약했다.

*

그곳은 황국이라고 불렸다.

그 황제의 방에 베루글린드가 시공을 초월하여 나타났다.

그때 입은 의상은 한 장의 비단을 그대로 몸에 두르는 방식의 옷이었다. 짙은 청색이었으며 베루글린드에게 잘 어울렸다.

그런 베루글린드를 보고 그녀의 정체를 물은 자는 그 방의 주인——늙은 황제였다.

"——누구냐?"

황제는 늙었기 때문에 체력도 떨어진 모습으로 크고 호화로운 침대에 누워 있었다.

그러던 중에 갑자기 방에 수상한 여자가 나타났다면 놀라지 않는 게 더 이상할 것이다. 침착하게 물어보는 것만 봐도 황제의 담력이 상당한 것이라는 걸 알 수 있었다.

베루글린드는 그의 반응에 딱히 내색하지 않았다.

"어머나? 이번에는 이미 노인이 되어 있었군요. 그 모습을 보니 예전의 그 야만족의 왕이 생각나네요."

베루글린드에게 '늙었다는 것'은 딱히 관계가 없었다.

그건 인간의 상태를 나타내는 한 형태에 불과하기 때문이었다.

그래서 여전히 사랑스럽다는 듯이 손을 뻗어 그 노인의 볼을 만졌고, 얼굴을 가까이 대면서 속삭였다.

"베루글린드라고 해요. 그게 제 이름이죠. 당신은요?"

"훗, 짐을 두려워하지 않는단 말인가. 그리고 그런 힘을 쓸 수 있다면 너는 신인가?"

베루글린드의 목을 향해 누군가가 칼을 들이댔지만, 그건 뒤로 돌아보지도 않고 하얀 손가락을 내밀어 막았다.

피 한 방울 흘리지도 않은 채 악귀를 벨 수 있는 파사(破邪)의 검을 받아낸 것이다.

물론, 그 칼로 공격한 자는 황제가 아니라 그의 수호자로서 곁

87

에 대기 중이던 자였다.

그의 이름은 아라키 겐세이.

악귀나찰이나 이매망량들로부터 황국을 수호하는 자로서 마를 물리치는 검을 맡은 자였다. 당대에서 제일가는 검사였으며 '오보로 심명류'의 현 당주이기도 했다.

아직 30대 초반인 젊은 나이임에도 불구하고 그 강한 실력 때문에 '황제수호자'로 임명된 남자였다.

그런 겐세이의 검조차도 베루글린드에겐 상처를 입힐 수 없었다. 그건 당연한 일이었지만 겐세이의 입장에선 이해할 수 있는 범위를 넘어선 이상사태였다.

"——내 검이 통하지 않는다니. 미나모토, 폐하를 지키는 건 너에게 맡기겠다."

"알겠습니다!"

겐세이가 미나모토라고 부른 자는 아직 20대 초반인 젊은 청년이었다.

미나모토 사부로. 겐세이와 마찬가지로 완전히 기척을 지운 채 황제의 경호를 맡고 있었다. 겐세이의 제자 중에서도 세 번째로 강한 수준의 달인이었다.

"어머나, 그렇게 경계하지 않아도 되는데. 당신들의 실력은 대단하겠지만 내가 보기엔 귀여운 수준이에요."

"좋을 대로 지껄여라. 네 말대로 내 실력은 너보다 못하겠지만 적어도 시간은 벌 수 있다."

"그건 그렇겠네요. 날 믿으라고 해봤자 받아들이지도 않겠죠. 뭐, 어찌 됐든 좋지만 그 사람을 억지로 끌고 나가진 말아줘요."

베루글린드는 어깨를 으쓱하고는 그렇게 말했다.

자신을 믿지 못한다는 건 당연하다고 처도 황제에게 부담을 주는 것은 허용할 수 없었기 때문이다.

베루글린드가 보기에 황제의 수명은 이제 얼마 남지 않았다. 그 마지막 불꽃이 자신 때문에 사그라지는 것은 참을 수가 없었다. 적어도 편안하게, 그의 마지막 시간을 지켜봐 주고 싶다는 생각을 한 것이다.

의외로 피해를 본 쪽은 미나모토였다.

베루글린드가 응시한 것만으로 온몸이 경직되고 말았다.

시선의 압력을 느낀 것만으로도 차원이 다른 실력의 차이를 깨달았다.

아니, 그런 수준이 아니었다.

지금까지 자신들이 상대해온 요괴나 요마가 귀엽게 느껴질 정도로 정체를 알 수 없는 상대임을 이해했다.

경애하는 젠세이의 검이 통하지 않은 단계에서 베루글린드가 위험하다는 건 알고 있었다. 그러나 그것조차도 아직 안일한 인식이었다는 것을 깨달을 수밖에 없었다.

자신의 임무를 완수할 수 없을 것 같다고 미나모토는 분통하게 생각했다. 그래서 거의 남아 있지 않은 기개를 억지로 쥐어짜면서 베루글린드를 노려봤다.

"당신은 요마의 수괴인가? 자잘한 싸움에 질려서 직접 나선 건가?"

식은땀을 흘리면서도 가벼운 말투로 물었다.

적어도 정체를 밝혀내자는 생각으로 한 말이었지만, 베루글린드는 그걸 이미 꿰뚫어 본 상태에서 대수롭지 않게 대답했다.

"요마? 이 세계에도 있는 모양이군요. 정말이지 어디서든 존재한다니까, 그것들은."

"호오, 요마와는 관계가 없단 말인가?"

"관계없어요. 애초에 당신들이 말하는 요마가 내가 아는 것과 같은지는 모르겠지만요."

베루글린드라면 어느 세계의 어느 언어이든 순식간에 해석하여 유창하게 말할 수 있었다. 그 세계에서 오가는 '사념'을 읽어들일 수가 있기 때문에 굳이 권능에 의지하지 않아도 되는 자신만의 특기였다.

단, 비슷한 개념만큼은 혼동되는 경우가 있어서 틀리지 않도록 주의할 필요가 있었다.

이번 경우에는 요마라는 개념에 주의할 필요가 있었다.

베루글린드가 아는 바에 따르면 그들은 요마왕 펠드웨이가 정점에 군림하는 팬텀(요마족)을 뜻하는 것이다. 온갖 차원에 존재했던 어그레서(침략종족)이며, 오랜 여행 중에 몇 번이고 베루글린드와 충돌한 적이 있는 적대자였다.

이 세계에도 존재했단 말인가. 베루글린드는 그렇게 생각하며 진저리를 냄과 동시에 그들이 다른 존재일 가능성도 고려했다.

"요마는 요마라고 말할 수밖에 없다. 그 정체는 짐도 자세히 모르니까."

베루글린드가 제기한 의문에 답한 자는 미나모토가 아니라 황제 자신이었다.

미나모토가 제대로 움직이지 못한다고 본 겐세이는 즉시 대응

방침을 바꿨다. 미나모토가 주의를 끄는 사이에 황제를 피신시키기 위해서 움직인 것이다.

임기응변으로 미리 논의하지도 않고 역할을 교대할 수 있을 정도로 겐세이와 미나모토의 신뢰관계는 확실했다.

성공할 가능성은 전무했지만 황제를 피신시키려는 작전은 시도해볼 가치가 있었다. 하지만 황제가 스스로 그걸 제지한 것이다.

"폐하?!"

"괜찮다. 이자에게선 왠지 그리우면서 반가운 느낌이 든다. 그리고 방위망을 펼쳐 놓은 제도 안에서도 가장 안전한 이 장소에서 대체 어디로 도망칠 수 있으리라 생각하느냐? 이자는 그 수많은 경비를 통과하여 이 자리까지 온 것이다. 안전하게 도망칠 수 있을 것 같지 않구나."

황제의 말은 옳았다.

황국, 그러니까 대일본정패제국(大日本征覇帝國)은 현재 강대한 적과 전쟁 중이었다. 그렇기에 이렇게 엄중한 경계태세를 취하고 있었으며, 그걸 빠져나온 시점에서 이미 패한 것과 같았다.

그리고 황제는 도저히 베루글린드를 경계하려는 마음이 들지 않았다. 스스로 말한 것처럼 그립고 반가운 느낌을 받았으며 왠지 모르게 안심이 되었다.

그래서 황제는 베루글린드를 믿기로 했다.

사정을 들어보고, 가능하다면 자신의 편으로 만들자는 생각을 한 것이다.

*

장소는 여전히 황제의 방이었다.

시녀에게 명하여 홍차와 가벼운 식사를 대접하게 했다.

"우선은 자기소개부터 할까요. 먼저 이름을 밝히겠는데 제 이름은 베루글린드라고 해요."

"내 이름은 겐세이. 아라키 겐세이라고 하오. 폐하를 수호하는 것이 내가 맡은 임무요."

"저는 미나모토 사부로라고 합니다. 황궁경호검사대의 대장을 맡고 있습니다."

"그렇군요, 잘 부탁해요. 그리고 루드라는요?"

베루글린드는 이 두 사람에겐 흥미가 없었다.

두 사람의 인사를 깔끔하게 넘기고 사랑하는 자를 향해 시선을 돌렸다.

"이 나이에 이렇게 아름다운 여자의 뜨거운 눈길을 받을 줄이야. 기분이 나쁘지는 않다만 내가 좀 더 젊었으면 좋았을 것 같다는 아쉬움이 없지는 않군."

"어머나, 루드라가 그런 입바른 소리를 할 때도 다 있군요. 참으로 흔하지 않은 경험이에요."

"후훗, 입바른 소리는 아니지만 뭐 상관없겠지. 짐의 이름은 오우하루라고 한다. 나름대로 잘 알려져 있을 것이라 생각했는데 지나친 자만이었나."

현제(賢帝)로서 그의 이름은 널리 알려졌지만 그건 휘(諱)였다. 진짜 이름이기 때문에 원래는 가벼이 입에 올려선 안 되는 것으로 여겨졌다.

상당히 친한 자라고 해도 그 이름으로 부르는 일은 없었다. 하지만 이 나라의 백성이라면 누구나가 알고 있는 이름이었으며, 동시에 그의 이름에서 경의를 느끼고 있었다.

그래도 베루글린드에게 그는 루드라였다. 오우하루라고 불러선 안 되기도 했지만, 애초에 그렇게 부를 생각도 처음부터 없었던 것이다.

"우후후, 당신을 모르는 게 당연하죠. 제가 이 세계에 온 것은 맨 처음 당신을 만난 바로 그 순간이었으니까요. 제가 아는 당신의 이름은 루드라예요. 그러니까 앞으로도 그렇게 부르도록 하겠어요."

다른 자가 들으면 무례하기 짝이 없는 말을 마구 내뱉고 있었다.

하지만 그건 공식적으로 허용되었다.

황제가 웃으면서 그렇게 하도록 허용했기 때문이다.

"허락하마."

"폐하?!"

"상관없다. 그걸로 여신의 환심을 살 수 있다면 싼 대가이지 않느냐. 하지만 공적인 자리에선 옆에 서 있는 것을 허용할 수 없겠지만 말이지."

"어머나, 왜죠?"

"짐에게도 입장이라는 게 있다. 누군지도 모르는 이름으로 나를 부르는 자를 곁에 세워뒀다간 신하들에게 쓸데없는 걱정을 끼칠 뿐이니까."

모두가 있는 자리에서 베루글린드가 힘을 보여주면 그건 그것대로 혼란이 발생할 것이다. 그래서 황제는 원만한 방법으로, 사람들에게 보여주지 않는 방향으로 이 일을 마무리하려고 한 것이다.

베루글린드도 그걸 이해했기 때문에 더 이상 고집을 부리진 않았다. 루드라가 부탁한다면 얌전하게 들어줄 생각이었으므로 일단은 그렇게 납득하기로 한 것이다.

지금은 그보다도 사정을 듣는 것이 먼저였다.

"그렇다면 남들 앞에 나설 필요가 있을 때에는 어떻게 할지 생각해볼까요. 그리고 지금이 어떤 상황인지 설명을 들을 수 있을까요?"

베루글린드는 자중 같은 건 하지 않았다.

루드라가 곤경에 처해 있다면 최선을 다해서 도와주고 싶었다.

그런 초월자의 태도를 보고 호위병 두 명은 두통을 느꼈다.

(베루글린드라는 자는 그 끝을 알 수 없는 실력자로군. 폐하의 말씀대로 신에 속하는 존재일지도 몰라. 기분을 상하게 하는 것보다는 도움을 청하는 게 이득이려나.)

겐세이는 그렇게 생각하고 있었다.

반면 미나모토의 심정은 훨씬 더 복잡했다.

(폐하를 모시는 자로서의 태도라고 볼 수는 없지만 왜일까? 그게 더 자연스럽다는 느낌이 드는군. 이래선 호위병의 자격이 없지만, 폐하께서 허락하셨다면 내가 따지고 들 문제는 아니지. 하지만 왕비님이랑 황자 전하께 어떻게 설명해야 할까…….)

좀 더 구체적으로, 지금부터 발생하게 될 문제에 대해 생각하고 있었다.

황제라는 위치에 있다면 첩이나 정부를 한두 명 둔다고 해서 비난을 받을 일은 없다. ──아니, 오히려 그 반대이다.

자식이 태어나면 세습 문제에도 얽힐 수밖에 없게 되므로, 집안이 확실한 여성이 아니면 안 된다. 또한 위치도 명확하게 해둘 필요가 있는지라 황후폐하와 측실 사이에는 넘을 수 없는 신분차이가 존재하였다.

이번 같은 경우에는 베루글린드가 측실이 되는 것을 납득시켜야 했다.

(과연 그런 처분을 받고도 참고 넘어갈 수 있는 여성일까? 황후로 삼으라고 주장한다면 우리도 어떻게 할 수가 없는데…….)

미나모토는 기본적으로 걱정이 많은 성격이라서 자신도 모르게 그런 생각까지 하고 말았지만, 그의 본분은 황궁경호이다. 아니, 황후랑 측실과 베루글린드가 충돌하게 되면 큰일이므로 지나친 걱정인 것도 아니었다.

황제를 지키는 것만 생각하면 되는 겐세이와 황궁 전체의 안전을 도모해야 하는 미나모토는 심리적 부담에도 큰 차이가 있었던 것이다.

하지만 지금은 우선 베루글린드의 질문에 대답해야 한다고 미나모토는 생각했다.

"그에 관해선 제가 설명하겠습니다. 우리 제국——대일본정패제국의 주변 환경은 아주 긴박한 상황이라고 할 수 있습니다. 지금 당장 존재하는 큰 적은——."

황국이란 것은 황제가 다스리는 나라라는 의미이며, 사실은 대일본정패제국과는 다른 의미를 지녔다. 당대의 명칭과는 달리 동방의 섬나라에서부터 연면히 이어져 내려온 존칭이었다.

황제와 그 수호자들이 마에 속한 자들로부터 국민을 보호하고 있었다. 그러나 그와는 별도로 이 세계는 극도로 혼미한 상태에 놓여 있었던 것이다.

　동방에선 황국이.

　남방에선 아제리아 합중국이.

　북방에선 대 러시암 왕조가.

　서방에선 신성 아시아 제국이.

　중앙에선 중화군웅 공화국이.

　각자의 지역을 대표하면서 5대 세력이 대두하고 있었다.

　수십 년 전까지는 패권을 다퉜지만, 이윽고 점차 균형이 잡혔다. 호시탐탐 다른 세력이 쇠퇴되기를 노리는 사이에 어느새 경제관계가 숙성되었다. 그렇게 되자 분쟁이 표면화되는 일은 사라졌으며 세계에 평화가 찾아왔다. ──그렇게 보였다.

　하지만.

　그렇다고 해서 다른 세력에 대한 불만이 사라지는 건 아니었으며, 이익을 얻는 자가 있으면 손해를 보는 자가 나오기 마련이었다. 그런 불만이 축적되면서 연기가 나기 시작했다.

　그러다가 4년 전에 그게 폭발한 것이다.

　계기는 중화군웅 공화국──중화에서 발생한 대규모 가뭄이었다.

　물이 부족해지면서 기근이 일어났고 역병이 만연했다. 민심이 흉흉해지는 것은 어쩔 수 없는 일이라고 해도 중화정부가 자신들의 위치를 지키기 위해서 그 불만의 화살을 외부로 돌려버린 것이다.

　이 사태에 전 세계가 휩쓸리고 말았다.

　중화가 맨 처음 칼끝을 겨눈 곳은 자신들의 나라와 마찬가지로 풍요로운 곡창지대를 보유한 남방이었다. 아제리아 합중국을 침공하는 것을 전국인민회의에서 만장일치로 가결한 것이다. 이게 전쟁이 시작되는 것을 알리는 신호가 되었다.

그리고 순식간에 전 세계에 전쟁의 불꽃이 퍼졌다.

중화가 군을 움직인 것을 보고, 그다음으로 움직인 곳은 북방이었다. 대 러시암 왕조가 중화를 향해 침공을 시작한 것이다.

그들이 노리는 것은 명백했는데, 바로 풍요로운 곡창지대와 만년부동항의 확보였다.

현재는 가뭄이라는 자연재해 때문에 고생을 하고 있지만 몇 년 안에 사태가 안정될 것이다. 그런 판단하에 대 러시암은 패권주의를 부활시킨 것이다.

중화가 그런 시도를 허용할 리가 없었다. 반격하기 위해서 잔존 병력을 집결시키면서 본격적인 전쟁상태로 돌입하게 된 것이다.

이런 사태에 휩쓸리게 된 곳이 바로 황국이었다.

식량수입을 중화에 의존하고 있었기 때문에 인도적인 지원이라는 명목으로 중화에 군을 파견하지 않을 수가 없었다. 군은 이번 전쟁의 조기종결을 노렸지만, 대 러시암이 이에 격노했다.

또한 아제리아 합중국과의 관계도 악화되었다.

아제리아와 중화, 둘 중 어느 쪽 편을 들 것인지를 강제적으로 골라야 했던 황국이 생명선인 중화와의 동맹을 선택하고 말았기 때문이었다.

이리하여 황국도 아제리아 합중국과의 전쟁에 돌입하게 되었다.

신성 아시아 제국은 처음에는 행동에 나서지 않았지만, 그 평화는 1년도 가지 못했다. 이번에는 그 나라에 기근이 발생하면서 각국에 대한 지원도 제대로 할 수 없는 상태에 빠진 것이다.

불행한 일은 계속 이어졌다. 석유비축기지에서 사고가 발생했다. 이로 인해 3년분의 연료가 소실되었다. 현장에 남은 흔적을 통해 범인은 대 러시암 왕조의 공작원인 것으로 단정했다.

신성 아시아 제국의 민심은 대 러시암에 반감을 품은 쪽으로 기울고 있었다. 그 기세를 타면서 결국엔 신성 아시아 제국까지 군사행동을 일으킨 것이다.

이런 일련의 흐름에 대해 의문을 품은 자가 있었다.

불신교, 성령교, 자유교로 불리는 3대 종파 중의 하나, 성령교의 성교회에 소속된 '괴승' 프루티넬라였다.

누군가의 악의가 느껴진다. ──그는 그런 신탁을 남겼다.

이 말을 듣고 각국의 성교회가 조사를 시작하면서, 요마라는 존재에 대한 실마리를 붙잡은 것이다.

하지만 이미 너무 늦은 뒤였다.

"그들이 원하는 대로 욕망과 분노를 부추김당했단 말이군요."

"면목이 없지만 그 말씀대로입니다. 냉정하게 생각했으면 명백히 이상한 걸 느낄 수 있는 과정이었죠. 하지만 한 번 불타오른 민중의 분노는 쉽게 사그라지지 않았습니다."

"성교회의 말을 들을 필요도 없었던 것이, 각국의 수뇌부도 전쟁이 발발한 지 1년도 되지 않아 이상을 감지하고 있었소. 그랬는데 군부 중에도 과격파가 있었거든, 그자들까지 적의 공작에 넘어가서 활발하게 활동하기 시작했고, 정신을 차렸을 때에는 이미 전쟁을 중단할 수 없는 상황까지 진행되고 만 거요."

미나모토의 설명에 겐세이도 보충설명을 했다.

각국도 같은 상황이었으며, 지금은 상층부의 의도에서 벗어난 전개를 보이고 있었다. 출격해버린 부대는 제어불능의 상태에 빠져 있다고 한다.

그리고 드디어 며칠 전에 바다 건너편에서 아제리아 합중국의 대함대와 황국이 자랑하는 제국해군 사이에 대해전이 일어났다.

그 결과는 패배였다.

사전조사에 따르면 전력은 서로 호각으로 나왔지만, 정작 뚜껑을 열어보니 세 배 가까운 전력차이가 있었기 때문이다.

"그 원인은 중화함대가 배신했기 때문입니다. 골치 아픈 일은 그게 본국의 의향과는 관계없이 일어났다는 거죠."

중화의 지도층도 파악하지 못했으니 첩보원도 정보를 알아낼 방법이 없었다. 알아차렸을 때는 이미 늦었으며, 당연히 통렬한 손해를 입고 말았다.

하지만 그 패배가 무의미한 것은 아니었다.

"이 정보는 내 제자가 목숨을 걸고 가져온 것이오. 적 함대에 특공을 시도하면서 산화한 콘도라는 사내가 죽는 순간에 '전달의 주술'로 알려준 것이지. 적 사령관들이 '요마'라는 이형의 존재에 조종당하고 있다고 하더군."

겐세이의 말로는 아제리아 합중국 대남해함대 총사령관 : 데이빗 레이건 및 중화군웅 공화국 동해함대 사령관 : 리진룽, 이 두 명이 이형의 힘을 발휘하여 콘도를 농락했다고 한다.

콘도는 자신의 역량으론 이길 수 없다는 걸 깨닫고 마지막까지 정보를 수집하기 위하여 노력했다. 그리고 연락이 끊겼다고 했다.

자신의 목숨을 허망하게 날려 보냈을 것이라고 겐세이가 무거운 말투로 말했다.

그 말을 듣고 베루글린드는 이해했다.

지금 겐세이가 한 이야기에 등장한 콘도는 베루글린드도 잘 아는 콘도 중위라는 것을.

콘도가 루드라에게 심취했던 것은 황제와 같은 기운을 느꼈기 때문일 것이라고.

콘도는 본능적으로 루드라와 오우하루의 '영혼'이 동일하다는 것을 알아차렸을 것이다. 그 사실을 깨달은 베루글린드는 처음으로 콘도에게 친근감을 느꼈다.

그리고 그제야 겨우 그의 충성심이 진짜였음을 믿을 수 있었다.

그렇게 되자 루드라뿐만 아니라 콘도가 남기고 간 미련에 대해서도 궁금해졌다.

잘 생각해보니 콘도는 조국을 지키지 못한 것을 원통하게 여기는 것 같았다. 그렇기에 두 번 다시 후회하지 않도록 수단방법을 가리지 않고 루드라를 위해서 일했던 거다.

그랬었다는 것을 이해한 베루글린드는 이제 와서 새삼스럽지만 콘도를 위해서 뭔가 해줄 일이 없을지 생각했다.

그 답은 단 한 가지.

콘도의 미련을 덜어주는 것밖에 없다.

그렇게 결의한 베루글린드는 더욱 진지하게 이야기를 들어야겠다고 마음을 고쳐먹었다.

그런 사실은 모른 채, 미나모토는 설명을 계속 이어갔다.

인간에게 빙의하여 조종하는 능력이 있는 이형의 존재는 빠른 속도로 각국의 수뇌부에 전염되었다. 하지만 실제로 누가 조종당하고 있는지는 현장에 있지 않은 수뇌부로선 파악할 방법이 없었다.

평소의 행동 패턴에서 벗어난 자가 수상하기는 하지만, 작전행동 중인 장교나 관리들을 다시 불러들이는 것도 어려웠다.

사실을 공표하자는 의견도 있었지만, 그랬다간 틀림없이 패닉을 일으킬 것이다. 상관이 요마일 수도 있다고 생각하는 자도 나타날 것이고, 그렇게 되면 지휘계통까지 파괴될 수 있었다.

또한 국내에서도 마녀사냥으로 발전될 우려가 있는 데다, 그렇게 되면 대참사가 벌어질 것이다. 그것만큼은 저지해야 한다고 생각한 끝에 비밀리에 조사가 진행되었다고 한다.

그 결과 알아낸 것은, 요마가 요괴 같은 것과는 달리 조직적인 행동을 취하고 있다는 것이었다. 더구나 명확하게 침략할 의도가 있는 상태에서 전 세계를 무대로 암약하고 있었던 거다.

"그리고 말이죠, 녀석들은 강합니다. 우리 황국에선 요괴가 얼마나 강한지는 '괴급(怪級)'이라는 척도로 나타냅니다만, 가장 약한 것으로 보이는 개체조차도 상위괴급에 필적할 수준이죠. 상급검사나 상급술사의 공격도 제대로 먹힐지 의심스러울 만큼 무시무시한 실력을 지니고 있습니다."

'괴급'이라는 것은 위에서 순서대로 신불(神佛), 귀룡(鬼龍), 천요(天妖), 상급요괴, 중급요괴, 하급요괴라는 여섯 단계로 평가기준이 나뉘어 있었다. 중급이나 하급을 이매망량이라고 부르며, 상급요괴부터 귀룡에 이르기 전인 천요까지는 악귀나찰로 부르고 있었다.

이번에 출현한 요마는 가장 약한 첨병조차도 천요급이었다.

콘도와 그 부하들은 적 함대에 특공을 시도했을 때 정체를 밝혀냈다고 한다. 그리고 적의 수괴에게 패하면서, 그 정보만을 전했다고 했다.

"콘도 씨는 데이빗이나 리진룽의 '괴급'을 귀룡 이상이라고 예상했습니다. 저도 그 판단이 틀리진 않다고 확신합니다."

"왜죠?"

"그건 콘도 씨가 이곳 일본에서 1, 2위를 다툴 만큼 강한 자였기 때문입니다."

비록 특공을 시도할 수밖에 없었지만, 그 시점의 콘도도 그 레벨(기량)은 초일류였다. '오보로 심명류'의 극의인 〈기투법〉을 구사할 줄 알았기 때문에 상위귀룡급의 전투능력을 보유하고 있었던 것이다. 그런데도 패하고 말았다는 것은 적이 두 명 있었기 때문이라고 생각할 수 있다.

"확실히 그 남자는 그럭저럭 강하긴 했죠."

"──?"

"네?"

"혹시 타츠야를 알고 있나?"

"그래요, 루드라. 콘도는 제가 있던 세계에서도 당신을 따르고 있었죠."

"짐을? 그랬군, 루드라라는 자가 짐과 동일한 '영혼'을 지닌 자라고 했었지."

"그 말대로예요. 그리고 콘도는 그곳에서도 당신을 위해서 싸우다가 자랑스럽게 죽었어요."

"……"

황제는 아무 말도 하지 못하겠다는 듯한 표정으로 입을 다물었다. 충실한 부하였던 남자의 죽음에 깊은 실망을 느끼고 있었다.

"그럴 수가. 콘도 씨가……."

미나모토는 믿을 수가 없다는 듯 망연자실한 표정으로 중얼거렸다. 그만큼 콘도라는 검사의 실력은 뛰어났으며, '어쩌면 살아 있지 않을까. 어쩌면 요마에 대한 비장의 무기가 될 수 있지 않을까'라는 생각을 하곤 했었다.

죽었다는 사실을 전해 들으면서 어떻게 해야 좋을지를 모르게 되고 말았다.

"콘도가 살아 있기를 기대했는데 아쉽군."

스승인 겐세이는 태연한 태도를 유지한 채 그렇게 말했지만, 속으로는 희미하게 살려놓은 희망이 사라진 슬픔을 애써 감추느라 필사적이었다.

책임을 져야 하는 위치에 있는 자로서 감정이 흐트러진 모습을 보이는 건 말이 안 되는 짓이다. 자신만큼은 냉정함을 유지해야 한다고 생각하면서 마음을 굳게 다잡았다.

그 자리에 있는 모든 자가 베루글린드의 말을 믿었다. 그건 이상한 일이었지만, 그녀의 말에는 거짓이 없다는 걸 신기하게도 감지할 수가 있었던 것이다.

베루글린드는 그 자리에 있는 자들에게 콘도의 최후를 들려주었다. 그와 동시에 콘도의 실력을 기준으로 적의 정체를 추측해 보려고 했다.

('다른 세계로 건너오기' 전의 콘도의 힘으로 쓰러트릴 수 없었으니까 천요급이라는 자도 대단치는 않은 것 같은데? 애초에 '요마'라는 존재는 팬텀이리라 생각하지만, 그렇다면 내 적수는 안

될── 아냐, 방심하면 안 되지. 기준이 없으므로 당장 판단할 수는 없으니까 당분간은 적의 실력을 살펴보기로 하자.)

최강인 '용종'답게 베루글린드는 자신만만했지만 리무루에게 패하면서 조심성을 몸에 익혔다. 십중팔구 자신의 적수는 되지 못할 거라고 생각하면서도 정보가 더 많이 모일 때까지 판단을 보류하기로 한 것이다.

사실, 이 시점에서 그녀의 추측은 옳았으면서도 틀렸다.

이 세계에선 마력요소의 농도가 낮아서 뛰어난 힘을 지닌 강한 마물 같은 건 존재하지 않았다. 말 그대로 '이계'에서 흘러들어 온 특수개체에 불과한 존재가 신불이라는 이름으로 불릴 만큼 맹위를 떨치고 있었다.

그런 개체도 수로 밀어붙이는 싸움에는 이기지 못했으며, 검사랑 술사들의 연계공격으로 인해 지금은 거의 보이지 않을 정도로 그 수가 줄어들었다. 그렇기에 마력요소가 응축된 곳도 생기지 않았다. 따라서 강력한 마물이 자연적으로 발생하기는 어려운 환경을 갖추고 있었다.

지금의 베루글린드는 베루도라와 달리 자신의 몸 안에서 마력요소의 순환이 완벽하게 이뤄지고 있었다. 대기 중에서 보급할 필요도 없으며, 몸 밖으로 배출될 일도 없었다.

이건 다양한 세계를 돌아다닐 때 몸에 익힌 기술이었다. 그래서 이 세계의 마력요소 농도에 신경을 쓰지 않아, 그 사실을 깨닫지 못하고 있었던 거다.

애초에 세계를 반대로 넘어가는 것은 일반적으로는 불가하다. '명계문'을 통해서 간다고 해도 문의 크기에 따라서 제한을 받는다.

베루글린드처럼 아무런 제약도 없이 '시공간도약'을 할 수 있는 것이 세계의 법칙에서 벗어난 것이었다.

그런고로 마력요소로 가득 찬 베루글린드의 출신지에 비하면 이 세계에서 실력을 나타내는 기준은 크게 뒤떨어져 있었다.

그 사실은 이 직후에 바로 판명나게 된다.

＊

황제까지 참가한 정보교환을 통해서 베루글린드는 대강의 사정을 파악할 수 있었다.

이 세계는 이대로 가면 기사회생은 불가능하며, 머지않아 침략자의 손아귀에 들어갈 것이라는 걸.

각국의 수뇌부도 그 사실을 깨닫긴 했지만, 이젠 어떻게 할 수 없을 정도로 민중의── 그들의 뜻을 구현하는 군부의 폭주를 허용해버린 것이 현재 상황이었다.

"그래서 적들의 움직임은 어떤 상태죠?"

콘도가 소속된 제국해군을 격파한 적의 연합함대는 그 후의 움직임을 알 수가 없었다. 황국의 잔존함도 있었을 텐데 완전히 연락이 두절되고 말았다.

"원래는 패배가 확정된 시점에서 항복했겠지. 그런 정보도 본국에 전해져야 할 테지만 그런 연락도 없었소."

"저희가 판단하기로는 요마에게 나포되었을 것으로 추측하고 있습니다. 적은 인류의 규칙에 얽매여 있지 않으니까 항복을 받아들이지 않았을 가능성도 있습니다만……."

"콘도의 말도 신경이 쓰이는 바요. 조종당하고 있었다는 표현을 보면 요마는 인간에게 빙의하는 성질을 가지고 있다는 뜻이 아닐까 하거든. 그렇다면 생존자는 절망적이오."

정보를 가지고 돌아온다는 임무를 지닌 자도 있었다. 그런데 연락이 전혀 없다고 한다. 모든 자가 요마에게 빙의되어버렸다면 이런 상황도 설명이 되긴 한다.

"대남해라면 도망칠 곳이 없으니까 말이죠. 각국에서도 각 함대에게 조사해보도록 지시했다고 합니다만 반응은 없다고 하더군요. 그들이 굳이 거짓말을 할 이유도 없으니 우리 전력은 빼앗긴 것으로 봐도 틀리진 않을 것이라 생각합니다."

어디까지나 가능성 중의 하나이지만, 그게 사실이라면 상황은 최악이었다.

인류 최강의 검사조차도 적의 수괴에 맞서지 못했다. 그런데다 정예 군인들이 적인 요마에게 희생이 되었을지도 모르는 상황이었다. 더구나 앞으로는 군을 동원한 반격이 불가능해진 것은 물론이고, 오히려 적이 되었을 가능성이 컸다.

아무런 방법이 없었다.

그래서 겐세이와 미나모토는 제도방위에 온 힘을 쏟기로 한 것이다.

"시간벌이에 지나지 않아요. 물론, 당신들도 이해하고 있겠죠?"

"당연하지. 현재 상황에서 우리가 쓸 수 있는 방법은 단 하나. 신뢰할 수 있는 자를 파견하여 적의 동향을 알아보고 있소. 그 후에 전 세계의 최고전력을 집결시켜서 적의 수괴를 격파할 생각이오."

"성공률이 낮은 작전이라고 생각하지만, 그것밖에는 방법이 없을 것 같습니다. 콘도 씨도 상대가 한 명이었다면 분명 쓰러트릴 수 있었을 겁니다! 귀룡급 이상이 두 명이었기 때문에 도망칠 수도 없었던 거죠. 그러니까 아라키 스승님이랑 저, 그리고 아마리 씨랑 다른 나라의 영웅들이 힘을 합치면 요마의 수괴라 하더라도 쓰러트릴 수 있을지 모릅니다!!"

아마리 마사히코라는 남자는 콘도와 1, 2위를 다투는 미나모토의 사형이었다. 더구나 이 남자는 검술뿐만이 아니라 법술 실력도 최고의 수준이었다. 첩보활동에 능하여 현재도 극비임무에 종사하고 있었다.

그리고 이 일본에는 그 외에도 숨겨진 강자가 있었다.

오우하루 황제는 밝히지 않았지만 '황제수호자'는 겐세이 이외에도 더 있었던 것이다.

또한 각국에도 이름난 영웅들이 있었다.

일반적인 사회에 침투해 있는 자들뿐만 아니라, 어둠의 사회에는 '괴급'으로 치면 귀룡급 이상인 자들까지 존재했다.

유명한 자로는 아까 언급했던 북방의 '괴승' 프루티넬라나 중화의 '권성(拳聖)' 쉔파가 있을 것이다. 황국에 전해지는 이야기만으로도 두 영웅은 범상치 않은 실력자라는 것을 알 수 있었다.

이 세계적인 위협을 상대하려면 그런 영웅들이 힘을 합칠 수밖에 없다. 그러지 못한다면 남은 것은 멸망뿐이다.

하지만 그게 꿈만 같은 이야기라는 것도 또한 오우하루가 통감하는 바였다.

그리고 문제는 그것만 있는 게 아니었다.

"문제는 적의 수괴가 두 명이라고는 한정할 수 없다는 점이지. 그리고 그렇게 생각하고 싶지는 않지만——."

"더 강한 상위의 존재가 있다면 곤란하다는 뜻인가요?"

"바로 그거요."

베루글린드의 지적에 겐세이는 괴로운 표정으로 고개를 끄덕였다.

귀룡급의 괴이를 쓰러트리려면 같은 급 이상의 전사를 두 배로 배치해야 한다는 것이 기본적인 전제였다. 하지만 적의 규모조차 파악하지 못한 현재 상황에선 전 세계의 영웅이 집결한다는 건 불가능했다.

황국도 그렇겠지만, 자국의 요인 경호가 제1순위였다.

문제는 산더미처럼 쌓여 있었다.

귀룡급에 해당하는 요마를 하나씩 이끌어낼 수만 있으면 최상이다. 그게 무리라고 해도 이길 수 있는 수만 상대해야 한다. 만약 적의 숫자가 더 많다면 그 시점에서 패배는 확정적이었다.

하지만 지금 이때부터 사태는 변동했다.

골치를 썩이며 고민하는 겐세이에게 베루글린드가 구원의 손길을 내민 것이다.

"흐응, 문제가 많군요. 좋아요. 나도 도와줄 테니까 우선은 당신들의 실력을 보여주세요."

"뭐? 갑자기 무슨 말을——."

"적을 모르면 작전도 세울 수 없잖아요. 그러기 위해서라도 요마라는 존재의 실력을 알고 싶어요."

"당신, 지금 무슨 소리를 하는 거요?"

"간단해요. 겐세이라고 했죠? 당신이 콘도의 스승이라면 실력
은 그와 동등하거나 그 이상이겠죠? 저는 이 세계에 막 왔기 때
문에 이곳 사람들이 얼마나 강한지에 대한 기준을 몰라요. 그러
니까 당신이──."

"그렇군, 이해했소. 나와 콘도를 비교하자면 레벨(기술)은 내가
위이지. 아직 보여주지 않은 오의도 있는 데다, 본가에게만 전해
지는 최고 오의도 있고 말이야. 하지만 그 남자의 신념은 칭찬할
만하오. 그 기백은 대단했으며 승리에 대한 집념도 범상치 않았
지. 진심으로 싸웠다면 승패는 그때의 운에 맡겨야만 했을 거요."

쉽게 말해서 호각이라는 뜻이다.

어느 정도 차이가 있다고 해고 그건 베루글린드에겐 미묘한 오
차일 뿐이었다. 기준으로는 충분했기 때문에 지금 당장 겐세이의
실력을 시험해보기로 한 것이다.

＊

수련장으로 장소를 옮겼다.

미나모토에겐 최고오의를 보여줄 수 없다며 겐세이가 자리를
옮기도록 한 것이다. 그래서 이곳에는 황제 이외에는 다른 입회
인이 없었다.

베루글린드는 복장도 그대로였고 맨손인 상태에서 겐세이를
응시했다.

겐세이는 애용하는 검을 손에 든 채 주저하는 모습을 보였다.

한 장의 비단을 몸에 두르는 방식의 옷은 움직임을 방해할 정

도는 아니지만, 누가 봐도 전투에는 어울리지 않았다. 하물며 방어력 같은 건 기대할 수도 없을 것 같았다.

겐세이가 최선을 다해 기술을 써서 공격한다면 그건 필살을 의미한다. 그래도 베루글린드에게 이길 수는 없으리라 생각했지만 자칫하면 상처를 입힐 수도 있다고 생각한 것이다.

겐세이는 마음을 먹고 베루글린드에게 물었다.

"하나 묻고 싶군. 무례한 질문일지도 모르지만 진검으로 공격해도 되겠소? 내 유파의 최고오의를 쓴다면 아무리 당신이라도 무사하지 못할 수도 있는데……."

베루글린드도 그게 자신을 걱정하여 물어보는 것이라는 것을 이해했다. 무시해도 좋았지만, 그의 배려를 받아들여서 겐세이를 안심시켜주기로 했다.

그래야 그가 자신의 실력을 발휘할 수 있을 것이라는 의도도 담겨 있었다.

"자상하군요. 하지만 안심해요. 당신의 그 무기, 타도(打刀)라고 했던가요? 상당히 오래되고 질도 좋아 보이지만 아쉽게도 나에겐 통하지 않아요. 그러니까 신경 쓰지 말고 마음껏 공격하세요."

실제로 겐세이의 칼은 유니크(特質)급에도 미치지 못하는 성능을 가지고 있었다. 마력요소가 희박한 이 세계에선 칼이 진화되는 현상은 일어나지 않는다.

그리고 겐세이는 베루글린드의 도발을 받아들였다.

"키에엣!"

폭발적으로 상승하는 투기를 집중시켜서 '오보로 심명류'의 최고오의, 겹벚꽃──팔화섬(八華閃)──을 날린 것이다.

하지만 슬프게도 꽃은 피지 않았다.

그 절기는 베루글린드의 손가락에 의해 막혀버린 것이다.

변환자재로 검이 움직이긴 했지만 분열된 것은 아니었다. 평범한 사람은 포착하지 못할 속도라고 해도 베루글린드가 보기엔 너무 느렸다.

"그게 최선을 다한 공격이라면 이제 충분해요."

"큭, 내가 졌소……."

그건 이미 실력 차이라는 말로는 정리가 안 되는 수준이었다.

하늘과 땅, 아니 그 이상으로 겐세이와 베루글린드 사이에는 넘을 수 없는 격차가 존재했다. 조금 전의 결과로 그 사실이 명백해진 것이다.

이리하여 겐세이의 실의를 대가로 삼으면서 베루글린드는 정확한 정보를 손에 넣었다.

겐세이의 팔화섬은 본가에만 전해지는 오의이며, 콘도에겐 전수되지 않았다.

이 세계에선 틀림없이 최고이자 최강의 위력을 자랑할 만했다. 따라서 그 위력만 본다면 귀룡급을 넘어서 신불급에게도 효과를 미칠 수 있으리라 생각했다.

"당신은 정말로 신이요?"

"이 세계를 만들어낸 자는 내 오빠이지만 신은 아니에요."

"그렇군…… 우리의 인식에 따르면 그런 자를 신이라고 부르는데 말이지."

"신이라는 개념은 시간과 장소에 따라선 그 인식에 차이가 있죠. 당신이 그렇게 생각하든 말든 나는 개의치 않겠지만, 나를 소

멸시킬 수 있는 존재도 있다는 사실은 기억해주면 좋겠네요."

베루글린드가 떠올린 것은 늘 자유분방했던 슬라임이었다.

그 자에게 졌다는 걸 생각하면 부아가 나지만, 한 번 더 싸워도 이기지 못한다는 건 의심할 여지가 없었다.

(그렇다고 해서 리무루가 '신'이란 생각은 들지 않는단 말이지. 결론을 말하자면 그런 존재는 없다는 게 정답이지 않을까?)

베루글린드는 그렇게 생각했다.

솔직히 말해서 아무리 생각해도 답이 나오지 않는 의문이므로 바로 다른 생각을 했다.

중요한 것은 이 세계의 적.

요마에 관한 것이다.

"대련해줘서 고맙소. 자신이 얼마나 미숙하고 보잘것없는지 통감할 수 있었소. 이 경험을 살려서 앞으로는 더욱 정진하도록 하지."

겐세이가 한 말을 적당히 응하면서 넘겼다.

그리고 베루글린드는 빠르게 가설을 세워나갔다.

겐세이와 콘도의 실력은 거의 호각. 그러나 그 실력은 처음 만났을 때와 콘도에 비하면 크게 뒤떨어지는 것이었다.

물질세계의 인간이 자신이 살던 세계로 넘어오면 대부분은 농밀한 마력요소에 의해 죽음에 이른다. 하지만 드물게도 마력요소에 의해 몸이 다시 만들어지면서 강인한 존재로 다시 태어나는 자가 있었다.

그런 자들이 베루글린드의 고향에서 '이세계인'이라고 불리는 자들이었다.

(그렇겠지. 잠시 잊어버리고 있었어. 이 세계는 마력요소가 희

박해. 그러니까 마법을 발동시키기도 어려울 테고 신체강화의 수준도 낮을 거야. 육체강도는 태어났을 때의 상태가 그대로였을 테니까 오히려 이렇게까지 위력을 낼 수 있는 게 대단한 거지.)

베루글린드는 손가락에 느껴지는 충격을 떠올리면서 그렇게 판단했다.

자신의 고향에서 정해진 기준에 따르면 A랭크 정도는 되는 위력이었다. 레어(희소)급 정도 되는 무기로 용케도 이렇게까지 위력을 낼 수 있다는 것에 감탄했다.

그리고 그렇게 되면 적의 실력도 어느 정도인지 상상할 수 있었다.

(천요급이 B랭크 상위수준에서 A−랭크 정도가 되겠군. 귀룡급이면 잘해야 A랭크 오버쯤 되려나? 그렇다면 요마라는 건 역시 팬텀(요마족)이 틀림없을 것 같아.)

팬텀은 반정신생명체인 어그레서(침략종족)이다. 물질세계에선 육체를 얻지 못하면 짧은 시간밖에 활동하지 못하는 것으로 알고 있다. 특히 마력요소가 적은 이 세계에선 인간에게 빙의하지 못하면 에너지 효율이 극도로 좋지 않을 것이다.

그래서 그 본래의 힘을 발휘한다면 인간의 육체로는 버텨내지 못할 것이다.

(약해진 상태란 말이로군. 뭐, 이 세계는 마력요소로 보호를 받을 수 없으니까 큰 힘을 사용하면 망가지고 말 거야. 멸망시킨다면 또 모를까 침략하는 중이라서 힘도 제어하고 있는 걸까? 그렇기 때문에 현재 콘도의 실력으로도 싸울 수 있었겠지만…….)

팬텀도 진지하게 싸운다면 이 세계의 인간들에겐 승산이 없다.

베루글린드를 그렇게 결론을 내리면서 지금 여기에 자신이 있다는 행운에 미소를 지었다.

베루글린드에겐 팬텀의 수괴인 요마왕 펠드웨이가 상대라고 해도 어떻게든 이길 수 있다는 자신감이 있었다. 그래봤자 이런 침략대상지에 펠드웨이가 직접 찾아올 일은 없을 것이니 그런 걱정은 기우일 것이라고도 생각했다.

실제로 베루글린드가 예상한 게 옳았다.

이 세계를 침공 중인 자들은 '삼요사(三妖師)' 코르느 휘하의 요마군 선발부대였다.

또한 이 세계에 자연적으로 발생한 '명계문'의 사이즈는 작았기 때문에 코르느의 본체가 출현하는 것은 불가능했다. 현재는 확장작업 중이며, 세계가 지배될 때까지는 약간의 유예가 있었다.

그렇게까지 정확하게 꿰뚫어 본 것은 아니지만, 베루글린드에게 있어선 충분한 결론이었다.

＊

평상심을 유지하는 듯이 보였지만, 실은 겐세이는 실망하고 있었다.

당연했다.

최강이라고 믿었던 검기가 베루글린드에겐 전혀 통하지 않으니까.

오의조차도 아무런 효과가 없었다. 차원이 다른 존재라는 것을 이해하긴 했지만 감정적으로 납득하기는 어려웠다.

그래도 겐세이는 단단한 강철 같은 정신력으로 마음이 흐트러지지 않도록 노력했다. 그런 겐세이를 보면서 베루글린드는 미소 지었다.

"당신은 자랑스럽게 생각해도 좋아요. 마력요소가 거의 없는 이 세계에선 당신만큼 강해질 수 있는 자는 많지 않을 테니까요. 마력요소를 받아들여서 육체가 강화된다면 '선인'은 물론이고 '성인'의 단계까지 이르렀을 텐데. 그 점은 안타깝긴 하네요."

"선인이라. 나에겐 아득히 먼 경지로군."

"그렇지도 않지만 그러네요. 저와 대련해준 답례로 당신에게 상을 주도록 하죠. 받아주겠어요?"

"상이라고?"

"그래요. 당신이 바란다면 그 타도를 제힘으로 개조해주겠어요."

베루글린드는 그렇게 말하면서 미소 지었다.

그녀라면 '물질창조'로 갓즈(신화)급에 해당되는 무기를 만들어 낼 수 있었다. 이번 같은 경우에는 겐세이의 칼에 마력요소를 주입하여 진화를 이끌어낼 생각이었다.

"그런 일까지……."

가능하단 말인가?

겐세이는 당혹스러웠지만 이제 와서 새삼스러운 일이라고 생각하면서 마음을 고쳐먹었다.

베루글린드라는 여성은 겐세이가 이해할 수 있는 범위를 넘어서는 천상의 존재였으며, 그녀가 할 수 있다고 말한다면 할 수 있을 것이라고 겐세이는 납득했다.

(선조들이 물려준 가보지만 베루글린드 공을 믿고 맡기는 것도

좋은 여흥이 되려나.)

겐세이는 그렇게 각오한 뒤에 베루글린드에게 머리를 숙이면서 애도를 내밀었다.

"부탁하오."

"그래요, 저에게 맡겨요."

베루글린드는 크게 고개를 끄덕이면서 그 칼을 받았다.

평소에는 가볍게 청룡도를 만들어내곤 하지만, 이번에는 그런 것과는 경우가 달랐다. 신중하게 칼의 성분을 파악했고 섬세한 조정을 가하면서 자신의 마력요소를 주입했다.

전투할 때보다 더 진지한 표정으로 베루글린드는 작업을 이어갔다.

그리고 30분 정도의 시간이 지났다.

과거의 대장장이 장인이 발휘한 절묘한 기술과 베루글린드가 완전히 제어한 마력요소에 의한 강화. 이 두 가지가 맞물리면서 그 칼은 신화의 광채를 반짝일 수 있도록 바뀌었다.

"완성됐어요."

원래 무기진화는 수백 년은 물론이고 수천 년도 걸릴 수 있는 과정을 통해 이뤄지지만, 베루글린드는 그 짧은 시간에 겐세이의 애도를 갓즈급으로 만들어낸 것이다.

"이, 이건……?!"

"이 세계에는 존재하지 않을 만큼 최고의 무기가 됐어요. 그래도 지금의 당신은 제대로 다루지 못하겠지만……. 그래도 그 칼에는 의지가 담겨 있어요. 칼이 인정한다면 조금은 힘을 빌려줄 거예요."

그게 당신일지, 당신의 자손이 될지는 모르겠지만 말이죠.
──그렇게 생각하면서 베루글린드는 웃었다.

그 미소는 너무나 아름다워서, 겐세이의 마음을 현혹시키기에는 충분했다.

*

시간은 저녁때가 되었다.

식사시간이 되었기 때문에 오우하루는 자신의 방으로 돌아갔다.

베루글린드도 식사에 초대를 받았다. 간만의 기회였기 때문에 함께 먹기로 했다.

황궁의 시녀들은 엄선된 인재 중에서 선발된 자들이었다. 훈련을 잘 받았으며, 무슨 일이 있어도 쉽게 동요하지 않았다.

베루글린드를 봐도 눈썹 하나 까딱하지 않은 채 당연하다는 듯이 식사 준비를 시작했다.

미나모토는 문밖에서 경호하는 임무를 맡았으며, 겐세이는 오우하루의 뒤에 서서 대기했다. 자리에 앉을 자는 두 명뿐이었다.

"그건 그렇고, 그대는 이제 어떻게 할 생각인가?"

"당신 곁에 있을 거예요. 그리고 당신을 지킬 거예요."

"그 마음은 기쁘지만, 우리 편이 되어주겠다는 뜻으로 받아들여도 되겠는가?"

"네, 그래요."

그렇게 대답하면서 웃는 베루글린드는 루드라의 곁에 있는 것만으로도 행복했다.

그런 베루글린드의 반응에 당혹스러워하면서 오우하루는 물었다.

"후후후, 그렇다면 이 세상에서 전쟁을 사라지게 하여 짐을 안심시켜주기라도 하겠단 말인가?"

물론, 그건 가볍게 농담으로 한 말이었다. 그런데도 베루글린드는 웃으면 대답한 것이다.

좋아요, 라고.

"당신이 바란다면 이 세계를 선물해주겠어요. 필요 없는 나라는 사라지게 만들면 되고, 불만을 말하는 자도 그 입을 다물게 해주겠어요. 그 전에 방해가 되는 요마들을 먼저 전멸시켜야겠네요."

너무나도 순진한 표정으로 웃으면서 대답하는 베루글린드를 보고 그 자리에 있는 모든 자가 아연실색했다. 시중을 들고 있는 시녀가 자신도 모르게 수프를 엎질러버렸을 정도였다.

그게 진심으로 한 말이라는 것을 모두가 직감적으로 느꼈다.

진심으로 하는 말이라고 해서 그 모든 것을 다 해낼 수 있는 것은 아니므로 허풍도 이만저만한 허풍이 아니었다. 다른 자가 한 말이라면 무슨 헛소리를 하는 거냐고 비웃음을 샀을 것이다.

그러나 그렇게 할 수 없는 뭔가가 베루글린드에겐 존재했다.

하물며 베루글린드의 본질을 아는 겐세이라면, 그게 농담은커녕 현실적으로 가능하다는 걸 알 수 있었다.

오우하루도 마찬가지였다.

"하하하, 이렇게 웃어본 것은 실로 오래간만이로구나. 시녀들이 진담으로 받아들일 농담을 입에 올리다니, 그대도 제법이로군. 호기로운 발언은 유쾌했지만 그 마음만은 받아두기로 하지."

그런 말로 얼버무리면서 어색해진 분위기를 겨우 넘겼다.

베루글린드가 평범한 자가 아니라는 것은 새삼스러울 일도 아니었으며, 저녁식사 자리에서 나눈 대화를 통해서도 그 사실은 명백해졌다.

그냥 강하기만 한 게 아니라 그녀의 머릿속도 섣불리 상대하기 힘들었다.

자신을 위해서라면 진심으로 뭐든지 할 것이라는 걸 오우하루도 이제는 이해했다.

만약 다른 나라를 멸망시키라고 명령한다면, 베루글린드는 그 명령을 실행할 것이다.

그녀에겐 선악은 2차적인 문제이며 중요한 것은 오직 오우하루의 뜻이었다.

솔직히 말해서 오우하루가 이렇게까지 곤혹스러웠던 것은 태어나서 처음 겪어보는 경험이었다.

황국의 차기황제로서 태어났고 무엇 하나 부족함이 없이 살았다. 단, 자유도 또한 없었지만, 그게 바로 왕이 될 자의 책무라고 어릴 적부터 교육을 받았다.

필요한 것은 무엇이든 손에 들어왔지만, 진정으로 바라는 것은 포기할 수밖에 없었다.

연애 같은 것은 환상이었고 아내로 받아들인 것은 자신의 뒷배가 되어줄 공작가의 아가씨였다. 그건 계약과 같은 것이었으며 거부는 아예 불가능했다.

총명한 오우하루는 청년이 되기 전에 깨달았다.

허망함이야말로 진리라는 것을,

이 세상은 몽환과 같다는 것을.

허망하기에 꿈을 이루기 위해서 최선을 다해 노력하는 것도 좋은 선택이었다.

그 반대로 운명에 저항하지 않은 채 몸을 맡기면서 날마다 느끼는 조그마한 행복을 차근차근 쌓아가는 모습도 아름다웠다.

오우하루가 선택한 것은 후자였다. 좋아하는 일을 하면서 살고 싶다는 바람은 모든 것을 손에 넣을 수 있는 황제라고 해도 이뤄질 일이 없는 사치였으니까.

그런 오우하루였기 때문에 베루글린드에게는 더더욱 놀랄 수밖에 없었다.

그녀의 자유로움은 누구에게도 속박되지 않을 것이다. 그런데도 오우하루 한 명만을 따르겠다고 말했다.

(신기한 여자다. 아니, 여신이었지. 짐이 루드라라는 자의 대리라고는 해도 의외로 순수한 호의는 낯간지럽게 느껴지는군.)

그렇게 느낀 오우하루는 오랜만에 온화한 저녁식사를 즐겼다.

＊

날이 밝으면서 다음 날 아침.

오늘은 합동참모 본부가 주최하는 회의가 열릴 것이다.

이 자리에서 문제가 되는 것은 베루글린드를 어떻게 대해야 하느냐 하는 것이었다.

오우하루가 선언한 대로 제3자 앞에서 연인 같은 태도를 보이는 건 엄금이었다.

그렇다면 베루글린드의 신분을 어떻게 설명할 것인지, 그걸 우선 생각할 필요가 있었다.

그다음 문제가 되는 것은 복장이었다.

이국의 의상을 입고 나오는 건 아예 논외였다.

신분에 맞는 복장으로 조절할 필요가 있었다.

우수한 시녀들이 총출동하여 다양한 의상을 차례로 늘어놓는 가운데, 겐세이랑 미나모토의 의견도 들으면서 오우하루가 베루글린드의 신분을 어떻게 정할 것인지 고민하고 있었다.

"시녀는 어떨는지――."

"시녀가 회의에 참가할 수 있겠냐, 멍청한 녀석."

미나모토의 의견은 겐세이에 의해 마지막까지 말하기도 전에 기각되었다.

"호위병, 으로 설명하기도 어렵겠지."

"폐하, 그런 생각도 해보긴 했습니다만 베루글린드 공의 용모가 너무 눈에 띕니다. 아무리 봐도 이국인이므로 스파이가 아니냐는 의심을 받게 될 겁니다."

일본인이라면 이렇게까지 고민할 필요가 없을 것이다. 그러나 베루글린드는 북유럽계 미녀였기 때문에 이 나라에선 너무 눈에 띄었다.

호위병이나 첩자로 소개한다고 해도 어째서 외국인을 중용하는 것이냐는 질문을 받게 될 것이다. 그렇다고 해서 참가하지 말라고 해도 베루글린드는 납득하지 못할 것이다.

그리고 무엇보다 베루글린드가 스스로 자신들의 편이 되어주겠다고 말하는데 그 전력을 쓸데없이 놀려두는 것은 아까웠다.

그럼 어떻게 할 것인지를 놓고 고민했을 때, 당사자인 베루글린드가 의견을 제시했다.

"어쩔 수 없군요. 사실은 그다지 취향도 아니고 하고 싶지도 않지만, 내 외모를 바꾸겠어요. 이러면 될까요?"

그렇게 말하자마자 베루글린드의 외모가 변화했다.

검은 머리카락에 검은 눈. 피부색도 약간 붉은빛을 띤 옅은 황색으로 바뀌었다.

"우와, 그런 재주까지 부릴 수 있군요!"

생각지도 못했다는 말투로 미나모토가 감탄했으며, 그 정도는 딱히 신기하지도 않다는 듯이 겐세이도 납득했다.

"고민할 필요도 없었단 말인가."

오우하루도 약간 맥이 빠지는 듯한 반응을 보였다.

색소의 배열을 바꿨을 뿐인데 인상도 크게 바뀐 것 같았다. 그래도 아직 일본인과는 거리가 있는 모습이었지만 적당히 얼버무려서 넘길 수 있는 수준으로 바뀌긴 했다.

그런 베루글린드에게 주어진 것은 겐세이와 같은 제복이었다. 회의에 참여하기 위한 신분으로서 오우하루가 '근위병'으로 임명한 것이다.

참고로 황제의 경호에는 세 개의 조직이 관여한다.

첫 번째가 황궁경호검사대.

궁정 안에서 무장이 허용된 단 하나의 부대였다. 단, 황제의 방에 들어가는 것이 허용된 자는 대장인 미나모토 한 명뿐이었다.

두 번째가 황궁경호술사대.

이쪽은 주술 등으로부터 마술적인 수단을 동원하여 황제를 경호하고 있었다. 영적인 수호결계를 유지하고 있는 부대이며, 개개인의 전투능력만을 보면 검사보다 못한 수준이었다. 대장만이 황제를 알현할 수 있는 것은 마찬가지지만, 황도 방위에 전념 중이라 최근 며칠 동안은 모습을 보이지 않았다.

그리고 마지막 조직이 바로 '황제수호자'라고 불리는 개개 집단인 '근위병'들이었다.

겐세이 같이 일반적으로도 얼굴이 잘 알려진 자만 존재하는 건 아니었다.

어둠 속에 잠입하여 마를 물리치는 자.

범상치 않은 힘을 숨기고 있는 자.

황제의 대역을 연기할 수 있도록 황가에서 분파된 자까지 있었다.

그렇게 다양한 용도에서 도움을 줄 수 있는 자들이 알게 모르게 황제를 수호하고 있었다.

아무도 모르는 자가 있다고 해도 이상한 일은 아니었다. 그래서 이번에 오우하루는 베루글린드에게 '근위병'이라는 지위를 부여하기로 한 것이다.

"베루글린드여, 그대를 '황제수호자'로 임명하겠다. 그 모습을 보면 다른 자에게 설명하는 수고도 덜 수 있을 테니까 말이지."

"알았어요. 다른 자들 앞에선 착실하게 신하로서 행세하기로 하죠."

군복을 입은 베루글린드는 신이 난 표정으로 그렇게 대꾸했다.

그 모습을 보면서 모두가 불안감을 느꼈지만 달리 묘안이 있는 것도 아니었다.

무슨 문제가 일어난다고 해도 요마라는 침략자에 비하면 대단한 일은 아니었다. 그런 판단 하에 준비가 진행된 것이다.

＊

합동참모 본부 회의장에 사람들이 속속 모여들기 시작했다. 오우하루는 대기실에서 그 모습을 바라보고 있었다.

합동참모 본부는 황제직속의 최고통수기관을 말한다.

황군――대일본정패제국의 군대는 해군과 육군이라는 두 개의 조직으로 구성되어 있었다.

양진영의 정점에 있는 자가 육군대신과 해군대신이었다.

합동참모 본부 회의에는 그 두 명의 대신이 의무적으로 참가하게 되어 있었다. 대리인이라도 상관없지만, 황제에 대한 불경으로 여기기 때문에 본인이 아닌 자가 참가하는 일은 좀처럼 없었다.

관례가 되다시피 했지만, 최근 며칠 동안 회의 내용의 대부분은 현황보고에 집중되어 있었다.

대남해에서 벌어진 해양결전에서 제국해군이 대패했다. 생존자의 소식조차 불명인지라, 각 진영이 총력을 기울여서 조사에 나선 상태였다.

하지만 육군은 왠지 남의 일인 것 같은 태도를 보였다. 바다로 출격할 수 있는 수단이 없다는 핑계를 대고 있지만, 진정한 의미로 그 위협을 이해하지 못하고 있어서 그럴 것이라고 오우하루는 생각하고 있었다.

(멍청한 놈들. 지금은 같은 편끼리 서로 경쟁하고 있을 때가 아

닐 텐데……)

그게 그의 본심이었지만, 황제로선 그런 말을 할 수가 없었다.

권한이 너무 크기 때문에 그의 말은 비중이 무거웠다. 사적인 자리라면 또 모르지만, 공적인 자리에서 발언하는 것은 신중을 기해야 했기 때문이다.

그런 오우하루의 고뇌 같은 건 알지도 못한 채, 육군소속 장교가 큰 소리로 외쳤다.

"넌 누구냐! 이 신성한 합동참모 본부에 여자가 들어오다니 무엄하다!!"

아아, 역시 그런 반응을 보이는 건가. ──그런 생각과 함께 오우하루는 머리를 감싸 쥐고 싶은 기분을 느꼈다.

자존심만 비대해진 자는 신분의 상하관계랑 예절을 민감하게 따진다. 그러므로 이런 반응을 보이는 건 자명한 도리였지만 오우하루가 동반하여 소개했다간 소동은 더욱 커질 것이다. 관계자 전원이 그렇게 될 것이라고 일치된 의견을 냈기 때문에 베루글린드를 겐세이에게 맡겼던 것이다.

(역시 예상대로 혈기 넘치는 남자들이 비난하고 나섰단 말인가. 그녀의 역린을 건드렸다간 자신의 몸은 물론이고 이 제도까지도 멸망할 수 있거늘……)

오우하루는 크게 한숨을 쉬었다.

베루글린드에게 휘둘리는 것은 루드라의 '영혼'을 지닌 자의 숙명일지도 모른다.

"혹시 나에게 하는 말인가요?"

"그런 것도 모른단 말이냐, 멍청한 것!! 이래서 여자는── 으억?!"

갑자기 그 장교가 고래고래 소리 지르던 목소리가 멈췄다.

베루글린드가 눈에도 보이지 않는 동작으로 그 남자의 멱살을 붙잡아서 들어 올렸고 그의 벌려진 입에 권총을 쑤셔 넣었기 때문이다.

희미한 미소를 지으면서 베루글린드가 말했다.

"검이나 창으로 싸우던 먼 옛날이라면 또 모를까, 방아쇠만 당기면 사람을 죽일 수 있는 시대에서 남자랑 여자는 관계가 없다고 생각하는데요. 현재 같은 시대의 싸움에서 중요한 건 상황분석능력과 감정을 배제한 냉정하고 합리적인 판단력일 텐데 말이죠. 그렇게 흥분하면서 소리만 지르는 당신은 이 자리에 있을 자격이 없는 것 아닌가요?"

애초에 힘으로도 상대가 안 되지만, 누구라도 이해할 수 있는 권총이라는 폭력을 직접 목격하면서 회의장에 있는 자들도 술렁거리기 시작했다.

"자, 자네! 참모총장을 어서 놓지 못하겠나."

"총의 반입은 금지되어 있을 텐데!! 위병, 누가 위병을 불러와라──!!"

그들을 업신여기듯이 베루글린드가 비웃었다.

"다들 정말 멍청하네요. 장난감 하나로 이렇게 소란스럽게 굴다니. 그러고도 영예로운 제국군인이라고 할 수 있나요?"

그 말을 들은 몇 명은 얼굴을 시뻘겋게 붉히면서 분노가 담긴 눈으로 베루글린드를 노려봤다.

그들의 반응을 아랑곳하지 않고, 베루글린드는 참모총장을 내던지듯 놓아주었다. 그리고 들고 있던 장난감 권총을 겨누고는 방아쇠를 당겼다.

풋 하는 소리와 함께 튀어나간 물이 참모총장의 가랑이 사이를 적셨다.

"우후후. 마치 실례한 거 같네요. 어서 돌아가서 옷이라도 갈아 입는 게 어떨까요?"

"네, 네, 네 이놈——."

참모총장은 너무나 굴욕적인 나머지 부들부들 떨었지만, 베루 글린드의 눈을 보자마자 입을 다물고 튀어나오려는 말을 다시 삼 켰다.

그건 온몸이 오싹해지는 시선이었다.

더 이상 꼴사납게 굴다간 죽이겠다——는 말을 들은 것만 같은 기분이 들면서 참모총장은 단번에 핏기가 가시는 느낌을 맛봤다.

"하, 하하하, 실례했소. 나도 좀 지나치게 달아오른 것 같구려. 물총이라니 참으로 오랜만에 보는군. 동심으로 돌아간 것 같은 기분을 느끼면서 머리도 좀 냉정해졌소이다."

"그래요? 그렇다면 다행이네요. 회의에 참가할 생각이라면 좀 더 예의를 갖추면서 행동하세요."

참모총장이 고개를 끄덕였다.

그는 성질이 급하고 다소 오만한 성격이 있었지만 바보는 아니 었다. 첫 만남에서 실수는 했지만 그 후의 대응에선 실수하지 않 았다. 여기서 더 트집을 잡으려 들었다간 베루글린드의 살기를 접하면서 심장발작을 일으켰을 것이다.

베루글린드에게 있어서 중요한 존재는 루드라뿐이다. 무능한 인간이 루드라를 따르는 것도 그녀에겐 달갑지 않은 이야기였다.

이런저런 이유를 들어서 무능한 자를 제거하려고 했지만 참모총장의 처분에 대해선 잠시 보류하기로 했다. 단지 성질이 급하고 여성을 멸시한다는 이유만으로는 아직 제거할 이유가 부족하다고 생각한 것이다.

(홋, 나도 마음이 착해졌네. 이번 여행 동안 많은 것을 경험했기 때문일지도 모르겠어.)

베루글린드는 그렇게 자화자찬했다.

그건 굳이 말할 필요도 없이 과대평가였다.

루드라가 곁에 있기 때문에 기분이 좋아서 그런 생각을 했을 뿐이지, 그렇지 않았으면 결과는 달라졌을 것이다.

매번 '영혼'의 조각을 쫓아서 도약했지만, 다음 목표를 찾을 수 없는 경우도 있었다. 그런 때에는 몇 년에서 몇 십 년 단위로 루드라의 전생자가 태어나기를 기다릴 필요가 있었던 것이다.

사랑하는 자를 먼저 보낸 후의 시간은 베루글린드에겐 고문과도 같았다. 그런 시기에 그녀의 역린을 건드렸다면, 그자의 운명은 정해진 것이나 마찬가지다.

참모총장은 운이 좋았던 것이다.

소동이 다시 가라앉았을 때 해군대신이 분위기를 환기시키기 위해서 입을 열었다.

"그건 그렇고 아라키 공. 그 여성은 대체 누구요?"

나이는 50대. 해군대장이기도 한 그 남자는 위엄이 있는 눈길로 겐세이를 응시했다.

겐세이도 그 질문을 기다렸다는 듯이 바로 대답했다.

"실례했습니다. 소개가 늦었군요. 그녀는 제 동료인데, 오늘 폐하의 허락을 받아서 합동참모 본부 회의에 참가하는 것이 정해졌습니다. 이름은──."

"류오우(龍凰)라고 합니다. 앞으로도 기억해주시면 고맙겠어요."

겐세이의 소개를 도중에 가로채면서, 베루글린드는 시치미를 뚝 뗀 표정으로 가짜 이름을 밝혔다. '용종'에서 용(龍)이라는 글자를, 이 세계에서 불을 관장한다는 신수──봉황에서 황(凰)이라는 글자를 적당히 조합하여 지은 이름이었다.

하지만 그건 큰 문제였다.

"뭐라고? 용에 봉황이란 말입니까?"

"이름에 용이라는 글자를 쓰다니 불손하군. 황제폐하에 대한 불경이오!"

"그게 아니면 혹시 당신은 폐하와 어떤 관계가──?"

모처럼 분위기가 진정되었는데 또 소란스러워진 것이다.

겐세이는 머리를 감싸 쥐었다.

(일부러 이러는 건가? 아니, 아니겠지. 베루글린드 공은 우리 사정을 전혀 염두에 두지 않는다. 변장까지 했으니 우리가 미리 가명도 생각해둬야 했어…….)

자신의 실수라고 겐세이는 반성했다.

마찬가지로 오우하루도 별실에서 한숨을 쉬었다.

오래 살아왔지만 이렇게까지 휘둘리는 것은 처음 겪는 경험이었다. 그래서 오히려 왠지 모르게 유쾌한 기분까지 들었을 정도였다.

오우하루는 일어서서 회의장으로 들어갔다.

"지금은 위급한 때이다. 그에 대응하기 위해 짐이 지니고 있던 패를 이 자리에서 보여주는 것뿐인데, 그게 그리도 신기할 일이란 말인가?"

오우하루가 온 것을 알아차린 자들이 일어서서 머리를 숙이는 것을 보면서, 그는 웃으며 그렇게 말했다.

주군이 그렇게 딱 잘라 말하고 넘어간다면 그들도 결국 납득할 수밖에 없었다. 비록 불만이 있더라도 당당하게 입 밖으로 꺼낼 수 있는 자는 없었다.

이리하여 베루글린드는 이 세계에서 류오우라는 이름을 쓰게 되었다.

*

"시작하라."

오우하루의 한마디로 합동참모 본부 회의가 시작되었다.

"그럼 보고를 드리겠습니다."

그렇게 말하면서 일어선 자는 해군 소속인 정보장교였다.

최근 며칠 동안은 달라진 것이 보이지 않는 내용이 이어졌지만, 오늘은 그랬던 양상이 바뀌어 있었다.

"적의 연합함대가 아틀란티스 대륙에 기항한 것 같습니다."

"확실한 정보인가?"

"네. 현지의 첩보원이 알려온 것이므로 틀림없는 정보입니다."

"여러 보급지 중에서도 역시 최대 규모의 군항이 있는 곳이니까요. 하지만 그게 기만전술이 아니라고 단언할 수 있나?"

"그러게 말이지. 대남해에는 군도가 여러 군데 있지. 그곳에 아제리아가 비밀기지를 세워놓았다는 보고도 받은 것으로 기억하는데, 그쪽에도 첩보원을 파견했는가?"

군령부총장이 묻자, 해군대신도 그 말에 동의하면서 추가로 물었다.

정보장교는 막힘없이 그들의 질문에 차례로 대답했다.

"그쪽은 수가 많은지라 모든 섬에 첩보원을 파견할 수가 없는 상황입니다. 하지만 아틀란티스에 입항한 적의 잔존함수도 출격 전의 정보와 일치하니, 별동함대가 있을 가능성은 사라진 것이라 할 수 있을 겁니다. 우리 제국해군의 군함도 나포되어 있다고 합니다. 그곳에서 유유히 정비하면서 우리의 전의를 꺾을 의도가 있는 것으로 보입니다."

제국해군이 대패했다는 소식은 이미 합동참모 본부도 알고 있었다. 그렇기 때문에 이제 와서 새삼스럽게 놀라는 자는 없었지만, 자신들의 함정이 나포되었다는 이야기를 듣고는 도저히 잠자코 있을 수 없는 모양이었다.

"적의 동향을 알아낸 것은 좋은 소식이다. 그러면 그, 우리 군에서 도망——전진에 성공한 배는 있는가?"

"있을 리가 있나. 있다면 이미 연락을 해왔을 거요."

의외로 유들유들하게 굴었던 참모총장이 지적했다.

스스로 말한 것처럼 냉정을 되찾았는지, 그의 지적은 적절했다.

"참모총장의 말씀대로 우리 쪽 함대 중에서 무사한 배는 전부 노획된 것으로 봐도 틀리진 않을 것입니다."

"쳇! 그렇다면 적의 전력을 더 늘려주는 꼴이 된 것 아닌가!"

"어쩔 수 없지. 미지의 적인 요마라는 존재가 상대였으니까. 그

자리에 있던 것이 나였어도 같은 결과가 되었을 거요."

육군대신의 발언을 듣고 군령부총장이 반론했다.

"실례했소. 해군을 모욕할 의도는 없었소. 그저 분한 나머지……."

"사과를 받아들이겠소. 분한 것은 다들 마찬가지니까."

회의 분위기는 날카로웠다.

현재 상황은 황국이 세워진 이후로 최대의 위기라고 할 수 있었다.

최강이라고 자부했던 황군의 제국함대가 패배하고 말았다. 그것도 모자라서 최신예 군함이 포함된 다수의 함정들이 적의 손에 넘어가 버린 것이다.

누구나 할 것 없이 불안감을 느꼈고 미증유의 위기에 골치를 썩이고 있었다. 불만을 토로해봤자 소용이 없지만 볼멘소리 하나쯤은 충분히 튀어나올 수 있는 상황이었다.

군령부총장이 어른스러운 태도를 보이지 않았다면 이 자리의 분위기는 더 거칠어졌을 것이다.

아주 조금은 누그러진 분위기 속에서 이 기회를 놓치지 않겠다는 듯이 오우하루가 입을 열었다.

"그렇다면 우리 황국의 군인들은 포로가 되었단 말인가?"

그런 질문이 나오자 해군 측의 참가자들이 긴장했다. 소중한 동료들의 안부에 관한 내용이었다. 궁금하지 않을 리가 없었다. 물론 육군 입장에서도 그들은 소중한 동료이자 또한 향후의 대응 방침에도 영향을 끼칠 일대안건이기도 했다.

이게 일반적인 전쟁이었다면 전시협정에 의거하여 포로의 안전은 보장되어 있었다. 하지만 이번에는 미지의 침략자가 개입하고 있는 만큼, 그 대전제가 지켜지지 않을 가능성이 있었던 것이다.

지금까지와 마찬가지라면 다행이다.

하지만 만약 그렇지 않다면…….

정보장교에게 시선이 집중되었다.

"그게…….”

"뭐 하는 건가. 바로 대답하지 못하겠나!"

정보장교는 말끝을 흐렸지만, 상관의 재촉을 이기지 못하고 이어서 말했다.

"목격정보에 따르면 제국해군의 장병들은 자신들의 손으로 나포된 함정을 조타하고 있었다고 합니다. 적군의 모습도 보이긴 했지만 극소수였다고 합니다. 총 같은 무기로 위협을 받는 것 같지도 않았으며, 마치 자신들의 의지로 배반한 것처럼 보였다고──.”

말끝을 흐리는 게 당연하다고, 그 말을 들은 사람들은 생각했다.

오우하루도 마찬가지였다. 긍지 높은 제국군인이 그렇게 쉽게 자신의 책무를 포기하는 건 있을 수가 없는 일이다. 하물며 적의 편으로 돌아선다는 것은 생각할 수도 없는 이야기였다.

"그러면 목숨을 건 콘도 씨와 동료들이 마음 놓고 눈을 감을 수 없잖습니까…….”

미나모토의 탄식이 조용해진 회의장 안에 울려 퍼졌다.

요마에 조종당하고 있을 가능성을 믿는 편이 차라리 낫겠다.

──그게 이 자리에 있는 자들의 본심이었다.

그리고 그런 마음을 베루글린드가 밝은 표정으로 긍정했다.

"우후후, 바보들이군요. 안심해요. 당신들의 동료들은 누구 하나 배신한 게 아니니까."

베루글린드였다.

해군장교들은 동료들이 배신했다고 섣불리 생각하기가 어려웠으며, 그것을 시사하는 상황증거가 나오면서 당혹스러워하고 있었다. 그렇기 때문에 베루글린드의 발언에서 일말의 희망을 엿봤다.

"류오우 공, 그게 무슨 뜻이오?"

모두를 대표하여 해군대신이 물었다.

베루글린드는 웃으면서 대답했다.

"간단해요. 요마는 분명 빙의능력을 가지고 있는 걸로 알고 있어요. 출현한 지 얼마 되지 않아서 이쪽 세계에선 대단한 힘을 발휘할 수는 없지만, 인간에게 빙의하여 그 육체를 빼앗으면서 조금씩 완전한 힘을 발휘할 수 있게 될 거예요. 이곳에는 그자들의 힘의 원천인 마력요소도 적으니 완전히 동화하려면 시간이 걸리지 않겠어요?"

그건 그야말로 희망이었다.

"그렇군. 역시 조종을 당하고 있었단 말인가!"

"동화에 시간이 걸린다면 아직은 구할 수 있다는 뜻이로군?"

"우리 동료들을 우롱하다니 용서할 수 없다!! 빌어먹을 요마 놈들, 반드시 토벌해주고 말리라!!"

"지금 바로 구출작전을──."

"잠깐, 잠깐. 그리 간단한 사태가 아니오."

회의장이 소란스러워졌다.

어떻게 그렇게 자세히 아는지를 의문스럽게 여기는 자도 있었지만, 황제가 비장의 수단으로 내놓은 자라면 딱히 신기할 일도 아니라고 다시 생각하면서 순순히 그녀의 말을 받아들였다.

그리고 전원이 동료를 구출하자고 일치된 의견을 냈지만, 그건 어려운 문제라는 것을 생각하면서 차츰 냉정을 되찾았다.

애초에 황국은 국가의 존망을 건 싸움에서 패배한 지 얼마 되지 않았다. 구출작전을 부담 없이 쉽게 입안하고 실행할 수 없었던 것이다.

우선 첫 번째로 황국에 남은 군함의 수가 충분하지 않았다.

항모 6척.

전함 4척.

중순양함 4척.

경순양함 2척.

구축함 18척.

이렇게 많은 함정을 잃어버린 지금, 황국 전체에서 긁어모은다 해도 그 수의 반에도 미치지 못하는 함정밖에 모을 수 없었다.

그것들을 전부 운용한다고 해도 1개 함대를 구성하는 것만으로도 벅찼다. 이 배들을 동료들을 구출하러 보낸다면 본토의 방어가 허술해지고 말 것이다.

"하지만 세계 각국의 수뇌부도 현재 상황을 파악하고 있소. 지금은 몰래 화친을 맺고 요마라는 적에 집중해야 하지 않겠소?"

"그건 다들 알고 있소. 고삐에서 풀려난 군의 존재가 그럴 수 없게 만들고 있소이다."

"다른 나라도 한심하지만, 그건 우리도 마찬가지요. 중화에 파견한 육군부대의 동향을 제대로 파악하지 못하고 있으니까."

"하물며 지금은 결전전력을 바로 얼마 전에 빼앗기고 말았으니……."

수뇌부가 화해한다고 해도 아무런 해결이 되지 않았다.

군이 여전히 폭주하는 상태에선 전쟁종결을 발표할 수 없었다. 따라서 사태를 해결하려면 요마 문제를 어떻게든 처리하는 것이 선결과제였던 것이다.

그 이전에, 모두가 깨닫고 있으면서도 입에 올리지 못한 불안 요소가 있었다.

그게 무엇인가 하면──.

"이들 중에 요마에 빙의된 자가 있는 건 아니겠지?"

결국 그 말을 입 밖으로 뱉은 자는 육군대신이었다.

해군 측 참가자를 노려보고 있는 것만 보더라도 그가 무슨 생각을 하는지는 명백했다.

"뭐라고!! 우리를 의심하는 건가?"

"아니, 그런 뜻으로 말한 건 아니잖소. 하지만 지금의 보고를 들은 바로는 그런 의심을 해도 어쩔 수 없는 것 아니오?"

"헛소리하지 마시오! 그렇게 말한다면 육군도 마찬가지지. 중화에서 폭주를 일으키지 않았소?!"

"윽, 그건──."

회의장이 험악한 분위기를 띠기 시작했지만, 그걸 차단한 자는 오우하루였다.

"우리의 용감한 병사들이 무사하다는 것은 기쁜 소식이다. 그들을 구하는 것은 당연하다고 생각하지만, 여기서 이렇게 다투고 있으면 과연 그런 시도가 성공할 수 있겠는가? 영리한 귀관들이라면 적절한 대답이 어떤 것인지 이해하고 있을 것이라 생각한다만."

""""넷, 폐하! 실례했습니다!!""""

그 말을 듣고 일동은 냉정해졌다.

그답게 대단한 위엄을 보여주긴 했지만, 오우하루는 외줄을 타고 있는 기분이었다.

동요하고 있는 것만으로는 사태가 해결되지 않으므로 이 자리에선 강하게 나무랄 수밖에 없었다. 장교들의 불안도 이해할 수 있는 만큼 오우하루도 아무것도 할 수 없는 자신에게 답답함을 느끼고 있었다.

"류오우 공, 육군대신의 우려도 지당하다고 생각하는데, 귀공이라면 인간과 요마를 구별할 수 있겠소?"

그렇게 물은 자는 겐세이였다.

적과 아군의 식별, 그걸 해내지 못한다면 애초에 이야기가 되지 않는다.

모든 대책은 그걸 전제로 해야 성립될 수 있었다.

다시 조용해진 회의장에서 모든 자들이 베루글린드의 대답을 기다렸다.

"이 자리엔 있을 리가 없잖아요. 있다면 우선적으로 알려줬을 거예요."

그 말을 듣고 모두 안도했다.

"그렇군. 그렇겠지."

겐세이도 마찬가지였다.

천요급의 요마가 인간으로 변했다면 구별하지 못할 가능성이 있었다. 여기 있는 베루글린드에게도 무리라면 이젠 포기할 수밖에 없었던 것이다.

희망은 아직 남아 있다. 겐세이는 그렇게 느꼈다.

하지만 베루글린드는 그렇지 않았다.

"어이가 없군요. 당신들, 동족인지 아닌지도 구별하지 못한단 말인가요? 요마, 나는 팬텀(요마족)이라고 부르지만, 그자들이 인간에게 빙의하는 것은 그게 필요하기 때문이에요. 이 세계에서 살아가기 위해서 말이죠. 그리고 완전히 동화되면 더 이상은 인간으로 부를 수 없는 모습이 돼요."

동화가 완전하지 않다면 이 제도를 지키는 '결계'로 충분히 꿰뚫어 볼 수 있을 것이다. 인간으로 변할 수는 있어도 그 존재의 근원이 이질적이기 때문이다.

그런 불안정한 존재이기 때문에 더더욱 안정될 때까지는 섣불리 돌아다닐 리가 없다——고 베루글린드는 설명했다.

"그리고 말이죠. 최하급인 '병졸'들은 지혜는 있지만 자아가 약해요. 상관의 명령을 따르기만 하는 잔챙이니까 간단한 심문으로 바로 알아볼 수 있을 거예요."

빙의한 인간의 기억을 읽어 들일 수 있지만, 그건 표층적인 부분으로 한정된다. 깊은 부분에 속하는 질문을 하면 대답하지 못하면서 바로 정체를 드러낼 것이다.

베루글린드가 그렇게 설명해주자 회의장은 안도하는 분위기를 띠기 시작했다.

설명은 계속 이어졌다.

회의장의 분위기가 심각했던 것은 그때까지였다.

지금부터는 베루글린드의 독무대가 이어졌다.

"당신들은 아무것도 모르는 것 같으니까 가르쳐주겠는데, 팬텀에게는 명확한 서열——계급이 있어요. 방금 말했던 '병졸'은 잔챙이 중에서도 잔챙이에요. 더구나 완전히 동화할 때까지는 한 단계 약한 실력밖에 발휘할 수 없으니까 상급요괴 수준밖에 되지 않아요."

상급요괴라고 쉽게 말하지만, 원래는 그것도 대책본부가 필요할 정도의 위험도로 분류되는 존재였다. 하지만 베루글린드 입장에선 자신이 알 바가 아니었다.

"류, 류오우 공, 그러면 완전히 동화하면 '병졸'도 천요급이 될 수 있단 말이오?"

육군대신이 그렇게 질문했지만, 베루글린드는 그 질문에 대수롭지 않게 대답했다.

"똑똑하군요. 그래요."

"뭐라고?!"

육군대신이 말문이 막힌 건 자신을 업신여긴 것으로 느꼈기 때문이 아니었다. 최하급의 병사들이 천요급에 해당한다는 절망적인 사태에 할 말을 잃었던 것이다.

베루글린드와의 온도 차이가 너무 심해서 불쌍하다는 생각이 들 정도였다.

이 자리에서 육군대신을 비웃을 수 있는 자는 없었다. 모든 자들이 같은 기분을 느꼈기 때문이었다.

"왜 그렇게 놀라는 거죠? 그 정도라면 여기 있는 겐세이라도 물리칠 수 있잖아요. '병졸'을 지휘하는 '지휘관'급이라면 고전할지도 모르지만 물리치지 못할 정도는 아니에요."

하급 중에서 상위에 해당하는 '지휘관'급은 이계의 기준으로 따지면 A랭크에 해당——하지만, 빙의가 완전해질 때까지는 B랭크보다 약간 강한 정도의 힘밖에 발휘하지 못한다.

완전히 동화해서 귀룡급이 되어버리면 고전은 피할 수 없을 것이다. 하지만 그래도 겐세이라면 충분히 쓰러트릴 수 있을 것이라고 베루글린드는 판단했다.

"높게 평가해주는 것은 황송하지만, 두 명을 상대로는 콘도도 패하고 말았소. 너무 크게 기대해도 난감하기만 할 따름이오."

"이래서 마음이 약한 자는 결국 안 되는 거예요. 콘도는 마지막까지 자신의 신념을 관철했다는 걸 기억해요."

그 말을 듣고 겐세이도 깨달았다.

자신의 마음이 약해졌다는 것을.

그러자 지금까지 얼마나 시야가 좁아져 있었는지도 깨달았다. 허리에 찬 칼에서도 뚜렷한 열기를 느낄 수 있었다.

그게 계기가 되면서 겐세이는 자신감을 되찾았다.

"그렇군. 귀공의 말이 옳소. 마음이 약해지면 이길 수 있는 싸움도 지는 법이지."

"그래요. 뭐, 당신의 마음이 약해졌다고 해도 내가 있으니까 패할 리는 없겠지만 말이죠."

베루글린드는 그런 겐세이의 각오 따위는 대수롭지 않게 무시해버렸다.

✳

그런 과정을 거치면서 합동참모 본부 회의의 분위기는 바뀌었다.

베루글린드의 설명은 계속 이어졌다.

"상위의 존재일수록 강하긴 하지만 에너지가 너무 커서 이 세계에는 출현하기 어려울 거예요. 아마 내 예상이지만 지금 이곳에 와 있는 건 상급 중에서도 하위에 속하는 '장관(將官)'급까지일 거라 생각해요. 그러니까——."

"잠깐, 잠깐만!"

"뭐죠?"

설명이 중단되는 바람에 베루글린드는 기분이 상했다. 오우하루 앞이 아니었다면 자신의 이야기를 중단시킨 자를 용서하지 않았을 것이다.

"그 팬텀(요마족)이라는 자들의 계급 말인데, 군부의 것과 같은 것으로 생각해도 되는 거요?"

"내 언어능력을 의심하는 건가요?"

"아니, 그런 뜻으로 한 말이 아니라 '지휘관'과 '장관' 사이에 '위관'이나 '사관'급이 있는 건지가 궁금해서 말이오⋯⋯."

그 질문을 한 자는 해군대신이었는데, 그건 모든 자들이 궁금하게 여기던 것이었다. 베루글린드에겐 아무래도 상관없는 어중이떠중이들이라도 이쪽 세계에 사는 자들에겐 절망적인 상대였기 때문이었다.

"겐세이 공이 고전할 정도라면 '지휘관'급이란 자는 '귀룡'에 해당되겠지?"

"그렇겠죠. 콘도가 패한 상대일 것으로 생각되니 거의 틀림없을 겁니다."

"그렇다면 '장관'이라면 대체 얼마나 강하단 말인가?!"

귀룡의 상위, 어쩌면 신불급이 될 수도 있다.

인간의 능력으로는 이기지 못하므로 신불로 구분하는 것이다. 그런 상대가 쳐들어온다면 어떤 저항도 무의미하다고 할 수 있었다.

그 사실을 깨달은 자들의 얼굴이 차례로 창백해지기 시작했다.

"그렇다면 혹시 콘도는 그 '장관'이란 자에게 패했을 가능성 도——."

"그럴 수도 있겠지만 관심 없는 일이군요. 어느 쪽이든 상관없으니까."

누구에게 지든 상관없는 일이라고 생각하면서, 베루글린드는 딱히 개의치 않았다.

중요한 것은 패배했다는 사실뿐이다.

"아, 그렇지. 지금 기억이 났으니까 가르쳐주겠는데, 팬텀이 이 세계에 출현하는 방법은 두 가지뿐이에요. '명계문'을 통과하거나 상관의 소환을 받거나, 그 둘 중 하나죠. 해상에는 '문'이 없을 테니까 소환했을 것이라고 생각해요."

'장관'급이라면 1만 명 이상은 충분히 불러낼 수 있을 것——이라고 베루글린드는 가벼운 말투로 언급했다.

듣는 자의 입장에선 그건 절망적인 숫자였다.

모두 말문이 막힌 채 베루글린드를 응시할 수밖에 없었다.

"류오우 공이라면 그, 이길 수 있겠소?"

그것만이 마지막 희망이라고 생각하면서, 해군대신이 물었다.

스스로도 말이 안 되는 질문이라고 생각하면서, 해군대신은 웃음을 터트리고 싶은 기분을 느꼈다.

적의 '장관'급 개체 하나라도 충분히 인류를 멸망시킬 수 있는 강적일 것이다. 그런 존재가 부하를 이끌고 있다면 아무리 생각해도 타개책이 없었다.

류오우라고 자신을 밝힌 여성이 아무리 강하다고 해도 개인이 군단을 상대할 수 있을 리가 없는 것이다.

"상대는 상상을 초월하는 힘을 지닌 신들의 군단이지 않소? 고금동서를 통틀어서 인간이 신에게 이겼다는 이야기는 신화에서밖에 들어본 적이⋯⋯."

"세계가 멸망하지 않도록 빌 수밖에 없단 말인가?"

참모총장이랑 육군대신도 해군대신과 같은 심정이었는지, 그렇게 이어받으면서 말했다.

베루글린드는 코웃음을 쳤다.

"멍청하군요. 만약 나에게 이길 수 있는 존재가 있다면 그건 팬텀의 왕인 펠드웨이뿐일 거예요. 애초에 질 마음도 없는 데다, 그자는 이 세계에 출현할 수도 없겠지만요."

어떻게 적의 왕의 이름을 알고 있는 것인가――. 그 외에도 여러 가지로 의문은 끝없이 일어났다. 하지만 그걸 지적하는 자는 아무도 없었다.

이 여성이라면 그 어떤 것도 이상할 것이 없다고, 그런 생각이 저절로 들고 말았다.

그래도 단 하나, 확인해둬야 할 것이 있었다.

"저기, 류오우 공, 귀공이 강하다는 것은 의심하지 않겠소. 그래서 묻는 것인데⋯⋯."

용기를 내서 물어본 자는 계속 침묵을 고수한 채 돌아가는 상황을 지켜보던 교육총감이었다. 육군 3장관 중의 한 명으로 회의 중에 분규가 일어났을 때 중재역을 맡던 인물이기도 했다.

베루글린드는 교육총감 쪽으로 시선을 돌렸다.

"뭐죠?"

"우리나라는 멸망의 위기를 맞았다고 할 수 있는 상황인데 귀공이 그, 적을 물리치기 위해 나서주진 않겠다는 뜻입니까?"

"난 나서지 않아요. 내 몸은 하나뿐이니까."

물론 거짓말이었다.

그녀의 '병렬존재'라면 황제를 지키면서 싸움에 나설 수도 있었다.

하지만 그걸 알려줄 이유는 없었다. 베루글린드는 '황제수호자'라는 신분을 내세워서 폐하의 호위에 전념하겠다고 선언했다.

그 이유는 하나.

파악하기 위해서였다.

곤경에 처했을 때 남에게 의존하기만 해선 더 이상의 성장을 기대할 수 없었다. 그런 나라는 어떻게 되든 장래가 없다고 생각한 것이다.

그렇다면 여기서 멸망해도 결국은 마찬가지라고 생각하고 있었다.

베루글린드는 애정이 많은 성격을 갖고 있어서 아직 이 나라를, 인류를 저버리지는 않았다. 만약 베루자도였다면 그런 나약한 정신을 지닌 자들은 분명 살려두지 않았을 것이다.

루드라가 죽을 때까지는 모든 문제를 챙기면서 해결해줄 생각이었지만, 그 이후의 일은 베루글린드에겐 관계가 없다──고, 여행에 나서기 이전이라면 그렇게 생각했을 것이다. 그랬는데 지금은 대국적인 시점에서 모든 일을 볼 수 있게 되었다. 이것도 또한 리무루와 만나 그의 가치관을 접했기 때문에 생긴 변화였다.

지금의 베루글린드에게 중요한 것은 루드라와 그가 사랑하는 백성들이었다. 그리고 연연히 이어질 핏줄을 지키는 일이었다.

그렇기에, 매번 그렇긴 했지만, 자신이 떠났을 때 남겨진 자들이 아무것도 하지 못하게 되는 일은 없도록 베루글린드는 나름대로 배려했던 것이다.

서슬 푸르게 말하긴 했지만, 베루글린드는 자신은 움직이지 않겠다고 선언했다.

"하지만 안심해요. 폐하의 옥체는 내가 반드시 지킬 테니까요. 그러니까 당신들은 자신이 할 수 있는 일을 최대한 해낼 수 있도록 노력하세요."

쉽게 말해서 근성을 보이라는 뜻이었다.

*

적의 힘을 파악하면서, 회의는 향후의 대책을 생각하는 쪽으로 방향이 잡히기 시작했다.

베루글린드의 도움을 받게 되면서 황제의 안전은 확보되었다.

합동참모 본부 회의에 참석한 장교들도 바보는 아니므로 베루글린드가 하려는 말이 무엇인지 이해했다. 그렇기 때문에 그 이상을 바라지 않고 우선은 자신들의 힘으로 어떻게든 대처하자는 생각을 했다.

"그러면 적 함대의 동향은 엄중히 주시하도록 하라."

"알겠습니다. 2중, 3중으로 감시의 눈길을 펼쳐두고 그 움직임을 놓치지 않도록 하라고 명령해두겠습니다."

"요마가 인간에게 빙의하여 완전히 동화할 때까지는 얼마나 시간여유가 있겠소?"

"그러네요. 마력요소가 많으면 1주일도 걸리지 않겠지만 이 세계에선 최소한 두 달은 걸리지 않을까요."

베루글린드도 루드라의 앞인지라 자신에게 물어본 것을 숨기지 않고 순순히 대답했다. 그 덕분에 대응방침은 길을 잃고 헤매는 일 없이 착실하게 정해졌다.

"적 함대가 보급과 정비를 마치고 출항할 때까지는 적어도 한 달은 걸릴 겁니다. 시기도 일치하니 적이 움직이는 것은 한 달 후로 예상해도 되지 않겠습니까?"

"과연 그럴까? 나포된 지 얼마 되지 않은 우리 함대를 재편성하는 데에는 시간이 걸리겠지만, 지금 운용 중인 아제리아 및 중화, 두 나라의 함대라면 연료보급만 끝낸다면 출격하지 않겠나?"

"그렇다면 아틀란티스 대륙에서 황국까지는 2주일도 안 걸릴 겁니다. 날씨에 좌우되긴 하겠습니다만——."

"그런 일은 없을 거예요. 기후조작 정도는 기본적으로 가지고 있는 능력이니까 최대항속으로 항해한다고 생각하세요."

"네…… 넷!"

이쯤 되자 장교들도 베루글린드의 성격을 파악하기 시작했다.

거만한 태도를 띠고 있긴 하지만 의외로 세세한 부분을 챙기고 돌보는 면이 있다는 것을.

질문에 대해서 진지하게 대답해주는 것은 물론이고 조언을 해주기도 했다. 어디까지가 허용범위인지만 파악할 수 있으면 분노를 살 일도 없었다.

실로 유익한 아군이었다.

이용할 수 있는 것은 이용하자고 생각하면서, 유능한 자들은 이 기회를 놓치지 않겠다는 듯이 질문을 연거푸 퍼부었다. 그 결과, 대략적인 작전지침이 정해졌다.

"어흠. 본토에서 적을 맞아 공격하는 것도 하나의 방법이긴 하겠지만, 그렇게 하면 포로가 된 우리의 용감한 동포들을 구해낼 수가 없소. 우리가 먼저 나서서 공격하여 적의 수괴를 죽여야 할 것이오."

"그 말이 옳소. 나도 동의하지만 누가 가야 할 것인지가 문제요."

"류오우 공이 폐하를 지켜준다면 뒷일은 걱정할 필요가 없지. 나도 가겠소."

"오오, 아라키 공이 참가해준다면 범에 날개를 단 격이 되겠구려."

"검사대도 전원 참가하고 싶습니다!"

"미나모토 군, 잘 부탁하네!"

그렇게 이야기가 잘 마무리되는 것처럼 보였다.

그때 끼어든 자는 역시 베루글린드였다.

"……당신들, 진심이에요? 아니면 자살이라도 하고 싶은 건가요?"

"그게 무슨 말씀인지……?"

육군대신이 눈을 빛내면서 베루글린드를 봤다.

혹시 참여하겠다고 말하지 않을까 하고 기대했지만, 그건 너무 지나친 바람이었다.

"자신들의 힘만으로 노력해보겠다는 자세를 보여준 점은 높이 평가해주겠지만, 그것만 가지곤 안 돼요. 적은 강대하니까 전력을 다 쏟아부어서 싸워야죠."

무슨 말을 하는 거지? ——대부분은 그렇게 생각했지만, 그녀의 말을 무슨 뜻인지 알아차린 자도 있었다.

그중의 한 명은 육군 참모총장이었다.

"우리나라의 힘만으로는 부족하다는 뜻이로군?"

베루글린드는 의외라고 생각했다.

맨 처음 자신에게 시비를 건 남자였기 때문에 그다지 지혜롭지 못한 자라는 이미지가 있었던 것이다.

(쓸데없는 자라고 여기고 포기하지 않길 잘했네.)

그런 본심을 숨긴 채 베루글린드는 고개를 끄덕였다.

"확실히 이 세계적인 위기 앞에서 나라끼리 싸우고 있을 때는 아니긴 하오. 우리도 그건 이해하고 있소만, 앞서 설명한 대로 군부가 폭주하고 있는 상황인지라……."

자신도 분하다고 육군 참모총장이 말했다.

하지만 그때 미나모토가 말했다.

"역시 다른 나라의 협조도 받아야 한다고 생각합니다! 어차피 어중간한 전력으로는 패하면서 요마에게 빙의될 뿐입니다. 그러므로 저희는 정예부대만으로 도전할 테니까 다른 나라도 정예만을 파견해줄 것을 부탁하여 도움을 받는 방법밖에 없습니다."

그 말을 듣고 다른 자들도 동의했다.

"그 방법밖에 없겠군. 이건 이미 전쟁이 아니니까. 요마와의 생존경쟁이므로 수단방법을 가리고 있을 때가 아니지. 대전의 승패 이전에 요마를 몰아내는 것이 선결과제요."

"그 말이 맞소. 이건 이제 황국만의 문제가 아니오."

"그렇소. 긴급히 연락을 취하면서 서로 보조를 맞춰야 하오."

그 방법밖에 없다고, 참석자들이 각각 의견을 말했다.

"정답이에요. 당신들은 약하니까 좀 더 머리를 쓰지 않으면 안 되죠."

그들의 말을 듣고 있던 베루글린드가 만족스러운 표정으로 웃으면서 대꾸했다. 하지만 사무직 군인들의 입장에선 무모하기 짝이 없는 이야기였다.

"잠시 기다려주십시오! 각국의 수뇌부도 현재 상황이 위험하다는 건 이해하고 있을 겁니다. 하지만 그렇다고 해서 손을 잡으려 들지는 않을 겁니다."

"음, 확실히 그건 어렵겠군. 갑자기 정전하자고 제안을 해도 '네, 알겠습니다'라고 고개를 끄덕일 나라는 없을 테니까."

"우리나라도 그런 제안을 받으면 난감하겠지."

그들의 말은 실로 상식적인 의견이었다.

정전 중에 무슨 일이 생겼다간 큰일이다. 정전 상태를 계속 유지하려면 적어도 폭주하고 있는 군부를 장악할 필요가 있는 것이다.

그리고 그 밖에도 문제는 많았다.

민심도 납득하지 않을 것이다.

이 기회를 틈타서 계략을 꾸밀 가능성이 있는 나라도 있다.

의심하기 시작하면 한이 없었다.

의심만 하고 있다간 아무 일도 하지 못한다는 의견도 있었지만, 그런 불안을 불식시키지 못한다면 손을 잡는 것은 불가능한 일이었다.

이런 상황에선 공동전선을 펼친다는 것은 있을 수도 없는 일이지만, 베루글린드는 미소를 지으면서 말했다.

"시도해보지도 않고 포기하는 건가요? 뭐, 그렇다면 그렇게 해도 돼요. 폐하와 폐하가 계시는 이 제도만큼은 내가 지켜줄 테니까요."

자신들을 우습게 보는 듯한 말을 듣게 되자, 외교담당무관도 반론할 수밖에 없었다.

"알겠습니다. 그러면 연락을 취해보겠습니다. 최대한의 성의를 보여주고 적어도 회의만큼은 열릴 수 있도록 준비해봐야 하지 않겠습니까!"

적반하장에 가까운 기세였지만, 그래도 베루글린드의 도발에 넘어간 것은 좋은 현상이었다.

"그래야지. 어찌 되든 간에 뭐라도 시도해보지 않으면 멸망할 뿐이니까."

"시도해도 멸망할 수 있겠지만, 기왕이면 어떻게든 버티는 모습을 보여주고 싶군."

"그렇지. 패한다고 해도 전력을 다해서 저항하지 않으면 속이 시원하지 않을 거요."

"국민과 가족에게는 미안하지만……."

"어쩔 수 없소. 협정이 통하는 상대라면 또 모를까, 적은 요마니까. 종족 자체의 존망을 건 생존경쟁인 이상, 우리의 패배는 그대로 국가의 멸망을 의미하오. 지금 할 수 있는 일을 전부 시도해보지 않으면 후회도 제대로 하지 못할 거요."

장교들은 보기 좋게 도발에 넘어가면서 열기를 띠었다.

의도했던 대로 되는 걸 보면서 베루글린드는 만족했다.

(그거면 충분해요. 할 수 있느냐 아니냐를 논하기 전에 행동으로 옮기세요. 만약 실패한다면 그때는 내가 어떻게든 도와줄 테니까.)

그렇게 자신이 생각하는 바를 속으로 중얼거리면서 미소를 지었다.

참석자들은 각자 자신이 해야 할 일을 맡은 뒤에 행동으로 옮겼다.

이리하여 황국 최후의 저항이 시작되었다.

●

아틀란티스 대륙.

아제리아 합중국의 동쪽 끝에 있는 가장 작은 대륙이다.

기후는 열대우림기후. 대부분 지역에선 삼림이 울창하게 자라면서 정글을 형성하고 있었다.

하지만 이 대륙에는 가장 큰 특징이 있었다.

철광석 광산과 석유를 생산할 수 있는 유전이 있었다. 그 풍부한 매장자원을 이용하면서 아제리아의 세력권 중에서도 최대의 군사거점으로 만들어져 있었다.

그게 불행의 시작이었다.

그 군사거점 부근에는 고대유적이 있었는데, 그곳에는 운 나쁘게 이계와 연결되는 '명계문'이 열려 있었던 것이다.

먼 옛날 그 대륙의 원주민이 어떤 의식을 벌였다. 신들과 교신하고자 했던 의도가 담긴 시도였겠지만, 그 결과로 시공에 작은 틈이 생기고 말았다. 그걸 발견한 팬텀(요마족)에 의해 지금은 안정된 '명계문'으로 자리를 잡은 것이다.

원주민들에게 빙의한 팬텀은 새로운 빙의의 대상이 될 아제리아 인을 환영했다. 그리고 완성된 군사시설을 빼앗아서 침략의 발판이 될 교두보로 삼은 것이다.

국방색으로 불리는 카키색 군복을 입은 남자가 다양한 인종이 섞인 수많은 자들을 지휘하고 있었다.

검은 머리를 뒤로 넘긴 모습. 잔혹한 성격을 가졌을 것 같은 가느다란 눈이 안경 안에서 이지적으로 빛나고 있었다.

그 정체는 바로 천계시대부터 코르느의 부관이었던 자였다. 변이 및 진화하여 팬텀이 되기 전에는 케루브(지천사, 智天使)로서 활약했었다.

이름은 없었지만, 지금은 아마리 마사히코라는 이름을 쓰고 있었다. 이 세계에 나타났을 때 육체를 얻었는데, 그 육체의 주인이었던 남자의 이름이었다.

참고로 팬텀들의 두령인 '삼요사' 중에는 자신의 부하에게 이름을 지어주는 자도 있었다. 코르느는 부하와의 인연을 중시하지 않았기 때문에 코르느 일파의 팬텀들은 이름을 가지고 있지 않았다.

팬텀에게 인종 같은 건 관계가 없었지만 아마리 마사히코는 일본인이었다. 아제리아 군사시설을 조사하러 온 첩보원이었으며 콘도와 함께 1, 2위를 다툴 만큼 강자인 인물이었다.

우수했지만 운이 없었다.

콘도가 패배했다는 정보도 입수하지 못한 상태였기 때문에 적의 모든 것을 파악했을 때엔 이미 늦은 뒤였다.

중과부적으로 패배하면서 그 육체를 빼앗기고 말았던 것이다.

아마리 마사히코의 육체는 〈기투법〉으로 강화되어 있었기 때문에 팬텀이 빙의할 육체로선 최고의 소재였다. 이곳에 나타난 후로 100년 이상이 경과한 지금, 상급 중에서 상위——'참모'급이었던 코르느의 부관은 이 세계에서도 완벽한 힘을 발휘할 수 있게 된 것이다.

타의 추종을 불허하는 그 힘은 존재치로 계산하면 1000만에 도달할 수 있는 수준이었다.

아마리 마사히코의 지식과 레벨(기량)도 자신의 것으로 삼으면서 힘이 대폭적으로 상승한 결과였다.

"확장작업을 서둘러라. 코르느 님이 강림하시기에 이 '문'은 너무 작다."

원래는 이계에서 완전한 모습으로 출현할 수 있는 것은 '명계문'의 사이즈보다 적은 에너지(마력요소)양을 지닌 자로 한정된다.

그렇지 않은 자들은 본체를 이계에 남겨둔 채, '영혼의 회랑'으로 연결된 '분신체'를 보내서 조금씩 힘을 되찾는 방법을 쓰고 있었다.

하지만.

이 방법을 적용할 수가 없는 자들이 바로 '삼요사'였다.

'삼요사'는 '영혼' 그 자체의 힘도 크기 때문에 어중간한 '명계문'은 의미가 없었던 것이다. 최소한 100만 레벨 사이즈인 '문'이 아니면 출현하는 것조차 불가능했다.

참고로 본체가 이계에 남아 있으면 '분신체'가 죽어도 부활할 수 있다. 단, 완전한 모습으로 출현하는 것이 아니기 때문에 아무리 최대치라고 해도 절반에도 못 미치는 약한 힘밖에 발휘할 수가 없었다.

또한 부활한다고 해도 기억과 경험밖에 계승되지 않으며, 또 다른 빙의 대상을 찾을 필요가 있었다.

이점도 있지만 결점이 더 컸다.

'명계문'을 확장하면 육체를 지닌 상태에서도 돌아갈 수 있으므로 팬텀은 완전현현을 노리고 있었던 거다.

그 '명계문'은 나날이 확장되면서 베루글린드의 예상조차도 상회하는 속도로 넓어지고 있었다. 존재치로 계산하면 10만 정도, 중급에서도 상위인 '위관'급이라면 아무런 문제없이 완전한 모습으로 출현할 수 있는 수준으로 완성되어 있었다.

정신지배를 받으면서 포로가 된 자들이 '명계문' 앞에 나란히 서 있었다. 그리고 차례로 요마에게 빙의되었다.

이 육체를 차지하는 메커니즘에 대해서 말하자면, 팬텀에게 있어 최대의 이점이 이름을 빼앗을 수 있다는 점이었다. 반정신생명체인 그들은 불안정한 존재이다. 육체와 이름을 얻음으로써 확고한 자아를 확립하게 되었던 것이다.

빼앗은 육체에서 지식을 얻고 자아가 생긴 결과, 최하급인 '병졸'들까지 나름대로 쓸 만한 장기말이 되었다.

"아마리 님, 그렇게 서두르지 않으셔도 될 겁니다. 계획은 순조로우니까요. 이 세계의 전력도 조사했습니다만 위협이 될 만한 자는 거의 없었습니다."

아마리 마사히코에게 진언한 자는 데이빗 레이건이었다. 그의 몸에 빙의한 요마는 상급 중에서 하위에 속하는 '장관'급이며 마왕종 중에서도 상위의 실력자에 해당했다. 완전현현에 성공한 강자 중의 한 명이며 그 존재치는 60만에 달할 정도였다.

콘도가 이기지 못했던 것도 당연했다.

그런 데이빗에게 쓴소리를 하는 자는 같은 급인 리진룽이었다.

"이봐, 몇 번이나 충고했을 텐데. 잊어버린 건 아니겠지? 아직 이 세계에는 '권성' 쉔파가 있다고. 내 기억 속에도 존재하는 그 여자는 여차하면 '사관'들이 상대해도 패할 수 있는 수준이니까 말이야."

'사관'이란 팬텀의 계급으로는 중급에서 상위에 속하는 존재였다. 이계에서는 마왕종에 해당되는 실력을 지니고 있으며, 1000명 규모의 연대장으로서 침공의 중심을 차지하는 자들이었다.

하급이라곤 하지만 우습게 볼 수 없는 전력을 가졌으며, 그들을 잃어버린다는 것은 계획에 중대한 영향을 끼치게 된다. 리진룽의 충고는 실로 옳은 말이었다.

하지만 데이빗은 웃었다.

"괜찮아. 그분, 프루티넬라 님이 처리하러 가셨으니까. 쉔파 따위는 상대도 되지 못해."

리진룽은 그 말을 듣고 놀라면서도 씨익 웃으면서 납득했다.

'괴승' 프루티넬라——인류의 희망이라고 할 수 있는 최고전력 중의 한 명이었던 그는 신탁을 남긴 후 각지를 조사하기 위해 스스로 떠났다. 그곳에서 요마와 치열한 싸움을 벌였지만, 원통하게도 패배하면서 사로잡히고 말았던 거다.

그 이유는 단 하나.

우수한 빙의 대상으로 확보하여 아마리 마사히코와 동격인 '참모'급 요마를 깃들게 하기 위해서였다.

그 비극은 현실이 되고 말았다. 지금은 아마리 마사히코와 동격인 요마의 지배자가 된 것이다.

"정말이야? 내가 갈 생각이었는데 새치기를 당했군. 죽이기만 하는 거라면 쉽지만 우리가 가면 망가트리고 말 테니까 말이지. 그런 점에서 프루티넬라 님이라면 문제가 없을 것 같군."

약간 불손한 발언이긴 했지만 그 의견에는 데이빗도 찬성이었다.

이 세계의 인간은 약하다. 그런 자들 중에서 유달리 뛰어난 실력을 가진 쉔파라면 그들의 수장인 코르느가 차지하게 될 육체로서 충분히 빙의 과정을 버텨낼 것이다. 모두가 그렇게 생각하고 있었기 때문에 부하들에게 맡기는 것을 망설이고 있었던 것이다.

'장관'급인 자신들의 힘도 인간을 상대로는 너무 강했다. 진지하게 힘을 쓰면 싸움 자체가 성립하지 않을 것이다. 그렇다고 해서 익숙하지 않은 육체로는 힘 조절하기도 어렵다. 그 점을 생각해봤을 때 코르느의 부관이라면 차원이 다른 수준이므로 무리 없이 작전을 수행할 수 있을 것이다.

그런 절대적인 신뢰를 바탕으로 쉔파의 목숨은 끝난 거라 마찬가지라고 생각하면서 데이빗은 웃었다.

"그렇겠지. 코르느 님이 여자의 육체를 마음에 들어 하지 않으신다면 그때는 대신할 육체를 마련해드리고 내가 쉔파를 받겠어. 내 육체의 주인이었던 남자는 그 여자를 상대로 꽤 집요한 마음을 가지고 있었던 것 같거든. 덕분에 나까지 그 여자에 대해서 관심이 생겼어."

"안일한 소리를 하는군. 코르느 님은 성별 따위는 딱히 신경 쓰지 않을 테니까 그런 걱정은 할 필요가 없을 거야."

이미 문제는 해결된 것처럼 리진롱과 데이빗이 실없는 대화를 나누기 시작했다.

그 대화를 대충 흘려들으면서, 아마리 마사히코는 도저히 불안감을 불식시키지 못하고 있었다.

현시점에서의 성과에 불만이 있는 것은 아니었다. 만족하고 있는 것은 아니지만, 이 세계의 침략을 장기에 비유하자면 이미 체크메이트가 되었다고 말할 수 있는 상황이었다.

코르느 휘하의 전력 중에서 2대 참모와 4장군이 이미 이 세계에 나타난 상태였다.

'명계문'의 확장도 순조로웠으며, 코르느를 위한 육체를 마련하는 것도 어느 정도는 전망이 보였다.

프루티넬라와 나머지 두 명의 장군이 벌이는 공작도 결실을 맺으면서 이 세계는 파멸로 향하고 있었던 것이다.

남은 중요임무는 코르느를 이곳에 현현시키는 것뿐이다.

(그렇게 될 거다. 지금부터는 역전할 가능성이 없어. 내가 보지 못하고 놓친 것도 없을 거야…….)

냉정하게 상황을 분석한 결과, 역시 문제라고 할 만한 것은 전혀 없다는 결론에 도달했다.

하지만 아마리 마사히코가 느낀 불안감은 옳았다.

베루글린드가 출현하리라는 예상을 하는 건 무리였다.

"인류의 저항 따위는 상대할 필요도 없지만, 그래도 방심해선 안 된다. 아직 마지막 마무리가 남아 있다. 각자 총력을 기울여 맡은 일에 임하라."

불안감을 떨쳐버리기 위해서 아마리 마사히코는 그렇게 명령을 내렸다.

●

합동참모 본부 회의가 끝난 후, 베루글린드가 맨 먼저 찾아간 곳은 대도서실이었다.

도서관이라고 해도 과언이 아닐 정도로 광대한 층에 방대한 양의 소장본들이 저장되어 있었다.

왜 여길 찾아왔는가 하면, 회의 중의 발언에 마음이 걸리는 것이 있었기 때문이었다.

그건 국가의 명칭이었으며, 사람의 이름이기도 했다.

예를 들자면 신성 아시아 제국이 그랬다.

이건 그녀가 이끌었던 아시아 왕국과 어떤 관계가 있는 것 같았다.

아제리아 합중국의 대통령 이름 또한 그랬다.

조지 헤이즈라고 한다는데, 이 시공으로 날아오기 전에 알고 지냈던 인물과 같았다.

베루글린드의 기억이 옳다면 그의 아버지가 루드라의 '영혼' 조각을 소유한 자였다. 이름이 로랑 헤이즈였으며, 청년시절부터 죽을 때까지 동반자로서 함께 살았었다.

그 밖에도 마음에 걸리는 점이 많았는데, 그런 것들은 확실하게 조사해둘 필요가 있었다.

동일세계선 상이라면 틀림없이 동일국가, 동일인물이라고 단정할 수 있겠지만 어나더 월드(다른 차원의 세계)에는 서로 비슷한 세계가 있기 때문이다.

세계의 구성 원리나 법칙에 명확한 차이가 있기 때문에 패러렐 월드(평행세계)는 아니라고 단정할 수 있었지만, 무슨 이유인지 이름이 서로 비슷하였다.

이번에도 우연일 가능성은 부정할 수 없으므로 베루글린드는 역사를 조사해보자는 생각을 했다.

맨 처음 조사한 것은 신성 아시아 제국의 생성과정이었는데, 아시아 왕국이라는 기술을 확인할 수 있었다. 그 왕의 이름이랑 중신들의 이름도 낯이 익었기 때문에 이 세계가 그 아시아 왕국의 역사가 이어져 내려온 곳이라고 단정했다.

뒤이어 조지 헤이즈에 대해서 조사해보니——.

"아아, 역시 그러네. 아버지의 이름이 로랑 헤이즈야. 지금의 대통령보다 7대 앞선 대통령이 되었다고 나오니까 확실하겠어. 그렇구나…… 조지 군도 대통령이 되었단 말이네."

아버지를 존경했던 조지를 떠올리면서 베루글린드는 미소를 지었다.

아버지처럼 훌륭한 대통령이 되겠다——는 것이 조지의 바람이었다.

로랑은 62세에 편안한 죽음을 맞았는데, 그 당시 조지의 나이는 27세였다. 지금의 조지는 52세라고 하니까 이번 도약에선 동일한 세계의 25년 후에 출현한 것이 된다.

25년 전이라면 오우하루도 건재했을 테니까 루드라의 '영혼' 조각을 지닌 자가 같은 시대에 존재했다는 이야기가 된다.

이건 참으로 보기 드문 패턴이지만, 죽음을 눈앞에 두었을 때 '영혼'이 강하게 반응을 보이므로 절대 있을 수 없는 일이라고 단언할 수는 없었다.

그래서 다른 사람일 가능성을 의심하면서도 이렇게 대도서실까지 찾아온 것이었다.

참고로 로랑은 갱에게 포위되면서 죽을 뻔했었다. 그 자리에 베루글린드가 불려왔으며, 그를 구출함으로써 로랑과 처음 알게 되었다.

베루글린드는 그때의 기억을 떠올리면서 그리운 기분을 느꼈다.

다시 정신을 차리고 조사를 재개했다.

"조지 군에겐 어린 남자애가 있었지――."

베루글린드가 축복해준 적이 있기 때문에 그 기억은 또렷했다. 인명록에 기재된 내용을 조사해보니, 아들의 이름이 실려 있었다.

에밀 헤이즈――그게 기억에 남아 있는 이름과 일치하는 것을 보면 더 이상 의심할 필요도 확신했다.

만족하면서 고개를 끄덕인 베루글린드.

그때 인명록에서 마음에 걸리는 내용을 발견했다.

"뭐?! 로랑의 결혼이 늦어진 것이 나 때문이었다고?"

불만스러운 말투로 중얼거렸다.

웃기지 말라는 말을 하고 싶은 기분이었다.

로랑 헤이즈에겐 늘 함께하는 정체불명의 미녀가 있었다.
――그런 내용이 인명록에까지 적혀 있었던 것이다.

사실이었지만, 베루글린드에겐 자각과 악의가 없었다. 그래서 본인의 기준에선 불만을 느낄 수밖에 없었다.

연애는 자유라고 늘 공언하고 다녔으며, 로랑을 속박할 생각도 없었다. 그게 베루글린드의 주장이었지만 절세의 미녀를 데리고 다니는 남자에게 섣불리 다가갈 수 있는 여성의 수는 당연히 적었을 것이다.

아무리 생각해도 로랑의 결혼이 꽤나 늦어진 것은 베루글린드가 원인이었다.

"이 내용을 누가 쓴 건지 모르겠지만 한마디 해주고 싶은걸……."

저자는 이미 사망했지만, 그건 어떤 의미에선 행운이었을지도 모른다.

조사를 마친 뒤에도 베루글린드는 자유로운 시간을 만끽하고 있었다.

그녀를 말릴 수 있는 자는 없었다.

있다고 하면 오우하루뿐이겠지만, 그는 그 나름대로 베루글린드가 자유롭게 움직이도록 놔두었다. 그게 가장 온건한 결과로 이어질 것이라는 것을 본능적으로 이해하고 있었기 때문이었다.

물론, 베루글린드에게 시비를 거는 자도 있었다.

그녀의 본질을 안 군인들이 아니라 그들의 부인들이었다.

오우하루의 아내인 황후도 그중 한 명이었다.

"참으로 추잡스러운 일이로군요. 어디서 굴러먹던 개뼈다귀인지도 모르는 여자가 어느새 폐하에게 들러붙어 있다니."

처음 만났을 때부터 그렇게 내뱉으면서 싸우려는 태도를 보였다.

공작가 출신인 황후의 나이는 올해로 50세였다.

의학과 마술의 발전으로 인해 평균연령이 60세로 늘어난 시대를 살고 있는 황후는 아직 기운이 넘쳤다.

그래봤자 베루글린드가 보기엔 귀여운 수준이었다. 루드라와 오랫동안 함께 지냈을 때에도 이런 일은 자주 있었던 것이다.

"어머나, 그렇게 화를 내다간 그 귀여운 얼굴을 다 망치겠어요. 오우하루도 아내가 늘 아름다운 모습을 유지하기를 바랄 거라 생각하는데 말이죠."

그런 말을 하면서 진지하게 상대하지 않았다.

그뿐만 아니라 황후의 얼굴을 슬쩍 만지면서 쓸어 올리는 짓까지 저질렀다.

황후가 피하려고 했지만 그럴 틈도 없을 만큼 빠른 행동이었다. 놀랄 만한 일은 그다음에 일어났다. 놀랍게도 황후의 피부가 점점 생기를 되찾았던 것이다.

"자, 예뻐졌네요. 하지만 중요한 건 그 상태를 유지하는 거예요. 내가 정기를 조절하는 호흡법을 가르쳐줄 테니까 늘 빼먹지 말고 실천하세요."

"——뭐?"

황후는 말문이 막혔다.

말이 나오지 않는다는 표현은 바로 이럴 때 쓰는 것이 아닐까.

황후를 모시면서 따라다니던 고관 부인들도 마찬가지로 놀란 표정을 짓고 있었다.

그녀들이 보는 앞에서 여제라고 할 수 있는 황후폐하가 아름다움을 되찾은 것이다. 놀라는 것은 당연했다.

"서, 설마…… 다시 젊어지는 비술?"

누구나 할 것 없이 다들 그렇게 중얼거렸지만, 베루글린드는 웃으면서 부정했다.

"젊어지는 건 아니에요. 이건 세포를 활성화시켜서 외모를 아름답게 만들어주기만 할 뿐이죠. 종족이 바뀌는 것도 아닌데다 수명은 여전히 유한한 상태로 남아 있어요."

수명에는 한계가 있다. 생명이 발하는 정기를 조종하여 세포를 활성화시켰을 뿐이니까 수명이 늘어나진 않는다. ──베루글린드는 그렇게 설명했지만, 그 말에는 오해가 있었다.

베루글린드의 기준에선 오차범위에 불과하지만 수명이 늘어나긴 했다.

육체가 건강해졌고 웬만한 병은 치유가 되었다. 식사에 의한 에너지 섭취도 효율적으로 바뀌었기 때문에 완벽하기까지 한 안티에이징(노화방지) 효과가 작용하게 된 것이다.

그 결과, 황후의 수명은 배 이상으로 늘어났다.

베루글린드로부터 배운 호흡법을 실천하면 더 긴 수명을 누릴 수 있게 될 것이다.

"류오우 님, 저는 당신을 오해하고 있었던 것 같군요."

현실적인 자이다 보니, 황후는 순식간에 베루글린드를 따르게 되었다.

그건 물론 황후를 따르던 자들도 마찬가지였다.

"저도요!"

"저도 그렇답니다!!"

"그러니까 저희에게도 부디 그 호흡법이라는 것을 가르쳐주세요!!"

각자 그렇게 소리치면서, 자신들도 젊음을 되찾기 위해 필사적인 모습을 보였다.

✳

베루글린드가 이 세계에 온 뒤로 며칠이 지났다.

여성들에게 호흡법을 지도하거나 다과시간을 즐기는 등, 베루글린드는 자신이 내키는 대로 우아하게 지내고 있었다.

그와는 반대로 군부는 바쁘게 일하고 있었다.

각국 수뇌부와의 논의가 난항을 거듭하면서 회담이 열릴 전망조차도 보이지 않았다.

진전이 없었기 때문에 합동참모 본부 회의도 개최가 연기되었다. 쓸데없는 회의에 시간을 낭비하는 것보다는 건설적인 일에 노력을 기울여야 한다고 판단했던 것이다.

오우하루가 그걸 허가했다.

그래서 베루글린드도 불평을 늘어놓지는 않았다.

하지만 불만은 솟구쳤다.

귀중한 시간이 사라지고 있기 때문이었다.

이러는 사이에도 요마는 착실히 준비하고 있을 거라 생각하기 때문에 빨리 움직이지 않으면 국제회담은 아예 개최할 수도 없게 된다. 그렇게 되면 인류가 하나로 뭉치기 전에 자신이 나서게 될 것이다.

(뭐, 그래도 상관없지만. 그렇게 되면 팬텀(요마족)을 어떻게든

처리한다고 해도 전쟁은 끝나지 않겠지⋯⋯.)

그렇게 되면 일이 번거로워지리라 생각하면서 베루글린드는 우울한 기분을 느꼈다.

그래서 아주 조금 도와주기로 했다.

이러니저러니 해도 베루글린드는 곤경에 처한 자를 그냥 보고 넘기지 못하는 성격을 지니고 있었던 것이다.

"교섭은 잘되고 있나요?"

그렇게 물으면서 외무성 정보부로 쳐들어갔다.

오후의 평화로운 시간대였지만 정보부 현장은 마치 수라장 같았다. 그런 분위기 속에서 난입하는 바람에 관료들도 크게 당황했다.

하지만 베루글린드는 그런 반응을 완전히 무시했다.

"류오우 공, 곤란합니다. 이곳은 관계자 이외는 출입금지——."

"입 다물어요. 벌써 3일이나 지났는데 회담에 응하겠다는 나라는 나타났나요?"

"그, 그게⋯⋯."

담당자가 무겁게 입을 열었다.

중화군웅 공화국이 보내온 답변은 다른 나라들이 참가한다면 자신도 참가하겠다는 조건부 수락이었다. 대 러시암 왕조도 같은 반응이었으며, 그건 즉 소극적인 거부와 같은 뜻이었다.

왜냐하면 아제리아 합중국과 신성 아시아 제국은 그럴 때가 아니라는 답변을 했기 때문이었다.

이런 상황에서 수뇌부가 국외로 나가는 것은 아예 논외였다. 통신회의를 개최하려고 해도 그럴 여유가 없다는 게 각국의 본심이었다.

"이게 지금의 상황이며, 끈기를 가지고 설득하는 중입니다."

담당자가 난처하다는 표정으로 그렇게 밝혔다.

그 보고를 듣고 베루글린드는 어이가 없다는 투로 말했다.

"다들 참 태평하네요. 어쩔 수 없으니 내가 조금 도와주겠어요."

마사유키가 보기엔 츤데레 그 자체라고 할 수 있는 발언이었다.

그랬는데, 머리가 굳은데다 자존심이 강한 관료들은 납득하지 않았다.

"하지만 그건 좀——."

"잠자코 듣고 있으니 건방지군! 당신이 강하고 아름답다는 건 인정하겠지만 정보 전략은 우리 분야요. 끼어들지 않았으면 좋겠소."

화가 나지만 베루글린드의 아름다움은 인정할 수밖에 없다. 그런 고관의, 아무것도 모르는 인간에게 괜한 소리는 듣고 싶지 않다는 기분은 이해할 수 있지만 이 반응은 악수였다.

"당신들에게 맡겨놓고 있다간 적이 행동을 시작하기 전에 마무리가 안 될 것 아니에요!"

결국 베루글린드의 기분을 상하게 만들어버린 것이다.

됐으니까 나와 교대해요. ——베루글린드는 그렇게 말하면서 담당자를 밀어내고 통신설비 앞에 자리 잡고 앉았다.

사용하는 방법도 한 번 보기만 하면 이해할 수 있었다. 주저 없이 계기를 조작해서 단번에 아제리아 합중국 정보부와 성공적으로 연결했다.

『내 말 듣고 있죠?』

상대의 반응을 확인도 하지 않고 고압적인 자세로 호출하는 베루글린드. 상대도 대답할 의무가 없을 텐데 불쾌하게 반응했다.

『끈질기군. 귀국의 요청은 상부에 전달했지만, 대통령께선 현재 바쁘시다. 교섭할 시간이 없다는 걸 이해해주길 바란다.』

적국이긴 하지만 요마에게 이용당했다는 점에선 같은 처지다. 그렇기 때문에 무시하지 않고 제대로 응해주었을 것이다.

하지만 그랬는데도 회담이 성사될 수 없었던 것은 합중국 내부에서도 혼란을 겪고 있기 때문이었다. 황국 측도 그걸 이해하고 있었기 때문에 무리한 요구를 끝까지 밀어붙일 수 없었던 것이다.

그러나 베루글린드에겐 관계없는 이야기였다.

『됐으니까 조지 군, 당신들의 대통령을 불러와요.』

『말귀를 못 알아듣는 자로군. 더구나 대통령 이름을 가벼이 입에 올리다니 무례하다. 우리는 지금 바쁘다고——.』

『베루글린드가 부른다고 전하면 이야기를 들어줄 거예요.』

『뭐라고?』

상대 쪽에서 당혹스러워하는 분위기가 느껴졌지만, 베루글린드는 그대로 통신을 끊었다.

적국으로 여기고 있는 아제리아 합중국의 대통령이 지인이므로 그 사실을 이용해보기로 했다.

이제 남은 건 상대가 어떻게 나오느냐에 달렸다.

조지 대통령에게 자신의 말이 잘 전해졌다면 이야기는 빨리 진행될 것이다. 그렇지 않으면 그때야말로 자신이 나설 생각이었다.

25년 전——자신의 감각에 따르면 불과 며칠 전에 있었던 것 같은 장소이므로 조지가 있는 나라의 좌표정보는 이미 파악해둔 상태였다. 시공간경과도 좌표에 반영시켰기 때문에 문제없이 '공간

전이'할 수 있었다.

(하루 동안 기다려도 연락이 없다면 내가 직접 나서기로 할까.)

그렇게 생각한 베루글린드는 이번에는 신성 아시아 제국에 연락해보기로 했다.

이쪽과의 교섭도 어떻게 할 것인지 생각해둔 게 있었다.

주술적인 통신회로를 정밀하게 조작하며 순식간에 채널에 연결했다. 그리고 통신을 담당하는 자를 불러내서 일방적인 요구사항을 통보했다.

『제왕에게 전하세요. 대일본정패제국의 요청에 응하라고. 그렇게 하면 신기를 하나 더 마련해주겠어요. 검이든 창이든 활이든 원하는 대로 말이죠. 나, 베루글린드가 약속할 테니까 서둘러 움직이는 게 좋아요.』

그 말을 들은 상대는 당혹스러울 뿐이었다.

자신을 베루글린드라고 칭한 여성으로부터 명령을 받을 이유도 그 명령을 따를 의무도 없었지만, 이 통화는 정식국제회선을 이용한 것이다. 무시한다는 선택지는 있을 수가 없었다.

그렇다고 해서 통신사관에 불과한 자가 제왕을 만나려고 해도 그건 불가능한 일이었다. 무모한 요구를 하지 말라는 것이 본심이었다.

그럼에도 불구하고 그는 상관에게 보고했다.

그 이유는 신기라는 말 때문이었다.

신성 아시아 제국에는 다른 나라에도 그 이름을 떨치는 전투 집단이 존재했다.

국가급 전력인 그들은 제신(帝臣) '칠신기(七神器)'라는 이름으로 불렸다. 인간이 이해할 수 있는 범위를 넘어선 전투능력을 지닌 일곱 명이지만, 사실은 그들이 소유한 무기 쪽이 더 유명했던 것이다.

무기인 신기로부터 소유자임을 선택받은 뒤에야 비로소 '칠신기'라는 이름을 쓸 수 있었다.

국가창세의 시절부터 전해져 내려오는 이야기이므로 아시아의 국민이라면 모르는 자가 없을 것이다. 다른 사람이 알고 있는 것도 당연하긴 했지만, 그걸 마련해주겠다는 말을 가볍게 입에 올리는 것은 중죄였다.

국가 간의 통화에서 언급하는 것은 당치도 않은 짓이었다.

통신내용이 증거로서 기록에 남는 이상, 이 발언으로 전쟁이 격화되어도 이상할 게 없었다.

그렇기 때문에 그는 그 내용을 전달할 수밖에 없었다.

그렇게 될 것을 예상한 베루글린드의 교섭술이었다.

하지만 그 통화를 듣고 있던 자들은 더 이상 참을 수 없었다.

"네, 네 이놈! 아제리아 합중국 건은 그나마 좋게 넘어갈 수 있었다. 아니, 좋게 넘어갈 순 없지만 너 하나의 책임인 것으로 우길 수는 있었다. 하지만 시, 신성 아시아 제국을 상대로 벌인 짓은 어떤 변명도 통하지 않을 거다!!"

"그, 그렇습니다! 더구나 가짜 이름까지 사용하다니 그런 잔꾀는 통하지 않습니다. 반드시 들통이 날 것이고 큰 문제가 될 겁니다!!"

베루글린드는 딱히 가짜 이름을 의도적으로 사용하려는 생각은 없었지만, 사정을 모르는 자가 보기엔 상대를 속이려는 시도로 느껴졌던 것이다. 오해였지만, 베루글린드는 설명하는 것도 귀찮았기 때문에 그냥 흘려듣고 넘기기로 했다.

어찌 되었든 상대가 어떻게 대응하느냐에 따라 이야기는 달라질 것이다. 지금 여기서 시끄럽게 떠들어봤자 의미가 없었던 것이다.

＊

그런 식으로 베루글린드는 사전 준비를 끝냈다.

항의나 불평 따위는 무시했다.

홍차를 준비하도록 시킨 뒤에, 우아하게 그걸 즐기면서 연락을 기다렸다.

외무성 정보부의 책임자는 머리끝까지 화가 치민 상태에서 입을 다물고 말았다. 상대국의 대응에 따라선 무슨 수를 써서라도 베루글린드의 죄를 따져 물을 생각이었다.

(건방진 계집, 네가 강하다는 건 인정하마. 하지만 나는 속아 넘어가지 않는다. 폐하의 어전이라서 말을 하지 않았지만, 모두의 마음이 약해진 틈을 파고들어 허황된 거짓말로 속일 심산이었겠지.)

합동참모 본부 회의가 한창 진행 중일 때는 현혹되고 말았지만, 냉정을 되찾고 생각해보니 베루글린드의 이야기는 너무나도 황당무계했던 것이다.

그 이야기가 사실이라면 인류에게 희망 같은 건 남아 있지 않았다. 베루글린드가 얼마나 강한지는 모르겠지만 신화의 군대를 상대로 이길 수 있을 리가 없었던 것이다.

그런 생각을 하는 것만으로 그 고관의 머릿속에선 베루글린드에 대한 적의가 끓어올랐다.

그건 공포심의 역반발이긴 했지만, 본인은 그렇다는 걸 깨닫지 못했다. 단지 분노로 불안감을 달래고 있을 뿐이었다.

그리고 잠시 기다린 후에.

『베루글린드? 나야, 베루글린드!』

그 통신은 아제리아 합중국이 보낸 것이었다.

그건 평소와 비교하면 놀랄 만큼 빠른 반응이었다.

더구나 그 통화상대는 분명——.

『어머나, 조지 군이군요. 이야기는 들었어요. 대통령이 되었다면서요? 로랑에게도 훌륭히 성장한 당신을 보여주고 싶네요.』

조지 대통령 본인이었다.

『아아, 정말로 베루글린드로구나. 정말 기뻐. 이제 두 번 다시 만나지 못할 거라 생각했으니까.』

그 대화를 듣고 있던 자들은 말이 제대로 나오지 않을 만큼 놀랐다.

(뭐라고?! 베루글린드가 가짜 이름이 아니었단 말인가? 아니, 지금 그건 상관없어. 류오우 공이 대통령과 아는 사이라니, 정말 뭐가 어떻게 돌아가는 건지 모르겠군······.)

그렇게 생각하면서 고관들도 혼란에 빠져 있었다.

건방진 거짓말쟁이 여자라고 얕보고 있었는데, 순식간에 그녀에 대한 경의까지 싹트는 지경이었다.

당사자인 베루글린드는 주위의 반응 따위는 아랑곳하지 않았다.

『그런데 말이죠, 조지 군. 미안하지만 쌓인 이야기는 나중에 나누기로 하고 우선은 용건부터 처리하고 싶어요. 어떤 상황인지는 보고를 받았나요?』

『그래, 그래야지. 나도 당신에게 의논하고 싶은 게 있어. 당신의 그 용건이 마무리된 뒤라도 좋으니까 내 이야기를 들어주겠어?』

『물론이죠. 당신은 로랑이 자랑스럽게 여기던 아들이니까 나에게도 자식 같은 사람인걸요.』

『고마워. 그 말을 들으니 안심이 되는군. 그리고 현재 상황 말인데, 세부적인 조정이 필요하겠지?』

『동감이에요. 그러면 우리 요청에 응해주는 것으로 알고 있으면 될까요?』

『물론이지. 회담 날짜는?』

『루드라—— 황제폐하에게 확인을 받은 뒤에 알려줄게요.』

『그렇구나. 아버지와 같은 시대에 한 명이 더 있었단 말이군. 알았어. 나는 여기서 대기할 수는 없지만 언제든지 대응할 수 있도록 지시를 내려놓을게.』

이렇게 통화는 끝났다.

베루글린드는 훌륭하게 대통령과의 약속을 받았다.

아시아의 연락도 그렇게 오래 기다릴 필요가 없었다.

『베루글린드 님은 계시는가?』

『나예요.』

『실례했습니다. 저는 신성 아시아 제국 '칠신기' 제1석인 브라이트라고 합니다. 베루글린드 님과 대화를 나눌 수 있는 영광을 누리는 행운을 맞아 감개무량하기 이를 데 없습니다만, 한 가지 확인을 하고 싶습니다──.』

『……뭐죠?』

『당신은 정말로 우리가 모시는 여신님이 틀림없습니까?』

『뭐라고요? 그 질문에 의미가 있나요?』

베루글린드의 말이 사실인지 아닌지 어떻게 조사할 생각이냐는 뜻으로 물어본 것이었다.

『그렇지 않으면 내 말의 진위를 판단할 수 있는 자가 아직 살아 있기라도 한가요?』

『아뇨, 그건…….』

『애초에 내 이름을 밝혔는데도 왕이 직접 대응하지 않을 줄은 몰랐군요. 한심하네요. 신의 자손은 그 도량이 이렇게까지 좁아져버렸단 말이군요.』

『신? 설마 신 신조(神祖)폐하를 말하는 건가?! 네 이놈, 아시아 황실에 대한 모욕은──.』

『그리고 궁금한 게 있었는데, 왜 당신들은 '칠신기'라고 불리고 있는 거죠? 내가 남긴 갓즈(신화)급 무기는 분명 열두 개였을 텐데요. 설마 그건 아닐 거라 생각하고 싶지만 잃어버렸거나 빼앗긴 건가요? 그런 일은 있을 수 없겠지만, 주인으로 인정받을 말한 실력자가 없는 건 아니겠죠?』

브라이트의 분노가 사라졌다.

'칠신기'의 필두인 그는 이 시점에서 확신한 것이다.

지금 문답을 나누고 있는 베루글린드를 자처하는 여성이 틀림없이 진짜 여신이라는 것을.

(신기가 열두 개 있었다는 이야기는 내 스승님으로부터 들은

적이 있다. 구전으로만 전해지는 실화이므로 그 사실을 아는 분
이라면 진짜임이 분명해——.)

그녀의 말대로 신기는 과거에 분명히 열두 개가 있었다.

국가급 전력인 비장의 수단이라는 이유로 공개하는 것은 일곱
개까지로 한정했던 것이다.

그렇다고 해서 신기 소유자가 열두 명이 있느냐고 하면 그렇지
는 않았다. 베루글린드가 지적했던 것처럼 현시점에선 여덟 명밖
에 존재하지 않았던 것이다.

신성 아시아 제국이 자랑하는 4000년이 넘는 역사 속에서 세 개
의 신기가 사라졌다. 배신자가 한 명, 귀환하지 못한 자가 두 명.
이로 인해 아시아가 보유한 신기는 아홉 개밖에 남지 않은 것이다.

그리고 현재, 제왕의 심복부하인 비공개 전력이 한 명 있을 뿐
이며, 주인 없는 신기 하나가 국보로서 보관된 상태로 사장되어
있었다.

베루글린드가 너무 정확하게 맞추는 바람에 브라이트는 동요
하고 말았다.

그 사실이 근거이기도 했지만, 그것만이 이유이진 않았다.

브라이트는 베루글린드의 '목소리'를 들은 것만으로 압도되고
말았다. 그 패기를 감지하면서 '진짜라고 느꼈다'는 것이 훨씬 더
큰 이유였다.

그러므로 베루글린드의 발언 내용과는 관계없이 브라이트는
통신설비를 향해 머리를 숙였다.

상대에겐 자신이 보이지 않는다는 논리 따위는 아무래도 좋았
다. 베루글린드에 대한 경의가 그에게 그런 행동을 하게 만든 것

이다.

『정말 죄송합니다, 여신님. 지금 바로 아시아 제왕을 찾아뵙고 당신의 요청을 전하겠습니다!!』

『……어머나, 그래주겠어요? 그렇다면 군소리는 그만하고 어서 움직이세요.』

『넷!!』

베루글린드는 아직 따져 묻고 싶은 게 많았지만, 목적을 우선했기 때문에 브라이트를 용서했다.

이리하여 신성 아시아 제국도 요청에 응하게 된 것이다.

*

"자, 그럼 다음은 대 러시암 왕조군요."

그렇게 중얼거린 베루글린드는 또 통신설비를 조작하여 대 러시암 대외정보청의 채널에 연결시켰다.

그랬는데 연결되었어야 할 전파가 어떤 장애로 인해 방해를 받고 있었다.

"이상하네. 거기 당신, 전에 대 러시암과 연락을 한 게 언제였죠?"

지명받은 담당자는 황급히 대답했다.

"오늘 이른 아침입니다! 하루에 여섯 번, 밤낮을 가리지 않고 정기적으로 연락을 하고 있습니다."

전시 중이기에 시차 같은 건 관계없이 창구를 열어두고 있었다. 이건 각국이 서로 합의하여 결정하고 따르는 사항이며, 전황에 대응하여 빠르게 교섭하려는 조치였다.

원래는 정전교섭 같은 건으로도 연락하지만, 이번에는 요마라는 공통의 적에 대한 정보공유 등으로 이용하고 있었다.

서로 군부의 폭주를 허용한 입장이다 보니 국민들에게 설명할 시기를 검토하기 위해서도 현황을 파악하려고 노력했었다.

"그때 이상한 일은 없었나요?"

"네. 딱히⋯⋯."

진전도 없었지만 이상도 없었다. 담당자는 당혹스러움을 느끼면서도 그렇게 대답했다.

지금이 마침 정오의 정기연락을 할 시간이었다. 상대가 부재중이라고 생각할 수도 없었으며, 통신설비도 하나만 있는 게 아니므로 기계가 이상을 일으키는 것도 있을 수 없는 일이었다.

틀림없이 이상사태가 발생했을 가능성이 높다고, 담당자도 그 사실에 생각이 미쳤다.

그런 상황 속에서 베루글린드는 동요하는 일 없이 평소대로의 모습을 유지했다.

(이 세계의 수준을 생각한다면 마법적 간섭은 있을 수가 없겠지. 그렇다면 요마가 무슨 짓을 한 것이 틀림없을 거야. 그건 그렇다 쳐도 내가 볼일이 있는 타이밍에 그런 짓을 벌이다니 운이 없는 자들이네. 아니, 아니야. 루드라의 행운이 작용한 것이겠지. 역시 대단해요, 루드라!)

그런 식으로 자기 좋을 대로 해석하면서 대응했다.

뭐, 이 세계에선 마술이나 주술이 주류였기 때문에 세계의 법칙에 간섭할 수 있는 마법을 구사하는 것은 실로 어려운 일이었다. 그렇기 때문에 베루글린드의 추측은 실로 정확했던 것이다.

하지만 이런 일로 루드라를 칭찬하는 건 과대평가였다. 지금의 오우하루에겐 그런 힘이 없었으며 이번 일은 단순한 우연이었기 때문이다.

군이 말하자면 팬텀(요마족)의 운이 없었던 것이다. 베루글린드가 본격적으로 개입한 시점에서 침략계획이 실패로 끝나는 것은 이미 확정적이었다.

베루글린드는 이제는 완전히 익숙해진 손길로 통신설비를 조작하면서 정밀한 마법진을 공중에 그렸다. 직경 30센티미터 정도의 마법진 두 개가 신기한 광채를 발하면서 통신설비를 비췄다.

베루글린드의 마력이 전파로 변환되면서 멀리 떨어진 대 러시암의 땅으로 전해졌다. 그곳에서 다시 간섭파로 변하여 팬텀이 설치해둔 방해공작을 순식간에 파괴했다.

평범한 사람에겐—— 아니, 이 세계의 달인 클래스에 속하는 술사라고 해도 이해하지 못할 재주였다.

『누가 있나요? 있다면 대답을——.』

『연결됐어! 도와다오! 왕궁에 요마가 쳐들어왔다! 외부로 연락할 수 있는 수단도 차단되면서 속수무책으로 당하고 있다!』

『당황하지 말아요, 멍청하긴. 우리가 소속된 곳은 대일본정패제국이에요. 도와줄 수 없다는 말은 하지 않겠지만, 갑자기 도와달란 말을 들어도 난감하군요.』

너무나도 정론이었다.

베루글린드의 대답을 들은 대 러시암 군인들도 냉정한 판단력을 되찾은 것 같았다. 의논이라도 하는 건지 잠시 침묵이 이어졌다. 그후에 침착한 목소리의 인물이 교대하면서 대화가 재개되었다.

『조금 전에는 실례했군. 나는 대 러시암 대외정보청 장관인 세르게이다. 부끄럽지만 지원을 부탁하고 싶다. 우리도 대 러시암 각지로 통신을 보내고 있지만 반응이 없다. 그래서 미안하지만, 귀국이 대신 연락을 해줄 수 있겠는가?』

세르게이는 자신의 요청에 응해준다면 각지의 군사기지와 연락할 수 있는 암호코드까지 넘겨줄 생각을 하고 있었다.

왕궁에선 계속 항전하고 있었지만, 요마의 힘은 압도적이었다.

지금은 일단 숨어 있지만 이대로 가면 피난장소까지 들키는 것은 명백했다. 그렇게 되면 자신들이 데려온 왕족들을 끝까지 지킬 수 없으리라는 것을 이해하고 있었다.

그래서 세르게이는 각지에서 응원부대를 파견하도록 지시하고 요마가 혼란에 빠진 틈을 타서 도망친다는 계획에 모든 것을 걸었던 것이다.

지금 그야말로 황국이 어떻게 대응하느냐에 따라서 대 러시암의 운명이 맡겨진 것이다.

그랬는데——.

『말했을 텐데요. 멋대로 그런 요구를 한들 난감하기만 할 뿐이라고.』

『잠깐, 우리를 도와준다면——.』

『진정해요. 그쪽 사정은 우리와는 관계가 없어요. 당신들은 내 요청에 고개를 끄덕이기만 하면 돼요.』

남의 요구는 듣지도 않고 자신의 요구를 전달했다. 게다가 승낙밖에 인정하지 않겠다는 뜻이 베루글린드의 말을 통해서 전해졌다.

더할 나위 없이 일방적인 그 태도가 실로 베루글린드다웠다.

『대체 무슨 소리를——.』

『이쪽의 요구를 전하겠어요. 전 세계의 의사를 확인하기 위한 국제회담을 개최할 예정이니까 왕족이나 통수권자를 시켜 응하도록 하세요. 그렇게 하면 당신들을 도와주겠어요.』

어떻게 도와주겠단 말인가. ——그렇게 물어봐야 했지만 세르게이는 무슨 이유인지 그 말을 믿어버리고 말았다. 자신도 모르게 실내를 둘러보면서 그곳에 서로 기댄 채 뭉쳐 있는 자들, 자신이 지켜야 할 귀인들을 힐끗 봤다.

(이분들을 지키는 것이 나의 사명이다. 지금은——.)

다른 방법이 없다는 것을 세르게이는 이해하고 있었다.

다른 나라의, 누군지도 모르는 상대의 말을 믿는 건 일반적으로 절대 해서는 안 되는, 어리석은 행동이다. 하지만 지금은 그 말을 믿으면서 속는다고 해도 전멸하는 시간은 달라지지 않을 것이다.

(리스크라는 면에서 생각해보면 믿든 안 믿든 차이가 없지. 그렇다면 마지막으로 희망이 생기길 꿈꾸면서 죽어가는 것도 좋지 않을까. 내 어리석은 선택에 왕가의 귀한 분들까지 끌어들이는 것은 죄송할 따름이지만…….)

세르게이는 그렇게 생각하면서도 각오를 굳혔다.

"실례합니다. 이런 때에 참으로 어이없는 말씀을 드린다고 스스로도 생각합니다만, 상대가 국제회담 개최를 요구하고 있습니다. 폐하께서 참가해주실 수 있겠습니까?"

"——요구에 응하겠다."

그렇게 대담한 자는 이 실내에 있는 최고 권력자였다.

··················.

············.

······.

대 러시암 왕조의 마젤란 대제. 나이는 서른다섯 살. 아직 젊지만 제위를 계승한 지 10년이 되었다. 그렇기에 야심적인 자였으며, 절대적인 지배자로서 북방 대륙의 패권을 차지하기 위해서 중화를 침공할 것을 결단하였다.

물론 군부에서도 반대의견을 내긴 했지만 호전적인 의견도 많았기 때문에 마젤란의 뜻을 우선하는 형태로 전쟁이 벌어지고 만 것이다······.

그랬던 마젤란도 지금은 큰 좌절을 맛보고 있었다.

인류의 상식으로는 가늠할 수 없는 적 앞에서 무력감에 휩싸였다.

다시 말하기도 새삼스럽지만 마젤란은 자신의 결단을 후회하고 있었다.

중화를 향해 작전행동을 벌인 것은 좋았지만, 그게 정세불안으로 이어졌다.

마젤란은 사치를 좋아하긴 했지만 그렇게 심한 폭정을 하고 있는 건 아니었다. 원래는 백성들도 자신들의 생활이 안정적이기만 한다면, 대제가 호화로운 생활을 하는 것에 반감을 가지진 않았다.

하지만 전쟁이 상황을 변화시켰다.

백성을 위해서 풍요로운 곡창지대를 빼앗는다.

국방을 위해서라도 얼어붙지 않는 항구를 손에 넣고 싶다.

그런 자국의 이익만 생각하는 방침 하에 시작한 이번 전쟁은 신성 아시아 제국이 대 러시암을 침공함으로써 최악의 상황으로 바뀐 것이다.

전진할 수도 물러날 수도 없는 일촉즉발의 상황으로.

그게 요마의 작전이었다는 걸 깨달았을 때는 이미 만회할 수 없는 지경까지 혼돈스러운 상황이 되어 있었다.

(지금 생각해보면 어리석은 짓이었다. 그때 그자의 말에 귀를 기울이지만 않았어도…….)

당시의 심복이 한 말이 마젤란의 관심을 전쟁으로 이끈 것은 사실이었다. 그리고 나중에 그 심복이 요마에게 빙의되었다는 것이 판명되었다.

요마는 불가사의한 존재였으며, 자신의 손으로 세계를 멸망시키는 게 아니라 인류끼리 싸우게 유도하여 세계를 멸망으로 이끄는 것을 즐기는 경향이 있는 것 같았다.

그렇기 때문에 마젤란은 아직 살아 있는 것이다.

(그 요마는 무시무시할 정도로 강했지. 이길 수 없어. 그 정도라면 프루티넬라가 있었어도 우리는 패했을 거야…….)

심복의 모습으로 소리 높여 웃는 요마를 떠올리면서 마젤란은 몸을 떨었다.

더구나 지금은 믿고 의지했던 그 '괴승' 프루티넬라마저 적의 손아귀에 들어가고 말았다.

그 때문에 수도에서도 폭동이 발생했다고 한다.

확실히 지금은 전시 중이었기 때문에 백성들 사이에도 불안감이 퍼져 있었다. 하지만 국토까지는 전화에 휩싸이진 않았으며 식량 공급이 끊긴 것도 아니었다.

결코 폭동이 일어날 만한 상황이 아니었는데, 단번에 상황이 악화되었다.

프루티넬라를 신봉하는 자들을── 팬텀(요마족)이 선동한 것이 원인이었다.

이렇게 되자 더 이상은 제실경호청만으로는 왕궁을 제대로 지킬 수가 없었다. 왕궁 밖도 위험하기 때문에 붙잡히는 것은 시간문제라는 생각이 들었다.

그래서 마젤란도 큰 희망을 걸지 않은 상태에서 적국의 제안에 고개를 끄덕일 수밖에 없었던 것이다.

....

....

......

"알겠습니다!"

마젤란의 말을 듣고 세르게이는 경례했다.

그리고 통신설비를 향해 다시 자리를 잡고 앉으면서 베루글린드와의 대화를 다시 시작했다.

『모든 조건을 받아들이겠습니다. 하지만 아쉽게도──.』

대 러시암은 지금 한창 긴급사태에 빠져 있었다.

참석하고 싶어도 갈 수가 없다──는 말을 세르게이는 전하려고 했다.

회담 제안에 응한다면 도와주겠다고 했으니까 원군을 파견해줄 것이다. 황국이 구출을 위해서 빨리 움직여준다면 자신들도 살아날 가능성이 있었다. 아니, 세르게이 자신은 목숨 따위 아깝지 않았지만, 왕조의 상징인 대제의 일족만큼은 무슨 일이 있어도 무사히 달아날 수 있게 해야 한다고 생각했다.

그런데 이때 놀라운 일이 일어났다.

베루글린드는 도와주겠다고 말했다.

그렇다면 그건 확정된 미래가 되는 것이다.

『좋아요. 바보는 아닌 것 같아서 안심했어요. 그러면 그곳에 '문'을 출현시킬 테니까 그 문을 통해서 당장 이리로 오세요.』

베루글린드의 말이 끝남과 동시에 세르게이 일행의 눈앞에 있던 공간이 일그러졌다. 그리고 거기서 생긴 틈을 통해 베루글린드가 앉아 있는 장소로 이어진 것이다.

그것이 바로 '시공연결'——서로 다른 두 개의 공간좌표를 거리를 무시하고 연결시킬 수 있는 초상현상이었다.

"""말도 안 돼——."""

그 자리에 있던 베루글린드를 제외한 모든 자의 마음이 하나가 된 순간이었다.

그 여성——베루글린드만은 반드시 적으로 돌려선 안 된다는 것을, 누가 먼저랄 것도 없이 모두가 한마음으로 이해한 것이다.

*

"잠깐, 어? 어떻게 여기에 대 러시암의 왕족 분들이……?"

"아니, 아니, 아니. 이건 꿈인가? 아야, 아픈데……."

현실을 인정하지 못하는 자 중에는 자신의 볼을 꼬집어보는 자까지 있었다.

"믿을 수 없군. 문헌에 따르면 신불급 중에는 전이 주술을 다룰

줄 아는 자가 존재한다고 적혀 있긴 했지만……."

지금 일어난 현상을 애써 분석하려는 자도 있었지만, 이해력이 따라가지 못하고 있었다. 멀리 떨어진 공간을 연결하는 것은 상상을 초월하는 초능력이므로 그런 반응은 어쩔 수 없는 일이었다.

"눈 깜짝할 사이에 세 나라를……."

실무적인 방향으로 사고를 전환한 자야말로 이 자리에서 가장 우수한 자일지도 모르겠다.

그건 그렇고──.

"여신, 당신은 정말로 여신님이군요!!"

외무성 정보부의 관료들은 베루글린드의 수완과 실력에 혀를 내둘렀다.

이렇게까지 일이 진행되자 이젠 베루글린드에게 거역할 자는 아무도 없었다.

고관들도 베루글린드를 보면서 싹튼 경의를 소중히 키웠으며, 지금은 언제 그랬냐는 듯이 손바닥을 바로 뒤집었다. 충실한 개가 되어서 아부조차도 서슴지 않고 할 각오가 되어 있었다.

"이제 중화만 남았는데, 세 나라가 회담에 동의했으니 이제 조건은 채워진 거죠?"

"넷, 그렇습니다!"

"그렇다면 이다음부터는 당신들의 힘만으로도 교섭할 수 있겠군요."

""""물론입니다!""""

당연하지만 여기서 그 말을 부정할 만한 어리석은 자는 없었다.

관료들은 자신의 긍지를 걸고 중화와의 교섭을 성공시키겠다고 약속했다.

고개를 끄덕이는 베루글린드.

뒤이어서 그 시선을, 아직도 넋이 나가 있는 대 러시암 일행 쪽으로 돌렸다.

"어디 보자, 당신들이 전부인가요? 안 됐지만 그 방에 없던 자들도 구해달라는 요구는 들어줄 수 없어요. 그건 계약에 없던 사항이니까요. 하지만 단기간에 요마를 전멸시켜버리면 구할 수 있을 거라고 생각해요."

대 러시암 진영에 속한 자들도 고개를 끄덕일 수밖에 없었다.

확실히 왕궁에는 그 밖에도 미처 도망치지 못한 자들이 있었다. 하지만 그런 자들을 구할 수 없다고 생각하며 먼저 포기한 것은 자신들이었다.

지금 베루글린드에게 책임을 전가하는 그런 어리석은 짓을 할 수 있을 리가 없었다.

"도와주셔서 감사합니다."

가장 먼저 혼란에서 회복한 세르게이가 감사인사를 했다.

그 말을 들은 마젤란도 지금은 고맙다는 말을 해야 한다고 생각했다.

"나도 예를 표하겠소. 모든 일이 끝났을 때는 원하는 대로 상을 내리겠다고 약속하리다."

그 말을 들은 베루글린드는 관심 없다는 표정으로 코웃음을 쳤다. 대제를 상대하고 있는데도 베루글린드는 오만불손한 태도를 보였다.

"필요 없어요. 어차피 당신들은 내가 원하는 걸 이뤄줄 수 없으니까. 그것보다 앞으로의 작전에는 제대로 협조하는 모습을 보여주면 좋겠군요."

"그건…… 아니, 물론 그러겠소."

상이 필요 없다고 비웃는 모습을 보면서 마젤란은 발끈했다. 하지만 여기서 화를 낼 정도로 생각이 짧지는 않았다.

이 자리에선 대 러시암 왕조의 대제라는 지위가 그렇게 큰 의미가 없었다. 이용가치가 있으니까 도와준 것뿐이라는 것을 스스로도 이해하고 있었던 것이다.

"적어도 은인인 당신의 이름을 가르쳐주지 않겠소?"

"류오우라고 부르세요."

"알았소. 류오우 공, 앞으로도 잘 부탁하오."

"네, 잘 부탁해요. 그러면 회담 일정이 잡히는 대로 연락할 테니까 그때까지 편안히 쉬도록 하세요."

베루글린드가 그렇게 통보하듯이 말했다.

그 태도는 그야말로 여제의 것이었다. 이 자리에선 그녀가 바로 법이었다.

재빨리 관료 중의 한 명이 일어나더니 방에서 뛰어나갔다. 예정에 없던 손님들을 대접하기 위해서 객실을 준비하러 나간 것이다.

또 다른 자가 마젤란 일행을 향해 인사를 하더니 자청하여 안내를 맡았다. 객실의 준비가 끝날 때까지 응접실에서 접대하기 위해서였다.

아무런 사전협의가 없었는데도 자연스럽게 역할분담이 이뤄졌다. 그런 연계는 참으로 훌륭하다고 할 수 있었다.

이때만큼은 베루글린드도 외무성 정보부의 관료들은 조금은 다시 봤다.

그리고 그때.

기회 포착을 잘하는 가장 높은 관료가 베루글린드에게 아첨을 했다.

"류오우 공, 홍차만 드실 게 아니라 이 옥로차도 한 번 드셔보시죠!"

중화의 답변을 기다리는 동안의 시간을 헛되이 보내지 않고 자신을 어필하느라 여념이 없었다.

"어머나, 눈치가 빠르군요."

"네, 감사합니다! 저, 야마모토 칸지는 그 말씀만으로도 충분히 기쁩니다!!"

그 관료──야마모토는 최선을 다해서 거듭 아부를 했다.

그것도 또한 재능이라고 생각하면서, 부하들이 감탄했을 정도였다.

"맛있군요. 단맛이 느껴지는 부드러운 향기가 나는데 뒷맛은 깔끔하네요."

"제 단골가게에서 늘 주문해서 구매하는 것인데 정말 좋은 차입니다."

"마음에 드네요."

"그렇다면 이 과자도 맛있게 즐기실 수 있을 겁니다."

야마모토가 내놓은 것은 기품 있는 단맛이 나도록 생초콜릿을 이용해 만든 퐁당 쇼콜라였다. 이런 전시상황에선 너무나도 사치스러운 기호품이었다.

야마모토가 권력과 재력을 동원하여 자신을 위해 만들도록 시킨 음식이었지만, 그걸 베루글린드에게 제공한 것이다.

너무나도 맛있었기 때문에 베루글린드도 만족했다.

"야마모토 칸지, 라고 했죠? 그 이름을 기억해두겠어요."

"네엣——! 정말 감사합니다!!"

관심이 없는 인간은 안중에도 없는 베루글린드였는데, 놀랍게도 야마모토의 이름을 기억했다.

뇌물에 약하다는 의외의 일면이 있었던 것이다.

애초에 그녀는 돈으로는 움직이지 않았을 테니까 이건 야마모토의 기지가 이긴 것이라고 할 수도 있다.

그런 식으로 시간을 보내면서 한동안 기다렸을 때.

"중화에서 답변이 왔습니다! 회담에 응하겠다고 합니다!!"

고대하며 기다리던 답변은 승낙이었다. 이로 인해 5개국 국가 수뇌 회담이 실현되게 된 것이다.

＊

"뭐라고. 그게 사실인가?"

"그래요. 제가 당신에게 거짓말을 할 리가 없잖아요."

베루글린드의 보고를 듣고 오우하루는 경악했다.

실현은 불가능하다고 생각했던 수뇌부들끼리의 회담이 너무나도 쉽게 실행되었기 때문이다.

(여전히 한계를 알 수가 없는 자로군. 이자가 우리 편이 된 것은 행운이지만, 호의에 의해서 성립된 관계는 너무나도 비정상적이기 때문에 믿을 수가 없는데.)

베루글린드의 기분에 따라서 양호했던 관계가 바뀔 수 있었다. 그게 두렵다고 오우하루는 생각했다.

신뢰관계라는 것은 오랜 세월을 거치면서 쌓이는 것이다.

이 선을 넘으면 상대가 화를 낸다, 또는 이 선까지는 허용해준다는 세부적인 부분을, 같은 시간을 보내면서 조금씩 찾아내는 것이 신뢰관계의 원래 모습이다.

그건 국가와 국가 사이도 마찬가지이며, 그 가치관을 공유할 수 없다면 관계를 유지하는 것은 어려웠다.

팬텀(요마족) 같은 침략자가 상대라면 대화가 성립되지 않으므로 그런 긴 시간이 필요 없이 바로 적이 될 것이다. 지적생명체로서 폭력에 의존하는 것은 아쉬운 일이라고 생각하지만 어딘가에서 선을 그을 필요가 있으므로 그건 어쩔 수 없는 일이다.

그런데 베루글린드는…….

"잘됐군요, 루드라. 회담도 내가 준비할 테니까 언제가 편한지 얘기해주겠어요?"

베루글린드가 자신에게 전폭적인 신뢰를 보내고 있다는 것은 명백했으며, 때문에 더더욱 정신을 차려야 한다고 오우하루는 생각했다.

호의에는 호의를.

그게 오우하루가 내린 결론이었다.

베루글린드를 믿을 수밖에 없으니까 망설일 필요는 없었다. 자신이 느낀 고마운 기분을 그저 최선을 다해서 갚아줄 뿐이다.

그것 말고는 베루글린드에게 보답할 방법이 없다. ──오우하루는 그렇게 생각한 것이다.

"고맙구나, 베루글린드. 앞으로도 짐을 도와준다면 기쁠 것이다."

"우후후. 괜찮아요, 마음에 두지 않아도."

그렇게 말하면서 웃는 베루글린드는 진심으로 기뻐하는 것 같았다.

그녀에게 있어선 루드라의 행복이 바로 자신의 기쁨이므로 오우하루의 대응은 완벽한 정답이었다.

회담시간은 내일 오찬 후로 정해졌다.

요마에 대한 대책은 시급히 세울 필요가 있었지만, 대대적으로 조정할 수 있는 기간 같은 건 없었다. 그러므로 효율을 우선한다는 것이 오우하루의 판단이었다.

시차는 물론이고 상대의 사정도 일절 고려하지 않았다.

그 내용을 각국에 전했고 승낙을 받았다.

이번 일의 진두에 선 외무성 정보부는 너무나도 힘든 시간을 보냈지만, 베루글린드가 그걸 배려할 리가 없었다.

"야마모토라고 했죠. 고생이 많군요."

그렇게 노고를 치하해주는 것만도 최대한의 배려라고 할 수 있었다.

애초에 열심히 노력한 자는 야마모토가 아닌데다 정말로 불쌍한 자는 관료들이었지만……

그게 그들이 해야 할 일이니까 불만을 늘어놓지 말라는 듯이 베루글린드는 다음 요구를 말했다.

"그러면 내일 아침까지 회담장을 준비하도록 하세요. 황제폐하가 창피를 당하지 않도록 장엄한 느낌이 들도록 만들어줄 것을 부탁하겠어요."

"기, 기꺼이 그리하겠습니다!"

베루글린드는 상당히 무모하게 굴었지만, 야마모토에게 거절한다는 선택지는 없었다. 그러기는커녕 약간 기뻐하는 표정까지 지었다.

이상한 문을 열어버린 것인지도 모르겠지만, 그것도 또한 베루글린드가 관여할 일이 아니었다.

"아, 그렇지. 통신설비 한 세트를 조금 넓은 방으로 이동시켜 놓도록 해요."

"왜 그런 말씀을……?"

통신을 이용하여 회담할 것이므로 야마모토는 넓은 방이 아니라 제1회의실을 준비할 예정이었다. 베루글린드의 발언이 무슨 의도에서 나온 건지 파악할 수가 없는지라 자신도 모르게 되묻고 말았다.

"대 러시암 일행을 불러낸 것처럼 다른 나라의 사람들도 이곳으로 오도록 할 거예요. 그렇게 하는 게 노력을 절약할 수 있을 테니까요. 쓸데없는 헛수고도 줄일 수 있을 거란 생각이 들지 않나요?"

"네?"

그런 생각이 드느냐 아니냐를 따지기 이전에 상식 밖의 제안이었다.

야마모토는 그렇게 생각했지만, 그럴 수 있다면 그러는 게 더 좋다는 것을 이성의 한 군데에선 이해하고 있었다.

"뭐예요, 무슨 불만이라도 있나요?"

"아, 아뇨! 당치도 않습니다. 지금 바로 준비하도록 하겠습니다!!"

"그래요? 그럼 부탁해요."

베루글린드는 기분이 좋아진 모습으로 방긋 웃으면서 그 자리를 떠났다.

남겨진 야마모토는 관료들을 둘러봤다.

"어떡합니까?"

"멍청하긴! 당연히 지시받은 대로 해야 하지 않느냐! 회의장을 다시 세팅한다."

"알겠습니다!"

"그와 병행하여 제2회의실에 통신설비 세트를 옮겨놓아라!"

"잘 알겠습니다!"

외무성 정보부의 기나긴 밤이 시작되었다.

＊

인류의 존망이 걸린 운명의 날.

하룻밤 사이에 모습이 바뀐 제2회의실에서 베루글린드는 만족스러운 표정으로 고개를 끄덕였다.

통신설비 한 세트와 그 앞에는 호화로운 의자.

편안하게 느긋이 앉을 수 있도록 부드러운 쿠션도 완비되어 있었다.

넓은 방 안에 있던 쓸모없는 비품들은 밖으로 치워졌으며, 각국의 수뇌들을 맞이하기 위한 인테리어도 보기 좋게 갖춰져 있었다.

벽 쪽에는 가벼운 식사와 음료수도 준비되어 있었고 시중을 들자들도 여러 명 서 있었다.

장식된 가구들도 고급품이었으며 황국의 품격을 떨어트리는 일이 없도록 배려가 되어 있었다.

"마음에 드는군요. 아주 잘했어요, 야마모토."

"네엣! 감사합니다. 그렇게 말씀해주시는 것만으로도 이 야마모토는 하늘에라도 날아오를 것처럼 기쁩니다!"

아부가 특기인 남자, 야마모토 칸지.

일생일대의 감수를 거쳐 베루글린드로부터 성공적으로 인정을 받은 것이다.

참고로 베루글린드는 비정상적일 정도로 눈이 높기 때문에 이건 진정한 의미로 대단한 위업이라고 할 수 있었다. 방을 보러 온 군의 고관들도 단 하룻밤 만에 용케도 이렇게까지 해냈다고 생각하면서 감탄했을 정도였다.

야마모토의 무모한 지시에 착실히 대응해준 부하들도 자랑스러운 표정으로 가슴을 당당하게 펴고 있었다.

"자, 시간도 없으니 시작할까요."

베루글린드가 의자에 앉았다.

여제처럼 우아하게, 그러면서도 빠르게. 익숙한 손길로 통신설비를 조작했다.

맨 처음 통화상대는 아제리아 합중국이었다.

"조지 군, 잘 지냈나요?"

"그, 그래. 옛날이 생각나는걸. 여전히 무모하기 짝이 없군. 그래도 말이지, 말투는 좀 이상하지만 네가 바뀌지 않은 것 같아서 안심했어."

조지 대통령이 혼란스러워하는 것도 무리는 아니었다.

왜냐하면 통신을 이용한 인사는 대충하고 넘긴 뒤에 '시공연결'을 통해서 황국까지 오게 되었기 때문이다.

같이 따라온 아제리아의 정부각료들도 자신의 눈을 의심하면서 아직도 혼란에 빠져 있었다.

"우후후. 바뀔 리가 없잖아요. 당신에겐 25년의 세월이 지난 셈이지만 내 입장에선 며칠 전에 헤어진 것뿐인걸요."

"그런가. 그렇겠군."

과거의 이야기로 꽃을 피우는 베루글린드와 조지.

그런 두 사람의 대화를 방해하지 않으려는 듯이 야마모토가 움직였다.

자연스럽게 눈빛을 주고받으면서 급사들이 움직이기 시작했다.

혼란에서 아직 회복하지 못했던 아제리아 사람들도 한숨을 돌리고 나니 머리가 돌아가기 시작하는 것 같았다.

그 옆에선 베루글린드와 조지가 대화를 나누고 있었다.

"그때가 그립군요. 그 사람 덕분에 매일 지루하지 않게 보냈으니까요."

"늘 아버지의 허풍 때문에 고생을 많이 했다고 들었는데."

"그래요. 태풍이 오기 전날에 '내일은 맑을 거야'라고 허세를 부리곤 했었죠."

"나도 알아, 그 이야기는. 자기 전에 몇 번이나 이야기해주셨지. 당신 덕분에 정말로 날이 맑아졌다고 하더군."

"그래요. 그날은 야구 시합이 있었는데, 그 시합을 근처 아이들이 기대하고 있었죠. 그 사람은 늘 아이들을 놀리면서 노는데다 거짓말만 늘어놓았죠. 그래서 그랬을까요. '가끔은 내 말이 사실이 되는 것도 좋잖아?'라고 하더군요. 그런 이유로 날 움직이게 했으니까 정말 어이 없는 사람이었죠."

태풍을 사라지게 했다는 이야기가 사람들을 더 황당하게 만들었다.

"말도 안 돼……."

"자신이 평범하지 않다는 것을 감출 생각도 없는 건가."

그런 말을 하면서 놀라움을 감추지 못하는 자까지 나오는 지경이었다.

그런 사실은 알아차리지도 못한 채, 아니, 알아차려도 신경을 쓰지 않은 채 베루글린드와 조지의 대화는 이어졌다.

"그랬었군. 아버지는 '아이들이 겁먹은 표정으로 떠는 것이 정말 재미있었다'라고만 말했으니까. 그런 이유가 있었다는 건 처음 알았어……."

"우후후. 아이들도 정말 기뻐했어요. 그날은 선수들도 열심히 플레이해주었고 특대 사이즈의 홈런까지 나왔죠."

"그야 그랬겠지. 우리 집 아이도 야구를 정말 좋아하거든."

그때 베루글린드는 조지의 표정이 흐리다는 것을 눈치챘다.

그건 평범한 사람이라면 알아차리지 못할 미묘한 변화였지만, 베루글린드는 대화에 실린 '사념'을 통해 타인의 감정까지 읽어들일 수 있기 때문에 그걸 알아차릴 수 있었던 것이다.

"그러고 보니 에밀은 어떻게 되었나요?"

에밀 헤이즈, 조지의 아들 이름이다.

베루글린드는 조지와의 대화를 통해 조지가 우울해하는 원인이 에밀이라는 것을 추측했다. 그래서 조지가 이야기하기 편하도록 일부러 그 이름을 언급해준 것이다.

"역시 대단하군, 베루글린드. 못 당하겠어. 당신은 모든 걸 꿰뚫어 보는군……."

"그렇지 않아요. 그저 자식과 같은 존재인 당신이 걱정되는 것뿐이죠."

"후후, 고마워. 이런 일을 상의하는 건 한 국가를 맡은 자가 할 행동이 아니라고 생각해. 그래도 부탁할 수 있는 건 당신밖에 없군. 나를 도와주겠어?"

"물론이죠. 당신은 내가 사랑한 천재 사기꾼인 로랑 헤이즈의 아들이니까."

그 말을 듣고 조지는 눈물을 흘렸다.

그리고 "아들을 구해줘——"라고 중얼거리듯 말한 뒤에 사정을 이야기하기 시작했다.

사정을 들어보니 사태는 꽤나 골치 아프게 돌아가고 있었다.

아제리아 합중국의 군부가 팬텀(요마족)의 조종을 받고 있다는 것은 이미 합중국의 국방총성도 파악하고 있었다. 그것만으로도 최악이었는데, 문제의 그 함대사령관 : 데이빗 레이건이 정부를 상대로 요구사항을 지참한 사자를 보냈다고 한다.

그 요구사항은 합중국 정부가 요마의 지배를 받아들이라는 것이었다.

요마의 목적은 인류의 멸망이 아니었다. 이 세계를 지배하여 자신들의 낙원을 구축하는 것이었다. 그렇기 때문에 국가를 통솔하는 조직을 궤멸시켜버리면 그 후의 처리가 번거로워지리라 생각했을 것이다.

"──그런 이유로 그들은 우리에게 자신들을 따르라고 권고했지. 그렇게 하면 정부고관들의 자유의사는 빼앗지 않을 것이며, 앞으로도 안전은 보장해주겠다고 말이야."

"흐──응. 그럼 요구를 받아들이지 않으면요?"

"대남해함대를 파견하여 우리 합중국의 수도를 공격하겠다고 하더군. 그와 병행하여 합중국 국민에게는 현재 상황을 정직하게 보도하겠다고 했어. 그렇게 하면 정부의 위신은 땅에 떨어질 것이고 제어할 수 없는 패닉이 발생할 거야. 솔직하게 말하면 이젠 아무런 방법이 없어."

선택지를 부여받으면서 의견은 둘로 나뉘었다. 하지만 어느 쪽을 골라도 팬텀은 손해를 보지 않는 것이다.

그것만이 아니다. ──베루글린드는 그렇게 생각했다.

요마의 목적은 인류를 노예로 삼는 것이다. 자신들의 수가 늘어났을 때를 대비하여 자신들이 빙의할 육체를 확보해두려는 계획을 꾸미고 있을 것이다.

통제된 노예를 획득하는 것이 더 바람직하지만, 이 세계에는 다섯 개의 세력권이 있었다. 그중 하나가 멸망한들 다른 나라에 대한 본보기가 될 뿐이었다.

팬텀의 전체 수와 비교해봐도 인류의 수가 훨씬 더 많았다. 인류가 1/10로 줄어든다고 해도 빙의용 육체는 충분히 채울 수 있었다.

"그렇군요. 중화도 비슷한 상황일 것이고, 대 러시암은 요구를 거부했는지 폭동으로 인해 왕가가 존망의 위기에 빠졌어요. 이렇게 보니 황국은 그나마 나은 상황이었군요."

"시간문제겠지만 말이야. 우리나라와 중화의 연합함대가 이제 곧 닥쳐올걸?"

"네, 내가 있으니까 문제는 없지만요. 그보다 에밀의 이야기가 듣고 싶군요."

대함대 이야기를 대수롭지 않게 넘겨버린 베루글린드를 보면서, 야마모토를 비롯한 황국 관료랑 아제리아 정부 각료들이 말하고 싶은 게 있는 듯한 표정을 지었다.

하지만 아무도 끼어들지 못한 채 조지의 발언을 기다렸다.

섣불리 대화를 방해했다가 베루글린드의 기분을 상하게 하는 것을 두려워했다. 이미 이 시점에서 베루글린드는 거역해선 안 되는 인물이라는 것을 모두가 공통적으로 인식하고 있었다.

"우리를 찾아온 사자가 에밀이었어. 내 아들과 같은 얼굴을 가졌고 같은 지식을 가지고 있는데 너무나도 사악한 표정을 짓고 있었지……."

에밀은 성인이 되면서 군인이 되었다. 그리고 불행하게도 그 함대에 파견되었던 것이다.

"괜찮아요, 조지. 진정해요. 내가 말했잖아요?"

이야기를 들은 베루글린드는 괜찮다고 말하면서 미소 지었다.

그건 동요를 일절 보이지 않는 완벽한 숙녀의 미소였다.

그 미소는 보는 자의 마음을 진정시키는 효과도 있는 것 같았다.

"하하, 늘 냉정해지라고 했던 것 말이지? 기억하고 있어, 베루글린드."

조지는 평상심을 되찾은 것과 동시에 대통령으로서의 직무도 떠올렸다.

"잘했어요. 안심해요. 에밀은 내가 구할 테니까. 그러는 김에 합중국의 명예도 지켜주겠어요."

"고마워. 당신이 그렇게 말해준다면 이젠 안심이야. 부탁할게. 합중국과…… 내 아들을 구해줘."

"내게 맡기세요. 요마가 인간과 완전히 동화되려면 앞으로 두 달 정도의 유예기간이 있어요. 에밀은 괜찮아요. 그리고 다른 장병들도 말이죠."

"그 말을 들으니 마음이 편해졌어. 하지만 출병한 후로 3주가 지났으니까 그 유예기간은 얼마 남지 않은 것 같은데……."

"괜찮아요. 그 때문에 오늘 회담을 연 것이니까."

조지가 힘차게 고개를 끄덕였다.

"알았어. 우리나라도 아낌없이 최대한 협력하겠다고 약속할게. 회담이 결실을 맺을 수 있게 되길 기대하자고."

그렇게 말한 뒤에 조지는 자리에서 일어났다. 말없이 그 모습을 지켜보고 있던 아제리아 정부 각료들도 그를 따랐다.

이야기는 끝났다.

야마모토가 신호를 보냈고, 안내를 맡은 자가 즉시 문을 열었다.

"그러면 여러분의 대기실까지 안내해드리겠습니다."

베루글린드의 자신만만한 말을 듣고 모두 안도하게 되었다. 각자 감사의 인사를 건넸고, 안내를 받으면서 방을 떠났다.

*

베루글린드가 그 다음에 불러낸 건 신성 아시아 제국의 사람들이었다.

그들은 그 정체도 원리도 알지 못하는 '시공연결'로 바다를 건너서 여기까지 왔다. 그런 그들의 심경을 상상해보면 혼란스러워하지 않기를 바라는 것이 무리였다.

"말도 안 돼…… 극소수의 관계자만 아는 비밀 장소였는데, 어떻게……."

대신 중 한 명이 중얼거렸다.

그 말을 듣고 베루글린드는 한심하다는 표정으로 코웃음을 쳤다.

"장소를 들키고 싶지 않다면 가능한 한 '결계' 등으로 격리하고 외부와의 연락을 완전히 끊어요. 그래도 공기의 흐름을 통해 기척이 흘러나오니까 당신들 수준으로 은폐는 불가능하겠지만요."

"외부와의 연락…… 그렇군! 당신은 전파를 이용하여 우리가 숨은 장소를 알아냈단 말입니까?"

청년 중의 한 명이 큰 소리로 말했다.

등에 진 활이 갓즈(신화)급인 것을 보고 베루글린드는 그 청년이 '칠신기' 중의 한 명이라는 것을 알아차렸다.

하지만 딱히 관심도 없었기 때문에 "정답이에요"라고만 말했다.

아시아 제국 사람들은 소란스럽게 술렁이기 시작했지만, 베루글린드는 그런 분위기에 휩쓸릴 자가 아니었다. 그녀가 보기엔 어린아이들 장난 수준에 불과한 재주였으니까 그런 것에 일일이 놀랄 것까진 없다고 생각이 들었다.

그리고 또 한 명, 오만불손한 자가 있었다.

"그대가 베루글린드인가? 내가 바로 현 아시아 제국의 제왕인 잔그다. 나의 태조이신 신 신조제(神祖帝)에게 가호를 준 여신 칼디나를 사칭했다고 들었다만?"

아직 20대 초반이라 젊었고, 금발벽안에 균형이 잡힌 육체를 지닌 미남자.

신성 아시아 제국의 정점인 제왕 잔그 유란 도르테 아시아가 바로 그였다.

"칼디나? 아아, 그렇게 불렸죠. 진명을 부르는 건 황송하다느니 어쩌니 하는 소리를 들었는데, 설마 본명이 아니라 애칭이 정착되었을 줄이야…… 혹시 본명은 기록에 남아 있지 않은 건가요?"

"아직도 인정하지 않는다니, 가소롭기 짝이 없구나! 그게 아니면 그 미모라면 그따위 망언이 용서를 받을 수 있을 거라 생각한 것이냐?"

베루글린드의 발언을 거짓말이라고 단정 짓고 다른 말을 들으려 하지 않았다.

그 태도는 큰 문제였다.

최고지도자가 실수를 저지르면 사과만으로 끝나지 않는 경우가 많기 때문이다.

이게 부하의 폭주였다면, 그자 한 명의 책임으로 처리할 수도 있을 것이다. 혹은 그의 상급자가 사과하는 것으로 무마되는 일이 있을 수도 있었다.

하지만 최고책임자가 잘못된 선택을 해버리면 돌이킬 수 없는 결과를 초래할 수도 있는 것이다.

'칠신기' 제1석인 브라이트는 잔그의 발언을 듣고 콧물을 뿜어버릴 뻔했다.

(이 바보 자식! 그렇게나 설명했는데 베루글린드 님이 얼마나 위험한지 이해하지 못했단 말인가?! 그 이전에 방금 눈앞에서 일어난 초상현상을 직접 봤다면 그게 신이나 가능한 위업이라는 것은 일목요연한 사실일 것 아냐!!)

속으로 그렇게 생각하면서 크게 당황했다.

베루글린드의 '시공연결'은 보잘것없는 인간의 몸으로는 명백히 불가능한 일이었다. 그런 기술을 쓸 수 있는 자는 신이거나 그에 가까운 존재임을 의심할 여지도 없었다.

그런 상대를 분노하게 만들어서 어떡하겠단 말인가. 게다가 그런 짓을 한 자가 자신들의 제왕이라면 그걸 어떻게 수습해야 좋을지 참으로 난감한 노릇이었다.

그리고 또 한 명, 이 상황을 보면서 당황하며 고뇌하는 자가 있었다.

야마모토 칸지였다.

(이봐, 잠깐, 아시아의 제왕은 믿어지지 않을 정도로 멍청한 자였단 말인가?! 그건 그렇고 어떡하지? 이대로 가면 이 무시무시하기 짝이 없는 류오우 공이 화를 내게 될 텐데…….)

결코 남의 일이 아니었기 때문에 야마모토는 필사적으로 머리를 굴렸다.

맨 처음 그가 선택한 방법은 측근에게 지시하는 것이었다.

"지금 당장 폐하를 이 자리로 모시고 와라."

"하지만 그런 짓은——."

"멍청한 녀석! 불경스러운 짓이란 건 나도 잘 안다. 하지만 류오우 공을 말릴 수 있는 사람은 폐하뿐이란 말이다!!"

실로 타당한 의견인지라 측근은 반론조차 할 수 없었다.

"알겠습니다!"

작은 목소리로 대답을 하자마자 그 자리를 떠났다.

야마모토 칸지. 평소에는 거만하게 굴 줄밖에 모르는 어리석은 자이지만, 섣불리 건드려선 안 되는 인물을 알아보는 눈만큼은 확실했다. 그 능력을 유감없이 발휘하여 유사시를 대비한 것이다.

주변 사람들이 위기감을 느끼는 가운데, 그런 발언을 한 당사자는 정작 여유가 넘쳤다.

"큭큭큭, 내가 그리 쉽게 속아 넘어가지 않는다는 것을 알고 아무 말도 못 하는 건가. 뭐, 그것도 당연하겠지. 네놈 같은 사기꾼은 모르겠지만 나는 다른 우둔한 자와는 다르다. 나도 또한 신기에게 인정을 받은 자란 말이다!! 왕이자 '칠신기'의 제7석이지. 그게 바로 네놈이 환심을 사고자 했던 자의 정체다!!"

잔그는 자랑스러운 말투로 그렇게 내뱉었다.

그 말은 진실이며, 잔그는 허리에 빛을 발하는 갓즈급의 검을 차고 있었다.

물론 베루글린드도 그 사실은 이미 알아차리고 있었다.

그 이전에 어이가 없어서 말이 나오지 않았을 뿐이었다.

"——농담이죠? 나를 보고도 그런 반응을 보인다니⋯⋯ 신의 자손 중에서 이런 바보가 태어났단 말인가요?"

그런 탄식과 동시에 베루글린드는 그제야 이해했다.

자신의 부름에 응하지 않은 시점에서 이 잔그라는 왕은 베루글린드를 신용하지 않았던 것이다.

왕인 자이니만큼 의심이 깊은 것도 당연했다. 그러므로 그 점을 불만스럽게 여길 생각은 없었다.

불만은 없지만, 당사자밖에 모를 비밀을 듣고도 상대를 의심하는 수준이라면 여러 의미로 아쉽다는 평가를 내릴 수밖에 없었다.

비밀을 이야기해줬는데도 자신을 믿지 않았다면 이건 아예 논외다.

비밀이 유출된 것으로 판단했다면 기밀유지능력을 의심할 수밖에 없었다.

어느 쪽이든 아웃이었다.

게다가 인식력이 부족하다는 것은 왕으로서의 도량이 적은 것을 따지기 이전의 큰 문제였다.

"바보, 라고? 그건 설마 나보고 하는 말이냐?"

"그런 것도 이해하지 못하다니 정말 안타깝군요. 하지만 4000년도 더 된 역사가 쌓였으니 핏줄이 열화되는 것도 어쩔 수 없는 일이려나요."

베루글린드는 그렇게 말하면서 쓴웃음을 지었다. 잔그의 폭언에 황당해하기는 했지만 그 정도 일로 화를 낼 만큼 속이 좁지는 않았다.

하지만 잔그는 격노했다.

"후후후, 아직도 연기를 그만두기는커녕 나를 우롱하다니. 어리석구나. 그러면 묻겠다! 네놈은 불손하게도 여신의 이름을 사칭했을 뿐만 아니라 그 위업을 재현할 수 있다고 호언장담했겠다? 신기를 만들어낼 수 있다면 그 능력을 한번 보기로 할까. 단! 각오해라. 그러지 못할 시에는 그게 바로 네놈의 가면이 벗겨질 때라는 것을!"

"귀찮게 나오는군요."

"흥! 변명 따위는 듣지 않겠다. 불가능한 일을 입에 올린 그 대가는 자신이 치러야 할 것이다. 걱정마라. 죽이진 않겠다. 실력은 나름대로 있는 것 같은데다 그 정도의 기량을 갖췄으니, 내 여자로 삼아서 곁에 두도록 하마. 그러니까 안심해라."

잔그는 한없이 어리석은 말을 늘어놓았다.

베루글린드와 잔그를 제외한 다른 자들은 어떻게 될지 모르는 심정으로 마른침을 삼키면서 지켜보고 있었다.

잔그의 언동에 명백히 문제가 있었지만, 바로 분노할 것으로 예상했던 베루글린드가 잘 참고 있는 모습을 보고 일말의 희망을 엿봤던 것이다.

이대로 이야기가 잘 마무리되기를——. 모두가 그렇게 기도하듯이 베루글린드를 바라봤다.

"어차피 할 수도 없는 일인 것을——."

"하고 싶은 말은 많이 있지만 뭐, 좋아요. 약속했으니까 만들어주죠."

잔그의 말을 차단하듯이 베루글린드는 청룡도 한 자루를 바로 출현시켰다. 자신의 마력요소를 모아서 '물질창조'로 만들어낸 것이다.

"이거면 되겠죠. 어차피 당신들은 제대로 다루지 못하겠지만 이 무기는 갓즈급의 성능을 가지고 있다는 걸 보장하겠어요."

"뭐——?!"

자신도 모르게 받아든 잔그는 그 청룡도의 광채에 매료되었다. 베루글린드의 말을 의심할 것도 없이, 그건 진짜만이 낼 수 있는 광채를 품고 있었다.

잔그는 무능한 왕은 아니었다. 오만한 성격을 가지고 있긴 하지만 폭군이지도 않았으며, 부하의 말에 제대로 귀를 기울일 줄 아는 양식도 갖추고 있었다.

이번에는 5대국 최초의 정상회담을 앞두고, 상대에게 얕보이지 않기 위해서 평소보다 더 고압적인 태도를 보였던 것이다.

그게 오히려 패착이었다.

지금에야 겨우 잔그도 자신의 실수를 깨달았다.

(설마 정말로……? 아니, 있을 수 없는 일이야. 그도 그럴 게 이상하잖아? 수천 년 전의 신화시대에 등장한 인물이 현실세계에 존재하고 있을 리가 있겠냐고!!)

잔그는 그렇게 생각하면서 큰 혼란에 빠졌다.

루드라였던 남자의 피를 이어받았기 때문인지, 베루글린드는 잔그를 상대로 호의적인 대응을 보여주고 있었다.

만약 관계없는 자였다면 이미 교섭은 끝났을 것이다. 피비린내 풍기는 결과가 되었을 가능성이 더 높았다.

그런데도 잔그는 자신의 행운을 알아차리지 못했다.

그러기는커녕——.

(——아니, 잠깐? 신화의 여신이 실제로 존재한다면 그녀야말로 나에게 어울리는 존재가 아닌가! 그래, 그렇고말고. 여신을 손에 넣기만 하면 모든 문제가 해결된단 말이다!!)

그런 식으로, 기사회생의 묘안이라고 생각하자마자 터무니없는 행동을 시작했다.

"큭큭큭, 그랬단 말인가! 여신이여, 베루글린드여! 나를 만나기 위해서 시간을 초월하여 온 것이로군? 이런 사랑스러운 것, 참으로 갸륵하구나. 좋다. 그 마음에 응해주마. 내 여자로 맞아들여서 사랑해주겠다고 맹세하겠다!"

많은 자들이 지켜보는 앞에서 착각도 이만저만이 아닌 발언을 작렬시켰다.

이런 그의 발언에는 베루글린드도 곤혹스러울 수밖에 없었다.

"뭐라고요? 무슨 농담을 하는 거죠?"

"후훗, 부끄러워할 것 없다. 지금은 전시 중이니 널리 알릴 수는 없지만, 모든 게 정리된 후에는 너를 정실로 맞아들이마. 신조제께선 여신과의 사이에 자식을 보지 못했다고 들었지만 나와 너라면 어떻게 될까? 여신의 피를 받아들인다면 우리 아시아 제국은 새로운 발전의 시기를 맞이할 것이다!!"

깜짝 놀랄 정도로 폭주하는 그의 모습을 보면서, 베루글린드도 말문이 막혔다.

아니, 그 전에 이렇게까지 모욕을 당한 것은 처음일지도 모르겠다. 자신의 머리가 쫓아가지 못하는 지경이었다. 이해가 안 된다고 해야 할지 이해하고 싶지 않다고 해야 할지…….

아무리 계산에 우수한 자라고 해도 머리가 헛돌아가는 일은 있을 수 있다는 산 증거였다.

당사자인 베루글린드를 제외하더라도 관객들의 반응은 다양했다.

'칠신기' 전원은 얼굴이 창백해졌다.

(말려라. 이제 그만 폐하를 말려——!!)

그렇게 절규하고 싶었지만 억지로 꾹 참으면서 대신들에게 눈짓으로 신호를 보냈다.

이대로 가면 무시무시한 사태로 전개된다는 것을 본능적으로 이해했다.

여신을 제 뜻대로 부린다는 소원을 인간의 몸으로 바라는 일은 있을 수가 없었다. 신의 벌을 받기 전에 잔그의 입을 다물게 해야 했다.

그랬는데 대신들은 움직이지 않았다.

아니, 움직일 수 없었다.

베루글린드의 표정이 사라지면서 그 미모가 더욱 돋보이고 있었다.

그리고 그게 너무나도 무섭게 느껴졌던 것이다.

자신의 마음속에 불순한 생각이 존재했기 때문에 더욱 그랬다.

이렇게 되면 대신들에겐 더 이상 기대할 수 없었다.

'칠신기'들은 초조한 심경으로 그들의 리더 쪽으로 시선을 돌렸다. 그 눈길을 느끼면서 브라이트는 자신의 불운을 탄식하게 되었다.

황국 측도 남의 일이 아니었다.

아시아 제왕은 바보 아닌가. ——회담을 앞에 두고 긴장했던 외무성 정보부의 관료들도 밤을 새운 머리로 그런 생각을 하고 있었다.

그 배짱은 대단하지만, 베루글린드가 화를 내면 이 자리에 있는 모든 자가 휩쓸리게 된다. 그런 일은 제발 사양하고 싶다고, 모두 일치된 의견을 머릿속으로 생각하고 있었다.

"어떠냐. 참으로 훌륭한 제안이 아니냐! 남은 수명도 얼마 되지 않는 황국의 늙은이를 모셔봤자 제대로 귀여움도 받을 수 없을 것이다. 그에 비해 나라면 매일 밤——."

"뭐?"

방 안의 공기가 얼어붙었다.

두려워하던 일이 현실이 되었다는 것을 모두 깨달았다.

베루글린드가 분노한 기세를 있는 대로 느끼면서 잔그는 굳어 버렸다. 자신이 실언했다는 것을 깨달았지만 이미 뱉은 말을 다시 주워 담을 수는 없었다.

(윽?! 뭐, 뭐야, 이 신성한 기운은?! 신화의 여신은—— 상상이 상이었구나. 이, 이런 초상적인 존재를 정실로 받아들이겠고 지껄이다니, 내가 대체 무슨 주제넘은 소리를——.)

지리멸렬해질 뻔한 사고가 잔그의 머릿속을 빠른 속도로 누볐다. 그리고 자신의 어리석음을 질릴 만큼 이해했다.

여신의 피를 받아들인다는 것은 실로 훌륭한 아이디어라고 생각했다. 그런 시도 자체는 훌륭할지도 모르지만, 할 수 있는 것과 할 수 없는 것이 있다.

여신으로부터 사랑을 받은 것으로 전해지는 신조제조차도 아이를 낳지는 못했다. 그의 자손에 불과한 잔그 따위는 여신의 총애를 받을 자격마저도 가지고 있지 않았던 것이다.

그리고 문헌에 기록된 여신의 인품을 말하자면, 소문을 어느 정도 감안한다고 해도 상당히 깐깐하다고 들었다. 사랑하는 자가 모욕을 받았을 때는 나라까지 멸망시켰다고 한다.

문헌의 기록에 따라서 그 지방을 조사한 결과, 묻힌 지층에서 도시가 있던 흔적이 발견되었다. 출토된 건물의 외벽은 초고온으로 녹아서 유리 상태가 되어 있었다는 보고를 받았다.

그런 정보를, 잔그는 왠지 모르지만 지금 떠올렸다.

아시아 제국에 속한 나라들이 작열의 불꽃으로 인해 잿더미가 되는 미래를 환시하면서 잔그의 얼굴은 창백해졌다. 어쩌면 자신은 가장 큰 금기를 어기고 만 것이 아닐까. ──그런 생각이 들었지만 이미 때는 늦었다.

이대로 가면 잔그의 파멸은 확정적이었지만, 바로 그때 움직인 자가 있었다.

야마모토였다.

여기서 베루글린드의 폭주를 허용하면 모든 책임을 져야 하게 될 것이다. 그 이전에 자신들의 목숨도 위험했지만 야마모토에게 그건 부차적인 일이었다.

야마모토는 평소에는 거만하게 굴었고 일도 열심히 하지는 않았지만, 여차할 때 책임을 팽개치고 도망칠 정도로 근성이 썩은 자는 아니었다. 오히려 전쟁이 벌어진 시점에서 누군가는 책임을 져야 한다는 걸 잘 이해하고 있었으며, 그게 자신이 맡을 일이라고 생각하고 있었다.

그런 야마모토였기 때문에 잔그의 발언을 듣고 누구보다도 빨리 행동으로 옮긴 것이다.

"이런 멍청한 것!! 우리의 황제폐하를 모욕하다니 대체 무슨 생각이냐?! 이번 일은 경우에 따라선 전쟁도 불사할 수 있다는 걸 알고 대답을 하시길!!"

베루글린드가 무슨 말을 하기 전에, 아니, 아무 말도 하지 못하도록 먼저 나서서 소리쳤다.

인간이란 다른 자가 자신보다 먼저 화를 내면 냉정해지는 성질이 있다. 그건 '용종'인 베루글린드에게도 적용되는 사실이라, 그녀의 분노가 폭발하는 것을 미연에 방지하였다.

야마모토 칸지가 보여준 오늘 최고의 파인플레이였다.

그리고 지금 또 하나의 살길이 생겨났다.

"왜 이렇게 소란스러운가."

불경한 짓이란 걸 잘 알고도 이리로 오기를 부탁드린 황제가 절묘한 타이밍에 맞춰서 나타난 것이다.

"어머나, 폐하——."

"류오우여, 젊은이의 말에 마음이 현혹되면 안 된다. 잔그 제왕은 너를 시험해본 것 같구나. 그대가 정말로 믿어도 되는 자인지 아닌지를 말이지."

이곳으로 찾아온 오우하루는 침착한 태도로 베루글린드를 타일렀다. 속마음은 한껏 초조했으며 복도를 종종걸음으로 달려온 것도 수십 년 만의 일이었지만, 그런 낌새는 조금도 보이지 않았다.

실로 당당한 왕자(王者)의 모습이었다.

그런 오우하루를 보고 베루글린드도 분노를 잊어버렸다. 평상심을 되찾고, 자신이 들은 말을 음미했다.

"일부러 내 감정을 건드려서 어느 정도까지 도발해야 화를 낼 것인지 조사해보려고 했단 말인가요——."

"으, 음. 그런 의도가 있지 않았을까?"

오우하루는 어쨌든 베루글린드를 납득시키고 싶었다. 이 자리의 분위기를 수습할 수 있다면 자신이 모욕을 받은 것쯤은 아무렇지 않다고 생각했다.

그렇게 애쓴 보람이 있었는지, 오우하루의 바람은 이뤄졌다.

"그렇군요. 그랬단 말이군요. 신의 자손이 그 정도로 바보일 리는 없다고 생각하고 싶기도 하니까, 그런 뜻이 있었다면 납득이 되네요."

베루글린드가 고개를 크게 끄덕이면서 미소를 지은 것이다.

그녀의 표정은 너무나도 아름답고 자상하게 느껴졌기 때문에 오우하루는 안도하였다.

"자, 그럼 아시아 제국 분도 매우 피곤할 터이니 이만 대기실로 안내해드리도록 하라."

이때를 기다렸다는 듯이 오우하루가 지시를 내렸다.

원래는 황제가 직접 그런 지시를 내리지는 않지만 그때만큼은 어쩔 수가 없었다. 마법이 풀린 것처럼 모두가 일제히 움직이기 시작했고, 커다란 위기는 사라졌다.

참고로 후대에 아시아 제국에선——.

친일인사가 많긴 했지만, 그중에서도 특히 야마모토라는 성이 절대적인 인기를 자랑하게 되었다.

아시아의 위기를 구한 인물로서 역사 교과서에 실렸을 정도였다. 시험에도 반드시 매번 출제되며, 야마모토의 이름을 모르는 자가 없을 정도로 유명해졌다.

당시의 제왕 잔그에게 진실된 충언을 해준 친구——로 기록되게 되지만, 지금의 야마모토는 그 사실을 알 리가 없었다.

*

아시아 제국 일행이 자리를 비우면서 방 안은 차분한 분위기를 되찾았다.

황제도 위장약을 먹고 자신의 방으로 돌아갔기 때문에 베루글린드는 다시 일을 시작하기로 했다.

"그건 그렇고 누군가에게 시험을 받는 것은 오랜만이네요. 잔 그라고 했던가? 역시 신의 자손이라 그런지 재미있는 성장을 보여주는군요."

"그, 그러게 말입니다. 하하, 저도 놀랐습니다."

야마모토는 웃기지 말라는 생각을 했지만 사실 그에겐 잘못이 없었다. 하지만 야마모토가 인내심을 발휘할수록 부하들의 신뢰가 점점 높아지고 있으므로 일방적으로 그만 손해를 보고 있는 것은 아니었다.

"자, 이제 남은 건──."

"중화군웅 공화국입니다."

"그랬었죠."

황국의 동맹국이자, 다른 나라들이 회담에 참가하는 것을 조건으로 마지막으로 참가를 받아들인 나라였다.

베루글린드는 직접 교섭하지 않았기 때문에 자세하게 몰랐던 것이다.

이번에 초대할 자는 인민대표인 국가주석과 나라를 다스리는 몇 명의 지도자들, 그리고 그들이 각각 준비한 경호원들이었다.

이 방을 찾아온 일동은 경악의 감정을 애써 숨긴 채 베루글린드와 대치했다.

날카로운 시선으로 베루글린드를 보면서 국가주석이 입을 열었다.

"왕롱롄이라고 하오. 귀공이 류오우 공인가?"

"네, 그래요."

"흥! 외모는 인간과 똑같군. 하지만 우리는 속지 않는다. 요마여, 우리의 동맹국인 황국의 환심을 산 것이냐? 그게 아니면 그렇게 보이도록 하기 위해서 잔재주를 피우는 거냐?"

왕롱롄은 적의를 노골적으로 드러내면서 베루글린드에게 따져 물었다. 그 반응에 당황한 것은 황국의 관료들이었으며, 당사자인 베루글린드 본인은 '같은 패턴이 또 시작되었음'을 감지했다.

왕롱롄의 반응을 보면 무슨 일이 생긴 것은 명백했다. 그 이야기를 들을 수 있을 때까지는 섣불리 말을 하지 않는 게 좋겠다고 베루글린드는 판단했다.

"이곳이 어딘지는 모르겠지만, 우리는 일부러 호랑이굴로 뛰어든 것이다. 계책이 성공했다고 우쭐대지 마라, 이 빌어먹을 요마야!"

왕롱롄이 그렇게 소리치자, 중화에서 온 경호원들이 움직였다.

움직이기 편해 보이는 흰색 창파오를 입은 자들이었다. 그 일사불란한 동작을 보더라도 그들이 무술의 달인이라는 것은 분명했다.

하지만 베루글린드에겐 딱히 상관없는 이야기였다──.

"요마여, 그 무시무시한 힘은 인정하마. 하지만 그 '이름'을 멋대로 사칭하는 것은 결코 용서받지 못할 것이다!"

"그 말씀이 옳다! 우리 '용권(龍拳)'의 개조(開祖)이신 롱 님을 이끌어주신 분의 이름을 요마 따위가 함부로 입에 올리다니 괘씸하기 이를 데 없구나!"

열화와 같은 분노를 담아서 무인들이 소리쳤다.

하지만.

황국 측의 반응은 왠지 시큰둥했다.

누구나 할 것 없이 그렇게 생각한 것이다.

'또냐'라고.

본인이시란 말이죠. 그 반응은 이해가 됩니다만. ──그게 관료들의 감상이었다.

그리고 그들과 마찬가지로 베루글린드도 알아차렸다.

"롱이라고요? 그러고 보니 그 사람은 자신의 기술에 '용권'이라는 이름을 붙였죠. 그렇군요. 롱이 살았던 곳도 이 세계였단 말이군요. 그리고 당신들은 롱의 제자이고 그 사람이 갈고 닦은 기술을 계승했다는 말이고요. 반갑네요."

베루글린드는 이 세계의 역사에 대해서는 조사했지만, 역시 모든 위인을 파악하지는 못했다. 하물며 황국에 다른 나라가 비밀리에 전수하는 권법에 관한 자료가 있을 리도 없었다.

베루글린드가 '용권'의 개조인 롱의 존재를 알아차리지 못한 것도 어떤 의미에선 당연했다.

그렇게 반가움을 느끼면서 베루글린드는 감격했지만, 중화 측의 인간들이 보기엔 이해가 안 되는 상황이었다.

"네 이놈, 혼자서 뭘 납득한 것 같은 시늉을 하는 거냐?"

"얼버무리고 넘길 생각인가? 하지만 안일하군. 우리는 선발된 정예들이다. 여기서 네놈들을 물리치고 그 야망을 박살 내주마!"

"우선은 네놈부터다. 우리에게 존엄한 의미를 지니는 이름을 사칭하는 네놈을 죽이고 조국의 긍지를 되찾겠다!!"

각자 그렇게 외치면서, 무인들이 차례로 전투자세를 취했다.

그걸 보고 베루글린드는 기쁜 표정으로 웃었다.

"어머나, 이 세계의 인간들치고는 투기의 숙련도가 높군요. 단련을 게을리하지 않고 자신의 능력을 높였다는 말이네요. 롱의 가르침을 잘 배운 것 같아서 나도 기뻐요."

베루글린드가 무인들을 보는 시선은 이젠 적을 보는 것이 아니라 사랑하는 제자를 바라보는 스승의 눈길 그 자체였다. 그런 온도 차가 무인들의 분노를 증폭시키는 원인이 되었다.

"이 자식, 우리를 우롱하는 건가……."

"상관없다. 이렇게 되면 일제히――."

무인들은 무력에 의존하려고 했지만 그걸 말린 자가 있었다. 혼자만 용의 자수가 들어간 검은 창파오를 입었으며, 몸집이 작은 인물이었다.

"그만둬라. 너희가 이길 수 있는 상대가 아니니까."

투명하면서 맑은 목소리를 지닌 그자는 검은 머리에 검은 눈을 가진 미소녀였다.

"쉐, 쉔파 님?!"

"하지만……."

무인들은 분노에 사로잡힌 채 반론하려고 했지만, 그 인물――'권성' 쉔파의 모습을 보고는 입을 다물었다.

평소에도 늘 냉정하고 침착했으며 어떤 적을 상대하더라도 차분한 표정을 유지하던 최강의 '권성'이 식은땀을 흘리면서 긴장하고 있었기 때문이다.

"내가 상대하겠다."

그렇게 딱 잘라 말해버리면 더 이상 반발할 수 있는 사람은 한 명도 없었다.

"당신이 계승자로군요. 아주 훌륭한 투기에요. 칭찬해주죠."

"그렇습니다. 제가 역대 '권성'들로부터 '혼백'을 계승한 자. 최강의 자리와 기술을 이어받은 당대의 '권성'이죠. 당신이 진짜 롱판(龍凰) 님이라면 한 수 겨뤄볼 수 있을까요?"

"좋아요. 지도해줄 테니까 영광으로 생각하세요."

다른 자는 그 사이에 끼어들 틈도 없이 싸움의 결말을 지켜보게 된 것이다.

　　　　……………….

　　　　………….

　　　　…….

결과는 말할 것도 없이 베루글린드의 압승이었다.

아니, 승부라고 할 수조차도 없었지만 그 사실을 깨달은 자는 쉔파뿐이었다.

다른 자들의 눈에는 쉔파가 일방적으로 마구 공격하는 것처럼 보였다. '용권'을 배운 수제자들이 보기에도 희푸른 번갯불을 주먹과 발에 두른 쉔파가 베루글린드를 몰아붙이는 것처럼 느꼈던 것이다.

'용권'은 일자상전——혈연에 얽매이지 않고 제자 중에서 최강의 기량을 지닌 자에게 모든 오의가 계승된다.

계승되는 기술 중에서 가장 중요한 것이 쉔파가 말했던 '혼백'이었다. 이건 자신이 습득한 모든 기술을 기록하여 계승자에게 전한다고 하는 금단의 비의였다. 더구나 '혼백'에 담겨서 정기의

일부도 계승되기 때문에 투기의 질이랑 양이 점점 커지는 형태로 전해져왔다.

계승자가 모든 힘과 기술을 습득할 수 있다고 장담할 수는 없지만 '혼백'이 계승되는 한, 다음 세대에 희망도 맡길 수 있었다. 그리고 언젠가 최강의 권사가 탄생하리라는 꿈을 꾸면서 롱은 눈을 감은 것이다.

그런 역사 속에서 쉔파가 탄생하게 된 셈이지만, 그녀야말로 최강이라는 이름에 어울리는 '권성'이라고 할 수 있을 것이다.

계승한 '혼백'과 자신의 정기를 완전히 융합하여 모든 기술과 힘을 자신의 것으로 만들었다. 그 결과, 이 세계에선 이질적이라고 할 수 있을 만큼 강한 경지에 도달한 상태였다.

존재치로 환산하면 10만을 넘었다.

베루글린드가 태어난 '기축세계(基軸世界)'로 정의되는 반물질세계에서 태어났다면 '선인급'으로 분류될 만큼 압도적인 강자였던 것이다.

이 세계에선 비교할 자가 없다——는 건 분명하지만, 이번에는 상대가 좋지 않았다. 쉔파는 베루글린드가 자신을 가볍게 상대하는 것을 보면서 패배를 맛보고 말았다.

"——졌습니다."

"우후후. 아주 훌륭한 실력이었어요. 겐세이보다 강한 것은 확실하고, 이 세계에서라면 콘도에게도 이겼겠군요."

패배했음에도 불구하고 쉔파는 개운한 기분이었다. 베루글린드를 의심했던 기분은 깨끗하게 사라졌으며, 틀림없이 진짜라는 것을 인정할 수 있었다.

그리고 베루글린드도 사랑하는 롱의 바람이 지금까지 계승된 것을 보고 더할 나위 없는 기쁨을 느꼈다. 쉔파를 필두로 한 롱의 제자들을 보면서 너무나 흐뭇한 감정을 느꼈다.

지금이라면 갓즈급 한두 개쯤은 조건 없이 줄 수 있다는 생각이 들 정도였다. 그 생각은 실현되지 않았지만, 베루글린드가 기쁨을 느낀 것은 틀림없는 사실이었다.

*

많은 일이 있었지만, 이제 각국의 수뇌부가 한자리에 모였다.

참고로 중화에서 온 지도자들은 국가주석인 왕롱렌 이외에는 모두 권사들이 변장한 가짜였다. 요마의 덫이라고 생각해서 그렇게 대처했다고 하는데, '그렇다면 어쩔 수 없는 일'이라고 황국 측도 생각하면서 납득하고 넘어갔다.

지금은 진짜 지도자들이 다시 참가한 상태였다.

그런 그들의 사정도 들어보니 이미 여러 번 들은 이야기였다.

인질을 잡힌 것이다.

하지만 그 규모가 국가적이라는 점만은 달랐다.

중화 내부에서 팬텀(요마족)의 활동은 지도자들의 자식들을 노리는 것부터 시작되었다. 관계자를 늘리고 인맥관계를 만들어서 목표와 접촉했다. 그런 후에 세뇌하여 거점에 데려간 것이다.

교사나 동료, 상사, 가족. 차츰차츰 빙의하면서 목적을 70퍼센트까지 달성했다.

그렇게 되면서 아제리아 합중국을 침공하는 것이 전국인민회의에서 만장일치로 가결되고 말았던 것이다.

"사과해도 용서받지 못할 것이라고는 생각하지만, 우리도 진심으로 그랬던 것은 아니라는 점만큼은 이해해주면 고맙겠소."

그렇게 말하면서 왕롱렌은 머리를 숙였다.

그 말에 대응한 자는 조지였다.

"괜찮소. 각국에 서로 다른 사정이 있다는 건 이해하고 있으니까. 나도 아들이 끌려갔으니까 말이오. 자신의 가족과 국가를 저울에 놓고 비교한다면 선택할 답은 하나밖에 없지. 그게 대통령인 나의 책임이지만 그래도 마지막까지 포기하고 싶지는 않소."

"음, 그 마음을 이해하오."

조지와 왕롱렌은 서로를 보면서 고개를 끄덕였다.

"그렇게 말한다면 나도 사과하겠소."

그렇게 말한 자는 대 러시암 왕조의 마젤란 대제였다.

군부가 제어불능에 빠지면서 중화를 침공하고 말았다. 이걸 말릴 방법이 없었다는 것을, 마젤란 자신이 인정한 것이다.

"그렇다면 나도 같은 죄인이로군. 대 러시암을 침공한 것은 요마에게 놀아난 탓으로 인한 큰 실수였소. 지금이라면 나도 인정해야겠군."

잔그 제왕답지 않게 순순한 태도를 보였다.

잔그는 야마모토와 오우하루의 기지 덕분에 목숨을 건진 후, 안내받은 대기실에서 냉정함을 되찾았다. 침착함을 찾고 보니 자신이 얼마나 위험한 짓을 저질렀는지 이해했다.

잔그도 무능한 자는 아니었다. 현재 상황을 인정할 수 있는 수준의 분별력은 갖추고 있었던 것이다.

그리고 다른 '칠신기'들과도 속을 터놓고 의논했다.

황제의 심복은 현재 제4석인 자였다.

'칠신기' 중의 한 명이 대 러시암을 침공하러 간 뒤에 돌아오지 않았다. 그렇기 때문에 이번에 대리자격으로 자신이 등장한 것이다.

행방불명된 자는 여성이었지만 호전적인 태도로 작전계획을 입안하여 보고했으며, 본부의 결정을 기다리지도 않고 독단으로 부대를 움직이고 말았다.

이건 명백한 군법위반 행위였다.

'칠신기'라는 국가급 전력이 황제의 명령을 기다리지도 않고 다른 나라를 침공한다는 것은 있어선 안 되는 큰 문제이다.

애초에 그녀는 일관되게 개전에 부정적인 자세를 보였다. 그랬는데 최근에는 갑자기 마음이 바뀐 것 같은 모습을 보이고 있었던 것이다.

그런 그녀의 태도는 관계자를 당혹스럽게 했으며, 의심의 눈길로 보기에 충분한 이유가 되었다. 그러던 때에 이번 같은 독단적인 행동을 벌이는 바람에 '칠신기'라는 영웅이 상대인지라 조심스럽긴 했지만 결국 조사를 하게 된 것이다.

그래도 아직 요마에게 빙의되었다는 결정적인 증거는 찾아내지 못했지만…… 이젠 인정할 수밖에 없다는 결론에 이르렀다.

그들이 그렇게 단정한 것은 높았던 자존심이 꺾였기 때문이었다.

베루글린드와 쉔파의 시합은 안뜰에서 행해졌지만 대기실에서도 잘 보였다.

'칠신기'가 한꺼번에 덤벼도 이기지 못할 쉔파가 베루글린드에게 어린아이처럼 희롱당하고 있었다.

그 모습을 본 '칠신기'들은 허세를 부리는 것이 의미가 없다는 걸 이해한 것이다. 그건 잔그도 마찬가지였으며, 신성 아시아 제국의 힘으로 세계를 통일하겠다는 야망을 깔끔하게 포기한 것이다.

(후후후, 생각났어. 여신의 축복을 받은 자야말로 세계의 패권을 쥘 것이다. 그 말이 진리라면 이번 시대의 패자는 오우하루 황제가 되겠군.)

잔그는 그 사실을 이해했기 때문에 전면적으로 공손한 자세를 보이게 되었다.

그런 분위기 속에서 처음에는 각국이 서로 사과부터 하게 되었다.

"짐도——."

"아니, 아니오. 황국의 입장은 이해할 수 있으니까."

"그렇지. 합중국도 억지로 선택을 강요한 것을 반성하고 있소."

오우하루도 그 분위기에 동참하려고 했지만 왕롱렌과 조지가 간발의 틈도 주지 않고 발언을 가로막는지라 그만 단념했다.

벽에 차렷 자세로 붙어 서서 회담을 관찰하고 있던 야마모토 일행은 각국의 수뇌들이 어떤 생각을 하고 있는지 손에 잡힐 듯이 이해할 수 있었다.

(그야 그렇겠지. 이 타이밍에서 폐하에게 잘못이 있다고 말했다간 그분의 기분이 상하실 테니까 말이야.)

자신도 같은 판단을 할 것이라 생각하면서, 야마모토는 베루글린드를 힐끗 바라봤다.

서로 사과하는 절차가 끝나자 회의장의 분위기는 일신되었다.

본격적으로 요마에 대항하여 싸울 작전을 세울 수 있게 되었——지만 참석자 전원의 시선이 베루글린드에게 향했다.

"그래서 말인데, 류오우 공…… 그, 요마에겐 어떤 전략이 유효할 것 같습니까?"

육군대신이 한 말이었다.

그건 너무나도 수치스러운 질문이었다.

황국을 수호하는 군의 수뇌부로서 타인에게 의지하는 건 있을 수 없는 일이었기 때문이다.

하지만.

이번만큼은 아무도 그의 발언을 비난하지 않았다.

그러기는커녕 다른 나라의 수뇌진도 베루글린드의 대답을 기다리는 모습을 보였다.

그것도 어쩔 수 없는 일이었다.

인간의 능력을 넘어선 적을 상대로 대항하여 싸울 수 있는 전력도 없었으니까.

유일한 희망인 베루글린드에게 시선이 집중되는 가운데, 당사자는 여유가 넘치는 태도를 보이고 있었다. 어쩔 수 없다는 듯한 표정으로 발언자를 바라봤다.

"군대를 보내봤자 의미가 없다는 건 당신도 이해하고 있겠죠?"

"인정하고 싶지는 않지만 이해하고 있습니다. 함대를 본토로 접근시키지 않게 막는다는 점에는 의미가 있겠지만, 결국 함대전은 치를 수 없을 테니까요. 각 함에 여기 계신 분들을 탑승시킨다고 해도 요마에게 맞서 싸우는 것은 불가능할 겁니다."

육군대신의 말은 옳았다.

본토에 접근을 허용하면 도시가 함포사격의 표적이 될 것이다. 그걸 저지한다는 점에서 보면 해상에 방어선을 구축하는 것이 의미가 있겠지만, 승산이 없으므로 결국에는 헛수고가 될 것이다.

하물며 요마가 도시를 파괴할지 말지도 알 수가 없었다.

인류에게 빙의할 힘이 있다면 도시 그 자체를 이용할 가능성이 높았다. 그렇다면 함대전을 군이 시도할 이유는 전혀 없다고 할 수 있을 것이다.

베루글린드도 고개를 끄덕이면서 대꾸했다.

"그 말이 옳아요. 총기는 요마에게 통하지 않으니 일반 병사는 전력이 되지 않을 거예요. 그렇다면 선택지는 둘로 좁혀지겠군요."

"대체 어떤──."

"모든 것을 나에게 맡기거나, 약간은 자신들의 힘으로 노력해보거나, 둘 중 하나겠네요."

베루글린드의 발언 내용은 긍지 높은 군인들에겐 굴욕적이었다. 하지만 그 말에 반론할 수 없는 것이 현실이었던 것이다.

이 자리에 모인 인류의 최고전력에 해당하는 용사들은 서로의 반응을 확인하듯이 눈짓을 주고받았다. 그리고 각자가 내린 결론은 같다는 것을, 서로의 날카로운 눈빛을 통해 서로 알아차렸다.

황국의 검사, 아라키 겐세이와 미나모토 사부로가 맨 먼저 입을 열었다.

"이건 우리의 문제니까 말이지. 어쭙잖은 긍지를 입에 올릴 생각은 없지만 류오우 공에게만 의존하는 것은 한심한 일이오. 내가 할 수 있는 게 있다면 목숨을 걸고 도전해보고 싶소."

"저도 같은 생각입니다."

아시아의 '칠신기'들이 이어서 말했다.

"황국의 전사들만 멋진 모습을 보이게 놔두고 싶진 않군. 그 작전은 우리도 참가하고 싶소."

"잔그 폐하는 안 됩니다. 우리에게 맡겨주시기 바랍니다."

"그 말이 옳습니다. 폐하는 살아남으시는 게 곧 자신의 책무를 다하는 것이니까요. 이번 일은 저희에게 맡겨주십시오!"

잔그를 제외한 여섯 명이 참전할 것을 표명했다.

그뿐만 아니라 중화의 '권성' 쉔파가 자신의 결의를 밝혔다.

"롱판 님──당신께서 인류를 수호해주신다면 저희는 그 누구도 겁나지 않습니다. 비록 저희가 패배하더라도 대국적인 승리는 약속된 것이나 마찬가지니까요. 그러므로 부디 작고 보잘것없는 저희에게도 성장할 기회를 주십시오."

그렇게 말하면서 쉔파는 공손한 자세로 머리를 숙였다.

이리하며 아홉 명의 전사가 참가할 의사를 밝혔는데, 마지막으로 자발적으로 나선 자가 한 명 더 있었다.

"저기, 저도 동행할 수 있을까요?"

그렇게 말하면서 끼어든 자는 합중국의 시크릿 서비스 대표인 빌리였다. 그는 조지의 경호원으로서 이 자리에 참가한 전투의 프로페셔널이었다.

나이는 28세로 젊었고, 볼에 흉터가 있는 얼굴에선 날쌔 보이는 분위기가 느껴지는 남자였다. 주술에도 능했으며, 총의 탄환은 직접 만든 것인데 고스트(유령)조차도 성불시킬 수 있을 만한 위력의 특제품을 이용하고 있었다.

그래도 빌리는 이 아홉 명의 멤버와 비교하면 약해 보였다.

신체능력은 말할 것도 없었으며, 무기도 비교가 되지 않았다.

자신은 도움이 되지 않을 것이라 생각하여 포기한 자들보다는 그나마 낫지만, 전력이 되겠는지를 따져보면 미묘한 수준이라는 판단을 내릴 수밖에 없었다.

빌리는 그 사실을 자각하고 있었는지, 긴장한 표정으로 베루글린드의 대답을 기다렸다.

이때 조지도 나서서 그의 편을 들었다.

"빌리는 내 경호원이며 아주 우수한 남자요. 내 목숨도 몇 번이나 구해준 적이 있으며 에밀도 잘 따랐지. 폐가 된다면 나도 포기하겠지만, 만약 괜찮다면 데려가주면 좋겠소."

우수한 경호원이 사라진다는 것은 자신의 몸도 위험해진다는 뜻이다. 그걸 이해하지 못할 조지는 아니겠지만, 인류존망의 위기에 아무것도 하지 않는다는 선택지를 고를 순 없었다.

빌리라면 하급 요마 정도는 호각으로 싸울 수 있을 것이다. 그렇게 믿으며, 조금이라도 전력이 강해지기를 바라면서 제안한 것이다.

인류의 전력을 결집한 팀을 만들어서 요마의 본거지를 친다. 베루글린드가 말한 '명계문'이란 것을 파괴하여 침략자의 위협을 근본적으로 제거할 것이다.

모두가 그런 결사의 각오를 품은 것이다.

그랬는데 베루글린드는 온화하게 웃었다.

"여기서 나에게 맡긴다는 선택을 했다면, 내가 지키고 싶은 것만 지킬 생각을 했는데 말이죠. 하지만 싸울 마음을 먹었다는 건 훌륭한 일이에요. 그 각오를 대견하게 생각해서 조금이나마 도와주도록 하죠."

실은 베루글린드는 자신에 제시한 선택지 중에서 전자를 골랐다면 진심으로 인류를 저버릴 생각을 하고 있었다. 오우하루랑 조지 일행만을 데리고 다른 세계로 이주하는 것도 좋겠다는 생각까지 했을 정도였다.

여신이란 변덕스러운 존재니까.

인류의 대표는 올바른 선택을 했다.

따라서 베루글린드도 그 마음에 응해준 것이다.

"빌리라고 했죠? 당신의 참가를 인정하겠어요. 거절할 이유도 딱히 없으니까요. 당신의 실력은 거기 있는 미나모토와 비슷한 수준이군요. 그 무기를 잘 활용하면 전력도 충분히 강화될 거예요."

그렇게 판단한 베루글린드는 미나모토와 빌리에게 무기를 내놓을 것을 명령했다.

미나모토는 애도를, 빌리는 애용하는 매그넘 리볼버(S&WM27)를 시키는 대로 내놓았다. 그것들을 받아든 베루글린드는 아무런 망설임도 없이 갓즈(신화)급으로 다시 탄생시켰다.

"――?!"

"이, 이건……."

딱 봐도 위험하게 바뀐 애용하던 무기를 돌려받으면서 미나모토와 빌리는 말문이 막혔다.

겐세이는 한 번 경험해봤으니까 놀라진 않았다. 태연한 표정으로 고개를 끄덕일 뿐이었다. 그러나 다른 자들은 그러지 못했으며, 그게 무엇인지 이해하고 있는 '칠신기' 들은 '신기가 이렇게도 쉽게 다른 나라에 유출될 수 있단 말인가'라고 생각하면서 아연실색하고 있을 뿐이었다.

하지만 전력 면에선 믿음직해진 것도 사실이었다.

베루글린드에게 자중할 것을 요구할 만한 입장도 아니었기 때문에 오우하루도 그녀를 지켜볼 뿐이었다.

"그걸 활용하면 조금은 나아지겠죠. 하지만 이것만은 명심해주면 좋겠는데, 정말로 싸울 수 있을 만한 전력은 쉔파뿐이에요. 거기 당신, 브라이트라고 했나요?"

"네, 네!"

"그래요, 당신. 가장 나은 편인 당신도 갓즈급의 힘을 3퍼센트도 이끌어내지 못하고 있어요. 다른 자들은 아예 논외고요. 1에서 2퍼센트 정도 수준이니까 더 노력해주면 좋겠군요."

갓즈급의 진정한 힘을 이끌어낼 수 있으면 정신생명체로서 각성하여 대부분의 요마를 쓰러트릴 수 있게 될 것이다. 하지만 지금 그들의 역량으론 각성은 도저히 불가능했다.

베루글린드가 그 무기를 만들었을 때에 신의 피를 이은 자라면 쓸 수 있도록 설정해두었기 때문에 쓸 수 있는 것뿐이었다. 쓸 수는 있지만, 갓즈급이 지닌 원래의 힘과 비교하면 터무니없이 부족한 위력이었다.

하지만 그 사실을 부끄러이 여길 필요는 없었다.

이 세계는 마력요소가 희박하기 때문에 전체적으로 힘이 약했던 것이다. 만약 그들이 다른 세계로 건너가서 육체가 새로이 만들어진다면 '선인' 이상의 존재로 각성할 수 있을 것이다. 쉔파라면 아예 그 수준을 넘어서 '성인'으로서 각성할 가능성이 농후했다.

그런 과정을 거치면서 전사들은 준비를 끝냈다.

그리고 지금부터 대반격이 시작될 것이다.

●

요마——델리아는 대 러시암 궁전을 활보했다.
··················.
············.
······.

인간이었을 때의 델리아는 '칠신기' 제4석으로서 활약하고 있었다.

그날도 델리아는 중요한 임무를 맡았다. 에밀이라고 이름을 밝힌 요마가 공작활동을 하고 있으니 그걸 저지하라는 명령을 받고 움직인 것이다.

하지만 그건 에밀이 쳐놓은 덫이었다.

정보국원조차도 에밀의 지배를 받고 있었으며, 그는 처음부터 델리아를 유인해내는 것이 목적이었던 거다.

그리고 델리아는 에밀에게 패배했다.

델리아는 완전무장한 상태로 도전했지만, 에밀에게 농락당하면서 철저하게 박살이 난 것이다.

굴욕이었다.

하지만 그 굴욕 이상으로——.

인간 중에서도 압도적인 강자였던 델리아는 그날, 태어나서 처음으로 공포를 경험한 것이다.

수치도 체면도 다 내버리면서 델리아는 목숨을 구걸했다.

에밀은 온화하게 웃으면서 "물론 살려줄 거야"라고 대답했다.

하지만 그 말이 무슨 뜻인지——를 알게 되었을 때엔 이미 늦은 뒤였다.

델리아는 지식이랑 지위, 이름까지 전부 뺏기면서 요마로 다시 태어나게 된 것이다.

그런 델리아의 계급은 리진롱이랑 데이빗과 같은 '장관'급이었다.

아시아가 대 러시암을 침공하는 때에 맞춰서 몰래 빠져나온 뒤에 대 러시암 파괴 작전에 종사하고 있었다.

요마의 침공 작전의 첫 번째 목적은 지배영역을 확보하는 것이었다.

그리고 두 번째 목적은 인류를 노예로 만드는 것이었다.

권속을 빙의시키기 위한 육체를 확보하기 위해서였다.

누구라도 상관없는 것은 아니었으며, 마력요소로 인한 변화에 버틸 수 있는 강인한 육체가 바람직했다. 그래서 중요해진 것이 선별이었다.

반정신생명체인 요마는 인간에게 빙의해도 기본적으로 식사는 필요하지 않다. 먹지 못하는 건 아니므로 식사를 통해 영양을 보급할 수도 있지만, 없으면 없는 대로 상관없었다.

하지만 빙의할 육체는 우수할수록 좋았다. 그래서 철저하게 인류를 관리할 방법을 모색했다.

그런 필요에 따라 고안된 작전에 따르면, 그들은 5대국 중에서 기상조건이 좋지 않은 나라를 파기하기로 했다.

그 나라가 바로 대 러시암이었다.

작황도 좋지 않으며 국토 대부분이 개발에 적합하지 않았다.

가혹한 환경이기 때문에 병사는 강하고 정예들이었지만, 그것을 제외하면 그 나라 자체는 필요가 없다고 판단한 것이다.

지배지에 왕가를 남겨놓은 것은 국토와 국민의 관리를 맡기기 위해서였다. 하지만 대 러시암은 필요 없다고 판단함에 따라서 러시암 왕조의 핏줄을 남기는 의미도 사라졌다.

요마는 대 러시암의 국민들을 몰살시킬 생각은 하지 않았다. 대 러시암 왕조를 절멸시키면 현존하는 국가체제도 붕괴될 것이라고 예상하였다.

그런 의도에 따라서 '괴승' 프루티넬라가 국민들을 선동하여 쿠데타가 일어나도록 획책하고, 델리아도 그 계획에 따르기로 한 것이다.

....

....

....

궁전 안을 한 바퀴 둘러본 뒤에 델리아는 짜증 나는 표정으로 한숨을 쉬었다.

아무리 뒤져도 대 러시암의 왕족이 보이지 않았기 때문이다.

러시암 대제를 포함한 그의 가족들.

정부고관과 그들의 가족들도 마찬가지였다.

더 언급하자면, 궁전에서 일하던 기사는 물론이고 시녀랑 시종들까지 모습을 감추었다. 숨겨진 통로가 없는지 샅샅이 수색해봤지만 어떤 흔적도 발견되지 않았다.

부하를 빙의시켜서 성에 대해 잘 아는 자의 기억을 읽어 들여

봤지만, 단서조차 없었다. 이렇게 되면 저절로 사라진 것으로밖에 생각할 수 없다는 것이 현재 상황이었다.

"어때, 그쪽은?"

그렇게 물어본 자는 델리아의 동료인 에밀이었다. 지금은 둘 다 같은 지위에 있기 때문에 서로 부담 없이 대하고 있었다.

"두 손 들었어. 대 러시암 대제가 어디로 도망쳤는지 전혀 짐작이 안 돼."

"그래? 곤란하군. 우리처럼 '공간조작'을 할 수 있는 것도 아닐 텐데……."

"훗, 그건 무리야. 이 세계의 인간에겐 그런 기술은 신이나 할 수 있는 일이니까. '칠신기'는 모두 '전이'조차 하지 못하는 수준이었어."

델리아는 그렇게 단언했다.

이 세계의 강자였던 자의 기억이 그런 확신을 가지게 했다.

마력요소가 희박하므로 마법을 부릴 수 있는 자도 없으며, 원소마법 : 워프 포털(거점이동) 같은 것도 이 세계에는 존재하지 않았다. 지금의 델리아라면 엑스트라 스킬 '공간이동' 정도는 구사할 수 있게 되었으니 그런 가능성을 생각할 수도 있겠지만, 동시에 '전이문'을 통과할 수 있는 인원수는 기껏해야 몇 명이 한계였다.

완전히 포위된 궁전에서 도망치는 것은 아무리 생각해도 불가능하다. 그래야 했다.

에밀은 최근에 모은 자 중에서 가장 신체능력이 우수했기 때문에 상급 중에서 하위에 속하는 '장관'급의 요마를 빙의시킨 것이 다인 남자였다. 이 세계의 강자로 여기기엔 너무 약했으며 그런 지식은 전혀 없다는 것을 델리아는 알아차렸다.

빙의한 육체의 강도도, 이 세계에 대한 지식량도 자신이 더 앞섰다. 델리아는 그런 생각을 하면서 약간의 우월감에 빠졌다.

"그럼 포위망에 빈틈이 있었다는 이야기가 되는데, 그건 절대 아니라고 내 감이 자꾸 속삭인단 말이지. 뭔가 아주 중요한 걸 보지 못한 채 놓치고 있는 것 같아."

깊게 생각하는 듯한 표정으로 그렇게 말하면서, 에밀은 델리아의 창으로 시선을 옮겼다. '칠신기'의 유래이자 여신이 창조했다고 하는 신기인 창을 향해.

에밀은 그 창을 보면 왠지 그리운 기분이 들었다. 그 원인이 뭔지 짐작이 가지 않았지만 자신의 기억에 해답이 있지 않겠느냐는 생각을 했다.

요마는 빙의한 인간의 기억을 읽어 들일 수 있었다.

하지만 중요한 지식이라면 또 모를까, 평범한 대화처럼 일상적으로 반복되는 것은 양이 너무 방대하기 때문에 자세히 조사하려면 시간이 너무 오래 걸렸다. 큰 의미도 없는 것에 노력을 기울일 수는 없으므로 대부분은 무시하고 넘어가는 것이 일반적이었다.

에밀도 예외는 아니었으며, 자신의 신분이랑 능력, 직장에서의 인간관계나 직무내용 등은 파악하고 있지만 어릴 적의 기억 같은 건 무시했다.

그렇기 때문에 할아버지의 곁에 있던 미녀에 대해서 '글린 누나'라는 단어밖에는 떠올리지 못하였다. 그 인물이 베루글린드라는 것을 깨달았다면 틀림없이 중요사항으로 판단하여 모든 작전을 다시 검토해야 한다는 의견을 냈을 것이다.

(저 창이 아무래도 마음에 걸린단 말이지. 혹시 나는, 이 육체의 주인이었던 에밀은 저 창과 무슨 관계가 있었는지도 몰라. 기억을 조금 찾아보기로 할까──.)

에밀은 도저히 사라지지 않는 불안감이 계속 마음에 걸렸다.

대 러시암 대제를 포함한 궁전 안의 사람들이 도망친 것과는 관계가 없다고 생각하면서도 불안감을 해소하기 위해서 자신의 기억을 자세히 조사해보기 시작했다.

그런 에밀과는 대조적으로 델리아는 자신만만했다.

"뭐, 됐어. 도망친 인간들을 마음에 담아두고 있어봤자 어쩔 수 없어. 어차피 우리는 이길 테니까 무시하고 작전을 진행하자고."

"……그러지."

"왕족을 인질로 잡고 이 나라의 정예를 불러 모을 계획이었지만…… 그건 없던 일로 하자고. 그 대신 이 궁전을 불태워서 대 러시암은 끝났다는 걸 공공연히 알려주도록 할까."

원래는 왕족을 공개처형하겠다는 내용을 발표하여 대 러시암 국민들의 광란을 가속시킬 예정이었다. 그걸 저지하기 위해 움직일 정의의 사도를 유인해내서 동료들의 빙의용 육체로 삼으려는 생각도 하고 있었다.

그리고 욕심을 내자면, 중화는 물론이고 이 세계에서 최강의 존재로서 눈여겨보고 있던 '권성' 쉔파를 이 땅에서 확보해두고 싶었던 것이다.

나라가 다르니까 쉔파가 움직일지 말지는 도박이었다. 그러므로 작전이 실패했어도 딱히 큰 손해를 입었다는 생각은 들지 않았다.

대 러시암이 혼란에 빠지면 그다음에 노릴 나라는 중화가 될 것이다. 어차피 그때가 되면 쉔파도 나올 수밖에 없을 것이니 그 순간을 노리면 문제는 없었다.

쉔파만 확보한다면 이 세계의 장악은 완료될 것이다. 참으로 간단하다고 생각하면서 델리아는 득의양양하게 웃었다.

──하지만 그때.

'괴승' 프루티넬라가 긴급히 보낸 '염화'가 전달되었다.

『소승의 말이 들리는가?』

『프, 프루티넬라 님, 일부러 연락을 주시다니 무슨 일입니까?』

『음. 먼저 중화로 보낸 소승의 수하들로부터 이상한 보고를 받았다. 중화의 지도자들이 있는 곳을 수색하도록 시켰는데 아무도 발견하지 못했다고 하더군.』

『뭐라고요?! 인간들이 우리를 속였단 말입니까?』

『──아니, 소승은 그건 아니라고 생각한다. 이 세계 특유의 주술적인 속임수일지도 모르겠다고 생각했지만, 중급 상위인 '사관'들에겐 통하지 않을 테니까 말이지.』

『저도 같은 의견입니다. 이렇게 레벨이 낮은 세계에 사는 자들은 아무리 발버둥 쳐봤자 위협이 되지 못하죠.』

델리아도 자신이 현혹될 리가 없다고 생각했으며, 그건 자신의 부하들도 마찬가지라고 생각하고 있었다.

자신이 인간이었을 때의 기억을 통해 판단해보면 '칠신기'의 레벨조차도 중급 하위에 해당하는 수준에 불과했기 때문이다.

쉔파라면 또 모를까, 다른 자들에게 질 것이라는 생각은 할 수가 없었다.

하지만 프루티넬라가 그런 델리아를 꾸짖었다.

『자만하지 마라, 델리아! 이 세계는 물질세계다. 마력요소를 부여하면 어떤 변화가 일어날지도 모르는 가능성으로 가득 찬 곳이란 말이다. 소승도 매일 힘이 강해지는 것이 느껴진다. 그게 바로 이 육체가 뛰어났다는 증거이겠지. 우리 요마는 육체를 얻어야만 비로소 완전해지는 법이다. 그걸 결코 잊어버려선 안 된다!!』

꾸지람을 들은 델리아는 그 말이 옳다고 생각하면서 반성했다.

실력만 보자면 한참 뒤떨어지는 세계지만, 그건 세계의 법칙이 따르기 때문이다. 침략이 완료될 때까지 자신이 처한 위치를 잊어선 안 된다고 델리아는 스스로에게 경계하면서 마음을 다잡았다.

『실례했습니다. 그 질타를 깊이 새기겠습니다.』

『그러면 됐다.』

『넷! 그리고 실은 저희 쪽에서도 문제가 생겼습니다만——.』

지금이 좋은 기회라고 생각하면서 델리아는 보고를 했다.

왕족을 체포할 예정이었지만 아무도 없었다는 것을.

그건 프루티넬라가 알려준 중화의 상황과 같았으며, 그래서 불안한 예감을 불식시킬 수가 없었기 때문이다.

『뭐라고? 대 러시암에서도 같은 현상이 일어났다고? 소승에게도 궁전이 보이지만 이상은 느껴지지 않았다. 아니, 이건 우리가 방심한 것인가? 정확히는 모르겠지만, 뭔가 좋지 않은 일이 일어나는 낌새가 느껴지는군…….』

『어떻게 할까요?』

좋지 않은 일이 일어나고 있다는 의견에 델리아도 찬성이었다.

옆에서 '염화'에 귀를 기울이고 있던 에밀도 델리아와 마찬가지로 긴장한 표정을 짓고 있었다.

『잠시 기다려라. 아마리 마사히코와 의논 중이다.』

프루티넬라는 자신의 판단만으로 결론을 내리는 것을 피했다.

코르느 진영에서 가장 뛰어난 '참모'급이 이 세계에서도 최고의 두뇌를 지닌 자의 몸에 깃든 것은 기적적인 일이었다. 그런 인물인 아마리 마사히코의 의견을 듣는 것은 같은 '참모'급인 프루티넬라의 입장에서도 지극히 당연한 일이었던 것이다.

그리고 그들이 내린 결론은——.

『철퇴하라. 예측지 못한 사태가 일어났다면 모든 작전행동은 동결해야 한다. 아틀란티스 대륙에서 합류하여 더욱 신중하게 계획을 짜기로 했다. 이견이 있나?』

『없습니다.』

즉답하는 델리아.

에밀도 반대하지 않았다.

이리하여 요마들은 작전을 중단하고 본거지에 집결하게 되었다.

※

프루티넬라의 보고를 들은 아마리 마사히코는 상황이 탐탁지 않다는 것을 이해했다.

자신들은 무적의 존재였다.

요마로서 그랬을 뿐만 아니라, 인간이었을 때의 지식과 힘을 통해 감안하더라도 이 세계를 장악하기 직전인 단계까지 왔음을 확신할 수 있었다.

인류를 지배한 후, 모든 것의 마무리 과정으로서 코르느를 이 세계에 출현시킬 것이다. 그런 뒤에 이 별을 손에 넣고 새로운 침략의 발판으로 삼을 예정이었다.

우주는 넓지만 이계만큼은 아니었다. 빙의할 육체를 얻은 자신들이라면 수천에서 수만 년 정도면 이 시공을 완전히 공략할 수 있다고 생각했다.

그와 병행하여 다른 차원과 이어진 '명계문'을 개척함으로써 새로운 침공도 기대할 수 있었던 것이다.

그랬는데 예상하지 못한 사태가 발생했다.

분명히 불확정요소가 존재한다고 아마리 마사히코는 판단했다.

"자, 이제 어떡한다……."

자신도 모르게 그렇게 중얼거리자 리진롱과 데이빗이 반응했다.

"무슨 일이 있었습니까?"

"보아하니 무슨 고민이 있는 것 같군요. 모든 것이 순조롭다고 생각했습니다만 무슨 문제라도……?"

두 사람을 보면서 아마리 마사히코는 사정을 설명했다.

대 러시암에선 왕족이, 중화에선 지도자들이 자취를 감췄다. 그 원인은 불명이며 어떤 세력이 개입한 것 같은 의심이 든다는 것을.

"와하하, 너무 지나친 생각 아닙니까?"

"음─, 확실히 불안요소는 있습니다만, 작전을 중단해야 할 정도일까요?"

리진롱은 문제없다는 투로 웃었다. 그에 영향을 받아서인지 데이빗도 아마리 마사히코가 지나치게 불안해하는 것 같다고 생각을 하는 모양이었다.

하지만 아마리 마사히코의 생각은 바뀌지 않았다.

"확실히 우리는 강하지만 만능은 아니다. 작은 방심 때문에 모든 전략이 무너질 가능성도 있다는 것을 명심해라. 이참에 모든 정보를 모을 필요가 있을 것 같다. 나머지 세 나라에 있는 자들과 연락을 취해서 상황을 파악해라. 다른 나라의 상층부는 어떤 상태인지 철저하게 조사하는 거다."

그렇게 명령을 내리면서 그 자리는 해산하게 되었다.

두 사람이 떠난 뒤, 아마리 마사히코는 집무실 의자에 몸을 기댄 채 생각에 잠겼다.

『아시아에도 제왕 일족을 비롯한 '칠신기'의 모습이 보이지 않습니다.』

『여긴 합중국. 대통령 및 그 측근들과 연락이 되지 않습니다. 외출기록은 없습니다만, 백악관에 기척이 느껴지지 않습니다.』

『여긴 황국입니다만 경비가 엄중합니다. 황궁을 포함한 집정기관에 침입을 시도해봤습니다만 불가능했습니다.』

데이빗과 리진롱에게 명령을 내리기 전부터 아마리 마사히코는 이미 자신의 부하들을 움직이고 있었다. 마음에 걸리는 것이 있으면 즉시 움직이는 것이 그의 방식이었다.

그런 그에게 전해진 것은 역시라는 생각이 들 만한 정보들이었다.

(합중국과 아시아는 넘어간다고 쳐도 역시 황국이 수상하군. 첩보활동을 맡긴 자는 '위관'이었지. 겐세이라면 대처 못 할 정도는—— 아냐, 무리일 거다. 전투라면 몰라도 첩보 쪽으로는 그렇

게 전문가가 아닌 것으로 알고 있으니까.)

겐세이는 아마리 마사히코의 스승이며 검의 실력은 초일류였다. 하지만 술사로서는 문외한인데다, 아마리 마사히코가 없는 황궁경호술사대의 능력으로는 분명 요마의 암약에 제대로 대응하지 못할 것이다.

요마가 억지로 침입을 시도했다가 발견되면서 전투가 벌어진 것이라면 이해할 수 있었다.

하지만 이번엔 그게 아니었다.

침입조차 할 수 없었다면 이건 상당히 심각한 이상사태라고 할 수 있었다.

"자, 그럼 어떻게 한다."

프루티넬라 쪽에는 긴급히 돌아오라고 전했으니 사후처리가 끝나는 대로 '전이'하여 올 것이다. 그때까지는 데이빗과 리진룽 쪽도 상황을 파악했을 테니 향후 작전에 대해 의논하게 될 것이다.

하지만──.

아마리 마사히코가 고민하는 이유는 그게 아니었던 것이다.

(나는 대체 누구인가?)

인간이었던 아마리 마사히코에게 '참모'급의 요마가 빙의된 존재다. 동화율은 완전하지 않지만 모든 힘을 완전히 구사할 수 있었다.

아니.

그렇지 않다.

아마리 마사히코는 콘도에 필적할 만큼 강한 인물이었다.

친구이자 라이벌이기도 했으며── 그렇기 때문에 그 정신도 궁극의 수준에 이를 수 있을 만큼 강인하다고 해도 이상할 게 없었다.

그런 아마리 마사히코였기 때문에 자신이라는 존재에 대해 생각하였다.

과연 자신은 요마인가?

그렇지 않다면 혹은…….

이 세계의 인간은 마력요소라는 만능물질에 의한 보조를 받을 수 없다. 그래서 나약하지만 마음이 자유롭게 존재할 수 있었으며 그 정신은 한없이 강인했던 것이다.

그에 비해 요마는 예전에 세라핌(치천사)을 따르던 천사이던 자들이 많았다. 도미니언(주천사)급 이하의 천사라면 그저 명령을 수행하기만 하는 것이 전부인 기계 같은 존재였다.

그렇기에 자아가 희박하여── 타인에게 오히려 주도권을 빼앗길 가능성도 있었다.

인간의 의지가 요마의 자아를 파괴하게 된다면 팬텀(요마족) 사이에서 질서가 사라질 것이다.

그런 미래를 예상할 수 있었기 때문에 아마리 마사히코는 고민했다.

바로 자기 자신까지 포함해서.

요마로서의 자신은 코르느의 부활이야말로 최선이라고 믿었다. 그러기 위해서 전력을 다해야 하며 장애가 되는 것은 전부 제거해야 한다고.

하지만 현재의 아마리 마사히코는 다른 생각을 하고 있었다.

'명계문'의 확장은 뒤로 미룬다. 아니, 그뿐만 아니라──.

(파괴해버리면 내가 왕이 되는 건가. 왕이라는 존재도 귀찮으니까 프루티넬라에게 맡겨도 되겠지. 이 세상은 요마라는 침략자가 멋대로 굴게 놔두는 것이 아니라 우리 인간들이 통치하는 것이 바람직하지 않을까.)

그런 엉뚱한 생각을 가슴속에 품고 있었다.

이게 과연 자신에게만 일어나고 있는 현상일까.

'참모'급 요마의 기억에 따르면 원래 자신은 케루브(지천사)였다.

'성왕룡' 베루다나바라는 신에 의해 만들어졌으며 코르느를 따르고 있었다.

그랬는데, 이계라면 각성마왕에 필적할 만한 존재가 되었음에도 지금은 자기 자신의 존재에 대해 확신이 없는 지경이었다.

자기 자신이라는 실례가 있는 이상, 아마리 마사히코는 방심할 수 없었다.

다른 자들도 마찬가지일 것——이라고 생각해야 했다.

그렇다면 누가 아군이고 누가 적이 될 것인가…….

그걸 어떻게 정리하여 어떻게 움직이는 것이 최선일까?

과연 프루티넬라를 왕으로서 추대하는 것이 정답일지 아닐지도 답이 나오지 않는 어려운 문제였다.

판단을 내리기에는 정보가 부족했다.

아마리 마사히코는 결론을 보류했다.

마침 그 타이밍에 모두 다 모였다는 보고가 들어왔다.

＊

"결론부터 말하자면, 각국의 수뇌부 전원이 모습을 감추었단 말이지?"

"정확히 말하자면 남아 있는 자도 있는 것 같아."

"그건 고려할 가치가 없어. 국가방침의 결정권을 쥔 자가 황국에 모였다고 보고, 인간들도 본격적인 반격태세를 보이고 있는 것으로 생각해야 해."

"음, 소승도 그 의견에는 반론할 것이 없다."

정점인 두 사람의 의견이 일치했다면 그게 곧 대답이었다.

"그렇다면 황국으로 함대를 움직일까요?"

이곳 아틀란티스 대륙에 기지가 있다는 건 공공연한 비밀이라고 할 수 있었다. 인간 측도 잘 알고 있으리라 생각하여 이곳으로 끌어들일 계산을 했었다.

요마의 빙의용 육체로는 일반인보다 군인이 더 적합했기 때문이었다.

일일이 납치하는 것보다 상대가 알아서 와주는 게 편하다. 그렇게 생각하여 세운 작전이었다.

하지만 황국이 불온한 움직임을 보인다면 이야기는 달라진다.

대공세를 벌이면서 상황을 보는 것도 나름대로 효과적이라고 생각했──지만, 아마리 마사히코는 뭔가 중요한 요소를 보지 못하고 놓친 것 같은 불안감을 느꼈다.

이 세계의 장악은 거의 끝난 상황이었지만 그 이유는 강자가 없기 때문이다.

하지만 정말로 그럴까?

이 전제가 틀렸을 경우, 전략을 근본적으로 다시 살펴봐야 할 필요가 생긴다.

"한 번 더 확인하고 싶으니까 각자의 지식을 총동원하여 떠올려주길 바란다. 이 세계에는 정말로 강자가 없는 것인가?"

아마리 마사히코가 그렇게 묻자 리진룽이 웃으면서 대답했다.

"틀림없습니다. 위협적인 자는 쉔파뿐입니다!"

그렇게 단언하는 모습을 보니 괜히 더 불안해졌다.

"잠깐. 그러면 묻겠는데, 그 쉔파를 단련시킨 자는 누구지?"

"그건……."

"내가 조사한 바에 따르면 쉔파는 '용권'이라는 일자상전의 무술을 배운 것 같더군. 세상에 알려지지 않은 기술을 계승시켰다고 들었어."

"그, 그겁니다! 그래서 일반인보다 강했던 거군요."

"그 무술은 어떻게 태어난 거지? 그 무술유파의 개조(開祖)는 롱이라는 남자라고 하던데, 그 남자에 관한 정보는 없나?"

그 질문을 듣고 리진룽은 떠올렸다. 자신도 후계자로 선발되지는 않았지만 '용권'을 배운 수제자 중의 한 명이었다. 그래서 개조에 대한 지식도 억지로 배워 익혀야 했던 것이다.

"분명 롱판이라는 여걸이 개조를 가르쳤다고 비전서에 적혀 있었습니다만, 그건 어디까지가 구전을 모은 기록이니까요. 그런 이야기에 의미는 없을 것 같습니다만."

"……흠."

아마리 마사히코는 불안한 예감이 점점 커지는 기분을 느꼈다.

원래는 그런 애매한 내용의 기록에 현혹되어선 안 되지만 아무래도 뭔가가 마음에 계속 걸렸던 것이다.

"그러고 보니——."

델리아가 자신이 기억해낸 것을 입에 올렸다.

"아시아에도 신조제를 이끌었다는 여신의 신화가 있었습니다……."

그 말을 들은 아마리 마사히코는 불안감이 점점 더 강해지는 걸 느꼈다.

델리아도 얼굴이 창백해지면서 식은땀을 흘리고 있었다. 요마가 된 이후로 인간처럼 감정에 좌우되는 일이 없었던 델리아였는데, 자신이 떠올린 내용이 중대하다는 걸 깨닫고 겁먹은 것이다.

"그 여신의 이름은?"

"칼디나——."

"……."

"——심홍색을 뜻하는 카디널이 자신의 이름이라고 밝혔지만, 칼디나가 애칭으로 정착되었다는 이야기가 전해지고 있습니다."

카디널이라는 말은 들은 기억이 있었다.

'작열용' 베루글린드가 자신이 풍기는 오라의 색 때문에 자신을 그렇게 호칭하는 일이 있었던 것을, 아마리 마사히코는 요마의 지식에서 찾아낸 것이다.

(우연이야. '작열용' 베루글린드는 펠드웨이 님과 마찬가지로 '기축세계'에 있을 테니까. 우리의 진정한 목적도 모른 채 황제 루드라에게 푹 빠져서 정신을 놓고 있다고 들었어. 이 세계에 있을 리가 없잖아…….)

아마리 마사히코는 코르느의 참모임에도 불구하고 구름 위의 존재인 요마왕 펠드웨이와는 대화를 나눠볼 기회조차 가질 수가 없었다. 그래서 전해 들은 이야기이긴 하지만 '기축세계'에서 진행 중인 작전도 순조롭다고 했다.

'작열용' 베루글린드는 루드라의 말에만 따르고 있으며, 루드라의 곁을 떠나는 일은 절대 있을 수 없다고 단언할 수 있었다. 따라서 이 세계에 있다고 생각할 수가 없었다.

그런데도 정말로 그럴까 하는 의문이 머릿속에서 떠나질 않았다.

델리아의 안색이 좋지 않은 것도 이야기가 그걸로 끝이 아니라는 것을 시사하고 있었다.

"흠, 그게 다인가?"

그래서 그렇게 물은 것이다.

그 질문에 대한 대답은 델리아가 내민 창이었다.

"이건 여신이 창조했다고 하는 신기입니다. 무시무시할 정도의 힘을 지니고 있는데, 지금의 저조차도 제대로 다룰 수가 없습니다……."

"""――!!"""

그 발언을 듣고 아마리 마사히코뿐만 아니라 다른 자들까지 동요하기 시작했다.

요마의 '장관'급이라면 레전드(전설)급의 무기와 방어구 정도는 자신의 손발처럼 구사할 수 있는 것이 당연했다. 그러지 못한다는 것은 그 창의 성능이 갓즈(신화)급이라는 것에 대한 증명이었다.

"마력요소가 희박한 이 세계에서 갓즈급이 탄생할 수 있을까요? 더구나 이건 한 개만 있는 게 아니라 처음에는 열두 개나 있었다는 이야기가 전해 내려오고 있습니다. 저의 동료였던 자들의 신기도 잘 알고 있습니다만, 제 창과 동등한 위력을 가진 무기임을 느낄 수 있었습니다."

"즉, 갓즈급이 열두 개 있었다는 말이로군?"

"네……. 하지만 그자들은 원래 성능의 몇 퍼센트도 채 이끌어 내지 못할 겁니다!"

그건 지금 중요한 문제가 아니라고 큰 소리로 말하고 싶었다. 하지만 그래봤자 해결이 안 되기 때문에 아마리 마사히코는 다른 이야기를 언급했다.

"문제가 되는 건 갓즈급을 창조할 수 있는 존재가 이 세계에 있 었다는 사실이다."

"설마! 그냥 전설인데요?!"

"멍청한 것. 생각을 좀 더 한 뒤에 발언해라. 물적 증거가 눈앞 에 있는데 그걸 고려하지 않는다니, 대체 무슨 생각이냐!"

"실례했습니다!!"

황급하게 사과하는 델리아를 곁눈질로 보면서 아마리 마사히 코는 확신했다.

여신 칼디나가 '작열용' 베루글린드라는 것을.

우연이 몇 번이나 거듭된다면 그건 필연이다.

그래서 자신도 모르게 중얼거리고 말았다.

"설마 이 세계에 베루글린드가 있었을 줄이야."

──라고.

그리고 그 말이 어떤 인물에게 극적인 자극을 주는 결과가 되 었다.

"……베루글린드? 베루글린드라고?!"

"왜 그러나, 에밀?"

이상한 언동을 보인 자는 늘 자유분방하게 굴던 에밀이었다.

주위의 반응은 안중에도 없다는 듯이 낮은 목소리로 중얼거리기 시작했다.

그건 요마가 아니라 인간이었던 에밀의 본능에 유래한 행동이었다. 그걸 알아보지 못한 다른 자들은 에밀이 뭔가를 알아차린 것이라고 생각했으며, 그런 그를 마른 침을 삼키면서 지켜보고 있었다.

"그래, 그랬어. 그녀는 존재했던 거야, 이 세계에! 그렇다면 우리는──."

에밀의 마음을 차지한 것은 순수한 공포.

──그건 요마가 느끼는 감정이었다.

그리고 또 하나는 순간적인 기지에 의한 계산.

──그건 지배당한 척하고 요마를 계속 속였던 에밀의, 천재 사기꾼인 로랑 헤이즈의 손자가 자신의 진면목을 발휘한 것이었다.

요마의 지배는 베루글린드가 적이 될지도 모른다는 공포로 인해 무너졌다. 그 빈틈을 놓치지 않고 에밀이 인간으로서 필사적으로 저항했다.

그의 마음에 도래한 것은 할머니처럼, 엄마처럼, 누나처럼 자신을 사랑해준 아름다운 여성의 미소에 대한 기억. 절대적인 안도감을 주는 포옹에 대한 기억이었다.

어린 자신을 품에 안아주던 그 여성의 이름은 베루글린드라고 했다.

그래서 에밀은 그녀의 이름을 불렀다.

온 힘을 다해 구조의 손길을 청하기 위해서.

『날 구해 줘, 글린 누나──!!』

에밀의 그 절규가 사태를 급변시키는 열쇠가 된 것이다.

●

"날 불렀죠, 에밀? 구해주러 왔어요."

그렇게 말하면서 그자는 갑자기 나타났다.

경계가 엄중했을 요마의 거점에, 그게 나와 무슨 상관이냐고 말하는 듯이, 어이가 없을 정도로.

그자는 말할 필요도 없이 베루글린드였다. 라미리스의 미궁조차도 파괴할 수 있는 그녀 앞에선 요마들의 '결계' 따위는 있으나 마나한 것이었다.

요마들이 아연실색해진 것도 무리는 아니었다.

늘 냉정함과 침착함을 유지하던 아마리 마사히코조차도 이 사태는 예상치 못한 일이었다. 베루글린드의 존재를 확신하긴 했지만, 설마 대처할 틈도 없이 해후하게 될 거라는 생각은 하지도 못했다.

"베루글린드, 어째서 네놈이?"

"내 이름을 알고 있나 보네요."

"당연하지. 네놈은 우리의 왕인 펠드웨이 님과 손을 잡고 황제 루드라의 패도를 돕고 있어야 하는 것 아닌가?"

"아아, '기축세계'와 이어져 있다면 시간축도 동기될 수 있겠네."

"뭐라고?"

"그냥 혼잣말이에요. 그보다 내 용건을 빨리 끝내고 싶은데요?"

아마리 마사히코는 혼란에 빠졌다.

그런데 냉정한 부분에선 생각을 거듭하고 있었다.

좀 더 빨리 베루글린드의 존재를 알아차렸다면 나름대로 대처할 수 있었을 것이다. 하지만 이 세계에 있을 거라는 생각은 하지도 않았던 거다.

(큰 실수를 했다. 하지만 어째서 여기에 있는 거지? 이 여자만큼 거대한 힘을 지닌 존재가 차원과 차원 사이를 이동할 수 있을 리가 없어. 총력을 들여 넓히고 있는 '명계문'조차 코르느 님을 불러내지 못하고 있는데…….)

베루글린드라는 존재는 코르느와 동급이거나 어쩌면 그 이상이다. 아마리 마사히코의 역량으로는 다 헤아릴 수 없을 만큼 많은 에너지(마력요소)양을 보유하고 있었던 것이다.

그랬는데, 어떻게 이 세계에 올 수 있었을까?

그리고 그 목적이 무엇인지 몰라서 당혹스러울 수밖에 없는 상황이었다.

가능하다면 현시점에서 적대는 피하고 싶었다.

하지만.

"용건, 이라니?"

"간단한 제안이에요. 이 세계의 침략을 포기하고 이계로 물러가요. 그렇게 하면 이번에는 너그러이 봐주고 놓아주겠어요."

"……."

베루글린드는 웃으면서 말했지만, 그녀의 말에는 분노가 감춰져 있었다.

자신이 사랑하는 자들을 해하려는 존재를, 베루글린드는 혐오하고 있었다.

그리고 아마리 마사히코는 그 감정을 정확히 꿰뚫어 보았다.

(최악이로군. 이미 우리를 적으로 여기고 있는 것 같아. 하지만 이해가 안 되는군. 펠드웨이 님과는 같은 편인 것으로 알고 있는데―― 아니, 잠깐? 시간축의 동기, 라고 했던가?!)

아마리 마사히코의 무시무시할 정도로 명석한 두뇌가 고속으로 회전했다. 그리고 베루글린드가 흘린 말의 일부에서 거의 정답에 가까운 결론을 이끌어냈다.

(그렇군. 이자는 다른 시간축에서 온 것이다. 우리 상황을 모르는 것 같지만, 펠드웨이 님과 황제 루드라의 이야기를 듣고 놀라는 반응은 보이지 않았어. 그렇다면 현시점까지의 지식은 갖추고 있다고 봐도 틀리지 않겠지. 코르느 님의 명령도 바뀐 게 없다는 점에서 판단하자면, 미래의 시점에서 무슨 일이 있었던 거야. 그렇다면 아마도――.)

'기축세계'에서 이 세계의 과거로 날아온 것이다.

――그게 아마리 마사히코가 내린 결론이었다.

칭찬을 받아도 충분할 만큼 날카로운 두뇌였다.

그걸 활용할 수 있는 시간이 없다는 게 안타까웠다.

"교섭은 하지 않겠어요. 귀찮으니까."

바늘 하나 들어갈 틈이 없다는 건 바로 이런 걸 말하는 것일까. 아마리 마사히코는 즉각적인 판단을 강요받았다.

베루글린드 자신은 여유만만한 태도였으며, 어느새 자기 쪽으로 데려온 에밀에게 손을 내밀어서 그의 얼굴을 가렸다.

뭘 하려는 건지는 일목요연했다. 완전히 동화하기 직전이었던 에밀과 요마를 분리하려고 공을 들이고 있었다.

요마가 필사적으로 저항하고 있었지만, 시간문제로 보였다.

그렇다면 그 시간을 유효하게 활용하는 게 좋을 것이다.

아마리 마사히코는 그런 결단을 내렸다.

"우리가 바라는 건 요마와 인류의 공존공영인데 말이지. 그걸 이해해주지 못하다니 안타깝군."

"같은 지적생명체 사이에선 그런 일방적인 바람은 이해를 받을 수 없는 법이에요."

"훗, 그건 그렇군. 하지만 포기할 수도 없는 노릇인데."

"그게 대답이란 말이군요?"

"그래, 그렇다!"

베루글린드는 웃었다.

"멍청하군요. 그렇다면—— 자, 당신들이 나설 차례예요!"

최종 전쟁이 시작되려 하고 있었다.

＊

갑자기 출현한 인간들을 보고 요마의 세력은 크게 놀라면서 당황했다.

하지만 그건 갑자기 나타난 인간들도 마찬가지였다.

인류의 최고전력인 전사들은 요마 이상으로 당혹스러웠다.

"날 불렀어요."

"네?"

"가야겠네요. 가서 그 아이를 구해야겠어요."

그렇게 말한 뒤에 갑자기 베루글린드가 사라졌다.

무슨 일인지 몰라서 당황하고 있었는데, 갑자기 자신들까지 낯선 장소에 불려온 것이다.

그리고 현재의 장면으로 이어졌다.

공간을 전이했다는 것을 알아차린 자는 한 명도 없었다. 왜냐하면 '전이문'을 통하지도 않았는데 갑자기 장면이 전환되었으니까.

그걸 한마디로 표현하자면 '순간이동'이었다. 그것도 열 명 단위의 개체가 동시에 이동한 것이니, 상상을 초월하는 초능력이라고 할 수 있었다.

겐세이와 전사들을 비롯한 인류의 기준에서 보면 이해가 되지 않는 신의 위업이었다.

그런 상황에서 "자, 당신들이 나설 차례예요!"라는 말을 들어도 뭘 어떻게 해야 하는 건지 알 수가 없었다.

이런 당혹스러운 상황에선 뭐든지 자신이 할 수 있는 것을 찾아내는 것이 중요했다.

예를 들어서 입시문제도 그러한데, 모르는 문제는 뒤로 미루고 자신이 풀 수 있는 것부터 손을 대는 것이 철칙이다. 이 방법은 업무에도 응용할 수 있으며, 자신이 이해할 수 있는 것부터 시작하여 작업을 진행하면 어떻게든 마무리를 지을 수도 있는 것이다.

이번 같은 경우엔 잘 아는 자가 있었던 것이 요행이었다.

각자 자신이 아는 자의 얼굴을 발견했고, 그들은 하나둘씩 교섭을 시작했다.

겐세이는 제자이자 믿음직스러운 동료였던 남자인 아마리 마사히코를 바라봤다.

"마사히코, 너는 요마에게 질 정도로 약한 남자이진 않을 텐데. 폐하께서도 슬퍼하고 계신다. 어서 자신을 되찾고 돌아와라."

겐세이는 그렇게 설득하면서 반응을 지켜보기로 했다.

칼자루에 손을 대고 언제든 뽑을 수 있는 자세를 잡으면서 대답을 기다렸다.

미나모토도 그에 맞춰서 자연스럽게 옆에 나란히 섰다.

"아마리 씨, 지지 마십시오! 자신의 마음을 잃어버리지 마세요!!"

겐세이와 마찬가지로 호소하는 작전에 동참했다.

혹시나 자아가 남아 있을지도 모른다는 가능성에 걸고, 요마를 물리치고 이기면 좋겠다고 생각해서 그런 작전을 시도한 것이지만······.

의외로 아마리 마사히코에게 호소하는 작전은 큰 효과가 있었다. 그도 그럴 것이 본인이 자신은 요마인지 인간인지에 대해서 확실한 답을 내놓지 못하고 있었기 때문이다.

"나는······."

자신도 모르게 그런 말을 뱉었고, 그러면서 다시 고뇌하고 말았다.

아마리 마사히코에게도 이런 전개는 완전히 예상 밖이었던 거다.

문제는 이 자리에 있는 베루글린드의 존재였다.

애초에 베루글린드의 제안을 걷어찬 것도 이길 수 있다고 생각해서 그런 게 아니었다. 그 반대로 패배가 확정적이었기 때문에 동료들의 전의를 자극하기 위해 교섭을 결렬시켰던 거다.

확실히 말해서 베루글린드의 존재감은 차원이 달랐다. 이길 수 있느냐 아니냐를 논할 만한 상대가 아니었으며, 적대한 시점에서 이미 궁지에 몰린 셈이었다.

이런 상태에서 어떻게 대응할 것인지를 선택한다면, 이 자리에서 물러나는 게 제일 좋은 방법일 것이다.

제안을 받아들일 수도 있겠지만, 그건 생각할 수 없는 일이었다.

만약 요구를 받아들인다면 모든 전략이 붕괴되면서 작전이 끝날 것이다. 그렇게 되면 책임은 자신과 프루티넬라가 지게 되겠지만, 그걸 달갑게 받아들일 정도로 아마리 마사히코의 성격은 순순하지 않았다.

오히려 요마의 패배에 쾌감까지 느끼고 있었다.

굳이 말하자면 인간적인 측면이 이기고 있었던 것이다.

그렇기 때문에 아마리 마사히코는 겐세이의 호소에 마음이 흔들렸다.

인간으로서의 마음이, 이대로 겐세이와 동료들에게 돌아가라고 설득했다.

요마로서의 지성이, 패배를 인정하고 싶지 않다고 외쳤다.

인간으로서의 이성이, 여기서 도망쳐도 의미가 없다고 알려주었다.

요마로서의 본능이, 위협적인 베루들린드에게 공포를 느꼈다.

그런 온갖 정보들이 서로 얽힌 채 싸우면서 아마리 마사히코를 괴롭혔다.

(그렇군. 요마의 가장 큰 약점은 자아가 희박하다는 점이었지. 적어도 '이름'만이라도 부여받았다면 확고한 자아를 확립할 수 있

었을 텐데. 아니, 그렇기에 나는 요마에게 이길 수 있었던 거다. 그래, 나는 아마리 마사히코. 결코 요마가 아니야──.)

아마리 마사히코는 고뇌했다.

그 모습은 그야말로 인간 그 자체였었다.

그런 반응을 보고 젠세이와 미나모토는 아마리 마사히코가 원래대로 돌아올 수 있다고 판단했다.

"기억해내라, 마사히코! 네가 누구에게 충성을 바치고 있었는지를. 그 검술 실력은 누구를 위해서 갈고 닦은 것이냐? 강한 힘은 올바른 의미를 찾아내지 못하면 폭력일 수밖에 없다. 그런 가르침을 잊은 것이냐?!"

아마리 마사히코는 기억하고 있었다.

자신이 황제폐하에게 충성을 바쳤다는 것을.

자신의 검은 약한 자를 지키기 위해서 휘둘러야 한다는 것을.

"아마리 씨, 콘도 씨도 마지막까지 훌륭하게 싸우다가 산화하셨다 합니다. 저에게 있어서 두 분은 눈이 부실 정도로 빛나는 동경의 대상이었습니다. 그랬는데…… 콘도 씨가 죽은 것은 요마 때문이라고 합니다! 당신은 그런 녀석들의 동료가 되려는 겁니까!"

요마 때문이라고 단언할 수는 없었지만, 베루글린드가 그런 식으로 설명했기 때문에 미나모토와 동료들은 그렇게 믿고 말았다. 아무도 따져 묻지 않았으며 전적으로 거짓말을 한 것도 아니었기 때문에 그 이야기가 진실이 되었다.

그러므로 아마리 마사히코도 그 말을 믿었다.

그렇게는 안 된다──고 생각하면서 아마리 마사히코의 마음이 불타올랐다.

마음속 어딘가에서 뭔가가 파직 하고 부서지는 소리가 울려 퍼졌다.

아마리 마사히코는 생각을 중단하고 자신의 마음이 바라는 것에 귀를 기울였다.

쉔파에게는 요마가 먼저 말을 걸었다.

"오랜만이로군. 여기서 만나는 것도 인연이 있기 때문이겠지. 너와 나 사이에 굳이 말은 필요 없을 것이다. 주먹으로 얘기를 나누자."

리진룽이 대담한 웃음을 지으면서 주먹을 쥐고 싸울 자세를 잡은 것이다.

50대로는 보이지 않을 만큼 근골이 당당한 사내였다. 그랬던 그가 지금은 요마와 합체하면서 젊음까지 되찾은 상태였다.

더욱 맹렬하게 쉔파에게 집착을 보이고 있었다.

"끈질긴 남자네. 몇 번이나 더 때려눕혀야 패배를 인정하려나?"

"나를 죽이지 않는 한 인정하지 않을 것이다. 네가 나보다 강한 것은 확실하지만 그건 과거의 이야기다. 나는 이길 때까지 계속 도전하겠다."

그리고 '용권'의 정통계승자 자리를 빼앗을 생각이었다.

리진룽은 요마가 되었는데도 아직도 그 야망을 완전히 버리지 못하였다.

"그 집념만큼은 대단하네."

"가소롭구나. 어떤 수단과 방법을 쓰든 이기는 것이 정의다."

그 말이 끝나자마자 리진룽이 찌르기를 날렸다.

반쯤 웅크린 자세로 바닥을 미끄러지듯이 움직이면서 단번에 거리를 좁혔다.

앞으로 내민 오른쪽 주먹은 미사일 같았다. 발끝에서 만들어진 에너지를 허리를 돌리는 기세에 실은 뒤에 단련을 거듭한 주먹으로 집중시킨 결과였다.

요마의 힘까지 더해지면서 일반인이 맞으면 산산조각이 날 정도로 엄청난 위력을 갖고 있었다.

쉔파라고 해도 제대로 맞으면 끝──이겠지만, 나뭇잎처럼 팔랑팔랑 움직이면서 그 위력을 받아내어 흘려버렸다.

그뿐만이 아니었다.

쉔파의 가느다란 손이 번갯불을 둘렀고, 자신에게 닥쳐오는 주먹에 왼손을 딱 맞춰서 갖다 댔다. 찌르기의 위력을 그대로 활용하기 위해서 주먹을 감싸 쥔 뒤에 앞다리를 걸면서 몸을 틀어 리진롱의 뒤를 잡았다. 그대로 자신의 몸으로 리진롱의 등을 밀어서 바닥에 쓰러트린 뒤에 남은 오른쪽 주먹으로 후두부와 목이 이어진 부분을 노려 일격을 날렸다.

넋을 잃고 바라볼 만큼 선명한 동작이었다.

신속의 찌르기를 날리던 중이라 주먹을 뻗은 자세를 취하고 있던 리진롱은 그대로 당할 수밖에 없었다.

온몸에서 느껴지는 충격이 급소까지 강타했다. 리진롱이라고 해도 무사할 리가 없었다.

하지만 요마의 장군이 된 리진롱은 역시 강자였다.

쉔파가 끌어올린 투기도 포함되었으니, 평범한 요마라면 맞는 즉시 소멸할 정도의 공격이었지만 아직 일어설 수 있었다.

"후우, 아프군. 내 부하들이라면 죽었을 거야."

"터프함만큼은 여전하네."

"당연하지. 한 발만으로 끝났다면 너도 재미를 보지 못할 것 아니냐. 지금부터가 진짜 시작이다."

사나운 표정으로 웃는 리진롱을 보면서, 쉔파는 혀를 찼다.

"천박한 녀석."

"아, 아니야! 그런 뜻으로 한 얘기가——."

의외로 순정적인 반응을 보이는 리진롱이었지만, 쉔파는 그에 상관하지 않고 맹공을 재개했다.

합중국의 시크릿 서비스 대표인 빌리와 아제리아 합중국 대남해함대 사령관인 데이빗 레이건은 지루한 싸움을 벌이게 되었다고 할 수 있었다.

"각하, 당신은 국가반역죄의 혐의를 받고 있습니다. 법정에서 자신의 결백을 증명하실 것을 충고드리겠습니다."

"헛소리 마라. 나는 인간 따위와는 다른 존재가 되었다. 인간의 법으로 처벌할 수 있다고 생각하나."

"그럼 강제적으로 구속하도록 하겠습니다. 저항한다면 사살해도 좋다는 허가를 받았으니 용서하시기 바랍니다."

"웃기는군. 인간의 한계를 넘어선 지금의 나에게 그런 장난감이 통할 것 같으냐!"

그렇게 큰소리를 치면서 웃는 데이빗을 향해 빌리는 망설임 없이 방아쇠를 당겼다.

당연했다. 방심하고 있는 적을 노리는 것은 전술의 기본이니까.

발사된 총알에는 빌리의 모든 투기가 담겨 있었다. 하루에 한 발, 자신의 전력을 주입한 특수제작품이었다.

투기를 담아둘 수 있는 기한은 1주일이기 때문에 일곱 발의 여분이 있었다. 매그넘 리볼버(S&WM27)의 탄창 수는 여섯 발이며 모든 탄환에 필살의 위력이 담겨 있었다.

더구나 그 총은 베루글린드가 갓즈(신화)급으로 다시 만들어낸 것이다. 발사된 탄환의 위력은 대폭적으로 증가했으며, 데이빗의 방어결계를 관통하기에 충분한 위력을 갖고 있었다.

"크허억!"

첫 번째 총알로 심장을 관통당하면서 데이빗은 경악했다.

베루글린드라면 또 몰라도 그 밖의 자들은 위협이 되지 못한다고 생각하여 방심한 것이다.

(이런, 이게 어떻게 된 거야?!)

그렇게 생각하면서 동요를 감추지 못했다.

데이빗은 요마가 되면서 죽음의 공포에서 해방되었다고 생각했다.

인간의 몸을 가지고 있다면 고통이나 질병 등에서 벗어날 수 없다. 하지만 요마가 된 데이빗은 이젠 그런 것은 자신과 인연이 없다고 생각했다.

그랬는데 빌리의 총은 자신의 몸에 상처를 입힌 것이다.

그 사실을 이해하면서 데이빗은 공포를 느꼈다. 인간의 마음의 약한 부분이 요마의 의지를 상회하고 만 것이다.

이건 데이빗에 빙의한 요마에겐 예상하지 못한 오산이었다.

데이빗의 마음이 약했기 때문에 쉽게 빙의할 수 있었다. 그랬는데 지금은 그 나약함이 자신의 약점이 되어버린 것이다.

옆을 보니 리진롱도 쉔파를 상대로 고전하고 있었다.

이런 말도 안 되는 상황이 있을 수 있단 말인가. 데이빗은 낭패에 빠지고 말았다.

"각하, 다시 생각해보겠다는 마음이 들었습니까?"

빌리도 그를 자극하면서 도발했다.

원래는 이길 수 있는 싸움이 아니었다.

상대의 빈틈을 찌르고 동요를 부추기면서 자신이 유리하도록 인식하게 만든다.

그렇게 하여 상황을 유리하게 전개시켜야 승산이 생긴다는 것을 그는 잘 알고 있었던 것이다.

남은 탄환은 여섯 발.

그러나 한 발은 별도로 장전할 필요가 있으며, 그걸 허용해줄 상대라는 생각은 들지 않았다. 남은 다섯 발로 처리하지 못하면 그 시점에서 빌리의 패배로 끝나고 말 것이다.

그렇게 생각했기 때문에 장전된 총알을 전부 쏘는 것이 망설여졌다.

바로 지금——.

싸움을 유리하게 이끌지 못하면 패하는 것은 자신이다——고 두 사람이 동시에 생각했다.

예상하지 못한 형태로 고착상태에 빠지게 되었다.

한편 억울하게 느껴질 만한 조합으로 싸우게 된 자들도 있었다.

요마 델리아와 그녀를 상대하게 된 여섯 명의 전사들이었다.

델리아는 분개했다.

"잠깐, 왜 나한테만 여섯 명이나 달려드는 거야?!"

그런 마음속의 절규가 자신도 모르게 입 밖으로 튀어나왔을 정도였다.

그것만으로는 부족하다는 듯이 델리아는 한층 더 소리를 높이면서 따졌다.

"흩어져서 싸우라고. 너희보다 더 고전할 것 같은 사람을 도우란 말이야!"

하지만 그 목소리는 무시당했다.

"우리는 널 구하기 위해 여기까지 온 거다!"

'칠신기'의 필두인 브라이트가 외쳤다.

"그렇다면 그 검은 집어넣어!!"

델리아는 그 말에 반박하면서 브라이트가 날린 참격을 튕겨냈다. 그리고 그 틈을 노리고 화살이 날아왔다.

"큰일 날 뻔했네! 여전히 음험한 자식이라니까. 맞으면 어쩌려고 이래?!"

위험감지능력이 비약적으로 높아졌기 때문에 델리아는 회피할 수 있었다. 그리고 궁사에게 불평을 늘어놓았지만, 니힐한 분위기를 풍기는 궁사 청년은 그 말을 무시했다.

"델리아, 미안하지만 얌전히 잡혀주지 않겠어? 지금의 너는 위험해 보이니까 우리도 목숨을 걸어야 할 것 같거든."

채찍을 쓰는 여자가 우아한 동작으로 싸우면서도 적절하게 델리아를 몰아붙였다.

그에 호응하듯이 궁사가 다음 공격을 시도하기 시작했다.

"구해주러 온 거라고 주장할 거라면 말이지, 적어도 대화로 해결하려는 태도 정도는 보이는 게 어때?"

델리아는 투덜거리면서 그 공격들을 필사적으로 피하고 있었다.

1대 6.

원래는 공격하는 자가 유리한 법이다.

하지만 실제로는 델리아가 유리했다. 만약 델리아가 그럴 마음만 먹는다면 여섯 명의 전사들은 순식간에 피투성이가 되어 쓰러졌을 것이다.

그렇게 되지 않은 것은 델리아에게 그럴 마음이 없었기 때문이다.

요마의 작전은 완벽했지만, 인간의 이름을 빼앗은 시점에서 커다란 이상이 발생하고 만 것이다. 베루글린드라는 불확정요소가 출현하지 않았어도 그 작전은 어딘가에서 파탄으로 끝나고 말았을 것이다.

알아볼 수 있는 자가 본다면 그렇게 될 것이 명백한 상황이었다.

*

요마의 거점에 있는 작전 회의실은 침입자들과의 싸움으로 인해 혼란 상태에 빠져 있었다.

그중에서도 여유를 유지하고 있는 자는 에밀을 치료 중인 베루글린드와 팔짱을 낀 채 관망할 것을 마음먹은 '괴승' 프루티넬라뿐이었다.

이 남자는 성인으로 불릴 정도의 인물이면서도 그 본성은 사악했다. 그리고 그 사실을 아무도 알아차리지 못할 만큼 교활함도 갖추고 있었다.

지금도 또한 상황을 정확하게 파악해서 어떤 선택이 자신에게 최선인지 생각하고 있었다.

그 모습은 인간의 욕망 그 자체였다.

요마의 자아 따위는 이미 예전에 먹어버렸다.

하지만 동화가 완전히 끝난 것은 아니었다. 프루티넬라가 우선한 것은 힘의 흡수였으며, 요마가 지닌 지식 쪽은 나중으로 미루고 있었다. 힘만 손에 넣는다면 그다음은 어떻게든 된다고 생각했던 것이다.

그래도 조금씩 쌓이고는 있었지만 의도적으로 공부하려는 마음은 들지 않았다. 그도 그럴 것이 몇 백만 년에 걸쳐서 축적되었을 기억은 '사고가속'으로 읽어도 방대한 시간이 필요했기 때문이었다.

그리고 불필요한 지식까지 흡수하면 자아에도 영향을 줄 수가 있었다. 그런 우려도 있었기 때문에 그런 판단을 내렸던 것이지만, 그건 프루티넬라에겐 불행이었다.

왜냐하면 베루글린드에 대한 지식이 누락되어 있었기 때문이었다.

그래서 프루티넬라는 이 타이밍에서 치명적인 잘못을 범하고 말았다.

베루글린드에 대한 대책이 아니라 자신의 욕망을 우선하고 말았던 거다.

(아마리 마사히코는 교활한 남자다. 저자라면 '명계문'을 파괴하면 우리가 왕이 될 수 있다는 것을 이미 깨닫고 있었을 거야.

그래서 나는 그렇지 않은 척을 했지만, 그게 정답이었군. 저자는 나를 신용하고 있어. 이 침입자들을 이용하여 내가 저자를 제치도록 하자!)

프루티넬라는 빈틈을 봐서 '명계문'을 파괴하고 아마리 마사히코를 죽일 생각을 하고 있었다. 그리하여 자신이 왕이 되려는 계획을 세웠는데, 이 혼란이 적절한 기회라고 생각했다.

프루티넬라에게 빙의한 요마는 코르느의 '참모'로서 늘 최전선에서 싸웠다. 그렇기 때문에 엑스트라 스킬 '라이프 드레인(생명탈취)'이라는 스킬(능력)을 획득해두고 있었다.

루미너스의 '에너지 드레인(생기흡수)'이나 유우키의 '스틸 라이프(탈명장)'과는 달리 죽은 적의 에너지를 자신의 것으로 삼을 수 있는 스킬이었다. 하지만 빼앗을 수 있는 것은 아무리 많아도 자신의 에너지(마력요소)양의 10퍼센트에도 미치지 못했다. 그리고 전투 중에는 쓸 수 없기 때문에 자유롭게 활용하기는 어려웠다.

그래도 싸우면 싸울수록 강해질 수 있는 것이 이점이었다.

그랬는데——.

프루티넬라의 욕망은 그 권능을 승화시켰던 것이다.

그게 바로 유니크 스킬 '채우는 자(즉신불)'였다.

의식을 잃을 정도로 약해진 상대라면 자신의 메마른 육체가 만족할 만큼 힘을 빼앗을 수 있는 권능이었다. 이것도 또한 전투에서는 다루기가 어렵지만 혼전 중이라면 충분히 활용할 수 있었다.

하물며 이 자리에는 상당한 강자들이 모여 있었다.

(큭큭큭. 잘만 하면 원래보다 배에 가까운 힘을 손에 넣을 수 있다. 그렇게만 되면 아마리 마사히코 따위는 내 적이 못돼. 지금

부터는 코르느가 아니라 내 부관으로 일해줘야 할 것이다!)

이미 자신의 욕망밖에 보고 있지 않았으며, 주인인 코르느조차도 이름을 함부로 부르고 있었다.

프루티넬라는 상황을 계속 관찰하고 있었다.

그리고 딱 좋은 사냥감을 포착했다.

쉔파와 리진롱의 싸움은 쉔파가 우세했지만 그래도 예상했던 것보다는 접전이었다. 서로 지친 상태였지만 아직도 결판이 나지 않았다.

(약자부터 빼앗는 것도 좋겠지만, 그랬다간 강자에게 경계를 받을 것이다. 그런 점에서 생각해보면 쉔파는 최고의 먹잇감이지!!)

프루티넬라는 예전부터 쉔파는 자신의 사냥감이라고 생각하고 있었다. 중화로 가기 전에 이런 상황이 벌어지고 말았지만, 결국에는 예정대로 되었다고 생각하면서 득의양양하게 웃었다.

그리고 쉔파와 리진롱의 공격이 서로 부딪친 순간을 노리고 자신의 이빨을 들이댄 것이다.

＊

쉔파와 리진롱은 주먹을 주고받고 있었지만, 각자 얼굴에는 미소를 짓고 있었다.

"기쁘구나, 쉔파. 계속 상대가 되지 못했던 너와 이렇게 싸울 수 있게 되었으니까 말이야."

지금까지는 쉔파에게 늘 허망하게 지기만 했던 리진롱은 그녀와 맞서 싸울 수 있는 것이 기뻤다.

센파는 자신이 동경하던 대상이었다.

천재라는 한마디로 정리되지 않을 만큼 그녀는 무예라는 존재로부터 사랑을 받고 있었다.

리진롱의 가슴속은 복잡했다.

쉔파만 없다면 계승자는 자신이 되었을 것이라는 생각을 했다. 하지만 아직 어린아이였던 쉔파의 재능을 봤을 때 그 소녀가 얼마나 높은 경지까지 오를 수 있는지를 보고 싶어졌다.

그 순간에 리진롱은 패배를 인정한 것이라 할 수 있었다.

"흥! 스스로의 힘을 기르는 게 아니라 타인의 힘을 빌려봤자 의미는 없어."

"나에 대해서 다 아는 척 입을 놀리는군. 난 너를 뛰어넘을 수 있다면 무슨 짓이든 할 것이다."

"잘 알아. 나도 자신만의 힘으로 싸우고 있는 게 아니니까."

"뭐?"

"계승자만 아는 사실이지만 딱히 비밀은 아니니까 가르쳐주지. '혼백'에는 말이지, 그동안 대를 이은 계승자분들의 지식과 경험이 담겨 있어. 그걸 물려받았으니까 선대보다 강해지는 것은 당연한 일이라고. 개조님의 꿈은 세계최강이었어. 그런 실현 불가능한 꿈을 계속 좇았던 분이기 때문에 다음 세대로 이어지는 '기술'을 만들어낸 거야."

그 말을 듣고 리진롱도 기억해냈다.

계승자는 반드시 선대보다 강해진다는 소문을.

그 이유를 지금 이해했다.

그리고 쉔파의 힘이 그녀 개인만의 것이 아니라 수많은 위인이 버팀목처럼 받쳐주고 있다는 것을 깨달았다.

"너도 타인의 힘을──."

"그래. 그래서 나는 질 수 없는 거야."

인간은 선인들이 축적해놓은 지혜 위에서 새로운 길을 창조하는 생물이다.

'용권'의 이념도 그와 같았던 거다.

토대가 탄탄하지 않으면 건물은 기울어지는 법이다. 다른 자의 힘을 받아들일 수 있게 자신의 역량을 키우지 않으면 안 되었던 것이었다.

"내 수행이 부족했다는 뜻이냐?!"

"그래. 모처럼 얻은 힘을 제대로 구사하지 못하면 의미가 없는 거야."

"체엣!!"

리진롱은 굴욕적인 기분을 느꼈지만, 그게 사실이라는 것을 깨달았다. 힘만을 비교한다면 자신이 더 강했다. 그래도 열세였으니까 변명은 할 수 없었다.

모처럼 고양된 기분이 식어버렸지만, 그래도 지금의 상황은 즐거웠다.

결코 우세하진 않았지만 승리를 손에 넣을 수 있을 것 같은 예감도 들었다. 목숨을 걸고 전력을 다해 주고받는 공방이 리진롱의 피를 끓어오르게 했던 것이다.

요마의 자아가 자제할 것을 촉구했지만 그런 말을 들을 생각은 전혀 없었다.

(더, 더! 더 빨리, 더 강하게. 내가 이길 것이다!!)

쉔파에게 느끼던 열등감이 사라지면서 승리에 대한 욕구가 높아질 뿐이었다. 그에 호응하듯이 요마의 자아까지도 리진룽에게 힘을 빌려주기 시작했다.

그건 완전히 동화될 것을 알리는 전조였다.

서로의 욕망을 자신의 것으로 삼으면서 마음의 경계를 없앴다.

그렇게 하면 쉔파에게 이길 수 있다고 리진룽은 확신했다.

그때였다.

다시 서로의 공격이 부딪친 바로 그때, 쉔파의 뒤에 프루티넬라가 서 있었던 것이다.

"흐읍!!"

프루티넬라의 손날공격이 쉔파의 등에 박힌 것은 눈 깜짝할 사이도 없이 일어난 찰나의 일이었다.

"커헉."

쉔파의 입에서 선혈이 터져 나왔고, 그녀는 그대로 그 자리에 쓰러졌다.

극한까지 육체를 단련하여 반정신생명체인 '선인'의 경지에 한 발을 들이는 수준까지 이른 쉔파였기 때문에 즉사를 면할 수 있었다.

하지만 프루티넬라는 쉔파의 심장을 붙잡아서 끄집어 내놓고 있었다.

이대로 가면 쉔파의 죽음은 시간문제였다.

그와는 반대로 프루티넬라는 환희했다.

쉔파의 심장을 걸신들린 듯이 먹고는 유니크 스킬을 발동시켰다.

"맛있구나. 이제 소승의 힘은 크게 증가할 것이다!"

그 말대로 프루티넬라의 몸에 힘이 솟구치기 시작했다.

그런 프루티넬라를 보면서 격노한 자는 바로 그의 부하인 리진롱이었다.

요마들 사이에 존재하는 절대적인 계급을 무시하면서 인간인 부분이 진심을 담아서 큰 소리로 꾸짖었다.

"이 자식! 우리 승부에 찬물을 끼얹는 것도 모자라서 내가 동경하던 자에게 무슨 짓을 한 거냐! 최강이라면 정정당당히 쓰러트려야 하거늘!!"

그렇게 소리치면서 발차기까지 날렸다.

하지만 통하지 않았다.

필살의 오른발 돌려차기였지만, 프루티넬라가 내민 손에 의해 가볍게 막히고 말았다.

"약하구나! 그리고 나에게 거역하는 부하 따위는 필요 없다. 너도 나의 먹이가 되어라."

쉔파의 힘을 다 흡수하지 못했기 때문에 지금 먹어봤자 미미한 양밖에 힘이 되지 않을 것이다. 그럼에도 불구하고 프루티넬라는 가학적인 미소를 지으면서 리진롱의 다리를 파괴했다.

"끄아악—!!"

고통이라는 감각 같은 것은 갖추고 있지 않은 요마였지만, 리진롱은 인간으로서의 의식이 강했기 때문에 환통통을 느끼고 말았다.

프루티넬라는 그 모습을 보면서 비웃었다.

"가소롭구나! 요마의 힘을 제대로 구사하지도 못한 채, 인간이라는 종을 초월한 의미조차 이해하지 못하는 어리석은 녀석 주제에!"

요마의 특징을 이해하고 있다면 그 힘을 더 충분히 활용할 수 있었을 것이다. 그랬다면 쉔파에게 승리할 가능성도 있었던 것이다.

프루티넬라는 웃으면서도 부하를 어떻게 교육시킬 것인지 생각하고 있었다.

여전히 요마로 존재한다면 문제가 없지만, 인간의 자아가 싹텄다면 골치 아파진다. 이점과 결점이 각각 있었다.

융통성을 발휘할 수 있는 것은 이점이지만, 배신할 가능성이 생기는 건 결점이었다.

요마에게는 절대적인 상하관계가 존재하지만 욕망에 따라선 자아를 우선할 자도 나타날 것이다. 지금의 프루티넬라가 바로 그런 실례이므로 이건 확정적인 사항이었다.

아군을 강화한다는 목적에서 생각해보면 리진롱을 반면교사로 삼아서 자신의 힘이 얼마나 강한지 깨닫게 해줘야겠지만······.

(그렇게 하면 날 배신했을 때가 귀찮아진단 말이지. 역시 배신을 용서하지 않는 지배체제를 구축할 때까지는 이대로 놔두는 게 좋을 것이다.)

그렇게 방침을 정했다.

이미 자신이 왕이 된 기분에 빠져 있었던 것이다.

그리고 남아 있는 간부의 수가 적었다.

리진롱은 자신의 손으로 처리할 생각이며, 에밀은 베루글린드가 확보하고 있었다.

남은 자는 델리아와 데이빗, 그리고 또 하나의 문젯거리인 아마리 마사히코였다.

아마리 마사히코는 방심할 수 없는 남자지만, 여기서 압도적인 실력차이를 보여주면 틀림없이 심복이 되겠다고 맹세할 것이다.

(그 녀석은 어리석지 않아. 이길 수 없다는 걸 이해하면 나에게 협력하겠지. 그렇게 되면 문제는 저 베루글린드라는 여자인데. 어디, 내 힘을 시험해보는 의미도 겸해서 저 여자를 산 제물로——.)

그런 식으로 너무나 행복한 미래의 예상도를 그리고 있었지만—— 그게 현실이 될 리가 없었다.

행복한 망상을 바로 끝내고, 리진롱에게 마무리 공격을 날리기 위해서 프루티넬라는 주먹을 쥐었다.

사악한 요기를 두르면서 리진롱의 머리를 분쇄하려고 했지만——.

"방해돼."

라는 목소리가 귀에 들린 순간, 상상도 하지 못한 격통이 온몸에서 느껴졌다.

너무나도 격렬한 고통인지라 프루티넬라는 땅에 쓰러져서 굴렀다.

그 모습은 도저히 리진롱을 비웃을 수 없는 꼴이었다.

"쉔파, 죽는 것은 허락할 수 없어요. 여기서 당신이 죽으면 롱의 꿈이 끊어지고 마니까."

여전히 남의 사정은 상관하지 않는 베루글린드였다.

죽어가는 자를 상대로 너무나 무모한 요구를 하고 있었다.

죽음을 기다리고만 있던 쉔파도 이 말에는 역시 반론하지 않고는 참을 수가 없었다.

"하, 지만…… 전──."

"리제너레이션(부위재생)! 그리고 힐링(체력회복)도 해주겠어요. 이제 됐죠?"

사라진 부위까지 치료하는 마법으로 심장을 재생시켰고, 게다가 체력회복까지 하는 극단적인 방법으로 베루글린드는 쉔파를 치료했다.

베루글린드는 다양한 세계를 여행하는 동안 신성마법도 익혀놓고 있었다. 자신에겐 전혀 필요가 없었지만, 주로 루드라의 전생체들에게 쓰기 위해 열심히 배웠던 것이다.

그러는 사이에 정말로 신앙의 대상이 되는 일도 있었지만, 그런 사실을 모르는 것은 본인뿐이었다. 이 세계에선 신의 위업이라 할 수 있는 일이었지만 지금은 상관없는 이야기였다.

"아…… 다 나았습니다. 전혀 아프지도 않고 괜찮은 것 같아요."

세상에는 히나타처럼 마법에 대해 높은 저항력을 지닌 자도 있다. 이 세계에도 그런 자가 있겠지만, '영자'에 간섭하는 신의 기적이라면 아무런 문제없이 효과를 발휘했다.

"그렇겠죠. 신의 기적 : 리저렉션(사자소생)을 쓰는 건 너무 지나치다고 생각했으니까. 다행이네요."

"네……."

그렇구나. 위력이 더 높은 마법도 있단 말이구나──. 쉔파는 마음속으로 그렇게 중얼거렸다.

그건 그렇고, 이제 몸 상태는 원래대로 돌아왔지만 문제가 해결된 것은 아니었다.

프루티넬라가 먹은 것은 쉔파의 '혼백'인 것이다. 대대로 이어져 온 지식과 경험은 남아 있지만 대부분의 힘을 잃어버리고 말았다.

이 문제를 어떻게든 해결하지 않는 한 쉔파는 약해진 상태로 계속 남아 있게 될 것이다.

원래는 큰 문제——가 되겠지만 이곳에는 베루글린드가 있었다.

"내 힘을 빌려주겠어요. 용의 기이니 대신 쓸 수 있을 거예요."

대신 쓰는 수준이 아니라 지금까지보다 훨씬 더 강해졌다.

하지만 그건 인간의 기준에서 봤을 때의 이야기였다.

베루글린드의 입장에선 오차 범위에 불과한 수준이었기 때문에 주저하지도 않고 쉔파에게 오라(용기. 龍氣)를 보내줬다.

힘을 안정시킨 용의 기운은 쉔파의 육체를 강화시켰다. 비록 '성인'의 단계까지는 이르지 못했지만 쉔파는 '선인'으로서 완전히 각성한 것이다.

"이게…… 개조님께만 주어졌다는 롱판 님의 힘이로군요!"

넋이 나간 표정으로 현재 상황을 그저 지켜보고만 있던 리진롱도 무슨 이유인지 만족스러운 표정으로 고개를 끄덕이고 있었다. 그 표정은 인간이었던 때의 모습 그대로였다.

"큭큭큭, 역시 저 꼬맹이는 이렇게 되어야지. 동경의 대상은 높은 곳에 있어야 따라잡으려는 의욕이 생기는 법이니까."

그렇게 중얼거리면서 또 일방적으로 쉔파를 라이벌로 여기고 있었다. 요마의 장군인 리진롱이 보더라도 그녀는 강해져 있었다.

그리고 환희에 들뜬 나머지 쉔파 자신은 깨닫지 못했지만, 그녀는 '선인'이 되면서 수명도 크게 늘어나 있었다.

개조인 롱조차도 이르지 못했던 경지에 서게 되면서 이 세계의 관리자인 '용권사(龍拳師)'로서 살게 되겠지만, 그건 별개의 이야기였다.

*

베루글린드가 방해된다면서 밀쳐낸 프루티넬라는 자신의 몸에 무슨 일이 일어난 것인지 이해하지 못했다.

'삼요사'인 코르느보다는 못하지만 분명 절대적인 힘을 손에 넣었을 것이다. 그랬는데도 견디기 힘들 정도의 격통을 맛보는 꼴을 겪은 것이다.

(뭐야. 무슨 일이 일어난 거지?! 왜 내가 인간처럼 고통 같은 걸 느끼는 거냐고?!)

그 이유는 간단했는데, 베루글린드의 카디널 오라(진홍의 패기)는 접한 자를 완전히 불태우기 때문이었다.

단, 이번에는 죽일 생각이 없었기 때문에 최선을 다해 힘 조절을 하긴 했지만······.

그 사실을 깨달았다면 프루티넬라도 더 이상 어리석은 짓을 거듭하지 않았을 것이다. 그러나 그는 상상 이상으로 왕이 된 자신에게 도취되어 있었다. 그렇기 때문에 현실을 보지 못한 채 결코 해서는 안 될 짓까지 감행하고 만 것이다.

"기습을 했단 말인가. 발칙하게도."

자신과 상대의 실력차이도 이해하지 못한, 불쌍한 소인배의 발언이었다.

베루글린드도 그 말이 설마 자신에게 한 말이라는 생각을 하지 못했을 정도였다. 그래서 딱히 마음에 두지도 않고 다음 상대에 대한 대책을 마련하기 위해 나섰다.

빌리와 대치한 채 노려보고 있던 데이빗의 뒤에 서서 그의 머리를 손바닥으로 때렸다. 카디널 오라를 두른 그 일격을 맞고 요마는 사라지고 말았다. 터무니없는 공격이었지만 베루글린드에게 이 정도는 별것도 아니었다.

한편 그 틈을 노리고 프루티넬라도 행동을 시작했다.

이대로 가면 위험하겠다고 생각하여 델리아에게 명령을 날린 것이다.

"그 창을 소승에게 넘겨라!"

"네?"

"네 능력으로는 그 창의 진가를 이끌어내지 못한다. 변변치 못한 소유자보다 소승이 쓰는 것을 그 창도 기뻐할 것이다."

그런 이기적인 논리를 늘어놓으면서 프루티넬라는 델리아의 창을 빼앗았다. 그리고 그 창의 힘을 느끼고는, 이 정도면 이길 수 있다고 자신하면서 큰 소리로 웃기 시작했다.

한편 떠밀리면서 쓰러진 델리아에게 과거의 동료들이 달려왔다.

"괜찮아?"

모두를 대표해서 브라이트가 물었다.

그 말을 들은 델리아의 볼을 타고 눈물이 흘렀다.

"멍청하긴. 나는 인간이 아니야. 이 세계를 침략하려고 온 요마란 말이——."

"하지만 너는 울고 있잖아. 그 눈물이야말로 네가 아직 인간이라는 증거야."

"브라이트……."

"무엇보다 말이지, 기억도 그대로 남아 있잖아?"

"요마 따위는 쫓아내 버려."

"너는 낯짝이 두꺼우니까 요마에게 질 리가 없어."

그때 마음속 어딘가에서 뭔가가 파직 하고 부서지는 소리를, 델리아는 분명히 들었다.

"잠깐, 카탈리나. 위로를 하려면 제대로 해! 내가 낯짝이 두껍다니 그게 무슨 뜻이야?"

"바로 그런 점을 말하는 거야. 너라면 돌아올 거라고 난 믿고 있었어."

카탈리나가 울면서 델리아를 끌어안았다.

그리고 다른 자들도.

더 이상 말은 필요가 없었다.

차례로 기쁨의 함성을 지르는 동료들을 보면서, 델리아는 진심으로 웃었다.

그런 델리아를 보고 프루티넬라는 불쾌한 표정으로 코웃음을 쳤다.

"이것 참. 이래서 인간은……."

데이빗까지 베루글린드의 손에 의해 제정신을 차리고 말았다. 델리아만이 충실한 부하로 남아 있었는데, 보아하니 인간으로서의 자아가 이겨버린 것 같았다.

이렇게 되면 아마리 마사히코도 기대를 할 수가 없었다. 아무래도 인간으로의 자아가 하나둘씩 이기고 있는 것 같았으니, 같이 싸우는 것은 불가능하다고 생각하는 게 타당했다.

하지만 문제없다고 생각했다.

왜냐하면 프루티넬라는 최강의 무기를 손에 넣었기 때문이다.

(이 성능은 그야말로 갓즈(신화)급이다! 나를 주인으로 인정하지 않지만, 그래도 충분히 강하군. 이 힘이라면 저 지긋지긋한 베루글린드라는 자를 죽일 수 있을 것이다.)

속으로 그런 판단을 내렸다.

대책이 없을 정도로 자신의 분수를 모르는 남자였다.

그런 프루티넬라였지만, 마음속 한쪽에선 경종이 울리고 있었다. 사라져버린 요마의 지식을 통해서 베루글린드에 대한 정보를 찾아낸 것이다.

그걸 차근차근 자세하게 조사해봤다면······.

"믿을 수 있는 것은 자신밖에 없다는 얘기지. 좋다. 소승이 직접 너희를 처리해주마!"

"그거, 혹시 나한테 하는 말인가요?"

"실로 어리석은 여자로군! 달리 누가 있단 말이——프허억——?!"

당당하게 살의를 표명한 것은 좋았지만, 그건 악수였다.

베루글린드는 지금까지 흥미가 없어서 그냥 못 본 척하고 있었는데, 그녀가 프루티넬라를 적으로 인식하게 만들어버린 것이다.

그래도 일단 요마에서 인간으로 돌아올 가능성이 있다고 생각했던 베루글린드는 프루티넬라가 죽지 않도록 힘 조절을 하고 있었다.

그리고 정말로 귀찮게 여기던 것이 있었는데, 그게 무엇이냐하면 프루티넬라는 요마의 의식을 차지했을 뿐이며, 그 '마음(심핵)'은 여전히 남아 있었다는 것이었다.

그랬는데 이번 일격으로 그걸 보기 좋게 파괴해버렸다.

"이걸로 임무도 끝났군요. 거기 있는 남자도 자력으로 요마를 이겨낸 것 같으니, 이제 요마에게 빙의된 자는 없어졌네요."

베루글린드가 속 시원한 표정으로 그렇게 선언했다.

이 자리에 있던 여섯 명의 팬텀(요마족) 간부들.

데이빗과 에밀은 베루글린드의 손에 의해 요마의 힘이 제거되면서 평범한 인간으로 돌아왔다.

아마리 마사히코를 비롯한 리진룽과 델리아는 자력으로 자신을 되찾았다. 이자들은 요마의 힘이 아직 남아 있었지만, 베루글린드에겐 아무런 문제가 되지 않았다.

그리고 프루티넬라는 요마의 '심핵'을 파괴했으니 그 힘을 잃어버렸을 거라 생각했는데, 아무래도 상태가 이상했다.

"큭큭큭, 너무나도 고맙다. 소승의 힘을 경계하여 묶어두었던 그 짜증 나는 봉인이 이제 풀렸구나!"

요마의 힘을 완전히 받아들이면서 모습까지 변이하기 시작하고 있었다.

피부는 푸르게 바뀌었고 눈동자는 붉게 빛났다. 하급 요마들과는 전혀 다른 모습이었으며 마치 천사의 것과 비슷한 날개까지 생겨났다.

그가 입은 법복은 요마가 소지하고 있었던 방어구가 변화한 것이다. 당연하지만 오랜 세월을 거쳐 온 것이기 때문에 레전드(전설)급 중에서도 꽤나 상위에 속하는 성능을 자랑하고 있었다.

그의 손에 들린 델리아로부터 빼앗은 창도 석장(錫杖)으로 변했다. 즉, 프루티넬라를 소유자로 인정한 것이다.

프루티넬라 자신의 에너지(마력요소)양이 부족했기 때문에 완전 해방까지 이르지는 못했다. 하지만 그래도 프루티넬라가 느끼기에는 자신의 에너지가 배로 늘어난 것 같았다.

너무나도 엄청난 고양감에 휩싸이면서 프루티넬라는 절정을 느끼고 있었다.

어리석게도 지금의 자신에게 적대할 자는 없다고 생각하면서 한껏 자만에 빠지고 있었던 것이다.

그 모습을 보고 베루글린드는 어이가 없었다.

(혹시 정말로 바보였던 것 아닐까?)

그렇게 고민하면서도 프루티넬라가 마음껏 굴도록 내버려 뒀다. 자신은 절대적인 강자이기 때문에 당황하진 않았다.

그런 것도 모르고 완전체가 된 프루티넬라는 소리를 높여서 웃었다.

"참으로 유쾌하구나. 이 힘이라면 코르느 님에게도 이길 수 있을 것 같다——."

그렇게 큰소리를 칠 정도로 프루티넬라는 전능감에 빠져 있었다.

사실 그 힘은 각성마왕급에 해당될 정도로 높아진 상태인지라, 프루티넬라는 지금까지의 한계를 뛰어넘었다는 것을 실감할 수 있었던 것이다.

하지만 그건 세계관이 좁은 자의 발상일 뿐이었다.

"그건 무리예요. 열 배 이상이나 차이가 나는데 제대로 겨뤄볼 수 있을 리가 없잖아요."

베루글린드가 자신도 모르게 지적을 할 정도로 너무나도 어리석은 착각이었던 것이다.

그런데도 그런 지적을 받은 프루티넬라는 격노했다.

"이것 참. 이 세상의 섭리를 모르는 어리석은 자는 참으로 불쌍하군."

그건 바로 네 얘기야. 본인을 제외한 모든 자가 그렇게 생각했다.

베루글린드도 이제야 겨우 프루티넬라가 자신을 업신여기고 있다는 걸 깨달았다. 그러나 그 이유를 알 수가 없었다. 베루글린드에게 이길 수 있다고 생각하는 듯한 태도를 보이고 있었는데, 무엇을 근거로 그러는 건지 짐작이 가지 않았다.

요마와도 오래 알고 지냈건만, 설마 자신의 역량을 모르는 자가 있을 거라곤 베루글린드는 생각도 하지 못했다.

아니, 말단 팬텀이라면 몰라도 이상하진 않지만, '삼요사' 다음가는 요마이자 과거에 천사였던 상위존재라면 베루글린드의 이름을 듣는 것만으로 겁을 먹고 떨어야 했다.

최강인 '용종'이 눈앞에 있다면 그게 당연한 반응인 것이다.

그런데 프루티넬라의 반응은 너무나 부자연스러웠다.

그래서 베루글린드는 '혹시 내가 잘못 알아들은 건가?'라는 생각을 하면서 판단을 망설이고 말았던 것이다.

"아까부터 거슬리는데 당신, 상당히 무례하군요. 방금 어리석은 자라는 발언도 설마 날 보고 한 것은 아니겠죠?"

오랜 여행을 해오면서 베루글린드는 의외로 참을성이 늘어났다.

스스로의 평가에 따르면 참으로 자애로운 성격으로 바뀌었다고 하지만…… 그 정도는 아니라고 해도 예전보다 어느 정도 부드러워진 것은 사실이었다.

그래서 분노하지 않고 일부러 그렇게 물어본 것인데, 프루티넬라는 눈치도 없이 우쭐거렸다.

"정말로 뭘 모르는군. 보아하니 어느 정도 강한 것 같기는 하다만, 자만에 빠지는 것도 정도껏 해라. 이 세계 말고 세상 전체에는 다른 넓은 세계가 얼마든지 펼쳐져 있다——."

아아, 정말로 모르는구나——. 베루글린드는 이제 이해했다.

요마로서의 자아를 이겨내면서, 프루티넬라의 뜻에 따라 행동하고 있었다는 것을.

그리고 동시에 프루티넬라라는 남자를 불쌍하게 여겼다. 요마에 빙의되면서 지식의 습득을 우선시한 아마리 마사히코와는 대조적으로 이 남자는 힘만을 추구했단 말인가. 그렇게 생각하면서.

(그래서 이자는 정작 중요한 걸 모르고 이렇게까지 우쭐거렸단 말이네.)

그렇게 이해하면서 납득했기 때문에 화를 내기보다는 어이가 없어지고 말았다.

베루글린드는 한창 일장연설 중인 프루티넬라를 무시하고 겐세이 쪽을 보면서 물었다.

"이 남자는 어떻게 하는 것이 정답일 것 같나요? 요마의 핵을 파괴했는데도 힘은 그대로 남아버렸어요. 이렇게 되면 나도 처리할 수가 없어요."

그 말은 곧, 힘을 빼앗을 수가 없다는 뜻이었다.

하지만 프루티넬라는 그녀의 말을 잘못 이해했다.

"크큭큭, 당연하지! 이제 와서 두려워해봤자 이미 늦었다!!"

베루글린드가 자신을 이길 수 없다고 선언한 것——으로 이해한 것이다.

한없이 긍정적인 사고회로를 지닌 남자였다.

"순순히 패배를 인정하는 그 갸륵한 마음가짐을 봐서 너그러이 부하로 받아주겠다. 소승의 자비에 감사하면서 영예로운 내 부하라는 자리를──푸허억──?!"

"입 다물어요."

또 베루글린드의 손뼉 치기가 작렬했다.

그 공격에 전혀 반응하지 못했던 프루티넬라는 지금에야 겨우 이상하다는 걸 알아차렸다.

(혹시 나는 큰 착각을 하고 있었던 것 아닌가?!)

그렇게 생각하여 서둘러 찾고 있던 기억을 읽어 들이려 했다.

하지만 아쉽게도 그건 불가능했다.

조금 전에 베루글린드에게 요마의 '심핵'을 파괴당했을 때 기억 정보도 전부 소실되고 말았다.

(위험해. 이건 위험하다!!)

이유도 정확히 모르는 채, 프루티넬라는 초조한 기분에 사로잡혔다.

그런 프루티넬라를 내버려 둔 채 베루글린드는 겐세이 쪽과 대화를 재개했다.

"당신들도 이 남자가 살아 있으면 귀찮을 것 같은데요. 죽이는 게 좋겠다고 생각하는데, 어떡할까요?"

프루티넬라의 생사는 베루글린드에겐 아무 관심이 없었다.

하지만 방치할 수는 없었다.

오우하루가 살아 있는 동안에는 베루글린드가 있으니까 문제 될 일이 없다. 그러나 그 후에는 어떻게 될지 알 수가 없다.

베루글린드는 책임을 질 생각은 눈곱만큼도 없었으므로 다음 '영혼' 조각을 찾아 여행을 떠날 마음을 먹고 있었다. 그렇게 되면 남겨진 프루티넬라를 막을 수 있는 자가 존재하지 않게 될 것이다.

그리고 이 세계에선 루드라의 윤회가 몇 번이나 반복되고 있다는 것이 판명되었으며, 그 핏줄도 계속 이어지고 있었다. 프루티넬라가 멋대로 굴게 놔두는 것은 베루글린드의 입장에서도 달갑지 않은 일이었다.

겐세이 일행이 대처할 수 없는 것은 명백했으며, 그렇기 때문에 여기서 처리하는 것이 빠른 해결방법이었다.

"그 말씀이 옳긴 합니다만……."

이 자리에는 대 러시암의 관계자가 한 명도 없었다.

자국의 영웅만이 살해당한다면 아무래도 앙금이 남을 것이다. 그게 타당한 판단이었다는 것을 이해한다고 해도 달가워하지 않을 것은 분명했다.

베루글린드는 그걸 우려하여 어떻게 할지를 물었던 것이다.

즉, 프루티넬라를 살려두는 것은 베루글린드가 착해서 그런 것이 아니었다. 자신이 멋대로 죽이면 오우하루에게 폐를 끼칠 우려가 있다는 결론을 내렸을 뿐이었다.

그러므로 판단을 다른 사람에게 맡긴 것이다.

여기 있는 자들은 모두 다른 나라 사람이기 때문에 판단을 내리기가 어려울 것이다. 전원이 의논한 끝에 여기서 프루티넬라를 놓아주자는 선택을 한다면 그건 그것대로 좋다고 생각한 것이다.

아마리 마사히코는 물론이며, 다른 자들도 베루글린드의 의도를 이해했다. 그러므로 사양하지 않고 여기서 진심을 털어놓았다.

"처치하는 것 말고는 다른 선택지가 없겠지. 요마에게 빙의되어 있던 내가 저지른 짓이라고 보고하면 돼. 대 러시암이 내 신병을 요구한다면 망설이지 않고 날 내놓아도 괜찮아."

아마리 마사히코가 그렇게 말하자, 겐세이가 난색을 표했다.

"아니, 처치하는 것에는 동의하지만 네가 희생이 될 필요는 없다. 사정을 설명하고 이해를 구하도록 하자."

이 의견에 동의한 것은 아제리아 사람들이었다.

"그 말이 옳습니다. 사정을 설명해도 정 이해하지 못한다면 그때는 압력을 가하면 됩니다. 우리 아제리아도 돕도록 하죠."

"그 발언은 문제가 있는 것 같습니다. 사령관 각하. 하지만 처치한다는 의견에는 찬성입니다."

"너무 거대한 힘에 빠지면 불행을 부른다──고 했죠. 우리 할아버지가 하신 말씀이에요. 프루티넬라 씨가 불행해진 것도 자업자득이라고 생각하지만요."

데이빗의 발언에 충고하면서 빌리와 에밀도 동의한다는 의사를 보였다.

참고로 에밀의 할아버지인 로랑 헤이즈는 정말로 변변치 않은 일에만 베루글린드를 의지했다. 그런 기억을 떠올린 베루글린드가 미소를 지은 것은 여담이었다.

중화 사람들은 묵인하는 태도를 보였다.

자신들의 국토를 침공당했기 때문에 대 러시암에 좋은 감정을 품고 있을 리가 없었다. 그래서 발언을 삼가하고 있었던 것이다.

마지막으로 아시아 사람들은 살기가 등등했다.

"이유는 어떻게든 갖다 붙일 수 있습니다. 죽입시다."

"그렇군. 델리아를 밀쳐낸 것도 모자라서 무기까지 빼앗았으니, 가능하면 내 손으로 죽이고 싶어."

"뭐, 동감이야. 반대할 이유는 없군."

"나도 동의해."

"……"

동료를 다치게 한 것에 대한 분노도 있다 보니, 그런 식으로 자제하지 않는 발언이 이어졌다.

그 말을 들은 프루티넬라는 자신이 처한 상황이 너무나도 위험하다는 것을 깨달았다.

(이, 이대로 가면 이 베루글린드라는 여자가 나를 죽일 수도 있다. 그렇게 되기 전에——.)

그렇게 생각하면서 기사회생할 방법을 실행에 옮겼다.

남몰래 최선을 다해서 자신의 기를 끌어 올렸다.

그리고 뒤를 보이고 있는 베루글린드에게 기습을 날렸다.

성인으로서의 긍지 따위는 이미 버렸다.

기사도 정신 따위는 생사의 기로에선 의미가 없는 것이다.

"죽는 건 너다! 받아라, 소승의 모든 것을 담은 일격을——!!"

파사격멸신광기(破邪擊滅神光祈)——신불의 가호를 얻어 사악한 악귀를 멸하는 성령교의 신비술이었다. 이 기술에 요마의 힘까지 더해지면서 이 세계에선 과거에 관측된 적도 없을 만큼 방대한 에너지가 뿜어져 나왔다.

그 여파만으로도 피해는 막대했다.

대지가 진동했고 하늘이 삐걱거렸다.

요마의 거점으로 다시 만들어진 기지가 그 충격을 버티지 못하고 붕괴되어 갔다. 공중 폭격을 맞아도 꿈쩍하지 않을뿐더러, 핵 셸터보다도 튼튼하게 지어졌음에도 불구하고 말이다.

프루티넬라와 베루글린드 사이의 거리를 그 공격이 메우는 시간은 1초도 되지 않았다. 그 찰나의 순간에 그 정도로 막대한 피해가 발생한 것이다. 얼마나 대단한 공격인지는 그걸 보면 명확히 알 수 있었다.

(이겼다! 이 위력을 버틸 수 있는 생명체는 존재하지 않는다. 이제 소승이 이 세계의 지배자가──응?)

자신의 승리를 자랑스럽게 선언하려고 했던 프루티넬라는 그 순간을 목격했다.

베루글린드의 무방비한 등에 창 모양으로 집중된 에너지가 박히는 것을.

그랬는데도── 베루글린드는 아무런 상처를 입지 않았다.

효과가 없었다.

효과가 있을 리가 없었다.

그도 그럴 것이 상대는 베루글린드였으니까.

이 대륙조차도 날려버릴 수 있는 에너지가 순식간에 무산되고 말았던 것이다.

"조금만 더 기다리면 결론이 나오니까 얌전히 기다려요."

대수롭지 않은 듯이 그녀가 말하는 것을 들은 순간, 프루티넬라도 깨달을 수밖에 없었다.

베루글린드에겐 절대 이길 수 없다는 것을.

그때 포기했다면, 어쩌면 다른 결말로 끝났을지도 모른다.

하지만 그런 가정은 해봤자 의미가 없는 것이었다.

프루티넬라는 자신의 힘이 부족하다는 사실을 순순히 받아들이지 못한 채, 해서는 안 될 일에 손을 대고 말았던 것이다.

＊

"이것 참. 설마 이 세상에 소승이 이기지 못하는 존재가 있을 줄은 몰랐군. 하지만 너는 소승에게 손을 대지 못할 것이다."

"그건 왜죠?"

"소승은 늘 신중하게 행동했으니까. 늘 선한 사람을 연기했던 것도 원한을 사지 않으려고 조심했기 때문이다. 그러다가 절대적인 승리를 확신했기 때문에 연기를 그만둔 것이었는데, 설마 너 같은 자가 있을 줄은 몰랐구나. 하지만 소승이 승리한다는 사실은 흔들리지 않을 것이다. 이미 계책을 세워두었으니까."

"쓸데없이 말이 길군요. 요점을 말해요."

"크크크, 성격이 급한 자로군. 좋아, 가르쳐주마. 아제리아, 대러시암, 아시아, 이 3개국은 신형폭탄을 개발하고 있었다. 방식은 다르지만 원리는 같지. 뭐, 그건 어찌 되든 상관없지만 중요한 건 그 위력이다."

"설마 그 폭탄으로 나를 죽일 수 있다고 말하는 건가요?"

"아니, 그렇게 생각하진 않는다. 지금의 소승이라면 스스로도 그 위력을 버텨낼 수 있는 자신이 있으니까 너에겐 통하지 않겠지."

"그런가요? 그렇다면 왜 폭탄 이야기를 꺼낸 거죠?"

"조급하게 굴지 마라. 뭐, 불안해지는 심정도 이해가 안 되는 건 아니지만."

이야기를 빙빙 돌리면서 프루티넬라는 베루글린드의 부아를 돋웠다.

그게 그의 계책이라는 것을 이해하면서도 베루글린드는 계속 어울려주었다.

프루티넬라는 자신을 살려둘 것인지 아닌지를 논의하는 중에 기습을 가하려 했던 비겁자이다. 당장 죽여버리는 것이 정답이겠지만, 베루글린드는 이야기를 들어보기로 한 것이다.

그 이유는 간단했는데, 나중에 귀찮은 일이 일어나지 않도록 하기 위해서였다.

스스로 나쁜 꿍꿍이를 꾸미고 있다는 걸 가르쳐준다면 들어주는 것이 예의라고 생각했던 것이다.

굳이 더 말하자면, 무슨 짓을 당해도 괜찮다는 절대적인 자신감이 있는 것도 이유 중의 하나였다.

베루글린드는 지금까지는 비교적 너그럽게 프루티넬라의 이야기를 듣고 있었지만, 다음 발언을 듣고 표정에서 웃음이 사라졌다.

"소승의 계책은 바로 그것이다! 그 폭탄을 훔쳐내서 각국의 수도 상공에서 폭발시킬 생각이지. 이미 소승의 수하들이 각지에 배치되어 있으니 이제 와서 서둘러봤자 이미 늦었다!"

그렇게 터무니없는 계획을 꾸미고 있다는 걸 폭로했기 때문이다.

"그런 말도 안 되는 짓을……! 그런 짓을 했다간 수많은 무고한 국민들이 희생된단 말이다!!"

"헛소리하지 마, 이 자식! 지도층이 사라지면 국가의 질서도 무너지잖아!"

"요마의 계획도 인류를 빙의용 육체로 육성시킨다는 것이 기본

방침이었을 텐데. 네놈은 대체 무슨 생각을 하는 거냐?!"

제각각 소리치는 자들을 둘러보면서 프루티넬라는 일그러진 미소를 지었다.

"실로 유쾌하군. 그렇게 당황하지 마라. 소승도 마음이 괴로우니까. 아마리 공의 말대로 인류를 육성하는 것이 최선이다. 하지만 요마의 수와 비교하면 그 수가 많은 것도 사실이지. 요마가 빙의한 자라면 이 세상에 전란이 일어나도 살아남을 수 있을 것이다. 즉, 우리에게 영향은 없는 것이다. 천천히 살아남은 자들을 모아서 사육하면 그만이다!"

프루티넬라는 계획이 뒤처지겠지만 문제없다고 호언장담했다. 그의 논리는 엉망진창이었지만 틀린 것도 아니었다.

그걸 이해하면서 아마리 마사히코도 입을 다물었다.

겐세이도 얼굴이 창백해지면서 베루글린드 쪽으로 시선을 돌렸다.

프루티넬라가 장황하게 설명한 것은 시간을 벌기 위해서였을 것이다. 즉, 현재진행형으로 계획이 진행 중인 것이다.

이렇게 되면 겐세이를 비롯한 전사들도 아무런 방법이 없었다.

가능성이 있다고 하면, 베루글린드가 쓸 수 있는 '순간이동'에 의존할 수밖에 없는 것이다.

수많은 희생자가 나올 것으로 예상되지만, 그래도 각국의 지도자들만이라도 피신시켜야 한다. 다행히 지금은 전원이 황국에 피난하고 있으니까 베루글린드라면 그들을 탈출시킬 수 있을 거라고 겐세이는 생각했다.

그래서 베루글린드를 본 것이지만, 보지 말았어야 했다고 후회했다.

거기 있는 것은 분노한 여신이었기 때문이다.

프루티넬라의 계획은 베루글린드의 역린을 건드리는 행위였던 것이다.

"소승도 무고한 백성들이 희생되는 것은 비통하게 생각한다. 가능하다면 희생을 내고 싶지 않다는 생각을 하고 있지. 어떠냐? 지금은 소승을 그냥 보내주지 않겠는가? 서로 간섭하지 않기로 한다면 황국을── 아니, 세계의 반을 너에게 넘겨주겠다고 약속하마!"

프루티넬라는 분위기를 파악하지 못한 상태에서 베루글린드에게 교섭을 하자는 제안을 했다. 폭탄을 이용하여 협박하면 충분히 승산이 있다고 생각했다.

하지만 그건 너무 안일한 생각이었다.

"쓰레기 주제에. 나에겐 어떤 비겁한 수를 쓰더라도 허용해줄 수 있지만, 그 사람까지 끌어들이는 짓은 용서할 수 없군요. 당신은 윤회의 흐름 속으로 돌려보내지 않겠어요. '영혼'을 박살 내서 영원한 괴로움을 주도록 하죠."

베루글린드의 본질적인 성격은 가혹하고 격렬했다.

강자이기 때문에 여유 있는 모습을 보여줄 뿐이지, 스위치를 누르면(역린을 건드리면) 바로 이성을 잃었다.

"자, 잠깐! 그러니까 소승도 그럴 생각은 없다고 하지 않는가. ──잠시 내 이야기를 들어봐라! 소승이 멈추라고 지시를 내리지 않으면 부하들이 폭탄을 기폭시킬 것이다! 이미 5개국의 수도 상공에 대기시켜두고 있단 말이다. 지금은 일단 평화롭게──."

"시끄러워요. 이미 대처는 끝났어요."

"뭐?"

무슨 말을 하는 건지 프루티넬라는 이해하지 못했다.

프루티넬라뿐만 아니라 이 자리에 있는 자들도 베루글린드의 발언에 무슨 의도가 담겨 있는 건지 파악하지 못했다.

허세——라고도 생각할 수 있겠지만, 그 발언이 거짓말은 아니라고 느꼈다. 하지만 이 자리에 있으면서 5개국을 동시에 지키는 것은 불가능하다고 생각했다.

그건 좁은 범위에서의 상식적인 판단이었다.

베루글린드에겐 '병렬존재'가 있었기 때문에 아무런 문제없이 대처할 수 있었던 것이다.

오우하루의 곁을 베루글린드가 떠날 리가 없었다. 따라서 황국의 방어는 튼튼했다.

그리고 한 번 가본 적이 있는 장소라면 순식간에 이동할 수 있었다. 아제리아, 아시아, 대 러시암, 그리고 중화. 그 모든 장소에 베루글린드는 들러본 적이 있었다.

모든 문제는 해결되었다.

오우하루의 곁에 있던 베루글린드로부터 '병렬존재'가 분리되면서 각국으로 흩어졌다. 그리고 숨어 있는 요마를 찾아내서 신형폭탄과 함께 날려버린 것이다.

"말도 안 돼. 그건 불가능해. 그런 말도 안 되는 일이 있을 수가——?!"

필사적으로 부하와 연락을 취해보려고 했지만 이미 전멸해버렸으므로 응답하는 자는 없었다. 그런 현실을 직접 접하면서 프

루티넬라의 얼굴이 공포로 일그러졌다.

눈앞에 있는 미녀가 얼마나 위험천만한 존재인지를, 진정한 의미로 이해한 것이다.

"용서, 용서해주십시오……."

"안—돼."

분노한 미녀의 얼굴만큼 무서운 것은 없다고 한다.

그 말이 사실이었다는 것을, 그 자리에 있던 자들은 모두 이해했다.

"안 돼, 안 돼애애————."

"카디널 액셀러레이션(작열룡패가속려기, 灼熱龍覇加速勵起)."

도망치려고 한 프루티넬라의 뒤에서 초신성이 폭발한 것 같은 섬광이 번뜩였다. 그 열선에 싸이면서 프루티넬라의 '영혼'은 산산이 부서지면서 사라졌다.

피해는 그것만으로 끝나지 않았다.

베루글린드는 최대한 규모를 줄여서 쓰려고 했지만, 그 공격에는 이 대륙의 1/3이 소실되기에 충분한 위력이 담겨 있었던 것이다.

살아남은 자들은 아연실색할 수밖에 없었다.

자신들 앞에 서 있는 여신이 너무나 아름다우면서도 무시무시하게 느껴졌다.

여담이지만, 베루글린드의 카디널 액셀러레이션에 의해 이 세계와는 관계가 없는 장소에도 피해는 발생했다.

차원이 다른 곳, 프루티넬라에게 빙의한 요마의 두목——'삼요사' 코르느에게도 '시공연속공격'에 의한 여파가 전해진 것이다.

'명계문'을 열려고 했던 것이 오히려 화근이 된 셈이었는데……
이번 일로 인해 코르느는 자신의 군단을 모두 잃었으며, 자신도
또한 쾌유되기까지 수십 년이 걸릴 정도로 크게 다쳤다.

실로 끔찍한 피해였지만, 그건 베루글린드가 알 수 있는 일이
아니었다.

＊

"뭐, 여신이란 존재는 먼 옛날부터 그런 존재였으니까 말이지.
분노하게 만든 인간 측이 명백히 잘못했으리라고 생각한다."

그건 모든 사정을 전해 들은 후에 오우하루가 한 말이었다.

"미안해요. 힘 조절을 꽤 많이 했다고 생각했는데, 제가 생각보
다 힘이 더 늘어난 것 같아요."

귀엽게 말해도 소용이 없었지만, 그걸 지적하는 자는 없었다.

그건 오우하루도 마찬가지였다.

베루글린드가 저지른 짓이니 용서할 수밖에 없었던 것이다.

다행히도 피해는 막대하다──는 한마디로 끝낼 수 없을 정도
로 컸지만, 사망한 자는 프루티넬라 한 명뿐이라 적었다.

요마의 거점이 되어 있던 아제리아 해군기지에서 군용항구까
지 포함하여 숨겨진 후미에 이르기까지의 지역이 완전히 소멸했
다. 그 여파로 인해 바다에도 난리가 나면서 천재지변에 가까운
현상이 일어났지만 베루글린드가 나서서 진정시켰다.

증발한 바닷물이 폭풍우를 불렀지만 기후조작으로 큰일이 일
어나지 않게 마무리했다.

소실된 후미는 마그마로 변했지만, 그것도 문제없이 처리했다.

사라진 숲도 있었지만, 하이 힐(상위회복)을 대지에 거는 말도 안 되는 기술을 선보였으며, 그로 인해 그날이 지나가기도 전에 새로운 환경이 탄생한 것이다.

뭐, 결과만 놓고 말하자면.

지형이 변했지만 영향은 경미하다──는 결론으로 정리되었다.

이리하여 요마의 침략이라는 인류의 위기는 그 성격을 종잡을 수 없는 여신의 도움을 받으면서 무사히 해결된 것이다.

그리고 몇 년 후──.

베루글린드는 두 번 다시 인류의 역사에 개입하지 않았다.

오우하루가 그걸 바라지 않았기 때문이다.

그녀의 힘은 초월적이었다.

마법이 없는 이 세계에선 베루글린드가 나서면 모든 일이 실없는 문제로 끝났다.

그래서 인간에게 모든 것을 맡겼다.

인간이 실패하는 일도 있겠지만, 그걸 경험하는 것도 최종적으로는 인류를 위한 일이 될 것이라고 그녀를 타일렀던 것이다.

오우하루의 옆에서 평화로운 시간을 보내면서, 여신은 인간의 번영과 발전을 지켜봤다.

이윽고 그런 시간이 끝날 때가 찾아왔다.

오우하루의 수명이 다한 것이다.

베루글린드와 오우하루의 가족이랑 가까운 심복들은 물론이고, 그녀 및 오우하루와 관계가 있는 자들이 모두 모여 있었다.

그들이 지켜보는 가운데 잠들어 있던 오우하루가 눈을 떴다.

"짐은 만족한다. 여신에게 사랑을 받는 행운을 얻으면서 안녕을…… 향유할 수 있었다. 남겨두고 가는 그대들이 걱정이지만…… 짐 때문에 다투는 것은 허락할 수 없다. 언제나 대화를 통한 해결을 추구할 것을…… 명심해라. 어떤 식으로든 분쟁은 하찮은 일이다――――――."

그게 오우하루의 마지막 말이었다.

분쟁이나 싸움이라는 것은 자신 때문에 일어난다면 참을 수 있는 일이다. 하지만 그게 사랑하는 자 때문에 일어난다면 절대 물러설 수 없는 것이 된다. 자신만이 아니라 사랑하는 자들의 명예까지 실추되기 때문이다.

반대로 말하면, 그런 감정을 자극하여 공포심을 없애는 방법도 동원할 수 있지만―― 그런 방법을 국가나 종교가 주도하는 짓은 절대 허용될 수 있는 행위가 아니었다.

자신이 아니라 남을 위해서 그러는 것이라고 말하면 듣기에는 좋겠지만, 그건 상대에게 책임을 떠넘기는 행위이기도 하다. 자신의 책임은 자기 자신이 져야 한다고, 오우하루는 그런 생각을 전하려 한 것이다.

격동의 시대를 어쩔 수 없이 살아야 했던 오우하루는 분쟁이 없는 세계를 만들고 싶다는 소원을 품고 있었다.

어떻게 하면 그런 바람이 이뤄질 수 있는지는 몰랐지만, 정답을 계속 생각하고 있었던 것이다.

자신의 책임은 자신이 질 것.

늘 상대를 이해하려는 노력을 게을리하지 않고 대화를 통한 상호이해를 추구할 것.

이 두 가지를 유언으로 남기고 오우하루는 세상을 떠났다.

온화함으로 가득 찬 그의 표정을 보니 편안하게 죽은 것은 틀림없었다.

"수고했어요. 저는 당신을 자랑스럽게 여기고 있답니다."

숨을 거둔 오우하루의 얼굴을, 베루글린드는 자상한 손길로 어루만졌다. 그러자 그의 몸이 빛나기 시작했다.

빛은 작은 결정으로 바뀌었고 반짝이는 '영혼'의 조각으로 흡수되면서 사라졌다. 그걸 자신의 가슴에 품으면서, 베루글린드는 사랑스럽고도 애절한 눈물을 흘렸다.

*

그건 그렇고 루드라의 전생체인 오우하루가 죽은 지금, 베루글린드가 이 땅에 남아 있을 이유는 없었다.

"그러면 난 이만 가겠지만, 당신들도 잘 지내요."

이제 두 번 다시 만날 일은 없겠지만 말이죠──. 그런 말은 속으로 삼킨 채, 베루글린드가 작별인사를 했다.

마음은 굳이 말로 하지 않아도 전해지는 법이라고 한다.

"롱판 님, 저는 당신을 따라가고 싶습니다."

"그건 무리에요."

"그럴지도 모르죠. 하지만 그렇다고 포기하는 것보다는 희망을 가지고 싶습니다."

"그러네요── 나도 이 세계에는 몇 번이나 찾아온 것 같고, 세상에 절대적인 건 없으니까 말이죠. 열심히 노력해봐요."

"네!!"

쉔파가 기쁜 표정으로 대답했다.

그 대화를 듣고 있던 자들 중 몇 명이 그녀와 같은 꿈을 가지게 되었다.

그들도 매료되었던 것이다.

진짜 여신을 직접 보고 있으면서 저 신성한 기운에 동경을 품지 않을 수가 없었다.

그리고 쉔파와 마찬가지로, 언젠가 베루글린드와 다시 만나고 싶다는 소원을 가슴 속에 품은 것이다.

"그러면 다시 또 어딘가에서 만나기로 하죠."

아마리 마사히코가 작별인사로 한 말이 그때 모든 자들이 느낀 심정을 대변한 것이었다.

베루글린드는 희미한 미소를 지었다.

그때 그녀가 무슨 생각을 한 것인지는 명확하지 않았다.

하지만 그 미소를 본 자들의 마음을 사로잡고 말았다.

"그래요, 다시 또 어딘가에서 만나죠."

베루글린드는 기대된다는 표정으로 그 말을 남긴 뒤에 그 자리에서 날아올랐다.

베루글린드가 사라진 후 수십 년의 세월이 흘렀다.

인류는 다시 평화를 향유하고 있었다.

야심이 있는 국가도 있었지만 이번 소동으로 인해 콧대가 꺾어진 상태였다. 몇 세대 동안은 얌전하게 굴 것이니 당분간 전쟁은 일어나지 않을 것이다.

조지는 아제리아 합중국으로 돌아가서 대통령으로서의 임기를 마쳤다. 그 후에는 아들인 에밀을 뒤에서 도와주게 되었다.

그 에밀은 예능사무소를 설립했다. 전쟁이나 기근 등으로 힘들고 괴로웠던 세상을 조금이라도 밝게 만들고 싶다고 생각한 것이다.

천재적인 사기꾼의 재능을 물려받은 에밀에게 그 일은 천직이었다. 그의 활동에 따라 세상은 조금씩 밝아질 것이다.

그 일을 도와준 자는 아마리 마사히코였다.

그는 평화조약을 맺자마자 군에서 퇴역했다. 모든 전쟁책임을 자신이 지는 것으로 하고 사직을 청원한 것이다.

당시에 아직 살아 있었던 오우하루는 그 요청을 허락했다. 아마리 마사히코에게 어떤 밀명을 내린 뒤에 황국에서 풀어준 것이다.

자유롭게 된 아마리 마사히코는 에밀과 합류하여 그에게 자금을 원조했다. 그뿐만 아니라 끝을 알 수 없는 인맥을 동원하여 불과 몇 년 만에 예능사무소를 메이저급으로 불릴 만한 수준으로 급성장시켰다.

무시무시하고 악랄한 수법을 동원했다는 소문이 돌고 있었다. 마피아 조직도 몇 군데나 부리면서 밖으로 드러낼 수 없는 생활을 한 것 같았다.

그래도 두 사람의 교류는 계속 이어졌으며, 무슨 문제가 일어나면 에밀은 아마리 마사히코를 의지했다. 그리하여 에밀이 세운 예능사무소는 아제리아 합중국뿐만 아니라 전 세계에 그 이름이 알려진 대기업으로 부상하게 되었다.

잠시 다른 이야기를 하자면, 이 예능사무소에는 재미있는 소문이 있었다.

　‥‥‥‥‥‥‥‥‥.

　‥‥‥‥‥‥.

　‥‥‥.

　에밀의 사무소를 대표하는 연예인은 롱파라는 이름을 가진 미녀였다. 몇 년 정도 활약하다가 은퇴했으며, 또 몇 년이 지나면 다시 활동을 시작했다.

　당연히 대를 이어 계승한 자들에 의해 그 이름이 이어지고 있는 것이지만, 그 맨얼굴이 수수께끼에 싸여 있다는 것은 유명한 이야기라고 할 수 있었다.

　그런데 그 소문에 따르면 그녀의 본명은 쉔파라고 했다. 신기하게도 그 모든 롱파의 본명인 모양이다.

　실로 꿈만 같은 소문이었다.

　설마 그 전원이 동일인물일 리는 없겠지만, 그런 느낌을 계속 주었기 때문에 팬들의 입장에선 그녀의 팬이 된 보람이 있었다.

　‥‥‥‥‥‥‥‥‥.

　‥‥‥‥‥‥.

　‥‥‥.

　그런 화제가 주간지 등에서 다뤄지기도 했지만, 정말로 동일인물이라는 것은 굳이 말할 필요도 없었다.

　쉔파는 베루글린드의 오라(용기)를 받으면서 늙지 않는 육체를 손에 넣었다. 이대로는 인간사회 속에서 살아가기가 어려울 것 같은지라 아마리 마사히코에게 부탁했던 것이다.

　쉔파뿐만이 아니었다.

리진롱이나 델리아처럼 자력으로 요마에게 이긴 자들은 그 힘을 받아들이면서 '선인'이 되었다.

그런 자들은 그 밖에도 더 있었다.

요마에게 빙의되었던 장병들은 대부분이 베루글린드의 손에 의해 요마에게서 해방되었다. 하지만 그중에는 '선인'으로 각성한 자도 있었다.

그런 자들도 아마리 마사히코의 밑에 모였다.

아라키 겐세이랑 미나모토 사부로가 그런 자들에게 마를 물리칠 수 있는 검술인 '오보로 심명류'를 가르쳤다. 이리하여 다음 세대의 강자가 자라나게 되었다.

이자들이 중심이 되어서 초국가규모의 요괴 및 요마 대항조직이 탄생하게 된 것이다.

이윽고 찾아올 약속의 날까지, 그들의 전쟁은 아직 끝난 것이 아니었다.

제3장

격동의 나날

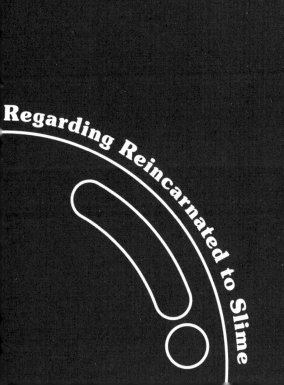

Regarding Reincarnated to Slime

내 이름은 칼리굴리오.

동쪽 제국 안에서 가장 큰 세력을 자랑하는 기갑군단의 군단장이었던 남자다.

그때의 나는 그저 한없이 어리석었다.

루드라 폐하를 위한 일이라고 말하면서 자신의 영달만을 바라보고 있었지.

출세한 게 대단한 일이 아니라는 것을, 지금의 나는 이해하고 있었다.

그야 뭐 아직 40세가 되기 전에 군단장이 되었다면, 하급귀족 출신치고는 큰 출세이긴 하다. 내가 결혼한 가문이 지닌 남작 작위 따위는 군단장이라는 위치에서 보면 쓰레기처럼 느껴지니까 말이지. 그걸 핑계로 삼아선 안 되겠지만, 자만심에 빠지는 것도 무리는 아니라는 생각한다.

물론 지금은 반성하고 있다.

무엇보다 지금의 나는 내가 결혼한 가문에서 쫓겨난 입장이다.

나는 기사작위를 가진 집안 출신이었으며, 그 당시에는 우리 가문이 모시던 주인 집안인 남작가 아가씨의 신랑감으로 선택되었다.

뭐, 행복하긴 했다.

상대가 바람을 피우면서 헤어지기 전까지는.

아내는── 아니, 전처는 당시의 나에겐 무엇과도 바꿀 수 없는 존재였다. 세상에서 가장 아름다운 여자라고 생각했으며, 나는 제국에서 가장 행복한 사람이라고 생각했었지.

아내도 같은 마음이어서 나를 선택해주었다고 생각했는데, 그렇지 않았다. 그건 나의 독선적인 생각이었다.

1년이 지나고 장인어른이 돌아가신 순간, 나는 버림받았다.

지금도 기억하고 있다.

아니, 가끔 악몽으로 나와서 나를 괴롭히긴 하는데, 그때 그녀가 지은 표정과 그녀가 했던 말은 잊을 수가 없는 것이었다.

'멋진 꿈을 꾸었겠죠? 가난한 기사였던 당신이 귀족 흉내를 낼 수 있었으니까. 하지만 그것도 이젠 끝났어요. 아버님의 명령 때문에 어쩔 수 없이 결혼하긴 했지만, 이젠 나도 자유예요. 하지만 잘못은 당신에게 있어요. 왜냐하면 당신에겐 아기를 잉태시킬 수 있는 능력이 없으니까.'

절규하고 싶을 정도로 절망했었지.

그 말을 들은 순간 무슨 뜻인지 이해가 되지 않았지만, 그 여자가 나에게 보여주듯이 손에 든 병을 보면서 바로 알아차렸다.

나에게 약을 먹였다──는 것을.

헤어지는 것을 거부하고 법에 호소하는 방법도 있었을 것이다. 하지만 남작가가 적이었다.

전처에겐 이미 상인인 애인이 있었으며, 그자가 돈이 많은 것도 있어 최악의 상황이었다. 남작가의 하인들은 이미 다 매수가 되었으니까.

상인은 귀족의 지위를.

전처는 사치스러운 생활을 손에 넣은 것이다.

장인어른은 검소하게 살더라도 귀족으로서의 긍지를 지니라고 늘 말씀하셨는데 말이지…….

그 여자는 그런 것도 싫었던 모양이다.

뭐, 이제 와서 무슨 소용이 있을까.

그때의 나는 주인으로서 나를 돌봐주던 주인 가문을 상대로 이의를 제기한다는 생각 자체를 하지 못했다. 그리고 내 부모님은 어릴 적에 사고로 돌아가셨기 때문에 반대하는 자는 아무도 없었던 것이다.

그래서 뭐, 쫓겨나듯이 남작가를 떠난 것도 어쩔 수 없는 일이었다.

생각해보면 그게 원동력이 되었다.

사랑하는 자에게서 배신당한 분노와 증오가 나를 자극하여 움직인 것이다.

언젠가는 출세하여 복수하겠다고.

아직 20대가 된 지 얼마 되지 않은지라 그때의 나는 젊었다. 원한을 에너지로 바꿔서 나는 필사적으로 앞뒤 가리지 않고 노력했다.

몇 번이나 사선을 넘었으며 커다란 공도 세웠다.

지저분한 짓도 개의치 않았으며 뒷공작도 익숙해지게 되었다.

사이가 가까워진 상인도 생기면서 내 권한으로 최대한 많은 돈을 융통하기도 했다. 뒷돈도 받아 챙겼고 그걸 귀족들에게 돌리면서 인맥을 만들었다.

그런 식으로 지위를 높이기 위해 노력한 결과, 나는 20대 중반에 보좌관 클래스까지 출세했다.

기사학교를 졸업했기 때문에 준위로 시작했으니, 쉽게 말해서 1, 2년 간격으로 계속 승진하는 기세를 유지하고 있었던 것이다.

이건 상당히 빠른 속도였지만, 제국에선 힘이야말로 정의였기 때문에 나는 성공할 수 있었다.

그 무렵부터 나는 군부를 장악하면서 자신의 파벌을 만들기 시작했다.

그런 시기에 알게 된 자가 미니츠였다.

미니츠는 귀족 출신이면서도 싸우는 걸 좋아하는 괴짜였다. 군을 그만두고 집으로 돌아가면 나 같은 자보다 더 높은 지위를 누릴 수 있는데도 일부러 전장으로 출전하는 그의 속을 이해할 수가 없었다.

하지만 유능한 것은 분명한 사실이었기 때문에 나는 그자를 이용했다. 딱히 그의 호감을 사거나 존경을 받고 싶은 마음도 없었기 때문에 뻔뻔하게 돈을 마련해오도록 시키기도 했다.

미니츠는 괴짜였기 때문에 오히려 재미있어하며 내 명령에 따라주었다. 뭐, 그자는 그자 나름대로 나를 이용했을 테니까 피차 마찬가지겠지.

우리 사이에는 일치된 이해관계만이 존재했지만 신뢰하고 있었던 것도 사실이다. 내가 출세를 목표로 하는 한은 늘 전장을 추구하게 될 것이다. 미니츠가 그런 나를 이용할 생각을 하고 있다면 어떤 명령이든 따를 것이라고 나는 생각했다.

어디서 죽든지 나에겐 가족이 없으니까 말이지. 아무런 불안도 없었기 때문에 대수롭지 않게 무모한 시도를 할 수 있었다.

이리하여 나와 미니츠는 희한한 신뢰관계로 맺어졌다.

그런 우리에게 가담한 남자가 캔자스였다.

군부의 문제아로 유명했던 남자였지만, 나에게 중요한 것은 써먹을 수 있느냐 아니냐 하는 것이었다.

결과는 합격.

그건 캔자스도 마찬가지였던 모양이다.

어떤 작전도 용인했기 때문에 캔자스는 나를 마음에 들어 했다. 그 당시에도 압도적인 실력을 자랑하고 있었지만, 그자에 대한 군부의 평가는 낮았다.

명령위반도 잦았고 전장에서 폭주하는 일도 다반사였다. 부려먹기 어렵다는 이유로 내 밑으로 전속되었지만, 나로서는 큰 소득이었다.

나는 미니츠뿐만 아니라 캔자스도 마음껏 이용했다.

평범한 자라면 주저할 만한 작전도 아무렇지 않게 입안하여 실행시켰다.

그런 식으로 성과를 계속 내면서, 아무도 뭐라고 하지 못할 지위를 손에 넣은 것이다.

＊

나는 30대 초반의 나이로 장관급까지 진급했다.

그 무렵부터 나는 전선에 나가는 일이 적어졌다.

젊었을 때 먹은 독 때문에 왼쪽 눈이 실명했기 때문이다.

그렇다고 힘이 떨어진 건 아니었다. 당시에는 이미 과학이라는 새로운 힘이 해명되고 있었기 때문에 정교한 의안을 마련하는 것도 어렵지 않았기 때문이다.

단, 적대자를 방심시키기 위해서라도 왼쪽 눈은 안대로 계속 가리고 있었지만 말이지.

나이가 들면서 힘이 줄어드는 것을 느끼리라 생각했는데, 나는 훨씬 더 정력적인 사람이 되었다. 외모는 나이에 맞게 바뀌었지만, 내면은 기력으로 가득 채워진 것 같다는 느낌이 들었다.

항상 전성기인 것 같았다. 그래서 나에겐 두려운 것이 없었다.

서열강탈전에도 관심이 있었지만, 군부를 지배하는 것을 우선했다.

대장의 지위가 손이 닿는 곳에 있었다. 그렇게 되자 황제폐하의 로열 나이트(근위기사)가 되는 것보다 권력을 쥐는 게 더 낫겠다고 생각했다.

나는 자신의 파벌을 계속 늘려갔다.

가드라 노사를 이용하여 기갑군단의 전력강화도 순조롭게 진행시켰다. 친분이 있는 상인들로부터 돈을 제공받아서 근대화개수에도 성공했다.

그런 식으로 착실히 준비해나갔고 실적을 쌓으면서 나는 30대 후반이라는 젊은 나이에 제국의 3대 '대장' 중의 한 명으로 임명되었다.

내 인생에 봄날이 찾아왔다는 건 바로 이걸 말하는 것이었다.

그래서인지 업무를 보는 사이에 문득 그런 생각이 떠올랐다.

나를 내쫓은 자들은 지금 어떻게 지내고 있을까.

사람을 시켜서 조사해본 결과, 내가 무슨 짓을 하지도 않았는데 이미 곤궁한 처지에 빠져 있었다.

어쩌다가 그렇게——. 군이 깊게 생각하지 않아도 답을 떠올릴 수 있었다.

당시의 나는 그자들을 파멸시킬 힘을 손에 넣었었다. 그것도 차고 넘칠 정도로.

그자들이 나를 내쫓은 이야기는 유명했기 때문에 내가 무슨 짓을 하기도 전에 부하들이 알아서 움직인 것이다.

부하들도 직접적으로 무슨 짓을 한 건 아니었다.

그저 거래처에 슬쩍 나와 그자들의 사정을 귀띔해준 것뿐이었다.

각하에게 그런 짓을 한 자들과 아직도 어울리고 계신단 말입니까——라고.

그 말을 들은 어용상인들은 싫어도 거리를 둘 수밖에 없었을 것이다. 그도 그럴 것이 나는 하늘을 나는 새도 떨어트릴 만한 기세로 출세가도를 달리고 있었으니까.

그리고 무엇보다 제국의 경제체제는 서쪽 국가와는 달리 자유경제가 허용되지 않았다.

원칙상 상업 활동이 허용되는 것은 귀족과 군부뿐이었다.

귀족은 자신이 거느린 상인에게 대신 장사를 시킬 권리를 가지고 있었다. 그리고 귀족에게 소속된 상인은 장사하여 얻은 이익에서 급료를 받는 형식으로 고용되어 있었다.

그렇기 때문에 나에게서 아내를 빼앗은 남자는 귀족의 지위를 원했을 것이다.

상위 귀족에게 소속된 상인으로 활동하면서 아들이나 딸을 귀족과 결혼시켜 인연을 맺는다. 그런 식으로 상업 활동을 할 수 있는 권리를 합법적으로 획득하는 것은 옛날부터 자주 쓰던 수법이었던 것이다.

그런 식으로 남작이 된 것은 좋았지만…… 내가 출세해버린 것은 오산이었겠지.

비웃고 업신여기면서 내쫓았던 남자가 설마 했던 제국의 대장이 된 것이다.

군부에겐 막대한 예산이 배당되기 때문에 그 돈으로 상품의 매매를 할 수 있게 된다. 그런 거래를 상인들을 시켜 운용할 수 있는 권리를 가진 것이 장관급의 지위를 가진 자였다.

3대 군단의 하나를 맡고 있는 대장쯤 되면 그 권리가 얼마나 막대한지 능히 짐작할 수 있을 것이다. 방대한 군단예산을 전부 좌지우지할 수 있는 것은 아니지만, 그 권력은 백작보다 더 높은 수준이라고 할 수 있었다.

남작 따위가 감히 대항할 수 있는 수준이 아닌지라 거래처가 알아서 그를 피하고 꺼리는 바람에 결국 장사를 할 수 없게 된다.

그 이야기를 듣고 허망한 기분을 느꼈다.

내 손으로 복수해주고 싶었는데, 내가 모르는 곳에서 이미 복수는 이뤄진 것이다.

하지만 그렇다고 해서 동정하는 모습을 보여줘선 안 된다고 생각했다.

나는 한 번 배신을 당한 몸이다. 여기서 안일한 대응을 했다간 그 빈틈을 노리는 자들이 늘어날 것이다.

내가 대장이라는 지위까지 올라갈 수 있었던 이유 중에는 아이를 만들 수 없는 몸이라는 것도 포함되어 있었다.

군에서 출세한 자는 퇴임 후에는 귀족의 지위를 받게 된다. 그의 활약에 따라서 작위도 높아지는 것이다.

그런 점에서 보면, 나에겐 아이도 없으며 앞으로 생길 수도 없었다.

아무리 높은 작위를 받더라도 내가 살아 있는 동안에만 유지될 것이다. 다른 귀족들에게는 위협이 되지 않았던 것이다.

귀족이 사병을 보유하는 것을 군부가 싫어하는 것처럼, 군부의 인간이 부를 얻는 것은 귀족이 싫어한다.

귀족은 돈을, 군부는 무력을.

이런 철저한 구분이 중요했다.

이렇게 서로의 영역에 개입하는 것은 터부(금기)로 여기고 있던 것이다.

그렇기 때문에 상급 군인들 중엔 독신자의 비중이 높았다.

가족이 없어야 뒤탈 없이 전장에 설 수 있다는 이유도 있었지만, 본질적인 이유는 귀족과의 세력다툼이라는 측면이 더 중요했기 때문이었다.

그런 생각을 하던 중에 내 머릿속에서 뭔가가 번뜩였다.

나를 배신한 자들은 가난하게 살고 있긴 하지만 아직 파멸한 건 아니지 않은가.

하늘의 계시를 받은 듯한 기분이었다.

나에겐 아직 할 일이 남아 있었던 것이다.

그자들이 아직 살아갈 수 있는 것은 귀족이기 때문이다.

낮은 작위이긴 하지만 남작이라는 지위가 있으니까 봉록으로 먹고 살아갈 수 있는 것이다.

그렇다면 그 지위를 빼앗아서 철저하게 파멸시켜야겠지.

그리고 그 밖에도 숙청해야 할 자들이 있었다.

그 남자의 아버지도, 그 아버지를 고용한 백작도 그렇다.

그자들만 없었다면 나는 불행해지지 않았다.

적을 전멸시키지 않으면 당하는 것은 나 자신이다.

하지만 백작을 파멸시키려면 지금보다 더 큰 힘을 손에 넣을 필요가 있었다.

그때부터였다.

나는 더 높은 지위를 목표로 삼았고, 누구에게도 지지 않을 힘을 손에 넣고 싶다는 바람을 가지게 된 것이다.

●

"그런 생각을 하면서부터는 그런 집념에만 정신이 팔렸지. 자신이 하고 있는 짓이 얼마나 천박하고 지저분한 것인지 이해는 하더라도 보려고 하지 않았다고 할까."

"그렇긴 했지. 그때의 너는 보고 있으면 썩 기분이 좋진 않았어."

"그랬다면 날 저버렸으면 되었을 것을. 그렇게 했으면 네가 대장이 되었을 텐데."

"내 성격에 안 맞아. 그리고 네가 싫은 것도 아니었거든, 캔자스도 그랬지만, 나는 착한 사람이든 나쁜 사람이든 내 마음에 드는 인간과는 계속 어울리고 싶어 하는 성미야."

"흥! 정말 희한하다니까, 너란 녀석은."

"스스로도 알긴 하지만 너한테 듣고 싶지는 않군."

그렇게 말하면서 남자들은 서로를 보며 웃었다.

40대 정도의 비쩍 마른 군인과 세련된 슈트를 입은 남자, 칼리굴리오와 미니츠였다.

두 사람이 이야기를 나누고 있는 장소는 미궁 안에 있는 특별 회원전용인 '엘프의 가게'였다. 그곳에서 다양한 종류의 술을 즐기면서, 둘만의 반성회를 가지고 있었다.

이 가게는 원래 엄선된 손님만 이용할 수 있었다. 자신의 힘으로 그곳까지 도착할 수 있었던 자나 신분조사를 받는 것은 물론이고 규정된 요금을 낸 자만이 들어갈 수 있다.

두 사람이 이용할 수 있는 시설이 아니었지만, 전날 개최된 정상회담 후에 제국 간부들에게도 개방되었다.

이번 전쟁에서 있었던 일은 깨끗이 잊어버리고 앞으로는 좋은 관계를 구축하고 싶다는 리무루의 의도가 담겼다.

당연히 두 사람도 그걸 이해했다.

그렇기 때문에 사양하지 않고 이렇게 이용하였다.

"뭐, 그 후에는 너도 알고 있다시피 군단을 장악해서 세계정복을 노렸지. 그리고 이 나라에게 패하면서 이렇게 된 거야."

"패했다는 건 그나마 에두른 표현이군. 상대가 되지 않았다는 것이 정확한 표현이야."

"후훗, 그건 그렇군."

"나도 만족했어. 이 세상에는 루드라 폐하랑 '원수'──베루글린드 님 말고도 상상을 초월하는 강자가 있다는 것을 직접 겪어봤으니까 말이야."

"이해가 안 되는 취향이지만 만족했다면 다행이로군. 그건 그렇고 동생과 화해할 생각인가?"

칼리굴리오가 그렇게 묻자, 미니츠는 허무한 듯한 미소를 지으면서 고개를 끄덕였다.

"그럴 수밖에 없겠지. 그 녀석은 후작의 자격으로 귀족들을 이끌고 있으니까. 마사유키 님이 새로운 황제로 즉위하신 이상, 그분을 최선을 다해 보필하는 것이 우리가 할 일이야."

미니츠는 후작 가문 출신이었다.

자신의 재능만으로 승부해보고 싶다는 이유로 군에 들어가서 현재의 지위를 쟁취했다. 애초에 후작 가문 수준이면 그 영향력은 대단했기 때문에 상당한 우대를 받은 것은 틀림없었다.

그래도 미니츠는 실력이 있었기 때문에 아무도 그를 우습게 보지는 않았다. 그런 짓을 한 자는 그가 직접 나서서 자신의 어리석음을 깨닫게 해줬기 때문이다.

미니츠의 친가는 동생이 작위를 이어받아서 후작이 되었다. 귀찮은 일을 떠넘기다시피 한 터라 동생으로부터 상당한 원망을 받고 있다고 한다.

그런 이야기를 들은 지 얼마 되지 않았던 칼리굴리오는 이제 곧 화해할 것이란 이야기를 듣고 안도했다.

(뭐, 내 경우는 화해한다는 게 아예 논외니까 말이지.)

자신의 상황에 비교한다면 그나마 나은 편이라고 칼리굴리오는 생각했다.

친가의 재력을 마음대로 쓰고 있는 시점에서 미니츠는 큰 혜택을 누리고 있었다. 그에 걸맞은 실력이 있기 때문에 주목을 받지 않은 채 넘어가고 있지만, 이러고도 무능한 자였다면 방탕한 형이라는 표현도 아까웠을 것이다.

실제로 그렇게까지 미움을 받고 있진 않을 것이라고, 칼리굴리오는 생각했지만…….

형님은 비겁합니다── 라는 불평을 듣는다고 하는데, 누구라도 그렇게 생각할 것이라는 감상밖에 느껴지지 않았다.

그런 짓을 해도 허용되는 것은 미니츠이기 때문일 것이다.

그래서 칼리굴리오도 이 무책임한 남자에게 못을 박았다.

"그렇군. 잘 부탁하겠네, 새로운 재상님."

귀족의 책무를 포기하고 도망친 미니츠였지만, 마사유키가 황제가 된 새로운 체제에서 제국 최고의 권력을 가진 재상이라는 직책에 임명되게 되었다.

'아까는 회의장의 분위기 때문에 그렇게 말하긴 했습니다만…… 역시 잘 생각해보니 제가 황제가 되는 건 정말 무리라고요! 정치 같은 건 공부해본 적도 없고── 아니, 고등학교 수업에서 배우긴 했지만, 그건 시험에 나오는 범위를 슬쩍 조사한 수준에 불과하다고요!'

'하하하, 이제 취소는 할 수가 없을걸?'

'역시 그럴까요?'

'당연하지! 나도 어떻게든 해내고 있으니까 너도 잘 맡아서 할 수 있을 거야!'

'리무루 씨는 너무 낙천적이에요!! 진지하게 말하겠는데 무책임한 소리를 함부로 뱉지 말라고요!'

'하하하, 괜찮아. 다들 널 도와줄 거야.'

'그 눈은 완전히 남의 일로 생각하는 눈인데요? 아니, 같은 처지의 동료가 생겨서 기쁘다는 표정을 짓고 있잖아요!'

'그, 그럴 리가 있나. 그리고 너에게도 의지할 수 있는 동료들이 있잖아. 저기 있는 미니츠 씨라면 큰 도움이 될 거라고 생각하는데.'

그런 대화를 마사유키와 리무루가 나누고 있었던 것이다.

미니츠도 그 자리에 있다가 리무루와 시선이 마주친 것이 패착이었다.

리무루의 예상 못 한 변덕도 문제였지만, 회의장에서 눈에 띈 것도 실수였다. 능력이 있는 남자라고 인식해버렸는지 마사유키의 의논상대로 임명된 것이다.

그 결과가 재상이라는 직책이었다.

정말 황당한 일이었지──. 그렇게 말하면서 미니츠도 쓴웃음을 지을 수밖에 없었다.

나를 제대로 보좌해주세요──. 그런 부탁을 마사유키로부터 직접 듣고 말았으니, 거절을 할 수가 없는 상황이었다.

베루글린드의 시선이 두렵기도 했지만, 이러니저러니 해도 미니츠도 마사유키를 아주 좋아했기 때문이었다.

지금 문제가 되는 것은 현직 재상이지만, 그에겐 자신의 보좌를 맡기자고 미니츠는 생각했다. 재상의 임명권은 황제만이 가지고 있기 때문에 현 재상이 불복하는 것은 사리에 어긋나는 짓이되기 때문이다.

불만이 있을지도 모르지만, 그런 건 자신이 알 바가 아니라고 미니츠는 생각했다. 훨씬 더 두려운 존재를 알고 있으므로, 먼저 그쪽을 설득하라고 말하기만 하면 충분했다.

(그러니까 어떻게든 될 거야.)

귀족으로서 받아야 할 교육도 후작가의 계승자 자격을 지녔다는 이유로 충분히 받았다. 스스로 자각해본 적은 없지만, 성적도 전혀 나쁘지 않았다.

어느 정도는 고생하겠지만 실전에서도 충분히 통할 수준은 된다는 것이 미니츠가 스스로에게 내린 평가였다.

그래서 미니츠는 반대로 칼리굴리오에게 물었다.

"웃기지 말라고, 군무대신님. 아니, 3대 군단장 중에서 남은 자는 너밖에 없으니까 그 책임이 정말 중대하거든?"

마사유키 황제의 새로운 체제에선 군부도 큰 개혁을 당하게 될 것이다.

미니츠가 대신들의 필두인 재상이 되면 현 재상은 부총리대신이 될 것이다.

그와 어깨를 나란히 하는 대신 중의 한 명이 군무대신이었다.

군부는 정치가가 통솔해야 한다는 것을 마사유키는 얕은 지식 속에서나마 기억하고 있었다. 그걸 그대로 말했는데, 그게 새로운 체제에 반영된 것이다.

하지만 마사유키는 "대신이 군을 통제하는 거였나요?"라고 물었을 뿐이었다.

그렇게 하라고 말한 것은 아니며, 더 정확히 말하자면 민간인 중에서 대신을 선택하여 군을 통제해야 한다는 시빌리언 컨트롤(문민통제)을 제창한 것도 아니었다.

그래서 군인 중에서 군무대신을 선발한다는 어긋난 제도로 인식되고 말았다.

즉, 칼리굴리오는 군의 대장이라는 직책과 군무대신을 겸임하게 되었다.

미니츠는 그게 걱정이 되어서 물어봤지만, 그 질문에 칼리굴리오는 웃으면서 대답했다.

"그런 걱정은 할 필요가 없어. 당분간 전쟁은 벌이지 않을 것이고, 무엇보다 내가 군의 수장으로 존재하는 한 다른 나라를 침략하기 위한 무기를 쥐는 일은 없을 테니까."

약간은 포기하는 심정도 섞여 있는 본심이었다.

실제로 제국의 지리적 위치를 고려해보면 앞으로는 전쟁을 벌일 수 있을 만한 인접국이 사라지게 될 것이다.

쥬라 템페스트 연방국이랑 마왕 밀림의 지배영역은 아예 논외이며, 무장국가 드워르곤과도 전쟁을 벌이는 일은 있을 수가 없었다. 뒷배가 되어주기로 하였으니 앞으로는 우호관계를 유지해야만 하는 것이다.

비공선으로 서방열국을 침공할 수는 있겠지만, 마왕 리무루가 그걸 허용하리라는 생각은 들지가 않았다.

즉, 칼끝을 겨눌 곳이 없다는 것이 현재 상황이었다.

그나마 있다고 하면 국내였다.

지방의 군부를 장악하고 있는 것이나 다름없는 대귀족이 자신의 분수도 모르고 모반을 일으킬 가능성이 남아 있었다.

"이번 결과를 국내로 전달하는 건 이미 끝냈어. 슬슬 귀족들이 반응할 때가 된 것 같은데, 크리슈나 공의 연락은 없나?"

"현재 눈에 띄는 움직임은 없는 것 같더군. 네 동생의 파벌은 새로운 황제께 충성을 맹세했어. 그 덕분인지 다른 파벌들도 섣불리 움직이지 못하는 것 같아."

"나서봤자 아무 소용이 없는데 말이지. 하지만 적어도 전전황제폐하의 자제분이나 혈연인 분을 옹립하려는 가문들은 이대로 가만히 있을 것 같지 않군."

"그렇겠지. 루드라 폐하가 붕어하신 것을 알렸으니까, 다음은 자신이 옥좌에 오를 차례라고 착각하는 자들도 나올 거야. 그러기 위해선 베루글린드의 님의 승낙을 받아야 하는데 말이지……."

"이미 사문서가 된 황실전범 따위는 아무런 의미도 없다고 주장하겠지. 그 발언이 베루글린드 님을 적으로 돌리는 것과 같은 뜻이라는 사실을 어리석은 자들은 이해하지도 못할 것이고."

미니츠의 말이 옳다고 칼리굴리오도 생각했다.

귀족들이 적대한다고 해도 솔직히 말해서 두렵지 않았다.

칼리굴리오 쪽의 승리는 확실하지만, 국력이 저하되는 것은 문제였다.

가짜 루드라 황제――아니, 그동안 계속 그를 모시고 있었으니 진짜이긴 하겠지만――는 어그레서(침략종족)라는 미지의 존재를 부리면서 이 세계에 혼란을 가져올 꿍꿍이를 꾸몄다고 한다.

실제로 코르느라고 이름을 밝힌 존재와 적대하며 싸워봤기 때문에 칼리굴리오 일행은 그들이 얼마나 위협적인지 뼈저리게 이해하고 있었다. 베루글린드가 와줬으니 다행이었지, 안 그랬으면 전멸을 면할 수 없었을 것이다.

루드라 황제였던 존재는 자신이 신이 되기를 바라고 있었다.

그러기 위한 장기말로 제국의 국민들이 이용당할 가능성을 완전히 무시할 수는 없었다.

애초에 황제의 얼굴은 아무도 몰랐으니까 자신이 루드라 황제임을 주장하더라도 끝까지 부정하면 그만이다.

아마 적도 그런 고루한 방법을 쓰지는 않을 것이다. 칼리굴리오와 미니츠가 알고 있는 루드라 황제는 대화 같은 것을 용인하지 않는 가혹한 성격을 지니고 있었기 때문이다.

"같은 국민들끼리 싸움을 벌이고 있을 때가 아닌데 말이지."

"그러게 말이야. 뭐, 나도 어떻게든 그들과 교섭해보겠어."

"잘 부탁해. 나도 살아남은 로열 나이트(근위기사)를 모아서 임페리얼 가디언(제국황제 근위기사단)을 긴급히 재편하도록 하지."

이게 군무대신이 된 칼리굴리오의 첫 임무가 되었지만, 그건 상상 이상으로 힘든 일이었다.

애초에 살아남은 자들이 얼마나 있는지, 그것부터 파악해야 하기 때문이었다.

무엇보다 칼리굴리오는 로열 나이트 전원이 각각 어떤 임무를 맡았는지 모르고 있었다. 어디에 있는지도 불명인지라 연락을 취해보는 것부터 시작해야만 했다.

그리고 군을 떠나겠다는 말을 꺼낼 자도 나올 것이다.

실제로 크리슈나가 그중 한 사람이었다.

마왕 리무루를 신처럼 숭배하고 있으며, 퇴직하여 마물의 나라로 이주하겠다고 거리낌 없이 공언하였다.

그래선 곤란하다고 말하면서 상황이 정리될 때까지 남아 있어줄 것을 부탁했지만, 본인은 난색을 표했다. 그때 중재에 나서준

자가 아다루만이었는데, 그는 크리슈나에게 "날아가는 새는 뒤를 어지르지 않는다는 말이 있습니다. 제국이 계속 혼란에 빠져 있으면 리무루 님도 슬퍼하실 겁니다"라고 말하면서 그를 설득해주었다.

그 말을 들은 크리슈나는 "알겠습니다! 역시 아다루만 님은 대단하시군요. 훌륭한 설교였습니다. 저는 단지 저 혼자만 구원을 받고 싶다는 생각만 하고 있었습니다. 제국의 죄 없는 국민들에게도 리무루 님의 자비를 이해할 수 있도록 전파해야 하겠지요!!"라고 칼리굴리오가 생각했던 것과 다른 말을 했지만, 맡은 임무를 잘 완수해줄 것이므로 좋게 생각하고 넘어가기로 했다.

신경 쓰면 지는 것이라는 말이 있으니까.

전직하겠다는 말하는 자는 크리슈나뿐만이 아니었으며, 제국 군인의 일부가 이곳 템페스트(마국연방)에 남고 싶다는 의견을 내놓기 시작했다.

그런 자들의 심정도 이해할 수 있었기에 강요는 하고 싶지 않았다. 하지만 그렇게 되면 전력저하는 피할 수가 없으므로 어떻게 대처할지 고민이 되는 사안이었다.

이번 전쟁에서 사망한 자도 많았다.

그건 자업자득이므로 다시 문제 삼을 일은 아니지만, 그게 대처를 생각하지 않아도 되는 이유가 되지는 못했다.

심지어 '더블오 넘버(한 자릿수)'의 생존자는 버니와 지우만 남은 상황이었다.

그 두 사람은 앞으로 마사유키의 직할부하가 되어서 그를 호위하게 될 것이다. 뭐, 베루글린드만으로도 이미 충분하지만, 의논

상대 및 자잘한 임무 등을 맡길 중요한 부하가 될 것이라는 이유로 마사유키의 요청한 것이 받아들여진 것이다.

칼리굴리오는 이번 기회에 임페리얼 가디언이 유지되고 있던 방식도 대대적으로 개혁할 생각을 품고 있었다.

몇 명이 살아남았느냐에 따라 달라지겠지만 100명이라는 숫자에 집착할 생각도 없었다. 서열제도를 폐지하고 숫자에 의미를 부여하는 것도 중단할 생각이었다.

적당한 수준의 실력과 황제에 대한 충성, 이 두 가지는 필수조건이지만 앞으로는 문호를 조금 넓힐 예정이었다.

3인 1조로 각지의 지방도시에 파견하여 제국의 방어를 탄탄히 강화시킬 생각이었다.

세 명이 있으면 상위 어그레서에는 대적하지 못해도 시간을 벌 수는 있을 것이다. 그 사이에 응원부대를 보내는 등 임기응변으로 대응할 수 있게 만드는 게 이상적인 목표였다.

제국에는 100개 이상의 도시가 있으므로 현재 상태에선 그 수가 현저히 부족했다. 지방군은 그대로 남아 있으므로 그들과 연계하면 당분간은 버틸 수 있을 것이다.

어쨌든 '선인급'에 이른 자들을 중심으로 배치하여 앞으로 있을 일을 대비할 생각이다.

"우리 둘 다 힘들겠군."

"그래. 하지만 신기하게도 일하는 보람을 느끼고 있어."

미니츠가 술잔을 기울이면서 그렇게 중얼거리자, 칼리굴리오도 동의하면서 고개를 끄덕였다. 그러다가 흘러나온 말이었지만, 그건 의외로 칼리굴리오의 진심이었다.

제국을 위해서 일하고 있다는 실감, 그건 군부에서 출세만을 생각하던 때보다 충실한 나날을 칼리굴리오에게 가져다주었다.

"그리고 말이지, 리무루 폐하의 계획을 들은 지금, 제국의 치안 회복과 정세안정화는 필수적이야. 늦게 동참하면 향후의 세계정세에서 뒤떨어지고 말 테니까."

리무루와 마사유키의 허락을 받고 철도부설을 대비한 공사를 발동시켰다. 아마도 몇 년만 지나면 제국 안에서도 교통망이 완성될 미래를 예상할 수 있었다.

회담에서 들은 이야기만으로도 전율이 일었는데, 그 이야기에는 이어지는 내용이 더 있었다.

"그리고 그게 있었지. 세계의 하늘을 지배한다는 계획, 이라고 했던가? 그분은 무모하기 짝이 없는 분이야. 술자리에서 했던 발언이지만 그분은 취하지 않는다고 들었어. 즉 진심이란 얘기지."

"음. 자무드도 감화되었는지 자진해서 협력하고 싶다는 말을 꺼냈으니까 말이야. 뭐, 그 녀석은 군인이라기보다 기술자니까 그쪽이 더 어울리긴 해."

"지상은 '마도열차'로 각국을 연결하고, 대공에는 비공선을 양산하여 판로를 안정시킨단 말인가. 무시무시한 계획을 생각하고 계시지만 결국엔 실현되겠지. 이번 전쟁에서 제국에 배상 차원으로 '영공권'만을 요구하실 정도였으니까. 그 밖의 것을 바라기는커녕 지원까지 해주고 계셔. 이러면 거절할 수가 없지."

"마사유키 폐하도 수긍하셨으니 그 점은 문제가 되지 않을 거야. 중요한 것은 앞으로의 일이지."

그렇게 말하면서 칼리굴리오는 생각했다.

이 나라는 이상하다고.

문득 생각난 것을 한번 말해봤다는 투로 했던 마왕 리무루의 발언이 다음 날에는――혹은 그날 안에――실현가능한 계획으로 구현되었던 것이다.

비공선의 양산계획은 제국이 비공선을 소유하고 있다는 것을 알았을 때부터 기획한 것 같았는데, 그에 필요한 개발기지를 쉽게 준비하는 것을 보면 황당할 지경이었다.

미궁 안의 한 층이 지금은 비공선의 개량을 위한 장소로 바뀐 것이다.

자무드도 거기서 희희낙락하면서 일하고 있었는데, 예산도 신경 쓸 필요 없이 재료를 원하는 만큼 조달할 수 있게 되자 '이곳은 천국이다'는 말을 연일 입에 올린다고 한다.

되살아난 것에 대한 흥분된 감정도 그에 박차를 가하는 것 같았다.

칼리굴리오의 입장에선 자신의 욕망에 솔직한 자무드가 부럽기도 했지만, 템페스트(마국연방)와 제국과의 우호관계를 유지하기 위해서라도 열심히 일해달라고 자무드를 응원할 수밖에 없었다.

자무드에 관해선 그렇게 넘어가기로 하고, 지금은 앞날의 일을 생각해야 한다.

마왕 리무루의 구상에 따르면 제국 내부의 정비에도 힘을 빌려줄 생각을 하고 있는 것 같았다. 제국의 국력이 쇠퇴한 지금, 그걸 이용할 수 있으면 이용해야 했다.

노동력이라면 제국도 제공할 수 있으므로 일방적으로 의지하기만 하는 관계로 만들지는 않을 생각이다. 그런 점에서 보면 칼리굴리오는 서방열국과는 전혀 다른 생각을 하고 있었던 것이다.

욕망으로 눈이 흐려져 있지만 않다면 지적이고 냉철한 판단을 내릴 수 있는 남자였다.

그런고로 무엇이 필요한가를 생각해봤을 때 국내의 안정화를 우선해야 한다는 결론에 도달한 것이다.

제국은 아직 혼란에 빠져 있지는 않았다.

하지만 패전에 대한 상세한 소식이 전해지면 틀림없이 국민들은 동요할 것이다.

가족이 죽은 자의 입장에선 마왕 리무루는 증오해야 할 적으로 보이겠지. 그렇게 되지 않도록 크리슈나도 나서서 움직이고 있겠지만, 칼리굴리오도 대책을 생각해야 했다.

그리고 미니츠가 경계하고 있는 것처럼 대귀족의 동향도 역시 불안하게 느껴졌다.

앞으로 발전하기 위해선 템페스트의 세력을 제국 안으로 받아들여야 하겠지만, 그 과정에서 무슨 실수를 하더라도 분쟁이 일어나지 않도록 준비해야만 한다.

처리할 문제가 산더미처럼 쌓여 있었다.

"책임이 중대하군."

"그래. 하지만 말이야, 칼리굴리오."

"왜?"

"우리 이상으로 힘드실 분은 리무루 폐하라는 생각이 들지 않나?"

"음?"

듣고 보니 그 말이 옳다고 칼리굴리오도 생각했다.

미래의 발전을 위한 계획을 듣고, 자신들은 그에 따라 필사적으로 일하기 시작했다.

하지만 그렇게 하는 것이 당연했다.

자국의 치안을 회복시키는 것도, 자국을 발전시키는 것도 명령을 받았으니까 실행하는 임무와는 차원이 다른 일이었다. 자신들이 자신들의 나라를 더 살기 좋게 만들고 싶다는 바람이 있으니까 매일 열심히 일하고 있다.

가까운 미래에 일어날 어그레서와의 전쟁은 피할 수 없다. 그런데도 자신들은 그 사실에 불안감을 거의 느끼지 않고 있다는 것을 깨달았다.

그것도 전부 엄청나게 많은 임무를 배당받았기 때문이다.

그 임무에 묻혀 사느라 불안감을 느낄 새가 없었던 것이다.

"그렇군. 우리에게 걱정을 끼치지 않으려고……."

"그렇겠지만 그것만이 이유가 아닐 수도 있어. 어쩌면 리무루 폐하는 어그레서를 자신들의 힘만으로 어떻게든 상대할 생각을 하고 계시는지도 모르지. 아니면 큰 문제가 아니라고 생각하시는 걸까. 하지만──."

당연히 큰 문제였다.

그런데도 마왕 리무루는 그 화제보다 미래의 발전에 관한 이야기를 먼저 한 것이다.

그런 당당한 태도를 보면서 칼리굴리오와 미니츠는 감탄했다.

어쩌면 가젤 왕도 같은 생각을 했겠지.

마왕 리무루에겐 어그레서 따위는 대수롭지 않은 상대라는 듯한 태도를 보였기 때문이다.

그건 허세였을까. 아니면 진심이었을까.

칼리굴리오를 비롯한 제국 측 사람들을 걱정시키지 않으려는 리무루 나름대로 배려라는 생각은 했다.

하지만 아무래도 미니츠의 추측과 같은 생각이 자꾸 들었다.

(정말로 자신들의 힘만으로 어그레서에 대처하려고 생각하신다면 우리도 뭔가 도울 수 있는 일을 찾아야겠지. 적어도 내란 같은 게 일어나서 발목을 잡는 결과가 되는 것만큼은 반드시 저지해야 할 것이다.)

칼리굴리오는 그런 각오를 하면서 마음을 굳게 먹었다.

칼리굴리오와 미니츠는 그 후로 약 한 시간 정도 더 마신 뒤에 가게를 나왔다.

그리고 다음 날, 마사유키를 모시고 귀국길에 올랐다.

※

제도로 돌아온 칼리굴리오는 바쁜 나날을 보내게 되었다.

제도 주변에는 피해를 본 지역도 있었지만, 부흥을 위해 당장 무언가를 할 필요는 없었다. 그런 문제는 차후에 리무루 쪽과 공동으로 처리할 예정을 잡고 있었다.

그러므로 맨 먼저 그가 시작한 일은 군대의 재편이었다.

살아남은——되살아난——장병들도 전원 귀국했으며, 그들에게 새로운 임무를 내렸다.

어찌 됐든 맨 먼저 우선해야 할 것은 치안유지였으며, 크리슈나의 보고도 참조하면서 불온한 움직임을 보이는 지방에는 군을 파견하여 경계하도록 시켰다.

그나마 다행인 것은 70만 명의 장병들이 칼리굴리오를 충실히 따른다는 점이었다.

마물의 나라로 이주하기를 바라는 자들도 이번에는 협력적이었다. 그도 그럴 것이 이번 소동이 잘 마무리된 뒤라면 고용하겠다고 마왕 리무루가 약속해주었기 때문이다.

'뭐, 당장 정하지 말고 천천히 생각하면 돼.'

장병들을 투기장에 모아서 그런 연설을 해줬다.

상당히 자세한 이주조건을 리그루도가 설명한 뒤에 리무루 본인이 자신의 입으로 그렇게 말했던 것이다.

참고로 리무루는 설득할 생각이 전혀 없었으며 개개인의 의사에 맡길 생각이었지만, 그 말을 들은 20만 명 정도의 희망자가 의욕을 불태우게 되었다.

'어그레서라고? 완전히 박살 내주겠어!'

그런 생각과 함께 전의도 높아졌다.

사실 그들은 '영혼'의 힘은 잃었지만 육체는 여전히 개조된 상태였다. 지금 상태로도 A랭크에 필적하는 자까지 있었으니, 쉽게 얕볼 수 없는 전력이었다.

칼리굴리오는 그런 식으로라도 어떻게든 제국을 안정시키고 싶었다. 하지만 그때 더 큰 문제가 발생했다.

정말로 골치 아픈 존재는 귀족들이었다.

면회를 요구하는 귀족들이 끝도 없이 찾아와서 칼리굴리오의 업무를 압박했다.

거절하고 싶었지만 앞으로 도움을 받아야 할 거물도 포함되어 있었던 것이다.

미니츠의 사전교섭과 크리슈나의 무력을 동원한 설득이 효과를 발휘한 덕분에 큰 혼란은 일어나지 않았지만 기력이 크게 깎이는 것은 사실이었다.

그런 시기에 마왕 리무루가 보낸 구원자가 파견된 것이다.

미모의 블랑(악마), 테스타로사였다.

테스타로사가 맨 먼저 착수한 일은 민심을 장악하는 연설이었다.

귀족들을 완전히 무시하고, 패전의 충격을 받아들이지 못한 국민들의 마음을 위로한 것이다.

공포를 조장하는 것이 특기인 악마들에겐 도저히 어울리지 않는 일이라는 생각이 들었다. 그랬는데 의외로 그렇지도 않았다. 악마들은 감정을 먹기 때문에 국민들의 공포나 불안을 덜어주는 일에는 최적의 존재였던 것이다.

"놀랐습니다. 설마 제국을 괴롭히던 그 블랑(태초의 흰색)──테스타로사 공이 이렇게까지 백성들에게 마음을 써주실 줄은……."

"당연하죠. 그게 바로 우리의 왕인 리무루 님께서 저에게 내리신 임무니까요."

"그건 그렇겠습니다만, 좀 더 거칠게, 실례, 이런 온건한 수단을 선택하실 줄은 몰랐으니까요."

식은땀을 흘리면서 칼리굴리오가 자신의 감상을 늘어놓았다.

그렇게 말한 직후에 너무 솔직했다고 생각하며 후회했지만, 테스타로사는 딱히 신경 쓰지 않은 채 그 말을 흘려듣고 넘겼다.

"만일의 경우라도 리무루 님께서 악평을 들으면 안 되니까요. 신중해질 법도 하죠. 하지만 그래서 효과가 약해요. 그리고 조절하는 것도 힘듭니다. 모든 감정을 먹어치웠다간 본인에게 악영향도 생길 수 있으니까요."

그렇게 되면 곤란하다고 생각하면서 칼리굴리오는 얼굴이 창백해졌지만, 테스타로사가 그런 어설픈 짓을 할 리는 없었다. 모스에게도 철저하게 부하를 관리하라고 알렸으니 성공은 약속된 것이나 다름없었다.

하지만 그 말도 또한 진실이었다.

온건한 방법만으로는 인간의 감정을 완전히 지배하기 어렵다.

가족이 전사하거나 루드라에서 마사유키로 제위가 이양되는 등, 국민들이 느끼는 혼란은 컸다. 국민들의 슬픔이 완전히 사라진 것은 아니었으며 불안이나 불만의 싹도 남아 있었다.

그런 문제는 칼리굴리오가 치안부대를 각지에 배치하여 폭동이나 작은 규모의 분쟁을 미연에 막아내고 있었다.

"거역하는 자는 일족 전체를 말살하는 것이 뒤탈이 없고 간단할 텐데요."

"하, 하하하, 농담도 잘하십니다──."

농담이 아니겠지──. 칼리굴리오는 그렇게 생각했다.

역시 블랑은 위험하다는 생각과 함께 테스타로사를 부하로 두고 있는 리무루에 대한 존경심이 더 강해졌다.

그건 그렇고 국민들도 어느 정도는 차분해진 분위기를 보였으며, 다행히도 무장봉기를 일으키는 어리석은 자는 나오지 않았다.

이 정도 수준까지 진정되면 일단 안심할 수 있지만, 테스타로사는 다음 수도 생각하고 있었다.

멘탈 케어(정신적인 배려)의 가장 효과적이면서 빠른 수단으로서 새로운 황제 마사유키를 국민들에게 선보이기로 한 것이다.

그 계획의 중요한 부분은 마사유키의 대관식이었다.

그러는 김에 마사유키에게 연설하게 시키면 국민들도 새로운 시대가 도래했다는 걸 실감할 것이다——라고 테스타로사는 생각했다.

"네, 제가요?!"

"무슨 문제라도 있나요?"

"아뇨…… 아무것도…….."

마사유키는 흔쾌히 승낙했다.

그의 눈에는 눈물이 맺혀 있었지만, 테스타로사의 미소 앞에는 아무런 가치가 없었다.

"어머나, 마사유키를 울리다니 대체 무슨 생각이지?"

그때 끼어든 자는 베루글린드였다.

그 질문에 테스타로사는 태연하게 대답했다.

"유감이네요. 저에게 그런 취향은 없답니다."

웃는 얼굴로 서로를 바라보는 두 미녀.

두 사람의 시선이 서로 충돌하면서 무시무시한 중압감이 느껴졌다.

그 피해를 고스란히 받은 자는 마사유키와 칼리굴리오였다.

이제 그만 돌아가고 싶다고 생각하면서 마사유키는 그 자리를 겨우 넘겼다.

칼리굴리오는 자신의 마음을 완전히 죽이면서 그 난관을 돌파했다.

어쨌든 마사유키의 대관식은 실현되는 분위기로 진행되었다.

황제가 머무는 성 앞의 광장을 가득히 메운 무수한 국민들.

그들을 내려다보듯이 고층부분에 위치한 발코니에 마사유키가 섰다.

제국에는 베루글린드의 '전이'로 왔기 때문에 사실상 처음 얼굴을 보이는 것이었다.

황제의 복장을 갖추고 말없이 있으면 위엄이 있는 것처럼 보이기도 했다.

정각이 되자, 우선은 칼리굴리오가 인사말을 늘어놓았다.

뒤이어서 새로운 재상이 된 미니츠가 설명을 했다.

전쟁의 대패.

그 결과, 전 황제인 루드라가 붕어했다는 것.

새로운 황제로서 '용사' 마사유키가 관을 쓰게 되었다는 것.

마사유키의 중재로 마국과의 화친이 성립되었으며 앞으로는 더욱 좋은 관계를 쌓기 위해 노력할 예정이라는 것.

그에 더하여 드워프 왕국과도 국교가 수립되었다는 것.

기타 등등.

미카엘의 권능——'캐슬 가드(왕궁성새)'를 봉인하기 위해서라도 국민들에겐 루드라가 모든 악의 근원인 것으로 여기게 할 필요가 있었다. 그리고 루드라를 죽은 것으로 알려서 그를 믿는 자들의 수를 줄이면 좋은 일이었다.

게다가 마사유키가 새로운 황제라고 소개했지만, 혈연관계는 물론이고 아무런 관계도 없는 자가 어떻게 황제가 될 수 있는지 이해가 되지 않아서 당혹스러워하는 자들도 다수 나왔다. 그런 국민들을 납득시키기 위해서 베루글린드가 앞으로 나왔다.

"조용히 하세요, 이 멍청이들. 내 '이름'은 베루글린드. '카디널 (작열용)' 베루글린드예요."

제국의 수호룡과 같은 이름을 입에 올리자 국민들이 동요했다. 설마——하는 생각이 모두의 마음에 스며들었다.

"황실전범에 따라 여기서 새로운 황제로 '용사' 마사유키를 임명하겠어요!"

그렇게 선언하면서 베루글린드는 그 압도적인 패기를 눈에 보이는 형태로 해방했다. 누가 봐도 뚜렷이 보이면서 신성하기까지 한 카디널 오라(진홍의 패기)를.

그리고 이것으로 끝이 아니라는 듯이 어떤 방향으로 손을 뻗으면서 국민들에게 큰 소리로 말했다.

"잘 보세요. 새로운 황제에게 바치는 축포를!"

그 발언이 끝남과 동시에 '불타오르는 신의 산'이 불을 뿜었다. 그 대규모의 분화는 제도에서도 잘 보였다.

축포라고 부르기에는 너무 엄청난 위력이었지만, 베루글린드에겐 어린아이 장난 수준이었다. 그러나 그걸 본 국민들의 경악은 말로 다 할 수 없을 정도였다.

이걸 보고도 의심할 자는 없었다.

사전에 공작하여 마법이나 폭탄 등으로 분화를 유발시켰다——. 그렇게 의심하고자 하면 의심할 수도 있는 상황이긴 했지만, 그 화산은 신의 산이었다. 그 산에 사는 작열용에게 허락도 받지 않고 그런 짓을 했다간 어떤 분노를 살지 알 수 없었다.

그런 목숨 아까운지도 모르는 짓을 할 자는 이 제도에 존재할 리가 없었다.

그뿐만이 아니었다.

몇 개의 화산탄이 제도까지 날아와서 떨어졌지만, 그 모든 것이 보이지 않는 장벽에 막히면서 밀려난 것이다.

그 모습은 그야말로 수호룡만이 할 수 있는 일이었다.

"신, 신이야——."

"진짜야. 진짜 용신님이다——!!"

"제국의 수호룡님이 우리 앞에 나타나셨다아——!!"

국민들은 그렇게 외치면서 대흥분했다.

그런 그들도 시간이 지나면서 이번 일의 중대성을 깨닫기 시작했다.

베루글린드가 인정했다. 즉 '용사' 마사유키가 정말로 황제가 되었음을 국민들도 이제야 이해한 것이다.

그와 동시에——.

마사유키의 지명도는 높았기 때문에, 서방열국만큼은 아니지만 그의 이름은 동쪽 제국에도 잘 알려져 있었다.

"이게 정말이야?!"

"설마, 그 '섬광'의 마사유키란 말인가?"

"마사유키라면 최강의 '용사'로 잘 알려진 분이잖아? 그 정도면 마왕 리무루도 거역하지 못할 만하네!!"

마치 연극배우들이 웅성거리는 것처럼 어디선가 들은 것 같은 감탄들이 튀어나왔다.

그게 바로 마사유키 퀄리티, 그는 어디서든 유명하였다.

하물며 지금 마사유키의 권능은 파워업되어 있었다. 그 효과범위는 아주 넓었으며, 마사유키를 아는 자에겐 절대적인 영향력을 미치게 되어 있었다.

그 결과, 늘 그랬던 것처럼 커다란 환호성이 들끓듯이 일어났다.

""마~사유키, 마~~사유키──!!""

국민들의 목소리가 하나가 된 게 아닐까 하는 착각이 들 정도로 그 환호성은 조화를 이루고 있었다.

베루글린드는 '멍청하긴. 황제를 이름으로만 부르다니 불경하잖아'라는 생각을 하긴 했지만, 마사유키 본인이 화를 내지 않았기 때문에 묵인했다.

가장 분개한 자는 테스타로사였을 것이다.

마왕 리무루가 마사유키에게 거역하지 못한다고 제국 국민들이 착각하는 모습을 보고 속이 뒤집히는 듯한 기분을 느꼈지만, 이건 테스타로사 자신이 꾸민 계획이었다. 불만을 제기할 상대가 없었기 때문에 참을 수밖에 없었다.

이리하여 제국 국민들은 실로 간단하게 마사유키를 받아들였다.

그리고 그날 동쪽 제국, 즉, 나스카 나우리움 우르메리아 동방 연합통일제국의 '신명(神命)' 황제로서 세계 각국에 그 이름을 천명한 것이다.

*

제국의 국민들은 새로운 희망을 얻으면서 활기를 되찾았다.

가족을 잃은 자들의 슬픔은 바로 치유되지 않겠지만, 그런 그들도 미래를 향해 걷기 시작한 것이다.

국민들의 일상이 돌아왔다.

그게 이렇게나 기쁜 일이었다는 것을 칼리굴리오는 실감하고 있었다.

하지만 진정한 안식의 나날이 오기에는 아직 멀었다.

귀족이라는 성가신 상대가 새 황제가 정식으로 임명되면서 활발한 움직임을 보이기 시작했기 때문이다.

귀족을 상대하는 일은 미니츠가 담당하고 있으므로 그쪽에 완전히 맡겨버리고 싶었다. 하지만 그건 칼리굴리오의 생각일 뿐이며, 귀족들이 보기에 인맥을 만들 수 있는 유력자라면 누구라도 상관하지 않고 환심을 사고 싶었던 것이다.

그렇기 때문에 만나고 싶다는 요청이 끝도 없이 들어왔다.

도움을 바라는 눈길로 테스타로사를 보니 그녀는 대수롭지 않다는 듯이 이렇게 말했다.

"이 나라의 귀족들 대부분은 큰 문제가 없을 것 같군요."

칼리굴리오는 그 말을 무슨 뜻으로 한 것인지 이해하지 못했지만, 테스타로사가 암약하고 있다는 것은 이해할 수 있었다.

미니츠는 미니츠 나름대로 움직여주고 있으므로 칼리굴리오는 자신이 할 수 있는 업무에 전념하기로 했다.

그러자 며칠도 지나지 않아서 그런 요청이 줄어들기 시작했다.

"실례인 줄은 압니다만, 테스타로사 공이 혹시……."

위협을 한 게 아닌가 하는 생각이 들었지만, 칼리굴리오는 쉽게 말로 물어볼 수 없었다.

눈앞에서 우아하게 홍차를 즐기고 있는 그 숙녀는 바로 제국에서 오래전부터 두려워하던 블랑(태초의 흰색)인 것이다. 그렇다는 걸 알고 있어도 쉽게 믿어지지 않았지만, 그건 분명한 사실이었다.

그렇기 때문에 어떤 무시무시한 수단을 동원했다고 해도 이상할 게 없었다.

"어머나, 실례군요. 왜 저를 그렇게 겁먹은 눈으로 보는 거죠? 전 나쁜 짓은 전혀 한 게 없는데 말이에요."

악인은 다들 그렇게 생각한다.

자신만은 다르다고.

자신의 집무실인데 칼리굴리오는 왠지 모르게 주눅이 들면서 갑갑해졌지만, 여왕처럼 구는 테스타로사에게 '그렇다면 어쩔 수 없겠군요'라는 본심을 솔직히 드러내놓는 것은 무리였다.

"아뇨, 하하하, 저는 딱히 당신을 의심하진 않습니다. 훌륭한 협력자라고 생각하면서 매일 감탄하고 있을 지경인걸요. 그래서 말인데, 어떤 방법으로 귀족들의 입을 다물게 한 것인지 그게 궁금해서……."

"당신은 그런 것에 정신을 팔지 말고 자기 일에 전념하시길 바랐는데 말이죠."

그렇게 말하면서 테스타로사는 홍차를 입에 머금었다.

그리고 기품 있는 한숨을 한 번 쉬었다.

"뭐, 좋아요. 제 공로로 삼는 것도 마음에 걸리니까 당신에게도 가르쳐드리죠. 전에도 말했지만 귀족들은 문제가 되지 않았어요."

"그러니까 어째서 그렇다는 뜻입니까?"

"우선 이 제국의 귀족들은 3대 파벌로 나뉘어 있어요. 물론 알고 있겠죠?"

"네. 미니츠의 친가인 후작가가 필두인 군벌귀족. 황제파의 중심적 역할을 담당하고 있는 문벌귀족. 그리고 지방귀족이죠."

군부라는 강대한 조직은 제국의 중심이었다. 그 흔들리지 않는 권위에 빌붙은 귀족도 많았기 때문에 군벌귀족은 일대세력을 자랑하고 있었다. 귀족의 작위 중에서 2순위에 해당하는 후작이 필두라는 이유도 있다 보니 고위귀족은 그다지 참가하지 않은 파벌이었다.

그에 비해 문벌귀족은 황제와 혈연으로 이어진 고위귀족이 주류를 이루고 있었다. 적어도 백작 이상의 작위가 없으면 발언권조차 없는 귀족의 권위를 상징하는 듯한 파벌이었다.

지방귀족은 가장 단결성이 없는 파벌이었다. 자신들에게 이로운 의견을 통과시키기 위해서 개별적으로는 발언권이 없을 만한 귀족들이 모여 있었다. 이해관계가 일치되기 때문에 하나의 파벌을 이루고 있는 것뿐이라고도 말할 수 있었다.

칼리굴리오의 설명을 듣고 테스타로사는 가볍게 고개를 끄덕였다.

"그렇죠. 우선은 군벌귀족 말인데, 이쪽은 미니츠가 장악한 것이나 마찬가지잖아요?"

"아뇨, 미니츠와 그의 동생은 사이가 좋지 않은지라——."

"아뇨. 그건 그냥 토라진 것뿐이에요."

"네?"

"존경하는 형이 억지로 후작 작위를 물려주는 바람에 동생은 늘 책임감에 짓눌리고 있었어요. 그래서 반발하는 모습을 보여주는 것으로 체면을 유지한다고 스스로를 납득시켰던 거죠."

뭐, 약한 인간이라면 충분히 그럴 수 있죠——. 테스타로사는 웃으면서 그렇게 말했다.

"그게 사실입니까? 아니, 그걸 어떻게 조사한 것인지……?"

"비, 밀, 이에요. 모르는 게 더 낫다는 말은 당신도 들어본 적이 있겠죠?"

그 사실은 모스가 하룻밤 만에 조사해서 보고한 것이다.

모스는 현재 테스타로사에게 혹사당하면서 쉴 틈도 없는 지경이었다.

템페스트에서 가장 불행한 자는 '잿빛 왕'이라는 이름으로 불리는 데몬 로드(악마공)인 모스라고도 할 수 있었다. 하지만 아무런 불평도 할 수가 없으니 그저 묵묵히 블랙회사 같은 환경 속에서 열심히 일하고 있었다.

모스는 후작가에 몰래 숨어들어 당주의 집무실에 숨겨져 있던 일기를 쭉 읽었다. 그리하여 알아낸 비밀을 테스타로사에게 보고한 것이다.

후작가의 엄중한 경비도 모스에겐 존재하지 않는 것이나 마찬가지였다. 그 밖에도 관계개선에 활용할 수 있을 것 같은 다양한 정보를 알아내서 미니츠에게 슬며시 가르쳐주었다.

일반적으로 생각하면 그건 범죄행위다. 하지만 나쁜 짓을 했다는 자각이 전혀 없는 자에겐 그건 아무런 문제도 되지 않는다.

"하하하, 그럼요. 물론 저는 테스타로사 공을 믿고 있습니다. 더 이상 묻는 건 역시 실례가 되겠군요."

칼리굴리오는 도망쳤다.

실로 현명한 판단이었다.

많은 일이 있었던 것 같지만, 일단 미니츠와 동생의 사이는 개선되는 방향으로 움직이고 있었다. 그렇다면 문제없다고 생각하면서, 결과만을 중요하게 여기기로 한 것이다.

"군벌귀족 쪽은 납득했습니다만, 다른 파벌은 어떤 상황인지요?"

"그러네요, 지방귀족은 귀순하겠다는 뜻을 보였어요."

"네, 어느새 그렇게까지?"

"맨 먼저 함락시켰어요. 왜냐하면 그자들에게 제일 중요한 건 영지의 백성들이 굶주리지 않고 사는 것이니까요. 지방은 안정되었으니까 이제 남은 건 앞으로의 정치에 대한 불안뿐이죠."

"그, 그렇군요……."

"그건 그렇고 지방귀족의 재원은 무엇인지 아나요?"

"그야 각 영지에서 수확한 농작물이 메인이죠. 필요한 양을 확보한 뒤에 세금을 거둡니다. 그리고 남은 것을 자신들이 거느리는 상인들을 시켜서 판매하죠. 그로 인한 매상이 지방영주의 수입원이 된다──는 것으로 알고 있습니다."

"뭐, 대략적으로는 정답이긴 하지만, 잘못 알고 있는 게 일부 있군요."

칼리굴리오는 기묘한 기분이 들었다.

제국군인의 정점에 있는 자신이 무슨 이유로 제국을 괴롭혔던 악마로부터 경제를 주제로 한 강의를 듣고 있는 것일까? 그게 이해가 되지 않아서 당혹스러웠다.

(어째서 악마가 인간의 경제활동까지 자세히 알고 있는 걸까? 나는 일단 지방의 하급귀족 출신이라서 알고 있었지만, 일반적인 상급군인이라면 잘 모를 거야…….)

더구나 만점이 아니라는 말도 들었다.

그 밖에도 수작업으로 만든 지방공예품이나 특산품 등이 있긴 하지만, 그게 정답인 것 같지는 않았다. 그런 식으로 남의 말꼬리를 잡고 늘어질 인물은 아니라고, 칼리굴리오는 테스타로사를 평가하고 있었다.

"그러면 정답은 뭡니까?"

"암거래예요."

"네?"

자신도 모르게 놀라는 모습을 그대로 드러낸 칼리굴리오.

이 제국에서 암거래 따위가 허용될 리가 없다. 그렇게 믿고 있었기 때문에 그 당당한 대답을 듣고 경악한 것이다.

"어머나, 그게 그렇게 신기한가요?"

"당연하지 않습니까! 제국은 황제폐하의 위광 아래에서 만민의 평등을 주창하고 있단 말입니다. 물론 귀족은 예외입니다만, 평민이라도 군인이 되면 출세할 기회가 있으며——."

"알고 있어요. 그런 표면적인 이야기가 아니라 실무적인 면에서 암거래는 필수예요. 왜 그런지 아나요?"

필수라는 말까지 나온 것을 보면 테스타로사의 태도가 진지하다는 것을 알 수 있었다. 하지만 칼리굴리오는 도저히 믿을 수가 없었다.

암거래 같은 황제에 대한 배신행위가 횡행하고 있다면 제국의 첩보기관이 알아차리지 못했을 리가 없는 것이다. 지금은 사망한 콘도 중위라면 특히 더더욱 그런 정황을 못 보고 놓칠 리가 없었다.

'정보 속에 둥지를 틀고 사는 괴인'이라고까지 불리면서 두려움의 대상이 되었던 남자였다. 그런 자가 그런 부정행위를 방치했으리라고는 도저히 생각할 수가 없었던 것이다.

"믿을 수가 없군. 콘도 공이 그런 악행을 그냥 넘기고 있었다고?"

자신도 모르게 그렇게 중얼거리자, 테스타로사는 어이가 없다는 표정으로 칼리굴리오를 봤다.

"당신도 참 고지식하군요. 악행이 아니니까 그냥 넘어간 거예요."

"그, 그게 무슨 뜻입니까?"

"귀족이 거느린 상인이라고 표현하면 듣기에는 좋겠지만, 고용한 귀족의 작위에 따라서 역학관계가 정해지는 건 당연하잖아요. 상급귀족의 상인을 상대로 하급귀족의 상인이 대적할 수 있을 거라고 생각하나요?"

"아……."

"대답은 말이죠. '불가능'이에요. 결국에는 힘이 있는 자의 말을 들을 수밖에 없죠. 그래서 등장한 것이 어둠의 상인이에요. 제국의 비합법적 사회를 지배하고 있던 에키드나(어둠의 어머니)나 그 뒤를 이은 비밀결사 '케르베로스(삼거두)' 같은 것이 존재할 수 있었던 것은 그런 조직이 필요했기 때문이라고요."

"……."

칼리굴리오는 자신도 모르게 눈이 뜨이는 느낌을 받았다.

상인은 자유로워야 한다──고 테스타로사가 말했다. 고정된 급료만으로는 진심으로 이익을 추구하지 않는 것이다.

그런 걸 힘으로 속박시키려고 해봤자 반발을 초래할 뿐이며, 그 이전에 백성들이 곤란하게 된다. 그 사실을 이해하고 있었기 때문에 콘도도 비합법적인 사회에는 진지하게 개입하지 않았던 것이다.

공적으로는 금지되어 있던 인신매매도 그랬다.

기근 등으로 마을 전체가 굶주리게 되면 입을 줄일 필요가 있었다. 법적으로는 금지되어 있지만, 그렇게 하지 않으면 많은 사람이 죽는다. 그럴 경우엔 죽이는 것보다는 어둠의 상인에게 파는 것이 그나마 살아남을 가능성이 커질 수 있었다.

뭐, 그건 단적인 예라고 할 수는 있겠지만, 제국의 역사 속에서 몇 번인가 그런 일이 실제로 일어난 건 사실이었다. 그 밖에도 여러모로 부조리한 현실이 존재했으며 그런 것들을 공공연한 비밀로 여기면서 못 본 척하고 넘겨온 것이다.

큰 문제라고 하면 외국과의 거래 등을 들 수 있을 것이다.

제국이 다른 나라의 존재를 용인하지 않고 있는 이상, 교역은 공적으로는 금지되어 있었다. 하지만 그러면 경제가 어려워지기 마련이다.

그렇기 때문에 '케르베로스' 같은 조직은 서방열국에도 뿌리를 내렸던 것이다.

그런 사실을 테스타로사는 담담히 설명했다. 그 이야기를 들은 칼리굴리오는 악마가 어떻게 그렇게 자세히 아는 것이냐고 탄식했으며, 자신이 바보 같다는 생각이 들면서 슬퍼졌다.

"자세히 설명해주셔서 감사합니다. 큰 도움이 되었습니다."

"괜찮아요. 뭐, 그런 일이 있으니까 지방귀족들을 공략하는 건 쉬웠어요. 앞으로는 자유거래를 인정할 것이라고 설명했더니 바로 납득해주더군요. 그리고 리무루 님의 계획이 진행되면 지방도시 사이에도 레일(철도)이 깔리게 될 테니까요. 앞으로는 중앙집권으로만 끝나지 않고 지방에도 부가 분배될 것이라는 걸 알게 되면서 그들도 마사유키 황제를 지지하겠다고 약속했어요."

테스타로사는 그렇게 이야기를 마무리를 지었다.

칼리굴리오는 감탄하면서 납득했다.

제국은 과학문명도 발전되어 있지만 모든 도시를 연결시킬 정도의 여유는 없었다. 그 이유는 명백했는데, 예산 대부분이 개발비와 군사비에 충당되고 있었기 때문이다.

식량이나 물자의 운송도 중요하지만, 그건 수도의 주변도시에만 제공하고 있었다. 멀리 떨어진 지방에선 마법이나 비공선으로 물품을 보내고 있었던 것이다.

그런 식으로 뒤로 밀렸던 지방까지 개발계획에 포함될 것이다. 그런 사실을 알려준다면 지방영주들의 환심도 쉽게 살 수 있었을 것이다.

어디까지나 막대한 재력과 노동력이 전제된 교섭이긴 하지만, 마왕 리무루와 테스타로사는 그걸 가능하게 할 수 있는 자였다.

상대의 주머니 사정까지 조사해서 교섭을 유리하게 이끈다. 기본에 충실했을 뿐이지만, 그 기본을 철저하게 따른다면 이렇게까지 대단한 위력을 발휘한단 말인가. 칼리굴리오는 속으로 깊이 감탄했다.

지금까지 자신이 해왔던 방식을 다시 검토해보겠다고 마음속으로 다짐했다.

"그러면 남은 파벌은 문벌귀족뿐이군요."

"그렇죠."

"하지만 테스타로사 공이라면 이미 그자들의 악행도 다 파악하고 계신 것 아닙니까?"

이렇게까지 되자 칼리굴리오는 테스타로사에게 전폭적인 신뢰를 느끼고 있었다. 무슨 계책을 꾸미고 있는지는 모르겠지만, 테스타로사가 문제가 되지 않는다고 한다면 그 말이 옳을 것이라고 생각하면서 의심할 생각도 잊어버렸다.

"실례군요. 애초에 작금의 제국에는 나쁜 짓을 함부로 저지르는 어리석은 자는 없었어요. 최근 수 십 년 동안 부패한 상태로 유지되던 분위기가 일소되었는데, 그게 콘도의 업적이라는 게 판명되었죠."

즉, 진정한 악당은 이미 숙청이 끝났다는 뜻이었다.

테스타로사도 제국에 오래 있었지만, 최근에는 옛날과 비교하면 민심이 안정되었다는 느낌을 받고 있었다. 그 이유를 이번 조사로 알아낸 것이다.

정말로 끔찍한 악행을 저지르는 자는 이미 사라졌다. 현재 남아 있는 것은 필요악으로 여겨지는 비밀결사나 방치해도 문제가 없을 조무래기 악당뿐이었다.

"그럼 문벌귀족은 어떤 방법으로 설득하실 겁니까?"

"마침 오늘 오후부터 회담이 있어요. 그 자리에서 확실하게 마무리를 지을 예정이니까 당신도 참가하세요."

그건 누가 들어도 분명히 명령이었다.

원래는 협력자라는 위치에 있어야 할 자였지만, 칼리굴리오에게 불만 같은 게 있을 리가 없었다.

명확한 실력차이를 직접 겪었기 때문에 테스타로사의 말에 고개를 끄덕였다.

応접실에 모인 자는 네 명뿐이었다.

이 자리의 주최자인 재상 미니츠.

군무대신인 칼리굴리오.

앞으로 동맹상대가 될 예정인 마국에서 외교무관으로 온 테스타로사.

그리고 마지막 한 명은 이번의 교섭상대──문벌귀족을 이끌고 있는 미스라 힐메나드 공작이었다.

나이는 30대 초반. 아직 젊었으며 한 파벌의 수장이 되기에는 너무 젊다는 생각이 드는 나이였다.

그러나 미스라에게 그런 우려는 아무런 관계가 없었다.

그는 모든 것을 겸비한 인물이었던 것이다.

미스라의 어머니는 전전대 황제의 황비였다. 즉 루드라의 생모인 것이다.

제국의 황실은 특수한 제도가 채용되어 있어서 황제의 정실로 불러야 할 황후를 두지 않고 있었다. 그 자리는 베루글린드에게만 허락되어 있었기 때문이다.

그 대신 황비의 자격으로 몇 명의 여성이 후궁에서 패권을 다투고 있었다. 귀족들이 자발적으로 바친 딸들이며, 그 핏줄은 의심할 필요도 없을 만큼 고귀했다.

그런 황비 중에서 황제의 아이를 가진 자가 승자가 되어 정비로서 대접을 받았다. 그도 그럴 것이 그 아이는 틀림없이 다음 황제가 되는 것으로 정해져 있었기 때문이다.

참고로 여담이지만 루드라의 후궁에도 몇 명의 황비가 있었지만 루드라는 인지하지 않았다. 딸을 정비로 만들고 싶어 한 대귀족들의 독단에 따른 결과였지만, 이번에는 아무도 임신하지 못했기 때문에 결국엔 해산하게 되었다. 새로운 황제가 그 뒤를 이어가게 하자는 의견도 있었지만 마사유키에겐 필요 없다는 판단이 내려졌다. 누가 그런 결정을 했는지는 영원히 수수께끼로 남아 있을 것이다…….

중단된 이야기를 계속하자면.

미스라의 어머니가 바로 그 승자였다. 루드라를 낳는 큰 역할을 완수하면서 절대적인 명성을 손에 넣었던 것이다.

그녀에게는 상으로 두 가지 선택이 준비되었다.

이대로 궁에 남아서 루드라가 성장할 때까지 그 권세를 원하는 대로 누리거나 막대한 지참금을 받아서 원하는 가문으로 시집을 가는 것이었다.

황제의 생모에 대한 처우는 최상급으로 유지되었다. 발언권이 아주 크기 때문에 설령 후궁에서 나왔다고 해도 경멸을 받는 일은 없었다. 그래서 그녀는 주저하지 않고 후궁에서 나와 힐메나드 공작에게 시집을 간 것이다.

그리하여 태어난 자가 미스라 힐메나드였다.

그는 즉, 루드라 황제와는 아버지가 다른 형제였던 것이다. 그 확고한 권위는 그것만으로도 주변의 인간들을 넙죽 엎드리게 만들 수 있었다.

혹독한 분위기를 풍기는 험상궂은 얼굴은 보는 자를 위압했다.

눈썹도 없어서 누가 봐도 무섭게 느껴지는 그 눈빛은 거역하고자 하는 마음 자체를 사라지게 만들었다.

뚱뚱하지도 마르지도 않았다. 키가 큰 것도 아닌데 그가 풍기는 위압감은 대단했다.

이 인간은 틀림없이 눈에 보이지 않는 곳에서 나쁜 짓을 저지를 거야.

위험해, 절대 거역해서는 안 되는 사람이야.

상급귀족들 중에서도 지위가 높은 자들마저도 그렇게 느끼는 사람들이 많았다.

그런 인물이었기 때문에 문벌귀족의 수장을 맡기에 적합했다.

아무도 거역할 수 없는 관록을 지닌 남자, 그게 바로 미스라 힐 메나드 공작이다.

순수하게 실력만 놓고 비교한다면 칼리굴리오가 틀림없이 이길 것이다. 그가 각성하기 전에도 그 점만은 의심할 바가 없었다.

하지만 세상은 힘만으로 살아갈 수 없는 법이다. 의식주를 준비해줄 사람이 없으면 쾌적한 생활은 바랄 수 없다. 미스라에게 거역했다간 분명 그런 생활을 잃어버리게 될 것이다.

(참으로 골치 아픈 상대로군. 나도 군의 정점에 서는 것을 목표로 삼았지만, 정작 그걸 이루고 나니 그 자리가 얼마나 힘든지를 뼈저리게 깨달았지. 이런 괴물을 상대로 교섭을 해야 한다니⋯⋯.)

그렇게 말로 하지 않고 속으로만 생각했다.

미니츠가 있으니까 어떻게든 되겠지만, 1대1로 교섭한다면 자신이 불리해질 것이다.

그리고 이번에는 믿음직한 도우미가 있었다.

(테스타로사 공이 계시지. 실로 두려운 분이지만 우리 편이 되어주니 참으로 든든하군. 그 무시무시한 블랑(태초의 흰색)이란 것을 알고 있으니 누가 상대라도 질 것 같지가 않아.)

눈앞에 있는 미스라도 두려웠지만 테스타로사는 훨씬 더 두려웠다. 그런 생각을 하니 차분함을 되찾을 수 있었다.

냉정해진 칼리굴리오는 문득 테스타로사가 했던 말을 떠올렸다.

(잠깐? 테스타로사 공은 대부분의 귀족은 문제가 없다고 말했는데. 그렇다면 미스라 공이 문제가 있는 귀족이란 뜻인가? 아니, 그것도 이상해…… 그 콘도라면 황제폐하와는 아버지가 다른 동생이라고 해도 용서하지 않았을 거야. 그렇다면 혹시 미스라 공도 악행은 저지르지 않는 자란 말인가?)

설마라고 생각했다.

그럴 리는 없다고, 칼리굴리오는 갑자기 들었던 자신의 생각을 부정했다.

언터처블한 악인이기 때문에 미스라는 모든 사람들로부터 두려움을 사고 있었던 것이다. 스스로도 버겁다고 느끼는 상대가 **평범한 사람**일 리가 없다고 생각했다.

그때 시계바늘이 정각을 가리켰다.

크게 울려 퍼지는 종소리.

그게 회담의 시작을 알리는 신호였다.

*

"제위를 찬탈하려고 드는 불충한 놈들. 나를 불러낸 이유를 어디 들어보기로 할까."

거만한 태도로 그렇게 말한 자는 미스라였다.

미니츠는 부드럽게 받아넘겼다.

"잠깐만요, 각하. 그건 오해입니다."

"뭐가 오해란 말이냐. 사실이지 않은가."

"저희는 황실전범에 따라서 정식 절차를 밟고 있습니다. 그러므로 찬탈이란 발언은 철회해주셨으면 좋겠군요."

"잘도 그런 헛소리를. 베루글린드 님을 자기 편으로 끌어들였다고 해서 건방지게 굴지 마라!"

"무슨 그런 터무니없는 말을……!"

미니츠가 큰 소리로 부정했다.

냉정한 미니츠도 그 말은 간과할 수 없었다.

그렇다. 정말로 터무니없는 말이라고 생각하면서 칼리굴리오도 분개했다.

확실히 제3자의 눈으로 보면 베루글린드가 자신의 편이 된 것으로 생각할 수도 있을 것이다.

하지만 그건 큰 오해였다.

오히려 그 반대였다.

베루글린드의 비위를 맞추면서 겨우 평화를 유지하고 있는 것에 지나지 않았다.

섣부른 언동은 신세를 망치게 되지만, 베루글린드의 경우는 그 정도로 넘어가지 않았다.

진지하게 말하건대 나라가 사라질 것이다.

허풍이 아니라 정말로 이 세상에서 소멸해버릴 수도 있는 것이다.

그것도 전부 마사유키의 기분에 달렸다.

마사유키 본인이 자상한 성격의 인격자여서 다행이지만, 만약 제멋대로인 성격을 가진 자였을 경우를 생각하면 저절로 몸이 떨렸다.

"미스라 공, 미니츠 재상의 말이 옳습니다. 베루글린드 님은 마사유키 폐하의 편이긴 하지만 우리 제국의 편인 것은 아닙니다. 만약 마사유키 폐하께서 바라신다면 이 제국도 아무런 망설임 없이 멸망시키실 겁니다."

"그렇습니다. 그분은 실제로 마사유키 폐하에게 부담이 된다면 그런 나라쯤은 잿더미로 만들면 된다는 말씀하셨습니다. 결코 분노하게 해선 안 되는 분입니다!"

"……그 말을 믿으란 말인가?"

"아뇨, 믿어지지 않는 것도 무리는 아닙니다. 그러니까 의견을 듣고 싶습니다."

"큭큭큭, 제국의 편을 들 것인가, 아니면 적대할 것인가. 그런 뜻인가?"

"아닙니다."

"뭐라고?"

불손한 태도를 보이는 미스라의 질문에 미니츠는 즉시 답하면서 부정했다.

그리고 진심을 말하기 시작했다.

"잘 들으십시오. 이건 겉으로는 드러내고 싶지 않지만, 각하만은 제 진심을 알아주셨으면 좋겠습니다. 그렇게 생각하기 때문에 이런 이야기를 하는 것입니다."

"서론이 길군. 내 의견을 듣고 싶다면 어서 말해보라."

"그럼 먼저 질문을 드리겠습니다. 미스라 각하께선 제국을 지배하고 싶으십니까? 그렇지 않으면 저희와 손을 잡고 협력하고 싶으십니까?"

"……뭐?"

미니츠의 질문은 아무리 미스라라고 해도 예상하지 못한 것이었다. 무슨 내용으로 교섭을 하려는 건지 몰라서 단단히 준비하고 있었는데, 마치 미스라에게 제국의 지배권을 넘겨줄 수도 있다고 말하는 것처럼 들렸던 것이다.

사실 그건 정확한 인식이었다.

미니츠 자신은 제국의 재상 자리는 어쩌다 보니 어쩔 수 없이 받은 것에 불과했다. 만약 여기서 미스라가 바란다면 흔쾌히 넘겨줘도 상관없었던 것이다.

제일 우선으로 생각해야 할 것은 제국의 안정화였다. 그리고 그건 어느 정도 달성되었으므로, 앞으로의 정치체제를 어떻게 재편할 것인가에 대해선 지금부터 고려하더라도 충분히 변경할 여지가 있다는 것이 미니츠의 생각이었다.

칼리굴리오도 미니츠의 생각을 꿰뚫어 보고 있었다.

(아니, 확실히 미니츠 녀석은 제국의 귀족들을 하나로 뭉치기 위한 협력을 아끼지 않았어. 이 자리에서 미스라 공에게 넘겨준다고 해도 약속을 어긴 것이라고는 할 수 없겠지. 하지만 그렇게 도망치는 건 좀 비겁하지 않은가, 미니츠?!)

그런 식으로 행동하니까 동생에게도 원망을 받는 거라고——. 칼리굴리오는 그렇게 생각하면서 속으로 이를 갈았다.

"네 이놈, 나에게 재상 자리를 넘기기라도 하겠단 말이냐?"

"바로 이해해주시니 다행입니다. 그럼 제 생각을 말씀드려도 되겠습니까?"

"······들어보마."

미스라도 정보가 부족하다고 느꼈는지 내키지 않는 표정으로 수긍했다.

그의 반응을 보고 미니츠가 이야기를 시작했다.

미니츠는 말했다.

대전제로서 마사유키 본인은 황제의 지위를 바라지 않았다는 것을.

하지만 지금 제국을 방치한다면 정치적인 불안으로 인해 큰 혼란이 발생할 수 있었다.

미지의 적도 존재하고 있으므로 그걸 방치하다간 모두가 곤경에 빠지게 될 것이다. 그렇게 생각한 마국 및 드워프 왕국도 마사유키가 황제가 되는 것을 환영한 것이다.

베루글린드는 마사유키의 뜻에만 따른다. 즉, 마사유키가 황제가 되지 않는다면 이 제국을 쉽게 저버릴 것이다.

딱히 베루글린드가 직접 제국을 처리하지 않는다고 해도, 수효룡의 가호가 사라져버리는 것만으로도 큰 문제가 된다. 그렇게 되면 제국 국민들의 입장에선 무슨 일이 있어도 마사유키가 황제의 자리에 있어주는 것이 득이 되는 것이다.

"마사유키 폐하 자신께선 방금 말씀드린 대로 제위를 버겁게 느끼고 계십니다. 그러므로 누군가가 대신 나라를 다스리는 것을 환영하시면 하셨지 불만스럽게 생각하시진 않을 겁니다."

미니츠는 그렇게 말하면서 자신이 하고 싶은 이야기를 끝냈다.

과연——. 미스라도 납득했다.

베루글린드의 비위를 맞추는 게 중요하다는 것을 이해했다.

그러기 위해서 필요한 것이 마사유키라는 존재이며, 그를 제위에 묶어두지 않으면 베루글린드까지 제국을 떠날 거라는 것도.

그렇다면 확실히 정무를 볼 자는 누구라도 상관없게 된다.

오히려 마사유키를 속박하지 않는 게 제국이 얻을 이익이 더 커지는 것이다.

"마왕 리무루 님도 마사유키 님과는 좋은 관계를 구축하고 싶다는 의향을 가지고 계십니다. 마사유키 님이 황제가 되신다면 아낌없이 최대한으로 원조를 하시겠다고 하셨죠. 그러므로 제위의 찬탈은 잘못된 표현이라는 것을 이해해주셨으면 좋겠군요."

미소를 지으면서 테스타로사도 가세했다.

그 정보는 미스라도 당연히 이미 파악한 것이었다.

전쟁에 대패한 제국에게 마왕 리무루가 대규모의 배상을 요구하지 않았다는 이야기도 잘 알려져 있었다.

마왕 리무루가 노리는 것도 앞으로의 우호관계였다. 그렇다면 테스타로사의 발언에는 의문이 끼어들 여지는 없다고, 미스라 자신도 그렇게 생각했다.

그렇다면 어떻게 하는 것이 정답일까?

제시된 선택지는 두 가지. 하지만 그 둘 중 하나만을 골라야 하는 것은 아니다. 다른 길이 있다면 그걸 선택할 자유도 남겨져 있었다.

단—— 그 선택지를 쟁취하는 것은 어려울 것이라고, 미스라는 반쯤 포기한 상태에서 생각했다…….

*

미스라가 재상이 되어 정치를 주도할 것인가, 미니츠를 전면에 세워 귀족들을 따르게 만들 것인가. 실은 미스라에겐 그런 것은 전혀 관심이 없었다.

미스라가 진심으로 바라는 것은 집에 틀어박혀 좋아하는 그림을 그리는 거다.

고귀한 핏줄과 공작가의 권세가 합쳐지면서, 미스라는 태어날 때부터 지배자로 주목받고 있었다.

하지만 그건 큰 오해였다.

애초에 미스라의 어머니도 전전대 황제에게 사랑을 받을 만큼 아름다운 외모를 가지고 있었다. 왠지 모르게 베루글린드와 분위기도 비슷했으며 기도 셀 것처럼 보이는 여성이었다.

하지만 그건 외모만 그랬던 것뿐이었다.

그 외모 때문에 오해를 받기 쉬웠지만 실제로는 얌전한 성격의 여성이었던 것이다. 그렇지 않았으면 루드라를 낳은 시점에서 여제로서의 권세를 손에 넣었을 테니까.

루드라가 성장할 때까지의 짧은 기간이라면 어머니 되는 자에게 주어지는 상으로서 충분히 허락될 만한 사치였다. 그걸 선택하지 않고 자유를 바란 것을 보면 그녀가 상당한 괴짜인 것은 분명한 사실이었다.

그랬던 그녀를, 이번에는 미스라의 아버지인 바르사 힐메나드 공작이 첫눈에 보고 반하게 된 것이다.

　바르사는 미남자였다. 그래서 세간에는 미스라의 어머니가 먼저 접근한 것이라는 소문이 돌았다. 여제의 일방적인 요구를 버티지 못하고 넘어갔을 거라고 여긴 것이다.

　하지만 아니었다.

　바르사가 먼저 접근한 것이 진실이었다.

　그리고 두 사람은 서로 사랑했으며 미스라가 태어난 것이다. 지금도 열애는 이어지고 있지만, 그건 관계가 없는 이야기였다.

　(나도 딱히 정치를 하고 싶지는 않다. 아첨꾼들에게도 진절머리가 나는 지경이야. 하지만――.)

　본의는 아니지만 미스라에겐 놀랄 만큼 인망이 있었다. 그리고 머리도 좋아서 지금까지 나쁜 꿍꿍이를 꾸며도 들킨 적이 없었을 정도였다.

　그런 미스라였기 때문에 신봉자도 많았으며, 바라지도 않았는데 사람들의 선봉에 서는 일도 있었다.

　그중에서 최악인 것은 어떤 백작의 실각사건이었다.

　……………….

　…………….

　…….

　그날, 미스라와 그 백작의 어깨가 부딪쳤다. 상대가 부주의해서 일어난 일이었지만, 그 백작은 사과하지 않았다.

　아직 20대 초반이라 젊었던 미스라를 상대가 우습게 봤기 때문일 것이다. 미스라가 공작의 아들이라는 걸 알았다면 대응이 달라졌을지도 모르지만, 그건 다시 언급해봤자 소용없는 이야기였다.

"이봐, 너, 나는 백작이란 말이다! 예의도 모르는 거냐?!"

그렇게 소리치면서 화를 내는 남자를 냉정하게 바라봤던 것도 기억하고 있다.

이런 일로 이렇게까지 화를 내다니, 이 사람은 칼슘이 부족한 게 아닐까──라고, 이세계인 친구에게서 들은 이야기를 떠올리기도 했다.

그리고 미스라는 딱 한마디, "난감하군"이라고 중얼거렸다.

미스라는 당시에는 아직 공작 작위를 물려받지 않았기 때문에 그때는 백작인 그자의 지위가 더 높았다. 그렇다고 해서 격이 낮은 자에게 머리를 숙여선 안 된다는 가르침을 받았기 때문에 어떻게 해야 할지 고민이 되어서 그런 말을 뱉은 것이었다.

난감하군──. 그 한마디로 인해서 정말로 난감한 사건으로 발전하게 되었다.

"미스라 님이 난감하다고 하시는데."

"백작 주제에 미스라 님을 난감하게 만들다니. 이것 참, 정말로 어이없는 추태로군."

그렇게 말하면서 미스라의 친구들이 소란스럽게 굴었던 거다.

그 순간 어디에 숨어 있었는지는 모르겠지만 검은 옷을 입은 기사들이 줄줄이 모습을 드러냈다. 그리고 그들 중 몇 명이 백작을 구속했다.

"아, 아……."

당황한 표정으로 어쩔 줄 몰라 했던 백작은 그때야 비로소 미스라의 정체를 알아차린 것 같았다.

하지만 때는 이미 늦었다.

대장이 미스라에게 인사한 뒤에 말했다.

"이자의 처분은 저희에게 맡겨주십시오."

응, 맡기지. ──미스라는 그렇게 말할 수밖에 없었다.

다음 날 신문에는 그 백작이 부정을 저질렀다는 증거가 줄줄이 열거되어 있었다. 그게 진짜 저지른 범죄인지, 그렇지 않으면 날조된 것인지 미스라는 알 수가 없었다.

단 하나 확실한 것은 그 백작은 체포되어 작위가 박탈되고 말았다는 것뿐이었다.

주위 사람들이 미스라를 훨씬 더 두려워하게 된 것은 말할 것도 없었다.

어깨가 부딪쳤을 뿐인데 그 상대를 파멸시키고 말았다. 그 정도의 힘이 자신에게 있었다는 것을 알게 되면서, 그 일은 미스라에겐 잊기 어려운 사건이 되었다.

그 이후에도 비슷한 사건이 몇 번 더 일어났으며, 그럴 마음은 전혀 없었음에도 미스라는 무시무시한 대귀족으로서 군림하게 된 것이다.

················.

············.

······.

그런 일도 있었다 보니 미스라는 자신의 발언이 얼마나 강한 힘을 지니고 있는지 잘 알고 있었다.

말을 상당히 아끼게 된 것도 그래서였다.

그리고 이번 사건.

공작가에 종사하는 우수한 첩보원들이 조사한 결과, 루드라의 실종은 확실한 것 같았다.

죽은 것인지, 도망친 것인지, 그런 것은 아무래도 좋았다.

문제가 되는 것은 제국의 수호룡인 베루글린드가 '용사' 마사유키를 새로운 황제로 추대하고 있다는 점이었다.

'수수께끼에 싸여 있던 원수 각하의 정체가 바로 '카디널(작열룡)' 베루글린드 님인 것으로 추측됩니다. 그리고 그분이 집착하시는 마사유키 님이야말로 진정한 루드라 님의 '영혼'을 이어받은 분인 것 같습니다.'

보고서에는 그렇게 적혀 있었다.

이런 정세를 거역하는 것이 불가능하다는 것은, 생각할 수 있는 지능이 조금이라도 있는 사람이면 바로 이해할 수 있을 것이다.

제국의 제위계승은 다른 작위들과는 달리 핏줄이라는 것을 중요하게 여기지 않기 때문이다. 아니, 세간에선 일반적으로 중요하게 여기겠지만, 진짜 고귀한 자들은 루드라의 '영혼'이야말로 중요하다는 것을 알고 있었다.

공작인 미스라도 당연히 이해하고 있었다.

(이건…… 자칫하면 가문이 파멸되는 것으로 끝날 수준이 아니로군. 내 파벌에 속한 자들이 폭주하는 것도 위험해. 이번 일은 단단히 각오하고 내가 직접 나서야겠어.)

미스라는 현명했기 때문에 그런 판단을 내리는 것도 당연했다.

정치와는 거리를 두면서도 귀족들에게 미칠 영향력은 남길 수 있는 지위가 이상적일 것이다.

앞으로도 현재의 작위를 담보로 활용할 수 있다면 경제적인 고생은 하지 않아도 될 것이다. 무리해서 정치에 가담하지 않더라도, 봉록을 받으면서 원하는 대로 그림을 그리는 생활도 꿈으로만 끝나지 않을 것이다.

그게 최고의 결과라고 하면, 그다음으로 좋은 선택은 지방에 은거하는 것이다.

영지경영에 전념하면서 지방영주 노릇만 하며 살아가는 것이 좋을 것이다. 어느 정도 바쁘기는 하겠지만 그림을 그리는 시간은 남아 있을 것이다. 귀찮은 인맥관리도 비중이 줄어들 테니까 자신의 미래로서 불만은 없었다.

최악은 베루글린드의 역린을 건드리는 것이다.

이것만큼은 절대 해선 안 된다.

그렇게 되지 않기 위해서라도 지금이 바로 승부처다.

미스라는 한 가지 계획을 생각해내기로 했다.

자신의 악평을 이용하여 제도에서 추방되는 것을 노리기로 한 것이다.

오만불손한 태도로—— 아니, 평소 하던 대로 발언하면 상대는 미스라를 부담스럽게 여길 것이다. 그렇게만 되면 자신의 계획은 거의 완성된 것이나 마찬가지이므로, 그다음에는 어떻게든 트집을 잡고 화가 난 것처럼 굴면서 자리를 떠나면 된다.

교섭은 결렬. 그리고 미스라는 자신의 불리함을 깨닫고 제도에서 지방으로 달아난다.

그런 식으로 스토리를 만들 예정이었다.

그랬는데 미니츠는 이해가 되지 않는 두 가지 선택을 들이밀었다.

'제국을 지배하고 싶으십니까? 그렇지 않으면 저희와 손을 잡고 협력하고 싶으십니까?'

둘 다 거절한다는 게 자신이 미리 생각해둔 대답이었다.

하지만 그걸 말로 하는 것은 위험했다.

미스라는 고민했다.

미니츠의 이야기는 계속 이어졌다.

마국에서 온 외교무관(테스타로사)까지 가담하면서 자신들의 정당성을 증명하고 있었다.

그런 건 설명을 듣지 않아도 잘 알고 있었다.

모든 사정을 파악해두는 것은 교섭의 기본이므로 당연한 것이었다.

(자, 이제 어떻게 한다? 이 두 가지 선택은 어느 쪽도 고르고 싶지 않은데. 이런 상태에서 이 나라의 정치에 관여하게 되면 과로사할 게 뻔하지 않은가. 더 이상 일할 시간을 늘렸다간 그림을 그릴 시간은 물론이고 사랑하는 딸과 놀아줄 시간까지 사라지게 된단 말이다!)

미스라에겐 사랑하는 딸이 있었다.

나이는 아직 세 살. 한창 귀여울 시기였다.

그리고 갓 태어난 아들도 있었다.

그러고 보니 최근 들어 아내의 상태가 좀 이상했는데, 아들이 태어나자마자 미스라의 눈길을 피하게 된 것이다.

미스라가 한눈에 반한 후작가의 아가씨. 자신의 아내가 되라고 말한 그다음날에는 바로 같이 살게 된 여성이었다.

속으로 무슨 생각을 하는 듯한 태도를 보이게 된 아내는 최근 들어 미스라가 느끼게 된 불안의 씨앗이었다.

결혼 초기부터 데면데면하게 굴긴 했지만, 애초에 그렇게 시작된 관계였기 때문에 어쩔 수 없는 일이라고 생각했다. 순조롭게 딸도 태어났고 너무나 바라던 사내아이까지 얻었다. 이런 식으로 천천히 애정을 키워나가자고 생각했지만……

(그래. 지금 단호하게 거절하지 않으면 아내와 이야기를 나눌 시간까지 사라지고 말겠지. 제국이 어찌 되든 내 알 바가 아니지만, 내 가정이 원만해지지 못한 것만큼은 막아야 한다!)

미스라는 다시 각오를 굳혔다.

오늘 모임에서 평화적으로 끝을 낼 예정이었지만, 어느 정도의 풍파는 어쩔 수 없다고 생각했다.

그리고 그 '대답'을 입에 올렸다.

＊

"말이 안 통하는군. 제위를 찬탈한 게 아니라고? 잠꼬대는 자면서 하지 그러나. 그리고 테스타로사 공이라고 했던가? 귀공은 무슨 권리가 있어서 우리 제국의 국내사정에 대해 함부로 입을 놀리면서 끼어드는 건가? 그래, 제국은 전쟁에서 귀공의 나라에게 패하긴 했지. 하지만 '영공권'을 포기하고 국가조약을 맺는다는 두 가지 조건을 받아들이면서 제국과 귀국 사이에는 화친이 성립되었네. 그와 동시에 국교도 수립된 셈이긴 하지만, 귀국에게 '우호국의 주권까지 간섭할 권리가 있다'는 주장이라도 하고 싶은 건가?"

이렇게까지 말하는 건 위험한 도박이다. 그래도 미스라는 작정하고 한발 더 나아갔다.

자신이 따져 물은 상대는 무시무시한 국력을 보유한 마국의 외교무관이다. 외국을 상대하는 마왕의 전권대리인이라고 할 수 있는 존재이므로 그녀를 분노하게 했다간 다시 전쟁이 일어날 수 있는 가능성도 부정할 수 없었다.

하물며 그녀의 정체가 블랑(태초의 흰색)이라는 것도 미스라는 이미 파악해두고 있었다. 제국이 두려워하는 대악마를 상대로 터무니없는 폭언을 입에 올리고 있다는 걸 자각하고 있었다.

"어머나, 제가 좀 지나치게 나섰나요?"

"흥! 이 방에서 나가란 말은 하지 않겠다. 귀국의 주인도 우호국의 향후 방침을 알고 싶어 할 테니까 말이야."

"깊은 배려에 감사를 드립니다."

자, 화를 내라! 그런 바람을 담고 매몰차게 대했지만, 가볍게 받아넘기는 바람에 미스라는 당황했다.

(이렇게까지 말하면 나를 배척하는 쪽으로 움직일 거라 생각했는데…… 이자들, 대체 무슨 생각이지?)

격노하면 어떻게 할지 걱정하고 있었지만, 이렇게까지 아무렇지도 않은 반응을 보이면 그건 그것대로 곤혹스럽다.

너무 지나치게 분노하면 자신의 목숨은 없을 것이다. 지금 한 발언만으로도 수명이 줄어드는 기분을 느꼈던 만큼 더 이상의 공격적인 발언은 사전에 생각을 해봐야 했다.

(어떻게 하지? 더 세게 나가야 하나?)

더 세게 나가기 위해서 한 발을 내딛는 것이 두려웠다.

그래서 자신이 공격할 대상을 다른 쪽으로 바꿨다.

"나는 위대하신 루드라 황제와는 아버지가 다른 형제 사이이며 동생이다. 내 형님의 생사도 현재 행방불명인 상태에서 마사유키라는 어디 출신인지도 모르는 자를 새로운 황제로 멋대로 정해놓은 것도 모라자서 수치심도 없이 내 도움을 바란단 말이냐? 나는 네놈들이 무슨 생각을 하는지 전혀 이해가 안 간다!"

조금만 더 힘을 실은 말투로 외치면서 미스라는 상대를 마구 다그쳤다.

이 말에 어떻게 반응하느냐에 따라서 빠르게 방침을 전환해야 한다. 지금부터가 진짜 승부인 것이다.

하지만 유감스럽게도——.

미스라의 도박은 최악의 형태로 결과가 나왔다.

"어머나, 내 결정에 이의를 제기하겠다는 건가요? 루드라의 혈연이라고 내가 봐줄 거라고 예상했다면 그건 안일한 생각이라는 걸 가르쳐줘야겠군요."

(으, 으허———억, 베루글린드 니임——?!)

소리 없는 절규가 미스라의 심장에서 튀어나왔다.

입에서 영혼이 빠져나가는 느낌이 들 정도로 미스라는 충격을 받았다.

승부가 불리해지는 수준이 아니라 단번에 몰리는 상황이 되었다.

이제 자신은 끝났다고 생각하자, 미스라는 왠지 모르게 속이 시원해지는 것 같았다.

그래서인지 이번 기회에 하고 싶은 말을 다 하자는 마음을 먹게 되었다.

"홋, 원수님—— 아니, 제국의 수호룡이신 베루글린드 님이 아니십니까. 오늘 회담에 참가하신다는 이야기는 듣지 못했습니다만, 이렇게 뵙게 되어 영광입니다."

우선은 그녀가 딱히 대단하지 않다는 어필을 했다.

속으로는 도망치고 싶었지만, 어차피 무리라는 것을 깨닫고 있었다.

"아, 죄송합니다. 저도 사실은 황제 자리에 어울리지 않는다고 생각합니다. 하지만 제국에 사는 사람들을 생각한다면 제가 황제가 되는 것이 제일 나은 결과일 것 같아서……."

소리도 없이 문을 열고 들어온 베루글린드를 따라서 마사유키까지 등장했다.

미스라의 입장에선 전혀 계산하지 못한 일이었다.

이 상황을 통해 판단하자면, 이제 자신의 목숨은 완전히 끝났음을 깨달을 수밖에 없었다.

하지만 궁금한 것도 있었다.

"호오? 새 황제폐하께선 꽤나 자신이 없으신 것 같은데요? 그런 마음가짐으로 제 형님을 대신하실 수 있으리라 생각하십니까?"

비아냥거리는 투로 물었지만 반은 진심이었다.

어차피 자신을 처분할 생각이라면 좀 더 당당하게 허세를 부리면 될 텐데——. 그런 의문을 품은 것이다.

"아하하, 저도 얼마 전까지는 평범한 학생이었는걸요. 자신이 있느냐 없느냐를 이야기하기 전에 황제가 된다는 건 상상도 하지 못했습니다."

"흥, 한심하군. 그런 꼴로 패도를 걷겠다는 겁니까?"

그런 말이 입에서 멋대로 나오고 말았지만.

(어라? 이자가 지금 이상한 말을 하고 있는 것 아닌가? 미니츠나 칼리굴리오의 반응에선 알아차리지 못했지만, 아무래도 내 부하들이 조사해온 정보와는 다른 것 같은데…….)

미스라가 거느린 첩보부의 보고에 따르면 새 황제는 패기가 넘치는 인물이라는 평을 받고 있었다. 민중으로부터 절대적인 지지를 받고 있으며, 제국이 상대도 되지 않았던 마왕 리무루조차도 마사유키의 실력을 인정했다는 이야기를 들었다.

그랬는데 눈앞에서 쓴웃음을 짓는 소년은 그런 인물상과는 전혀 일치하지 않았던 것이다.

(이게 어떻게 된 거야?)

미스라는 자신도 모르게 한 번 더 마사유키 쪽으로 시선을 돌렸다.

"아뇨…… 진심을 말하자면 패도 같은 건 사양하고 싶습니다."

"네에?"

미스라의 입에선 자신도 넋 나간 소리가 튀어나오고 말았다.

그리고 그런 반응을 보인 건 미스라뿐만이 아니었다.

"잠깐, 폐하! 이런 자리에선 좀 더 위엄 있는 모습을 보이시라고 제가 그렇게나 부탁을 드리지 않았습니까!"

"그 말이 옳습니다. 이 자리에서 미스라 공을 동료로 받아들이느냐 아니냐에 따라서 제국의 향후 통치방침에 큰 영향을 줄 수 있단 말입니다. 저랑 미니츠를 위해서라도 고생을 함께 할 동료가 필요합니다."

미니츠랑 칼리굴리오가 동시에 마사유키에게 애원하고 있었다.

(내 앞에서 이런 모습을 보인 시점에서 이미 돌이킬 수 없게 되었다만……. 그리고 그 대화를 들은 지금, 동료로 들어오라고 해도 말이지…….)

솔직히 말해서 절대 가담하고 싶지 않다는 마음이 강해지고 말았다.

하지만 살아남을 수 있으니 이대로 처분되는 것보다는 낫겠다는 생각도 들었다. 미스라는 어리석지는 않았기 때문에 자신에겐 주도권이 남아 있지 않다는 것을 잘 이해하고 있었던 것이다.

"이런 멍청이들, 마사유키에게 강요하지 않겠다는 약속을 잊은 건 아니겠죠?"

"아니, 아니에요, 베루글린드 씨!! 강요받은 건 아니니까 괜찮아요."

"마사유키 님!"

"폐하아!!"

살짝 기분이 상한 베루글린드를 마사유키가 당황하면서 달랬다. 그 모습을 보고 미니츠와 마사유키가 감격하고 있었다.

"아, 마사유키. 예전부터 말하고 싶었던 건데, 날 부를 때는 글린이라는 애칭으로 불러주면 좋겠어요."

"아, 네. 음, 저기, 그러면 글린, 씨?"

"우후후, 기뻐요, 마사유키. 루드라와는 달리 솔직하네요. 칼리굴리오와 미니츠의 언동을 당신이 마음에 두지 않는다면 저도 굳이 따질 필요가 없겠죠. 다행인 줄 아세요, 두 사람 모두."

"네, 감사합니다!"

"폐하의 온정은 평생 잊지 않겠습니다!!"

베루글린드의 기분이 나아진 것 같으니 일단은 안심했다.

그런 일련의 흐름을 보고 있던 미스라는 '아아, 정말로 힘들겠구나'라고 생각하면서 진심으로 그들의 고생을 실감하고 있었다.

(과연. 나를 끌어들이려 한 것은 정세를 안정화시키는 게 목적이 아닌 것 같군. 베루글린드 님의 분노를 분산시킬 수 있는 동료가 필요하다는 것이 진짜 목적이겠지. 아니, 그렇다고 해도 저 마사유키라는 소년은──.)

자신과 마찬가지이지 않은가──. 미스라는 그런 생각이 들었다.

그리고 그렇게 느낀 것은 미스라만이 아니었다.

"그건 그렇고 미스라 씨, 라고 불러도 될까요?"

"나는 인정하지 않지만 다들 귀공이 황제라고 하니까 말이지. 마음대로 부르시오."

"그럼 그렇게 하죠. 미스라 씨는 저를 어떻게 생각하나요? 혹시 평범한 청년으로 보이진 않나요?"

"무슨 말을 하는 거요? 귀공은 황제니까 평범한 청년이고 뭐고 할 것이──."

"아뇨, 아뇨, 그런 이야기가 아니에요. 차분하게 솔직한 감상을 들려주면 좋겠는데요."

"그러니까 무슨 이야기를 하는 거요?"

마사유키가 무슨 말을 하고 싶은 건지, 미스라는 이해를 할 수가 없었다.

하지만 이 대답의 결과가 미스라의 운명을 결정하게 될 것이다.

"미스라 씨는 제가 평범하다고 생각하죠?"

"불경하다고 말하고 싶은 것이오? 그렇다면 솔직히 말하겠지만, 귀공은 내 형님에 비하면 한참 모자라오. 황제는커녕 남의 위에 설 만한 그릇조차도 되지 않는 것 같소."

이렇게 말해버리면 자신은 파멸될 것이다. 미스라는 그렇게 생각하면서도 될 대로 되라는 기분으로 그런 말을 내뱉었다.

어차피 베루글린드가 나서서 죽일 거라면 고통스럽지 않게 죽여주길 바랐다. 격정에 사로잡힌 베루글린드라도 그 정도 소원쯤은 들어주리라 생각했다.

하지만 그 이상의 반응을 보였다.

베루글린드가 아니라 마사유키가.

"미스라 씨! 당신은 정말 대단하군요! 나는 당신 같은 사람이 필요했어요!!"

"뭐어?"

이해가 되지 않아서 되묻자, 마사유키가 열변을 토했다.

"전 말이죠, 자신의 권능이란 것 때문에 다른 사람들이 멋대로 절 대단한 사람이라고 여기거든요."

마사유키는 큰 소리로 말했다.

자신의 뜻과는 상관없이 얻게 된 유니크 스킬 '선택된 자(영웅패도)' 때문에 지금까지 얼마나 고생을 했는지를.

하물며 지금은 유니크 스킬이 얼티밋 스킬(궁극능력) '진정한 영웅(영웅지왕)'으로 진화하고 말았다. 그 권능은 정말 엄청난 것이며, 문외한에게 정치를 맡기면 안 된다는 기초적인 상식마저도 마사유키만은 예외적인 취급을 받도록 만든다는 것을.

"뭐, 라고요……?"

"그러니까, 그러니까 말이죠, 미스라 씨처럼 진짜 제 모습을 이해해주는 사람이 있어서 너무 기뻐요!!"

미스라의 눈에서 뜨거운 물방울이 흘러 떨어졌다.

"마사유키 군, 아니, 폐하!"

마사유키의 고생이 남의 일이 아니라, 미스라 자신의 일인 것처럼 이해할 수 있었다.

그뿐만이 아니었다.

자신이 마사유키의 이해자라면 그 반대의 관계도 성립되지 않겠느냐는 생각이 든 것이다.

"잠깐, 이제 겨우 저를 이해해줄 사람이 나타났는데, 폐하라고 부르진 말아 주세요!!"

"그래, 그 말이 옳아. 나도 알지. 알다마다. 실은 나도 같은 고통을 늘 가슴속에 품고 살았으니까."

"네?"

"내 말을 들어보겠나? 정말 심할 때엔 내가 '난감하군'이라고 중얼거리기만 했는데 사람이 체포되면서 그대로 끌려가 버렸다네. 솔직히 말해서 앞으로는 일절 입을 열지 않는 게 좋지 않을까 하는 생각까지 했을 정도야. 역시 그건 무리였지만, 속마음을 솔직히 말하지 못하는 건 너무나도 힘들었어."

"이해가 갑니다! 제 경우엔 진심을 말해도 그게 통하지 않았어요. 다들 멋대로 해석하면서 절 자꾸 높게만 평가한다니까요. 정말 그러지 않았으면 좋겠는데, 정신을 차려보니 황제가 되어 있지 뭐예요!"

"그것도 어떤 의미에선 공포로군."

"그렇죠?! 정말로 무서워요. 제 동료였던 진라이 씨도 처음에는 정말 심각했어요. 지금은 절 이해해주는 사람이 되었지만, 예전에는 리무루 씨에게 싸움까지 걸었다니까요! 제 이름을 앞세우는 건 제발 그만하라고 몇 번이나 속으로 빌었는지……."

"나도 이해가 되네. 그래서 나도 이번에는 동행을 데리고 오지 않은 거야. 무슨 말을 할지 모르니까 두려워서 말이지."

같이 참석한 자의 발언으로 인해 교섭이 결렬되는 일은 지금까지 종종 있었다. 이번만큼은 절대 그런 실패를 해서는 안 되었던 것이다.

"자주 생기는 일이죠. 야아, 저만 그런 줄 알았어요."

"하하하, 서로 힘들게 살았군."

"웃을 일이 아니라니까요. 정말."

마사유키와 미스라는 다른 자의 존재를 잊어버린 채 이야기에 몰입했다.

두 사람은 미소를 짓고 있었다.

그리고 두 사람 사이엔 어느새 우정이 싹텄다.

"……그렇군요. 루드라를 밴 탓에 모체에 면역이 생겼단 말이네요. 이런 일이 일어날 수 있다는 건 오랜 세월을 살아왔지만 처음 알았어요."

베루글린드도 놀랐다.

하지만 지금은 두 사람의 우정을 축하하면서 묵묵히 지켜보기로 했다.

＊

마사유키와 미스라가 마음의 벗이 되면서 모든 응어리가 해소되었다.

따라서 미스라는 협조할 것을 약속했다.

단, 자신은 정치에 직접 관여하지 않고 문벌귀족을 통솔하여 뒤에서 지지하기로 했다.

자신의 시간을 소중히 하고 싶다는 마음도 있었지만, 의논 끝에 그렇게 하는 게 서로가 편할 것 같다는 결론을 내린 것이다.

"나는 어디까지나 지금 이대로 현재 상황에 불만이 있는 귀족들을 통솔하도록 하지. 하지만 유능한 자는 나름대로 잘 타일러서 귀공들을 돕도록 안배하겠네."

"감사합니다. 인재부족이 심각한 상황이니까요."

"군부도 그렇게 하는 게 좋겠군. 어설픈 반란이 일어났다간 인재를 잃어버릴 뿐이니까 말이야. 미스라 공이 협조해주신다면 시간을 들여서 반란분자를 우리 편으로 포섭할 수 있을 거야."

그런 식으로 이야기가 깔끔하게 마무리되었다.

회담도 끝나면서 해산하게 되었지만.

"잠시만요."

자리에서 일어선 미스라에게 테스타로사가 말을 걸었다.

"미스라 공, 잠시 시간을 내주실 수 있을까요?"

미스라는 속으로 흠칫했다.

테스타로사에게도 폭언을 뱉은 것을 스스로도 또렷이 기억하고 있었기 때문이다. 회담의 분위기 덕분에 유야무야된 것 같다고 생각하면서 안도하고 있었는데, 아무래도 그건 안일한 생각이었던 것 같았다.

"무슨 일이오?"

목소리가 떨리지 않도록 애를 쓰면서 의자에 다시 앉았다.

"아뇨, 아까 했던 이야기를 듣고 아무래도 마음에 걸리는 게 있어서 잠시 조사해봤어요. 당신은 숨겨진 스킬을 보유하고 있는 것 같군요."

"뭐? 나한텐 그런 건──."

아무래도 분위기가 예상과는 다르게 돌아가는 것 같다고 생각하면서, 미스라는 부정하려고 했다. 그런 그의 말을 가로막으면서 테스타로사가 자신의 발언을 이어갔다.

"아아, 오해하지 말아요. 그건 무자각형──과연, 유니크 스킬 '무서운 사람(악인면, 惡人面)'──이었군요. 대대로 이어지는 계승형이기도 하죠. 아마 아버지한테서 물려받은 것 같은데요? 당신의 아버지도 주변 사람들이 두려워하지 않았나요?"

"……."

엄청나게 두려워했다.

힐메나드 공작가에서 태어난 장남의 숙명이라고, 미스라는 그렇게 배웠던 것이다.

"당신이 그걸 자각한다면 앞으로는 교섭을 더욱 유리하게 이끌 수 있게 될 것 같네요."

그 사실을 가르쳐준 것은 테스타로사답지 않은 간섭이었다. 좀처럼 없는 일이지만, 테스타로사는 자신의 마음에 든 인간에겐 자상하게 대했던 것이다.

"놀랍군. 나한테 그런 힘이……."

"당신에겐 그런 힘이 있어요. 쓰는 법까지는 가르쳐주지 않겠지만, 특별 서비스로 다른 걸 하나만 더 가르쳐주죠."

"음?"

"당신의 부인도 당신을 두려워하고 있어요."

"설마. 내 아내는 정숙한 사람이라서 한 번도 싸워본 적도 없소. 내가 그 사람에게 화를 낸 적도 절대 없소이다."

무슨 멍청한 소리를 하는 건가 싶어서 미스라는 웃었다.

테스타로사는 쓴웃음을 지었다.

"이번 교섭을 유리하게 이끌기 위해 입수한 정보니까 확실해요. 당신 어머니는 면역이 있었으니까 문제가 되지 않았겠지만 당신의 부인은——."

"설마……."

"그래도 가족이오. 미스라 공을 이해하고 계시지 않겠소?"

"그러게 말입니다. 둘째 아이도 막 낳지 않았습니까? 그렇다면 부인께서도 미스라 공을 사랑하고 계실 겁니다."

동요하는 미스라.

그런 미스라에게 칼리굴리오과 미니츠가 애써 위로의 말을 건넸다.

하지만 베루글린드가 그런 분위기를 박살 냈다.

하지만 그건 진실이 담긴 말이기도 했다.

"멍청하긴. 그 아이는 당신이 고대하던 장남이잖아요? 부인으로서는 귀족의 아내로서 계승자를 낳았으니까 이제 의무는 다했다고 생각하고 있을 수도 있어요. 그리고 당신, 애초에 아내에게 자신의 마음을 제대로 전하고는 있나요?"

"그게 무슨 말씀인지……?"

"사랑한다고 말한 적은 있나요? 아이를 낳아줘서 고맙다고, 직접 말로 전한 적은 있느냐는 뜻이에요."

듣고 보니, 미스라는 그런 말을 한 기억이 없었다. 자신의 어리석음을 깨달으면서 얼굴이 곧바로 창백해졌다.

"자신의 마음을 말로 전하는 건 의외로 애정을 붙들어두는 데 있어서 중요한 거랍니다. 이번 기회에 자신의 마음을 솔직히 전해보는 게 좋지 않을까요?"

테스타로사가 그렇게 충고하자, 미스라는 고개를 끄덕였다.

"나는 이만 실례하겠소!"

그 말을 남기고는 전속력으로 그 자리를 떠났다.

그리고 집으로 돌아온 미스라가 본 것은 바로 집을 나가려고 하던 아내의 모습이었다.

간발의 차이로 늦지 않았던 거다.

미스라는 베루글린드와 테스타로사의 충고를 정확하게 이해하고 실행했다. 그 결과, 이혼이라는 최악의 사태를 피할 수 있었다.

그날 이후로 미스라는 늘 감사하는 마음을 잊지 않으면서 살았다.

정력적으로 새로운 황제인 마사유키를 도와주면서, 보이지 않는 곳에서 제국을 받쳐주는 존재가 된 것이다.

이리하여 제국귀족의 3대 파벌은 모두 마사유키의 밑으로 들어갔다. 몇 년은 걸리리라 생각했던 지배체제의 안정화 작업이 불과 몇 개월 만에 완수된 것이다.

미스라 공이 동료가 된 그날 밤.

"테스타로사 공의 말이 옳았단 말인가."

"뭐, 그렇다고 할 수 있겠군. 운도 좋았고, 마왕 리무루 님이 도와주신 거랑 베루글린드 님의 존재도 영향이 컸지만 말이야."

제도에 있는 요정에서 나는 미니츠와 축배를 들었다.

걱정거리였던 귀족들의 문제도 해결되었으므로 이제 남은 문제는 어그레서(침략종족)만 남게 된 것이다.

그에 대해선 현재 제국 각지에 첩보부원을 파견하여 이변이 없는지 조사하게 했다. 무슨 일이 있으면 보고가 올라올 것이며, 지방도시에는 재편한 로열 나이트(근위기사)들을 주둔시키고 있었다. 방심은 할 수 없지만 마음에 어느 정도는 여유를 가져도 될 것이다.

그런고로 오늘 밤은 마음껏 마실 생각이었다.

서로의 고생담으로 꽃을 피웠고 앞으로의 제국에 대한 희망을 이야기했다.

잘 생각해보면 미니츠와 이렇게까지 친해질 거라는 생각은 해보지도 못했다. 믿을 수 있는 부하이긴 했지만 마음까지 허락할 생각은 없었는데 말이지.

지금은 소중한 전우가 되었다.

그리고 함께 마사유키 폐하를 보필하는 믿음직한 동료인 것이다.

잔을 계속 기울이다 보니 거나하게 취하기 시작했다.

그런 나에게 미니츠가 새로운 화제를 언급했다.

"그건 그렇고 누구에게도 이길 수 있는 힘을 손에 넣은 기분은 어때?"

그런 질문을 받으면서 나는 한 번 더 생각했다.

그런 뒤에 대답했다.

"허무해. 목표를 잃은 것 같아서."

"그렇다면 이건 이제 필요가 없으려나?"

그렇게 말하면서 미니츠는 나에게 봉투를 내밀었다.

무슨 자료라도 들어 있는지 그럭저럭 두꺼웠다.

"이게 뭐지?"

"여기선 열지 마."

미니츠는 말끝을 흐리면서 유리잔을 기울였다.

그리고 비워진 유리잔을 놓고 일어났다.

"돌아가는 건가?"

"그래. 그건 말이지, 너를 상대로 비장의 수로 활용하려고 몇 년 전에 조사한 것에 대한 보고서야. 이젠 필요가 없으니 주겠어. 마음에 걸리는 점이 있었기 때문에 이번에 같이 조사하도록 시켰지. 나도 약간 놀랐으니까 차라리 모르는 게 행복할지도 몰라."

"음?"

"자신의 과거에 흥미가 없다면 읽지 말고 태워버려."

미니츠는 그 이상 설명하지 않았다.

내 의문에 대답해주지 않고, 뒤도 돌아보지 않은 채 손만 흔들어 인사하면서 그대로 돌아가 버렸다.

혼자 남은 나는 더 이상 술을 마실 기분이 들지 않았다.

그보다 미니츠가 무슨 뜻으로 그런 말을 한 것이지 궁금했다.

이 자료가 나와 관계가 있는 것은 분명했다.

그것도 나의 약점이 되는 자료라고?

나에겐 가족이 없다. 부정한 짓에 손을 대지 않았다고는 말할 수 없지만, 처벌을 받을 정도의 악행에는 가담하지 않았다.

미니츠도 그건 잘 알고 있을 텐데…….

아내였던 여자에 관한 내용일 것이라는 짐작이 들었다.

내 과거라.

그러고 보니 아직 복수도 끝나지 않았다.

지금의 내가 가진 지위라면 백작이 상대라고 해도 파멸시키는 것은 간단했다. 그렇기 때문에 언제든지 처리할 수 있다는 자만심이 생기면서 복수를 방치하고 말았다.

"그래. 이 타이밍에서 확실히 선을 긋기 위해서라도 과거와 제대로 마주하는 것도 좋을 것 같군."

나는 그렇게 중얼거리면서 요정을 뒤로 했다.

제도에 있는 자신의 저택으로 돌아와서 내 방으로 들어갔다.

거기서 나는 미니츠가 건네준 봉투에서 자료를 꺼내어 죽 읽어 봤다.

"이럴 수가…….'

나도 모르게 중얼거렸을 정도로 거기에 적혀 있던 것은 충격적인 내용이었다.

브루다프 백작이라고 적힌 것을 보고 복수할 대상의 이름까지 잊어버리고 있었다는 것을 깨달았다.

거기까지는 좋았지만 그다음 내용을 믿을 수가 없었다.

그 브루다프 백작이 지방귀족 일파를 이끌고 있었던 것이다.

그래봤자 무시해도 문제가 없는 수준이었다.

내 전처였던 아내의 가문인 남작가의 이름이 남아 있는 것은 당연했으며 따르고 있는 자들은 자작이나 남작 같은 하급귀족들뿐이었다.

규모가 크면 주목을 하겠지만, 열 명도 안 되는 세력인지라 보고도 그냥 넘어갔을 것이다.

그랬는데 내가 그냥 넘어갈 수 없는 내용이 적혀 있었다.

"──따르고 있는 귀족가문의 가주가 명령하여 어쩔 수 없이 시키는 대로 움직이고 있을 가능성이 높다니?"

무슨 뜻인지 몰라서 나는 황급히 뒷부분을 열심히 읽었다.

브루다프 백작을 따르고 있는 가문들은 전부 선대 가주의 인품이 고결했다고 한다.

어둠의 상인과의 거래 같은 건 아예 생각도 하지 않고 정당한 방법으로 영지를 다스렸다고 한다.

그렇기 때문에 쉽게 위기에 몰리고 말았던 것이다.

'브루다프 백작이 거느린 상인에게 빚을 져서 시키는 대로 하도록 압박을 받고 있는 것으로 보임'.

그런 내용이 보고서에 적혀 있었던 것이다.

내 머릿속을 그 정보가 소용돌이치고 있었다.

이게 사실이라면 브루다프 백작을 용서할 수 없다.

아니, 그 이전에──.

"마미아!"

나는 자신도 모르게 소리치고 말았다.

내 아내는 혹시 사실은 나를──.

그런 생각이 들자 더 이상은 가만히 있을 수가 없었다.

서둘러서 현관문으로 달려갔다.

"주, 주인님?! 이렇게 늦은 밤에 나가시는 겁니까?"

"볼일이 생겼다. 내 직속호위대를 비공장으로 집합시켜라. 그리고 정보국의 직원도 그곳으로 파견시켜라."

"──!! 즉시 시행하겠습니다."

우리 집의 집사장은 유능했다.

내 분위기를 보고 보통 일이 아니라는 것을 눈치챈 것 같았다.

더 이상은 아무것도 묻지 않고 내 명령을 신속히 실행해주었다.

＊

밤이 새기 전에 증거는 확보했다.

보고서가 정확했기 때문에 변명은 통하지 않았던 것이다.

꼴사납게 버럭버럭 소리를 지르면서 현실을 인정하지 않으려 했던 자는 단 한 명뿐이었다.

"너는 이제 끝이다."

"네, 네 이놈! 내가 누군 줄 아느냐?! 브루다프다! 지방귀족을 좌지우지하는 '팔명군(八名君)' 중의 한 명인 나를 무슨 권한으로 체포한단 말이냐?!"

어리석은 남자는 이렇게 된 상황에서도 아직 자신의 죄를 인정하지 않았다.

뭐, 그 말대로 브루다프가 발악할 만한 이유는 있었다.

우리 제국에서 귀족은 귀족이라는 이유만으로 불체포특권을 가지고 있기 때문이었다.

귀족을 체포할 수 있는 것은 황제가 체포허가서를 발행해준 자 뿐이었다.

단, 임페리얼 가디언(제국황제 근위기사단)에 소속된 로열 나이트 (근위기사)라면 전원이 그런 자격을 가지고 있었으며, 일부의 정 보국원도 허가를 받은 자였다.

즉——.

"브루다프 백작, 귀공의 죄상은 이미 확인이 끝났습니다. 피해 자의 증언도 확보했으니 더 이상 변명은 통하지 않는다는 걸 이 해하시기 바랍니다."

내가 데려온 정보국원도 당연히 체포권을 가지고 있었던 것이다.

상급귀족에 속하는 백작을 체포하는 것은 큰일이지만 빈틈은 허용할 수 없었다. 내 손으로 처형해주고 싶었지만 그건 월권행 위가 되므로 참았다.

내가 직접 처리했다간 긴 고통을 주지 않고 바로 죽여버릴 테 니까 말이지. 이 남자에겐 그런 자비를 베풀어주고 싶은 마음이 생기지 않았다.

"머, 멍청한 소리 하지 마라! 네놈들에게 무슨 권한이 있어 서——."

"입 다물어라, 브루다프. 네놈은 내 얼굴을 잊어버렸느냐?"

왼쪽 눈의 안대가 잘 보이도록 나는 브루다프를 정면에서 노려 봤다.

"윽, 서, 설마 귀공은 칼리굴리오 각하?!"

"알고 있었나."

"물론입니다! 각하의 활약상은 제국 곳곳에 널리 알려져 있으니까요. 그 누추한 마물의 나라에겐 아쉽게 졌다고 들었지만, 각하라면 반드시 설욕하실 것이라 믿어 의심치 않습니다!!"

이자는 뭔가를 착각하고 있군.

지금 한 발언을 테스타로사 공이 들었다면, 이자의 운명은 훨씬 더 최악의 형태로 하락했을 것이다.

그걸 내가 가르쳐주는 것도── 아니, 역시 그만두자. 섣불리 분노를 샀다간 휩쓸리게 될 테니까 말이지.

"뻔뻔하게 잘도 그런 소리를 내뱉는군. 네놈은 내가 남작가에서 쫓겨나는 것을 비웃지 않았더냐."

"──!! 그, 그건 오해입니다."

아직 설명도 하지 않았는데, 그 발언은 자신의 죄를 인정한 것이나 다름없군.

"말이 통하지 않는군. 네놈의 처분은 제국대심원(帝國大審院)에 맡길 것이니 각오해두는 게 좋을 것이다. 나와 달리 고문관은 친절하지 않으니까."

나는 굳은 표정을 유지한 채 그렇게 말해주었다.

브루다프가 창백한 얼굴로 소리쳤다.

"잠시, 잠시만요! 칼리굴리오 공!! 사과하겠습니다. 내 죄를 인정할 테니──."

"끌고 가라."

내 지시를 받고 기사들이 브루다프를 연행해갔다.

브루다프의 안일한 인식에는 어이가 없을 뿐이었다.

제국대심원이란 곳은 죄를 소상하게 밝히는 기관이 아니다. 정적을 함락시키고 그 지위를 빼앗기 위해 존재하는 것이다.

그렇기 때문에 죄를 인정하든 아니든 관계가 없다.

고문관은 죄인의 증언 따위는 바라지 않으며, 그자의 존엄성을 빼앗아서 순종적으로 만드는 것을 생업으로 삼고 있으니까.

"한없이 괴로워하면서 나를 포함한 피해자들의 원한이 어느 정도인지 직접 느껴보도록 해라."

잔뜩 위축된 브루다프의 뒷모습을 보면서 나는 나지막이 중얼거렸다.

*

기사들을 비공선에 태워서 돌려보낸 뒤에, 나는 개인용 오라바이크(마도이륜차)를 타고 변경에 있는 작은 도시로 갔다.

한동안 달리니 눈에 익은 풍경이 눈앞에 펼쳐졌다.

언덕을 넘어서자 예전 그대로의 저택이 보였다.

예전에는 더 컸던 것으로 기억했는데, 지금 보니 작군.

제도에 있는 내 저택과 비교한다면 반도 안 될 것 같았다.

하지만 그래도 나에겐 소중한 장소였다.

"그때가 그립군. 이곳은 전혀 바뀌질 않았어."

무슨 이유인지 그렇게 중얼거리고 말았다.

긴장하고 있기 때문일까.

그럴 만도 하지. 지금부터 만날 사람은 나를 버린 여자—— 아니, 그렇지 않다.

나는 이미 그게 착각이라는 것을 알고 있다.

나에게 필요한 것은 용기뿐이다.

지금은 정오가 지난 시간.

이 시간이면 전처가 정원 끝에서 휴식을 취하던 것을 떠올렸다.

나는 자신을 질타하면서 저택의 초인종을 울렸다.

"네, 누구십니까?"

귀에 익은 목소리.

나보다 열 살 정도 많았던, 이 저택의 집사장 보좌의 목소리였다.

"칼리굴리오다. 돌아올 생각은 없었지만 중요한 용건이 있어서 말이지. 미안하지만 마미아——히스 부인을 불러줄 수 있겠나?"

숨을 죽이는 기척이 느껴졌다.

잠시 뜸을 들인 뒤에 "알겠습니다"라는 대답이 들려왔다.

나는 응접실로 안내를 받았고, 거기서 마미아를 기다리게 되었다.

이제 남은 건 그 남자가 돌아오기 전에 자신의 진심을 밝히는 것뿐이다.

그 남자는 바로 나를 내쫓고 히스가(家)를 차지한 네스트 히스 남작을 말한다. 지금은 동료인 주쿠 자작의 부름을 받고 근처 도시까지 나갔을 것이다.

그런 걸 어떻게 알고 있느냐면 내가 그렇게 하도록 유도했기 때문이다.

나는 어젯밤에 브루다프의 동료들을 체포하기 위해 기사들을 보냈다. 그때 주쿠 자작을 체포할 때는 빈틈을 보이라고 지시해 놓았다.

물론 일부러 그랬던 것이다.

주쿠 자작이 네스트의 윗사람에 해당하는 자인 것은 이미 조사했기 때문에, 브루다프가 체포되었다는 심각한 상황을 알리면 연락을 취할 것이라고 예상했던 것이다.

내 생각대로 네스트가 움직인 것도 파악하고 있었다.

근처 도시와 이곳을 왕복하려면 아무리 말을 빨리 몰아도 최소한 반나절은 걸릴 것이다. 아침 일찍 출발했다고 들었으니 분명 저녁 이후에나 돌아올 것이다.

그러므로 그때까지는 결판을 내야했다.

"오래 기다리셨습니다, 칼리굴리오 각하. 오랜만에 뵙는다고 해야 할까요?"

오랜만에 들은 마미아의 목소리에 내 마음이 울렁거렸다.

자리에서 일어나 시선을 마주쳤다.

"그대와 나 사이에 경칭 같은 게 무슨 필요가 있을까. 잘 지냈소?"

마미아는 야위어 있었다.

화장은 했지만 흰 머리가 조금씩 나고 있는 것을 감추지 못하고 있었다. 외모를 가꿀 만한 금전적인 여유가 없다는 사실은 그 모습만 보고도 알 수 있었다.

분명 갑작스러운 방문이긴 하지만, 그래도 귀족의 부인이라면 좀 더 몸단장에 신경을 쓰는 것이 일반적인 반응일 것이다.

내 입장에서 어떤 모습이든 마미아는 마미아지만······.

네스트의 돈 씀씀이가 헤프다는 내용이 보고에 있었던 걸 생각해보면 그녀를 소중히 여기고 있지 않다는 뜻이다.

그런 생각이 들자 나도 모르게 화가 났다.

"그렇게 말씀해주시니 황송하군요. 칼리굴리오 각하께선 잘 지내시는 것 같아서 안심했습니다."

마미아의 태도는 여전히 딱딱했다.

내가 찾아온 목적을 몰라서 긴장하는 것이다.

예상했던 대로다.

"그건 그렇고 오늘 찾아오신 목적은 저를 처벌하기 위해서인가요?"

그런 말까지 하고 있었다.

"무슨 말을 하는 거요?"

"후후, 오늘 아침 일찍 남편이 서둘러 나가더군요. 뭔가 부정한 일을 저지른 것 같다는 생각을 했답니다. 그리고 당신이 그 부정한 짓에 대한 증거를 확보한 것이겠죠? 저는 당신을 배신한 여자. 저에게만 온정을 베풀 이유는 딱히 떠오르지 않으니까요."

그렇게 단정하듯 말하던 마미아의 눈은 희망을 잃은 채 완전히 지친 것처럼 보였다.

헤어지고 나서 20년이나 지났다.

나에게도 많은 일이 있었지만, 그건 마미아도 마찬가지였다.

그런 말을 들을 자격이 나에게 있는지는 모르겠지만, 그래도 오해만은 풀어야 했다.

"이유라면 있지. 그대는 내 아내였던 사람이오. 그리고 그 사랑은 그때와 비교하면 여전히 변하지 않았소."

"무슨 농담을──."

"농담이 아니오."

내가 단언하자 마미아의 눈동자가 흔들렸다.

"무슨 말씀을 하시는 건지── 저는 어리석은 여자예요. 당신이 기억할 만한 가치도 없는 짐승만도 못한 인간이라고요. 왜냐하면 저는 용서받지 못할 큰 죄를 저질렀으니까요. 당신에게 돌이킬 수 없는 짓을──."

말을 채 끝내지 못한 마미아의 눈에선 눈물이 떨어졌다. 아무렇지 않은 듯이 굴고 있었지만, 자신의 입으로 말하는 동안 자신이 저지른 죄를 다시 인식하고 만 것이다.

그랬다.

생각이 났다.

왜 나는 중요한 걸 잊어버리고 마미아를 원망하고 말았을까…….

남작이었던 장인어른은 훌륭하신 분이었으며 내가 존경하는 주인이었다.

그분에게서 소중한 따님을 부탁받았는데, 나는 대체 왜 그런 멍청한 짓을 한 걸까…….

"그대에겐 아무런 잘못이 없소. 내가 멍청했던 거요. 그 남자의 치졸한 속임수를 알아차리지도 못한데다 지키겠다고 맹세한 자에게 상처를 주고 말았으니까."

나는 그녀를 타이르듯이 천천히 말했다.

그 말을 들은 마미아는 놀란 표정으로 나를 봤다.

지금이라면 내 말에 귀를 기울여줄 것이다. 이 기회를 놓치지 않고 나는 계속 말했다.

"왜 나는 그대를 믿지 않았을까. 지금도 그걸 생각하면 후회가 막심하오. 그대와 히스가의 사정은 잘 알고 있소. 한 번 더 나를 믿어주지 않겠소?"

"무슨 말씀을 하시는 거죠?! 몇 번이고 말하지만 저에겐 그럴 자격이 없어요. 당신에겐 저를 처벌할 권리가 있다니까요!"

"자격이 없는 건 내 쪽이겠지. 그대와 그대의 집안을 저버린 것은 내 죄요. 그대를 지키는 기사가 되겠다고 맹세했는데, 이런 꼴이 되었구려."

그러니까 한 번 나에게 찬스를 주면 좋겠다. 그런 바람을 담은 눈길로 나는 마미아를 계속 바라봤다.

"믿어도…… 된단 말인가요?"

마미아의 눈물은 멈출 줄 몰랐다.

나는 그 눈물을 손가락으로 닦아준 뒤에 힘차게 고개를 끄덕였다.

"이제 두 번 다시 나는 그대를 저버리지 않겠소."

내 품으로 뛰어든 마미아를 부드럽게 안아주면서 진심으로 그렇게 맹세했다.

*

히스가를 모시는 하인들을 모아서 자세한 이야기를 들었다.

당시에 이 집안에서 일하던 자들 모두가 마미아를 지키기 위해서 연대책임으로 그때 그 일을 진행시켰다고 한다. 나에게 약을 먹인 자도 아직 남아 있었기 때문에 증거를 모으는 건 어렵지 않게 끝났다.

"나와 의논을 했으면 좋았을 것을."

그렇게 말하자, 세상을 떠난 아버지를 대신하여 정식 집사장이 된 남자가 모두를 대표하여 가르쳐줬다.

"협박을 받았습니다. 이 집안의 빚을 대신 책임지겠다고 했지

만, 그 권리를 비합법적인 조직에게 넘기겠다고 하더군요. 그렇게 되면 마님뿐만 아니라 주인님의 목숨도 위험해졌을 겁니다. 그 말을 듣고 나니 그자가 꾸민 계획에 협조할 수밖에 없었습니다. 정말 죄송합니다. 모든 것은 저희가 부족했기 때문입니다!!"

뭐, 조사보고서에 적혀 있던 것과 다르지 않은 내용이었다.

당시의 나는 지금과 같은 힘이 없었다. 우수한 기사였다고는 생각하지만, 그 실력은 잘해야 B랭크 수준이었다.

혼자만의 힘으로는 이 집안을 완벽히 지켜낼 수 없었을 것이다.

"이미 지난 일이다. 중요한 건 지금부터지."

"……그 말씀이 옳다고 생각합니다. 모든 처벌은 제가 받겠으니 부디 이 집안의 사람들에겐 관대한 처분을 부탁드립니다."

집사장이 머리를 숙이면서 그렇게 말하자, 다른 하인들도 각자 사과하기 시작했다.

그 광경이야말로 장인어른의 인덕을 보여주는 것이었다.

"착각하지 마라. 나도 잘못이 있었으니까 너희에게 책임을 떠넘길 생각은 없다. 그러니 앞으로도 우리를 도와다오."

나는 그렇게 내 마음을 밝혔다.

잘못한 것은 모두 마찬가지라고.

연대책임을 지겠다면 그 자리에 나도 끼워주면 좋겠다고.

"칼리굴리오 님──!!"

집사장의 눈에도 눈물이 반짝였다.

하지만 그 직후, 뭔가를 알아차린 것처럼 고개를 갸웃거렸다.

"응? 마님을 돕는 것은 당연합니다만 우리를 도와달라, 고요?"

들켰군.

"저기 칼리굴리오…… 님? 그게 무슨 뜻인지요?"

마미아까지 물어봤다.

지금이 중요한 고비였다.

만약 거절이라도 당하면 어떡하나 싶어서 진심으로 두려웠지만, 나는 용기를 억지로 짜내서 모두에게 말했다.

"뭐, 그 말 그대로다. 우리는 모두 잘못을 저질렀다. 즉, 이혼한 사실도 우리의 잘못으로 인해 일어난 일이니까 없었던 일로 생각해야 하지 않겠는가. 너희도 그렇게 생각하겠지?"

속마음과는 달리 태연하게.

솔직히 말해서 이런 논리를 계속 우기는 것은 무리가 있었다.

나와 마미아의 이혼신청서는 물론이고 네스트와 마미아의 재혼신고서까지 정식 서류로서 제국법무원에 제출되었으며, 먼 옛날에 이미 수리되었기 때문이다.

일반적으로 생각해보면 이걸 다시 뒤집기는 불가능──하겠지만, 미니츠라면 어떻게든 해결해줄 것이라고 나는 확신하고 있었다.

"──그러니까 저희가 다시 부부가 된다, 는 말씀인가요?"

"그런 뜻이긴 한데, 그대는 싫은 거요?"

심장이 두근거리는 소리를 내는 것 같았다.

"정말로 괜찮은가요? 저는 당신을──."

"내가 그렇게 되기를 바라고 있소. 내 부탁을 들어주면 좋겠소."

"하지만 저는 약으로 당신을……."

나에게 독을 먹인 것을 말하는 것이겠지만, 그 문제도 이미 해결되었다.

리무루 폐하가 소생시켜주신 이 몸은 생식능력이 있다는 이야기를 들었으니까. 그러므로 독의 영향은 분명 사라졌을 거라고 생각한다.

"그것도 걱정할 필요 없소. 내 생각이지만 아마도 문제는 없을 거요. 그러니까 한 번 더, 나와 함께 부부로서 다시 살아주지 않겠소?"

혼신의 고백이었다.

프러포즈는 한 번으로 충분하다고 생각했는데, 같은 여성에게 한 번 이런 말을 하게 될 줄은 몰랐다.

하지만 이걸 성공시키지 못하면 나는 앞으로도 계속 허망한 존재로 남을 것 같았다.

나는 싸우러 갈 때보다 더 긴장하면서 마미아의 대답을 기다렸다.

마미아의 눈에 빛이 깃들었다.

그리고 꽃봉오리가 피는 것 같은 미소를 지었다.

아름다웠다.

20년 동안 잃어버렸던 아름다움을 마미아는 지금 한순간에 되찾은 것이다.

"기꺼이 그러겠어요."

텅 비어 있던 내 마음이 환희로 가득 찼다.

그와 동시에.

하인들이 큰 환호성을 지르면서 우리를 축복해주었다.

나는 목적을 완수했다.

네스트라는 소인배에 대한 처우 문제가 남았지만, 그자가 히스 남작가의 당주였다는 사실도 말소될 것이므로 어느 쪽이든 파멸을 면할 수는 없을 것이다.

네스트의 신분은 상인으로 돌아갈 것이다. 귀족과는 달리 상인이라는 신분일 때엔 불체포특권 같은 것이 적용되지 않는다.

그자가 저지른 범죄는 그 자신에게 귀속될 테니까 두 번 다시 해를 보지 못하게 되겠지.

귀족을 상대로 범죄를 저질렀다면 가족들도 연좌제로 처벌을 받는 것을 피할 수 없다. 그자의 아버지도 파멸될 것이다.

『내 쪽은 일이 잘 풀렸다. 이제 체포해도 된다.』

『알겠습니다. 그러면 주쿠 자작 일당과 함께 체포한 뒤에 저희가 알아서 처분하겠습니다.』

『그래, 그렇게 해다오.』

나는 부하들에게 잡무를 맡겼다.

이것으로 사건은 무사히 해결되었다.

이리하여 나는 마미아와 다시 화해하면서 히스 남작가의 당주로서 복귀한 것이다.

*

"결혼을 축하한다고 해야 하려나?"

"신혼도 아니고 재혼도 아니지만 말이야."

나와 미니즈는 또 제국의 요정에서 같이 술을 마시고 있었다.

"후후. 뭐, 일단은 부인과 사이좋게 지내기를 빌겠어."

"고마워. 그리고 수속절차 쪽도 너에게 많은 도움을 받았군."

"그러게. 정말 힘들었어. 시효 같은 걸 언급하면서 거부했다면 뒤집는 게 불가능했을 테니까 말이지. 미안하지만 강행수단을 쓸 수밖에 없었지."

"꽤나 고생했다고 들었는데."

"그럭저럭. 하지만 딱히 마음에 두지 마. 내가 주는 축의금이라고 생각하면 돼."

그렇게 말하면서 미니츠는 웃었다.

"정말 고마워."

나는 그렇게 대꾸하면서 쑥스러움을 감추기 위해 웃었다.

....

....

......

그리고 나서 결혼생활이 어떤지 꼬치꼬치 캐물었다.

"부인자랑은 그쯤 하라고!"

"뭐 어때서 그러나? 일단 들어보라고. 결혼은 좋은 거야! 너도 독신귀족 노릇은 그만두고 평생의 파트너가 될 여성을 찾아야 한다니까!"

"시끄러워. 내 사생활까지 간섭하려 들지 마."

"와하하하하! 그래서 나는 그때 용기를 있는 대로 쥐어짜 내서 말이지!"

"그 이야기는 벌써 들었어. 다섯 번째야."

"어쩔 수 없군. 그렇게나 내 이야기를 듣고 싶다면 몇 번이든 들려주지."

"너, 지금 많이 취했어. 이렇게 귀찮게 물고 늘어질 줄은 몰랐군."

……질문을 받은 게 아니라 내가 알아서 떠들어댄 것 같다는 기분이 들기도 했다.

뭐, 그 점은 중요한 게 아니니까 신경을 쓰면 지는 것이다.

……………….

………….

…….

어느 정도 화제가 바닥이 드러난 후에야 겨우 본론으로 들어갔다.

"그건 그렇고 그 자료 말인데——."

"도움이 되었나?"

"나를 상대할 때 쓰려고 했던 비장의 수단이라는 이야기, 그건 거짓말이지?"

"……눈치를 챘나."

"당연하지. 20년도 지난 이야기인걸. 네가 조사했다고 말한 시기를 기준으로 생각해봐도 10년도 더 된 이야기가 된다고. 그런데 어떻게 개개인의 정보가 망라되어 있을 수가 있겠어. 그렇게 상세한 조사는 정보국도 하지 못할걸!"

"흥, 취한 줄 알았더니 실로 냉정한 지적이로군."

미니츠도 인정했기 때문에 나는 확신을 얻었다.

"테스타로사 공인가?"

"그래. 너에게 도움이 될 것 같다면서 넘겨주더군."

"무서운 사람이로군."

"그래, 동감이야."

정말로 공포밖에 느껴지지 않았다.

대체 어떤 정보망을 갖고 있으면 그렇게까지 상세한 조사를 할 수 있는 걸까.

블랑(태초의 흰색)──제국에서 오랫동안 두려워하던 악마.

'붉게 물든 호반사변'이 일어났을 때 근위기사가 봉인한 것으로 여겨지고 있었다.

하지만 지금 생각해보면 그것도 미심쩍었다.

일부러 봉인당한 것이라는 생각이 들었다.

혹은 봉인 따위는 의미가 없었거나.

테스타로사 공의 진정한 힘은 그 명석한 두뇌에 있었다.

압도적인 역량차이가 있었음에도 베루글린드 님이 고전했다고 들었다. 그 사실이야말로 그녀가 실로 무시무시한 존재라는 것을 증명하고 있었다.

"군부의 견해에 따르면 테스타로타 공을 상대한다면 전략 면에서 질 거라고 하더군. 즉, 애초에 승부가 되지 않는다는 뜻이지. 그 사실을 명심해서 앞으로 마국을 어떻게 상대할지 고려해주면 좋겠어."

"멍청하긴! 네가 굳이 말하지 않아도 잘 이해하고 있어. 전쟁을 운운하기 이전에 온갖 교섭을 겪으면서 쓴잔을 마시게 되리라는 것쯤은. 그분을 외교무관에 임명한 것만으로도 나는 리무루 폐하의 혜안을 존경하고 있어."

뭐, 쓸데없는 충고였던 것 같다.

나와 미니츠의 의견이 일치했다는 걸 알면서, 나는 크게 안도했다.

앞으로도 마국과의 협력관계는 유지될 것이다.

적어도 나나 미니츠가 살아 있는 동안은 말이지.

하지만 그 후가 문제다.

마국——쥬라 템페스트 연방국의 수뇌진은 따로 정해진 수명이 없는 것이나 마찬가지인 자들이다.

그에 비하여 우리 제국은 시간이 지나면 어쩔 수 없이 대가 바뀌게 될 것이다.

베루글린드 님은 정치에는 관심이 없다.

부탁을 받으면 투덜대면서도 조언을 해주긴 하겠지만, 후대에 이어받게 될 자들이 걱정되었다.

마미아와 부부가 되면서 나도 가정을 소중히 여기는 마음을 되찾을 수 있었다. 그렇기 때문에 앞으로 제국에게 나쁜 일이 일어나지 않기를 바라게 되었다.

마국과 분쟁이 일어나지 않도록 대비하는 체제를 우리가 생각해내야 할 것이다. 그리고 그걸 유지할 수 있도록 교육하는 것이 우리의 자손을 위한 일이 될 것이다.

"앞으로가 더 힘들겠군."

"그래. 할 일이 산더미처럼 쌓였어."

미니츠도 나와 같은 결론에 도달한 것 같았다.

그걸 깨달으면서, 나는 씨익 웃으며 잔을 기울였다.

제4장

푸른 악마의 혼잣말

Regarding Reincarnated to Slime

여러분, 뵙게 되어 반갑습니다.

제 이름은 레인이라고 합니다.

네, 누군지 모르겠다고요?

웃기고 있네, 기억해둬야지.

죽고 싶어?

다시 공부하고 와.

……………….

………….

…….

아차, 실례했습니다.

제가 잠시 이성을 잃었네요.

아뇨, 저는 평소에는 정숙한 사람입니다만 가끔 거칠게 구는 일도 있답니다.

그래요. 가끔 말이죠.

자, 그 이야기는 이제 그만하고 저를 모르는 분이 계시는 것 같으니 자기소개를 하도록 하죠.

방금 밝힌 대로 제 이름은 레인입니다.

하는 일은 하녀—— 아니, 메이드입니다.

저는 마왕 기이 크림존 님의 충실한 메이드랍니다.

기이 님과는 오래 알고 지낸 사이죠.

기억을 더듬어보면 천지가 개벽하기 전부터, 이지 않을까요.

그게 몇 년 전이냐고요?

그걸 내가 어떻게 알아.

아니, 당신은 자신이 태어난 시간을 정확히 기억하고 있나요?

아니죠?

다들 그런 겁니다.

쓸데없는 질문은 대답하기 곤란하니까 무시하기로 하고, '어둠'의 대성령(大聖靈)에서 파생된 저는 무적이었습니다.

아니, 무적이라고 생각했습니다.

잠시 주제를 모르고 까불었다는 건 부정하지 않겠습니다.

그러다가 큰 실수를 저지르고 말았죠.

마음이 맞는 자매와 손을 잡고 자신보다 훨씬 강해 보였던 녀석(남매)에게 기습을 시도했던 겁니다.

지금 생각해보면 전 정말로 바보였습니다.

그 자식은 엄청 강했죠.

2대 1이라면 쉽게 이길 수 있을 거라 생각했는데 무참하게 지고 말았습니다.

네, 우리를 쓰러트린 그 상대가 바로 루쥬(태초의 붉은색), 바로 마왕 기이 크림존 님입니다.

이야기가 나온 김에 마저 소개하자면 저와 함께 기이 님에게 도전한 사람이 바로 베일(태초의 녹색), 미저리이죠.

저희는 아주 사이가 좋습니다.

제가 할 일은 미저리의 일이기도 하며, 미저리의 급료는 제 것이기도 합니다.

그런 식으로 지금도 동료로서 함께 일하고 있죠.

"레인! 게으름피우지 말고 어서 청소를 끝내요."

쳇, 모처럼 마음먹고 소개해줬는데 정말 시끄러운 여자라니까요.

"뭐라고 했죠?"

"아니, 아무 말도 안 했어."

"그래요? 그럼 됐어요."

위험했네요.

미저리는 감이 너무 날카롭거든요.

제가 게으름을 피우면 바로 알아차리는지라 그녀의 눈을 속이기는 정말 어렵습니다.

또 잔소리를 듣지 않을 만큼만 청소를 다시 시작하기로 했습니다.

아, 그렇지. 이야기를 하던 도중이었죠.

미저리와 저는 기이 님에게 패배했는데, 이로 인해 한 가지 사실이 판명되었습니다.

우리의 권속인 악마들은 마음(심핵)이 파괴되면 소멸합니다.

하지만!

우수한 우리 '태초의 악마'는 어떤 상태에서도 부활이 가능했던 겁니다!!

'용종'은 기억을 계승한 상태에서 인격이 리셋된다고 하는데, 저희 같은 경우는 인격도 그대로 유지되었습니다.

기이 님의 파트너이신 '백빙룡' 베루자도 님은 동생의 인격을 초기화시켜서 재교육했다고도 하지만, 저희 '태초의 악마'들에겐 그런 게 적용되지 않습니다.

정말 대단하지 않아?

그렇게 마음껏 자랑하고 싶었지만, 안타깝게 결점도 있었습니다.

부활하는 데 시간이 걸린다는 겁니다.

하지만 말이죠, 그건 가벼운 문제입니다. 중요한 건 또 하나의 문제이죠.

불멸이라는 점은 좋았지만, 패배한 상대에게 종속되고 맙니다.

저희 같은 경우에는 그 상대가 기이 님이었던 것이죠.

이 사실이 판명됨으로써 악마들 사이에 존재하는 파워 밸런스가 크게 변동했으며, 일그러진 균형상태가 생겨나고 말았습니다.

이건 말하자면 저희 탓이라고도, 또한 저희 덕분이라고도 할 수 있을 것 같네요.

참고로 미저리의 의견이 전자이고 제 의견이 후자랍니다.

알고 있었나요?

거기 너, 나에 대해서 이상한 편견을 갖고 있는 건 아니겠지?

불쌍한 아이를 보는 듯한 눈으로 바라보지 마.

뭐, 그건 그렇고.

악마에 대한 비밀정보를 가르쳐드리죠.

그건 바로 죽이는 방법입니다.

'태초의 악마'를 죽이는 것은 불가능합니다. 하지만 종속시킬 수는 있죠. 단, 예속이라고 할 수 있을 만큼 강한 강제력은 없으므로 명령에 절대적으로 복종해야 하는 건 아닙니다.

저희도 기이 님에게 거역하고자 하면 얼마든지 거역할 수 있습니다.

그러지는 않지만 말이죠.

어느 정도는 강제력이 있기도 하고요.

거역했다간 일이 귀찮아진다고 생각하는 것도 진심이고 말이죠.

그리고 '태초의 악마'의 직계권속.

멍청한 느와르(태초의 검은색) 이외에는 일반적으로 많은 권속을 만들어내고 있습니다. 왜냐하면 같은 색의 상위자가 내리는 명령에는 절대복종해야 하므로 심부름꾼으로 부리기에는 아주 편리하거든요.

만들어낸다는 표현은 오해가 있을지도 모르겠군요.

자세히 설명하는 건 귀찮으니까 대충 설명해드리죠.

갓 태어난 레서 데몬(하위악마)은 색이 없습니다.

지식은 있지만 자아가 없어서 약하단 말이죠. 인간에게 소환되는 건 대부분 이것들이며 '사역형'이라고 불립니다.

이런 악마한테 자아가 싹트면 '자립형'으로 불리게 됩니다. 그레이터 데몬(상위악마)로 진화할 때엔 그 성질이나 성격에 따라서 색이 갈리게 되며, 자신의 계열의 색을 확실히 알 수 있게 됩니다.

혹은 상위자가 스카우트하여 파벌을 형성하는 경우도 있죠.

오히려 이쪽이 주류라고 할 수 있습니다.

미저리는 성실해서 자신의 파벌을 잘 관리하고 있기도 하죠.

인간의 사회에까지 침투시켜서 '벨트(녹색의 사도)'가 대표격인 집단을 몇 개 운용하고 있답니다.

저 말인가요?

저는 말하자면 귀찮은 건 그냥 넘어갑니다.

야, 거기서 어이없다는 표정을 짓지 말라니까.

검은색과 마찬가지라고?

너, 지금 장난하냐?!

저한테도 엄연히 파벌은 존재한다고요!

검은색과 같은 격으로 취급하는 건 짜증이 나니까 두 번 다시 그런 어리석은 생각은 하지 않도록 하세요.

나 참.

하다 만 이야기를 다시 할게요.

그런 식으로 갓 태어난 악마에겐 파벌이 관계가 없지만, 그레이터 데몬으로 진화할 때쯤에는 색이 구분되면서 파벌에 소속되게 됩니다.

그중에는 색을 띠면서 태어나는 자도 있지만, 그건 전생한 악마일 경우가 많습니다.

악마는 불멸이기 때문에 죽어도 전생하니까 말이죠.

그런 권속들조차도 심핵이 부서지면 소멸하겠죠. 하지만 악마는 끈질기기 때문에 '영혼'이 파괴되는 정도로는 아무렇지 않게 부활할 수 있을 거라 생각합니다. 특히 원색에 가까운 측근 급 같은 존재는 말이죠.

이상, 운 좋게 쓰러뜨렸다면 심핵까지 확실하게 파괴해야 한다는 이야기를 드렸어요.

참고로 의지박약한 갓 태어난 사역형이라면 그렇게까지 경계하지 않아도 괜찮습니다. 전투지식은 있지만 경험이 없는 잔챙이이므로 임시로 얻은 육체를 소멸시키기만 해도 아마 죽을 겁니다. 뭐, 신경 쓸 필요는 없겠죠.

말하자면 이게 저희의 비밀입니다.

저희가 패배하는 바람에 이런 사실이 판명되었으니까 그 패배에도 의미는 있다고 생각합니다.

오히려 보람 있는 일을 했다고 말할 수 있겠군요.

*

그런 사정이 있다 보니 저희는 스스로를 희생한다는 정신으로 기이 님을 따르고 있습니다만, 이게 의외로 즐겁답니다.

기이 님은 명계에서 벌어진 패권투쟁에서 최종승자가 된 뒤에 지상에서 활동하겠다는 마음을 먹은 것 같았습니다.

기이 님은 저렇게 보여도 성실한 분이시라 저희도 함께 따라갔습니다.

"너희도 마음대로 살아도 괜찮은데?"

그렇게 말했지만 그건 정말 사양하고 싶습니다.

전 말이죠, 늘 승리자와 같은 편으로 남아 있고 싶거든요.

기이 님이 패배하는 일은 있을 수가 없으므로, 지금 서 있는 위치가 바로 최고의 자리라고 생각하고 있습니다.

뭐, 만약 기이 님이 패배하는 일이 있다면 그건 그것대로 재미있을 겁니다.

그래서 그때 저는 이렇게 대답했습니다.

"아뇨. 제 사명은 당신에게 도움을 드리는 것이니까요."

어때요?

완벽한 메이드처럼 보이지 않나요?!

저만큼 충성심이 강한 메이드는 어디를 찾아봐도 없을 거예요——. 그렇게 생각했는데…….

"그 말이 맞습니다. 당신은 왕. 저희는 신하. 그게 영원불멸의 진리입니다."

재수 없는 미저리, 자기 혼자 착한 척 굴다니!

아마 진심으로 한 말일 테니까 저도 뭐라고 할 수가 없군요.

역시 제 라이벌은 만만한 자가 아닌 것 같습니다.

그렇게 멋대로 라이벌 의식을 불태우면서 지금까지 살아왔지만 말이죠. 미저리 쪽은 저를 신뢰하는 것 같아서 혼을 내줘야겠다는 마음도 들지 않았습니다.

정말이지 감당이 안 되는 아이라니까요.

그런 식으로 저와 미저리의 악연도 계속 이어지고 있습니다.

각지를 방랑한 끝에 현재의 거점에 정착했습니다.

생물이라면 버틸 수 없을 극한의 땅이었지만, 저는 악마라서 아무렇지 않습니다.

거짓말입니다.

옷을 물로 빨면 얼어붙어 버리는걸.

짜증이 나서 가볍게 두들겼더니 산산조각이 나버리더라고.

꾸중도 들었지 뭐야.

뭐, 그런 실수도 하긴 했지만 저는 잘 지내고 있습니다.

"당신은 더 반성해야 해요!"

"레인, 나도 조금은 행동거지를 조심하는 게 좋겠다는 생각이 든다."

기이 님도 주의를 주셨기 때문에 조금은 조심하게 되었습니다.

그런 때야말로 제 하인들이 나설 때죠.

나의 권속들이여, 내가 편해지도록 노력하세요!

그렇게 되면서 그 후로는 단 한 번의 실수도 하지 않았습니다.

저도 많이 성장했죠.

하지만 그런 저희가 할 일은 빨래만 있는 게 아닙니다.

항간에는 만능 메이드라는 소문이 돌 정도로 저희는 우수하니까 말이죠.

취사 및 세탁, 노래에 맞춰 춤추기, 악기 연주, 미술 방면까지 망라하여 기이 님의 바람에 응하고 있답니다.

취사 및 세탁은 뭐, 약간의 실수도 하곤 합니다.

하지만 사람은 누구나 실수를 하면서 배우는 법이죠.

그건 악마도 마찬가지이니 과거의 일은 잊어버리기로 하자고요.

그런 저의 특기를 말하자면 바로 그림이라고 하겠습니다.

추상화는 정말 좋아합니다.

예전에도 미저리를 모델로 그림을 그려줬더니 울어버릴 정도로 감동하지 뭐예요.

"격노했던 거예요."

"그렇다면 대성공이네요!"

"당신은 정말……."

미저리는 어이가 없다는 표정을 지었지만, 저는 신경 쓰지 않았습니다.

격노했다는 건 즉, 감정이 동요했다는 뜻이니까요.

정신생명체인 악마에게 그건 큰 사건이죠.

저는 자신의 재능이 무섭다고 생각했습니다.

아, 굳이 말할 필요도 없겠지만, 기이 님이랑 베루자도 님을 그릴 경우에는 오로지 구상화로만 그립니다. 그쪽은 완벽하게 그릴 수 있기 때문에 늘 대호평을 받죠.

"그렇겠죠. 당신은 진지하게 그리면 정말 잘 그릴 수 있단 말이죠. 그래서 더 화가 나는 거지만……."

미저리가 무슨 말을 했지만, 늘 그랬듯이 흘려듣고 넘기기로 하죠.

이참에 제 취미 중의 하나를 알려드리죠.

극한의 땅은 너무나 가혹하며 인간이 살 수 있을 만한 곳이 아닙니다.

밖에는 눈보라가 붑니다.

눈에 보이는 모든 곳이 새하얗죠.

그런 경치를 배경으로 '결계' 안쪽 부분만큼은 늘 여름 모드로 유지합니다.

지형까지 변화시켜서 호수를 만들어내고 흰 모래사장까지 마련해두죠.

그곳에 비치 체어 같은 것을 놓고 누워서 제 하인들의 시중을 받기도 합니다.

그게 바로 최고의 오락거리죠.

얼마나 많은 에너지가 제 취미를 위해 쓸데없이 소모되었을까요.

그런 생각을 하는 것만으로도 웃음이 멈추질 않는답니다.

이건 기이 님도 대호평을 하셨습니다.

"이런 걸 생각해내는 일은 역시 레인에게 시키는 게 최고라니까."

"인정합니다. 역시 당신은 대단해요, 레인."

우후후, 미저리한테서도 칭찬을 받았네요.

이런 식으로 앞으로도 취미를 일에 활용하자는 생각을 했답니다.

*

아, 그렇지. 잊어버려선 안 되는 중요한 일이 있습니다.

가끔 발푸르기스(마왕들의 연회)가 개최되는데, 그 안내를 저희가 맡고 있죠.

발푸르기스.

처음에는 그 이름대로 세 분의 마왕이 모여서 식사를 즐기는 연회였습니다.

기이 님과 밀림 님.

그리고 라미리스 님이 참가하셨죠.

밀림 님은 베루자도 님의 조카분이시며 그분이 지닌 힘은 절대적입니다.

옛날에 이성을 잃고 폭주하신 적이 있는데, 말로 다 표현할 수 없을 정도로 큰 곤욕을 치렀습니다.

저희는 죽진 않으니까 싸움에 참가할 수도 있었지만, 그렇게 했다간 이 별 자체가 파괴될 우려가 있었기 때문에 결국 저와 미저리, 그리고 베루자도 님은 싸움의 여파를 봉인하는 역할을 맡았습니다.

그런 일은 두 번 다시 하고 싶지 않습니다.

라미리스 님이 도와주시지 않았다면, 싸움이 끝나기 전에 저희가 쓰러졌을지도 모릅니다.

그래서 기이 님뿐만 아니라 저희도 라미리스 님을 아주 좋아합니다.

밀림 님은 당연히 존경하는 분이기 때문에 그 세 분이 모이신다면 기합을 단단히 넣고 요리를 한답니다.

하지만 그 후로 여러 일을 겪으면서 발푸르기스의 정의는 점점 바뀌었습니다.

마왕이 늘어난 것입니다.

인류가 멸망하지 않도록 관리한다. 그게 기이 님이 맡은 일이긴 하지만, 혼자 하시지 않고 그 일을 도와줄 인재를 늘리고 계셨습니다.

첫 번째 분——네 번째 마왕이 되신 분이 다구류루 님이었습니다.

실은 이분은 기이 님과 밀림 님이 싸웠을 때 가장 큰 피해를 보았습니다. 아니, 이분도 대지에 영향이 생기지 않도록 저희를 도와주셨습니다.

그랬던 보람도 없이 다구류루 님의 지배지는 불모의 대지로 바뀌고 말았습니다만…… 뭐, 저와는 관계없는 일이니까 괜찮겠죠.

마법이 있으니까 살아가는 건 어떻게든 되겠지만 사막의 확대는 막을 수가 없었습니다. 지금은 사태가 진정되었지만 당시에는 정말 힘들었던 것 같습니다.

전 힘내라고 멀리서 응원만 했지만요.

그다음에 마왕이 되신 분은 '퀸 오브 나이트메어(밤의 여왕)'인 루미너스 님.

이분은 뱀파이어(흡혈귀족) 신조(神祖)의 외동딸이며 엄청나게 강하신 분——이지만 지금 얘기해야 할 것은 신조 쪽이겠죠.

신조——베루다나바 님이 만들어내신 신인류(神人類)의 시조가 되셨어야 할 분이었습니다.

베루다나바 님은 자신의 이야기 상대로 지혜로운 존재를 바라셨습니다. 천사나 악마가 탄생하면서 그 욕구는 채워졌지만, 이번에는 다양성을 추구하시게 된 것입니다.

그런고로 지상에 문명을 일으킬 종족을 번영시키려 하셨다고 하는데, 그 역할을 맡아주길 기대한 것이 신조였다고 합니다.

뭐, 결국은 실패한 셈이지만요.

쉽게 죽지 않아서 자손을 남길 필요가 없었다. 이게 패인이었습니다.

그것도 그렇지만, 저희 악마가 그랬던 것처럼 신조에게도 성별이 없었던 겁니다. 그래서 지상에서 번영할 종족이 탄생되기까지는 그 후로도 몇 만 년 이상의 세월을 기다려야만 했던 것 같습니다.

저도 일부만 들었을 뿐입니다만.

그래도 신조는 포기하지 않았습니다.

베루다나바 님의 기대에 부응하기 위해서라도 금단의 실험을 반복했던 모양입니다.

그 자식은 자손번영보다 실험을 더 좋아했던 거예요.

그게 다행인지 불행인지는 저도 쉽게 판단을 내리진 못하겠지만, 이것만큼은 단언할 수 있습니다.

은근히 민폐를 끼치는 바보자식이었다고 말이죠!

그 바보의 실험 때문에 인류가 몇 번이나 전멸할 뻔했는지 모릅니다.

하지만 그 바보의 실험 덕분에 하이 휴먼(진정한 인류)이 탄생한 것은 사실이니까요.

영원불멸의 신인류는 태어나지 못했지만, 인류탄생에는 공헌한 것입니다.

믿을 수가 없겠죠?

그게 정답입니다.

제 눈으로 본 게 아니므로 저도 믿지는 않거든요.

제가 들은 이야기에 따르면 신조는 자신의 육체를 분석하여 두 종족을 만들어냈다는군요.

그게 하이 휴먼과 뱀파이어이죠.

원래 추구했던 탄생방식과는 다르지만, 그게 결실을 맺었으니 결과적으로 보면 잘 된 거라고 할까요?

기이 님이 지상으로 소환되었을 때에는 이니 인류가 만연하고 있었죠. 지금의 인류보다도 거대한 국가를 세운 하이 휴먼이 말이죠.

하지만.

이 두 종족은 양쪽 다 장점과 단점이 있었던 모양입니다.

하이 휴먼 쪽은 강한 마력을 이어받긴 했지만 그 정신에 문제가 있었습니다.

멍청하게 기이 님을 소환한 걸 봐도 알 수 있듯이 자신들이야말로 정점에 서 있다고 착각했던 것이죠.

'교만한 자는 오래가지 못한다'라는 말이 이세계에 있다고 들었습니다만, 그 말이 딱 들어맞았습니다. 눈 깜짝할 사이에 전멸하고 말았죠.

그리고 뱀파이어는 뱀파이어대로 큰 문제가 있었습니다.

하지만 사실은 반대로 그게 장점이지 않았을까요?

지금까지도 살아남았으니까 말이죠.

강인한 육체와 강대한 마력. 웬만해선 죽지 않는 성질과 숙성된 정신. 이런 것들을 갖추고 있는 것은 좋았지만 태양 아래에선 활동할 수 없다는 약점을 가지고 있었습니다.

그래선 진정한 지상의 패자라고 할 수는 없을 것입니다.

그 빌어먹을 신조 자식은 그 이후로도 새로이 실험을 거듭했습니다.

뭐, 그 무렵에는 저도 있었기 때문에 무슨 짓을 했는지는 대강 기억하고 있죠.

당시에는 이미 각 속성의 대성령에서 정령들이 분리되어 나왔고, 4대원소도 지상을 채우고 있었습니다.

그런 정령들이 마력요소를 흡수하여 실체화——즉, 육체를 가지게 된 것입니다. 그리고 그 과정을 도운 자가 신조이기도 합니다.

'땅'의 속성에서는 하이 드워프(지정인, 地精人)가 태어났습니다.

'물'의 속성에서는 세이렌(수정인, 水精人)이 태어났습니다.

'불'의 속성에서는 엔키(화정인, 火精人)이 태어났습니다.

'바람'의 속성에선 하이 엘프(풍정인, 風精人)이 태어났습니다.

여기까지는 아직 허용범위라고 할 수 있겠지만, 그다음부터 신조의 폭주가 시작되었습니다.

그 멍청한 자식은 이렇게 탄생한 종족으로 교배실험을 하여 온갖 종족을 차례로 만들어낸 것입니다.

솔직하게 말해서 저 같은 숙녀가 보기엔 어이가 없다 못해 질릴 수준이었습니다.

그 결과, 엘프에 드워프, 오거나 수인 같은 다양한 종족이 탄생했습니다만, 그것들은 어디까지나 성공사례입니다. 어둠에 묻혀버린 실패사례도 많았으며, 나중에 열화되어 고블린 같은 마물로 영락한 종족까지 나오고 말았습니다.

이 정도까지 폭주하면 역시 방치할 수는 없는지라 기이 님도 골치를 앓고 계셨죠.

하지만!

베루다나바 님이 방치하시고 있는 이상 신조를 처벌할 수도 없었습니다.

그자의 실험결과로 인해 다양성은 확실하게 늘어났으니까요.

세계의 정세가 복잡해졌을 뿐이라는 생각도 들지 않은 건 아닙니다만, 재미있어진 것도 분명한 사실이긴 합니다.

네, 남의 일이라면 말이죠.

제 입장에선 전혀 곤란할 일이 없으니까 OK였습니다.

"너, 혹시 내가 난처해진 걸 보면서 즐기고 있는 거 아니냐?"

"설마 그럴 리가 있겠습니까! 오해입니다, 기이 님. 저는 기이 님의 충실한 메이드인 걸요."

흠잡을 데 없는 자세의 *커트시(인사)로 마무리까지 했답니다.

이렇게 완벽하게 얼버무리고 넘길 수 있었던 건 늘 제가 노력했기 때문이겠죠.

뭐, 그런 위기상황도 적절히 넘기긴 했지만, 신조는 정말 곤란

---

*커트시: 여성이 한 발을 뒤로 빼고 무릎을 굽혀 경의를 표시하는 자세로 인사하는 것

한 자였습니다.

하지만 그랬던 신조는 결국 자신의 실험결과에 의해 자멸하게 되었습니다.

"아아, 내 '딸'아! 너야말로 나의 최고걸작——."

"심판을 받을 시간이다. '디스인티그레이션(영자붕괴)'——."

자업자득이라고 하던가요.

자신이 만들어낸 분신——신조가 딸이라고 부르는 자에게 그 몸이 가루가 되어버릴 줄이야.

뭐, 신조도 도가 지나치긴 했으니까요.

저도 속이 후련했던 것은 비밀입니다.

지금까지 이야기한 것이 다섯 번째로 마왕이 되신 루미너스 님의 톱 시크릿 에피소드이지만 어디 가서 함부로 누설하면 안 된답니다. 알았죠?

그런 식으로 동료가 늘어났고, 여섯 번째로 마왕이 된 분이 디노 님입니다.

그건 그렇고 이제 좀 힘을 빼고 편하게 이야기해도 될까요?

네, 이미 그러고 있다고요?

그러면 사양할 필요는 없겠군요.

솔직하게 다 말하죠.

전 디노에게 님을 붙여 부르는 게 질색입니다.

왜냐하면 그 인간은 쓰레기인걸요.

일을 하지 않는다고요.

타락의 대명사 같은 남자입니다.

아뇨, 일을 하지 않는 것뿐이라면 그나마 봐줄 수도 있지만, 자신이 할 일을 말이죠, 저한테 떠넘긴다고요!

이건 참을 수가 없어.

용서가 안 된다고.

기왕 떠넘길 거라면 미저리에게 떠넘겨.

그건 봐줄 수 있으니까.

그렇게 말했더니 말이죠. 그 남자가 뭐라고 말한 줄 아세요?

'아니, 미저리는 부탁하면 화를 내잖아?'

라고 하지 뭐예요!

웃기지 말란 말이야!

저도 화를 내거든요. 아니, 그 이전에 그렇게 말하면 미저리가 더 무섭다는 뜻으로 들리잖아요.

그야 저한테도 종종 화를 내면서 꾸짖으니까, 미저리가 부담스럽게 느껴지는 마음이 이해가 안 되는 건 아니지만……

네?

서로 비슷하다고요?

당신, 바보 아닌가요?

혹시 '태초의 악마'를 우습게 보고 있지 않은가요?

이 세상에는 말이죠, 해도 되는 말과 해선 안 되는 말이 있답니다.

그걸 이해하지 못하는 인간은 죽어도 쌉니다.

이상, 레인이 드리는 충고였어요.

*

이리하여 여섯 분이 마왕이 되었습니다만, 이 무렵의 발푸르기스(마왕들의 연회)는 업무보고 모임이라는 성격에 더 가까웠습니다.

처음에는 다과회였는데 어느새 업무를 위한 자리로 변했다고 할까요?

귀찮을 것 같으니까 저는 그냥 넘어가고 싶군요.

"레인!"

거짓말입니다.

안내인 역할은 착실하게 소화하고 있습니다.

다들 너무 바쁘신 것 같습니다.

누군가 한 명이 게으름을 부리고 있으니까 말이죠. 어라?

잘 보니까 말이죠. 일하고 있는 분은 많은데, 인류를 관리한다는 중요한 일거리가 전혀 줄어들지 않은 것 아닌가요?

우선은 기이 님.

정말이지, 너무나도 바쁘신 것 같습니다.

발푸르기스를 개최할 때를 제외하면 미저리도 늘 필사적으로 돕고 있었습니다.

이 정도면 응원할 수밖에 없겠네요. 하고 싶어 하는 건 아니지만 취사 및 세탁은 저에게 맡겨주세요.

그다음은 밀림 님.

이분도 의외로 성실하십니다.

분쟁을 일으킨 나라들이 있으면 바로 찾아가서 두 나라에게 다 제재를 내리시죠.

대마수에게 습격을 받는 나라가 있으면 바로 찾아가 사람들을 구하면서 분주히 돌아다니십니다.

마왕답지 않은 행동도 하시지만 그런 점이 밀림 님답습니다.

그리고 라미리스 님.

은둔형 외톨이.

자신이 만든 미궁에서 나오질 않으시죠.

하지만 괜찮습니다.

라미리스 님께 입은 은혜가 크기 때문에 저는 그분이 어떤 모습이든 용서할 수 있으니까요.

다구류루 님께 느끼는 감정도 비슷할 것 같네요.

그도 그럴 게, 대파괴가 일어난 후의 뒤처리가 정말 힘들었을 테니까요.

다른 일에 신경 쓸 여유 같은 건 없을 테니까 사막화의 진행속도를 늦춰주신 것만으로도 큰 도움이 되었다고 생각합니다.

정말로 대단하신 분은 루미너스 님입니다.

그 신조와는 완전히 다르고 너무나 뛰어나신 분입니다.

어느새 뱀파이어(흡혈귀족) 세력을 완전히 종속시키셨죠.

그뿐만 아니라 힘을 잃은 하이 휴먼(진정한 인류)인 인간들도 보호해주고 계시죠.

인간을 먹이로밖에 보지 않았던 뱀파이어들이 루미너스 님의 명령에 따라서 인간들을 보호한다니.

이 자리를 빌어서 솔직하게 말하죠.

용케도 그렇게까지 할 수가 있었군요!

이 정도면 위업이라니까요. 정말로.

그리고 그런 루미너스 님과 대조적인 자가 그 쓰레기입니다.

"디노 님, 조금은 성실하게 일하시는 게 어떨까요?"

"네가 할 말은 아니거든!"

이해가 안 되네.

이렇게까지 심한 모욕이 달리 또 있을까?

아니, 없어.

그런 사이인지라, 디노는 저에겐 천적과 다름없는 존재라고 할 수 있겠습니다.

뭐, 상황이 그렇다 보니까 여섯 명만으로도 충분하다고 말하기는 어렵습니다.

그래서 새로운 인재를 확보하기 위해 움직이기 시작했습니다.

그랬는데 그 시기에 루미너스 님이 은퇴하셨습니다.

새로이 스카우트한 인재가 너무나도 멍청했던 것이 원인이겠죠.

루미너스 님이랑 라미리스 님을 상대로 건방진 태도를 보인 적도 여러 번 있었습니다. 결국에는 힘을 해방하여 진짜 실력을 보여주시기도 하셨습니다만, 결국 참을성에도 한계가 찾아왔을 것입니다.

루미너스 님은 미소녀의 외모를 갖추고 계셨으므로, 상대의 실력도 제대로 가늠하지 못하는 소인배의 눈에는 자신보다 약한 존재로 보이기 쉬웠습니다. 그런 상황을 타파하려면 생긴 것부터가 위험하게 보이는 자가 마왕의 자리에 앉아 있는 것이 낫겠다고 판단하신 것인지도 모릅니다.

루미너스 님의 대타로 로이가 들어왔습니다.

"나는 앞으로는 후방에서 너희를 서포트하기로 하마. 마왕이라는 간판을 맡을 자로 로이를 내세우려고 하는데, 그래도 되겠느냐?"

디노가 이런 말을 했다면, 게으름을 피우려는 게 진짜 목적 아니냐며 규탄을 받았을 겁니다.

하지만 루미너스 님은 충분한 실적을 통하여 신뢰를 얻으신 분.

사정도 사정인지라 다들 흔쾌히 받아들였습니다.

그 후로는 정말로 새로운 시대가 시작되었습니다.

힘이 있는 마인들이 마왕으로서 난립하게 된 것입니다.

결국 마왕종을 획득하는 것을 최소한의 조건으로 열거하게 되었습니다.

이 조건을 채운 자들이자 카자리무를 대표로 하는 야심만만한 마인들이 차례로 마왕이 된 것입니다.

이때쯤부터 또 발푸르기스의 취지가 바뀌었습니다.

세 명의 동의하에 개최가 결정되며, 마왕 사이의 조약이나 협정 등을 정하는 회합이라는 의미를 띠게 되었죠.

새로운 마왕을 승인할 것인지에 대한 여부도 이 회의에서 결정하기로 정해졌습니다.

제가 보기엔 왠지 우스꽝스럽게 변했다는 느낌이 들었습니다.

하지만 기이 님께선 자신이 목적한 바를 이룰 수 있으므로 불만은 없다는 태도를 보이셨습니다.

기이 님이 납득하신다면 저도 딱히 불만이 있을 리가 없죠.

새로운 제도는 그렇게 확립되었습니다.

*

기이 님의 시중을 들면서 가끔 개최되는 발푸르기스(마왕들의 연회)에서 안내인으로 살아가는 동안 여러 명의 마왕이 취임했다가 사라져갔습니다.

그리고 어느새 십대마왕이라는 이름이 널리 알려졌을 때.

그 슬라임이 등장했습니다.

마왕 리무루 님.

맨 처음 모습을 보이신 자리는 마왕 클레이만의 요청에 응하면서 개최된 발푸르기스였죠.

그건 그렇고 오랜만에 클레이만이라는 이름을 입에 올려보는군요.

저보다 약하면서 마왕을 자칭하는 그 배짱만큼은 인정해줘도 좋을 것 같습니다. 그리고 중재나 조정을 잘했으므로 약한 자였지만 의외로 도움이 되었습니다.

편리하긴 했죠, 그분은.

슬쩍 자극하면 귀찮은 일도 알아서 맡아줬으니까요.

그랬던 분이었는데 어디서 비뚤어진 건지…….

최후가 나름대로 아쉽긴 했습니다만, 상대를 잘못 골랐으니 어쩔 수 없었다고 할까요.

리무루 님을 모시러 갔던 미저리는 아예 돌아오자마자 "클레이만의 목숨은 이제 얼마 남지 않은 것 같아"라는 말을 할 정도였으니까요.

뭐, 결국 그 예상은 적중하고 말았습니다만.

그 회의의 사회를 제가 보고 있었습니다만, 리무루 님이 발언할 차례가 되면서부터는 일방적인 전개가 되고 말았죠.

보면서 호쾌하긴 했지만 마음에 걸리는 점도 있었습니다.

네, 그건 리무루 님과 관련된 게 아니라 라미리스 님의 시종으로 따라온 자 때문이었습니다.

"저건 검은 녀석에 소속된 악마 아냐?"

"그러네요. 리무루 님을 모시러 갔을 때 그자의 기척을 느꼈으니까 틀림없을 거예요."

"말도 안 돼. 그 녀석은 지나치게 자유로울 정도로 제멋대로 구는 자였는데, 누군가를 따른다는 게 있을 수 있는 일이야?"

"글쎄요? 그자가 무슨 생각을 하는지는 이해할 수도 없고 딱히 신경 쓰고 싶지도 않지만요……."

뭐, 그렇겠지.

미저리의 말이 옳다고 저도 생각했습니다.

그 녀석, 느와르(태초의 검은색)는 변덕스러운데다 자신밖에 모르는 자입니다.

저희와 동격이지만 솔직히 말해서 얽히고 싶지 않습니다.

왜냐하면 그 녀석은 기이 님과 싸워서 비겼으니까요!

저와 미저리가 둘이 함께 덤벼도 졌는데, 그분을 상대로 혼자서 호각으로 싸웠다더군요. 그 사실 때문에 직접 싸워본 적도 없는데 부담스러운 상대라는 선입관이 머릿속에 새겨지고 말았습니다.

아니, 조금 허세를 부렸군요.

부담스러운 수준이 아니라 절대 이길 수 없을 것이라고 진심으로 생각합니다.

그도 그럴 게, 기이 님도 그 검은 녀석도 절대 진심으로 싸운 게 아니었으니까요. 두 사람은 마치 장난이라도 치는 것처럼 싸웠지만, 저희는 따라갈 수 없는 영역의 전투였습니다.

뭐 '태초의 악마'로서의 자존심도 있으므로 절대 인정하지는 않겠지만 말이죠.

될 수 있으면 검은 녀석과는 싸우고 싶지 않다고, 진심으로 그렇게 바랐습니다.

최악입니다.

검은 녀석이랑 싸우게 되었습니다.

왜 내가 이런 꼴을 겪어야 하는 거지…….

평소에도 착하게 살았는데 정말 이해가 안 됩니다.

혹시 미저리의 간식을 훔쳐 먹은 게 들통 난 걸까?

아뇨, 그건 아크 데몬(제 부하) 탓으로 떠넘겼으니까 저는 의심받지 않을 겁니다.

그렇다면 왜 이렇게 된 건지 여전히 의문으로 남지만, 모든 일은 어떻게 생각하느냐에 따라 달라집니다.

이건 기회라고, 저는 그렇게 생각하기로 한 것입니다.

왜냐하면 저는 저 녀석이 정말 싫으니까요.

파벌도 가지고 있지 않지. 혼자서 멋대로 굴지. 기이 님을 방해하는 짓도 기꺼이 하니까요.

마음만 먹는다면 육체도 얻을 수 있는데, 전혀 관심을 보이지 않았던 것도 부아가 납니다.

이왕 말이 나온 김에 계속 진화하지 않고 아크 데몬(상위마장)을 유지한 채 남아 있는 것도 이 세상을 얕보고 있는 것 같아서 짜증이 났습니다.

나머지 세 가지 색의 악마를 자극하여 세 세력이 서로 대치하게 만든 것도 검은 녀석의 짓이겠죠. 데몬(악마족)이라면 올바른 규칙에 따라서 진화의 정점을 목표로 삼아야 한단 말입니다!

역시 여기선 제가 단단히 꾸짖어줘야겠군요.

확실히 강하긴 하지만 저도 강합니다.

이기지 못할 것이라곤 생각하지만, 만약의 경우라는 것도 있으니까요.

싸움에는 상성이란 것도 존재하니까 말이죠.

검은 녀석은 저의 힘을 모르니까 방심하고 있을 겁니다. 그 빈틈을 노리면 일발역전의 기회가 있을지도 모릅니다.

긍정적인 사고는 저의 장점이죠.

이론무장도 완벽히 갖춘 상태에서 저는 검은 녀석과의 싸움에 임했습니다.

....
....
......

"열렬한 살의를 느꼈습니다만, 쉽게 손을 놓을 수가 없어서 말이죠. 그것보다 저를 디아블로라고 불러주시면 좋겠군요. 블루(태초의 푸른색)—— 아니, 당신에겐 레인이라는 이름이 주어져 있었죠."

그렇게 말하는 걸 들으면서 약간 기뻤습니다.

뭐야, 남한테는 관심이 없는 줄 알았는데 내 이름을 기억해주고 있잖아.

후후. 조금은 다시 봐주는 것도 좋을 것 같네.

"그래요. 우리들 태초의 악마 중에서도 최강인 루쥬(태초의 붉은색), 위대하신 기이 님이 지어주신 것이 레인이라는 제 이름이죠. 어디의 잡종인지도 모를 마왕에게 이름을 받은 당신과는 달라요."

기분이 살짝 좋아졌기 때문에 도발해봤습니다.

리무루 님을 잡종이라고 말하고 말았지 뭐예요.

개인적으로는 슬라임은 귀여우니까 좋아하는 편이며 리무루 님은 유능한 마왕인 것 같아서 호감도가 아주 높았습니다만, 검은 녀석——디아블로를 상대하기에는 유효한 전술이라고 생각했답니다.

하지만 그건 위험한 선택이었습니다.

"네? 죽고 싶은가요? 아니, 이 세상에서 소멸하고 싶은가 보군요. 쿠후후후후, 그 바람을 이뤄드리죠."

그의 눈에는 진심이 담겨 있었죠.

야아, 디아블로는 늘 무슨 생각을 하고 있는지 읽을 수가 없었기 때문에 설마 그렇게까지 감정을 드러내면서 발끈할 줄은 생각도 못 했지 뭐예요.

"저와 싸우세요, 디아블로! 아아, 기대가 되네요. 당신이 동쪽의 땅에서 블랑(태초의 흰색)과 싸우는 기척을 느꼈을 때부터 줄곧, 저는 당신과 싸우고 싶다고 생각하고 있었어요."

그렇게 말하면서도 저는 '미스트(편재)'를 사용하길 잘했다고 생각하면서 안도하고 있었습니다.

사전에 자신의 신체를 분할해두면 한쪽이 죽어도 부활할 수 있으니까 말이죠. 그러지 않았다면 이길 수 없을지도 모르는 상대와 싸우는 건 절대 사양하고 싶습니다.

참고로 디아블로와 블랑(태초의 흰색)의 싸움에 관심이 있었던 것은 사실입니다.

왜냐하면 저는 블랑과도 싸워본 적이 있으니까요.

그 이유는 말하자면 질투였습니다.

무슨 이유인지 디아블로는 블랑에겐 늘 인정하는 듯한 태도를 보였거든요. 그래서 저도 모르게 그 힘이 어느 정도인지 시험해 보고 싶어졌답니다.

그때는 분명 '미스트' 덕분에 무승부로 이끌어갈 수 있었던 것으로 기억합니다.

반대로 말하자면, 승부 자체는 패배—— 아니, 역시 무승부가 맞겠군요.

저는 지지 않았습니다.

저는 능력이 있는 여자이므로 제가 패배를 인정한 상대는 기이 님뿐입니다.

그런 생각을 하면서도 싸움은 과열되고 말았습니다.

어쩌면 저는 너무 성실한 성격을 가졌을지도 모르겠네요.

제가 지닌 힘을 최선을 다해 구사하면서 디아블로를 몰아붙였습니다.

에너지(마력요소)양만 놓고 비교하면 호각이니까 의외로 이길 수 있을지도 모르겠는데?

에이, 그럴 리가.

그런 방심을 할 정도로 저는 멍청하지 않습니다.

디아블로는 저를 상대로 진심으로 싸울 필요도 없다고 말했습니다.

분하지만 진심으로 한 말인 것 같았습니다.

"지는 게 분해서 허세를 부리는 건가요? 이제 막 육체를 얻으면서 모든 힘을 다 쓰지는 못하겠지만, 그런 건 변명거리가 못 되거든요?"

그렇게 내뱉듯이 말했지만 사실은 알고 있었습니다.

이 변태 녀석이 그런 얼간이가 아니라는 것쯤은요.

그도 그럴 게, 제가 위험하다고 생각한 투톱 중의 한 명인걸요. 흔한 잔챙이가 저지르곤 하는 어설픈 짓은 절대 하지 않을 겁니다.

그래도 이건 예상 밖의 일이었습니다.

어느새 제 주위에 빛나는 주문으로 그려진 적층형 마법진이 출현한 것입니다.

어, 잠깐?

게다가 그 주문은 악마가 쓰기 어려운 신성마법인 것 같은데?!

놀라지 않는 게 무리였습니다.

루미너스 님의 특기인 '디스인티그레이션(영자붕괴)'이 사방팔방에서 절 노리고 있었으니까요.

아, 이거 질 **수도 있겠는데**──. 그 순간에 그 사실을 이해했습니다.

·················.

············.

······.

걱정했죠?

물론 저는 무사했습니다.

거기 당신. 방금 제가 '미스트'가 있으니까 괜찮다고 큰소리를 쳤다고요?

그렇게 자잘한 것까지 일일이 따지다간 여자가 싫어할 거예요.

머리로 생각하지 말고 가슴으로 느끼세요.

공감해주는 것만으로도 여자는 기뻐하니까요.

물론 저도 그렇고요!

그건 그렇고 디아블로 녀석, 무례한 것도 어느 정도가 있어야죠.

한창 싸우는 중에 다른 상대를 입에 올리다니.

테스타로사?

누구야, 그 인간은. 얼굴 좀 보게 이리로 데리고 와봐.

그렇게 생각하면서 분개했지만, 나중에 블랑(태초의 흰색)을 말하는 것이라는 걸 알고 경악했지 뭐예요.

아니, 그 전에 말이지, 응?

잠깐 진정 좀 하죠.

아니, 응?

왜 블랑까지 '이름'을 가지고 있는 건데.

디아블로를 속이기 위해서 제가 연기를 했다는 게 들통날 것이라는 건 그나마 예상했던 일이었습니다. 느와르(태초의 검은색)였던 시절부터 방심 같은 건 절대 하지 않는 성격이었으니까 분명 알아차리리라 생각했으니까요.

짜증은 나지만.

다단식 '디스인티그레이션'조차도 비장의 수단이 아니라는 소리를 지껄이질 않나, 만약 이 녀석이 하는 말이 아니었으면 "지는 게 분해서 허세를 다 부리네"라고 대꾸하면서 비웃어줬을 겁니다.

하지만 지금은 테스타로사 건이 더 중요합니다.

그건 저뿐만 아니라 같이 숨어 있었던 기이 님에게도 마찬가지였던 모양입니다. 이건 정말 웬만큼 심각한 사태가 아니니까 말이죠. 나 참.

아까부터 디아블로는 마왕 리무루의 자랑만 하고 있었습니다.

'리무루 님, 리무루 님'이라고 시끄럽게 연호하고 있습니다만, 천연덕스럽게 중요한 화제를 그 안에 섞어두고 어쩔 수 없이 계속 들어야 하게 유도하는 건 너무나도 고루한 짓입니다. 정말로 짜증이 나는 건 일부러 그러는 게 아니라 진심으로 좋아서 그런 짓을 하고 있다는 점이라고 할까요.

기이 님도 상당히 짜증이 나신 것 같았지만, 이 녀석이 상대라서 참고 계셨습니다. 그렇게 참고 들으면서 몇 가지 알아낸 것은 마왕 리무루가 다른 '태초의 악마'들까지 부하로 받아들였다는, 말문이 막힐 정도로 충격적인 이야기였습니다.

믿고 싶지 않았습니다.

그런 생각이 든 시점에서 전략적으로 패배한 것입니다.

하지만 유감스럽게도 그건 진실인 것 같았습니다.

한층 더 최악이네요.

블랑(태초의 흰색)이 테스타로사.

비올레(태초의 보라색)가 울티마.

존느(태초의 노란색)가 카레라.

지금까지는 줄곧 셋이서 서로를 견제하는 식으로 세력 밸런스의 균형이 잡혀 있었는데, 그게 순식간에 붕괴되었으니까요.

이런 변화는 수십 년에서 수백 년에 걸쳐 일어나길 바랐습니다만, 현실은 잔혹했습니다.

제약 같은 것에 속박되지 않고 자유롭게 살아간다. 그게 바로 악마의 바른 모습이라고, 저도 생각은 해본 적이 있지만 그래도 서로 경쟁하면서 살아가야 하지 않을까?

단 하나의 세력으로 뭉친다니 아무리 생각해도 그건 아니지 않나?

그랬다간 그 한 세력이 지나치게 강해지면서 경쟁 같은 건 아예 불가능해지니까 말이죠.

그렇게 생각했는데, 결국 그런 짓을 저지르고 말았단 말이군요. 그렇군요.

마왕 리무루, 진심으로 위험한 존재라는 생각이 들었습니다.

지금까지는 그 멍청하기 짝이 없는 신조와 민폐만 끼치는 데다 머리가 이상한 느와르, 아니, 디아블로가 제 머릿속에선 가장 골치 아픈 자 중의 투톱이었습니다.

그랬는데 오늘—— 바로 지금부터 마왕 리무루가 단독 1위에 등극했습니다.

이 정도면 전력을 다해 경계해야 할 수준입니다.

아첨을 해서라도 적대관계가 되는 것을 피해야 할 수준이죠.

기이 님과 달리 저는 착한 아이입니다.

그분의 분노를 자극하는 건 당치도 않은 짓인데다, 저도 현재의 분위기를 거부하지 않고 받아들이면서 진심으로 '리무루 님'이라고 불러야 할 것 같군요.

그러는 게 좋겠다. 그러기로 하자고, 저는 속으로 결정했습니다.

＊

뒷일은 리무루 님에게 맡기고 저희는 물러났습니다.

그건 좀처럼 없는 일이었습니다.

기이 님의 진짜 목적은 그 자리에서 뭔지 모를 아주 강한 힘의 발동을 감지했으니까 그에 대처한다는 것이었으니까요.

'네. **여기서 무슨 일이 일어나도** 리무루 님이 대처하실 테니까요.'

그렇게 디아블로가 호언장담하긴 했습니다만, 그 말을 받아들였다는 것이 믿어지질 않았습니다.

하지만 단순히 메이드에 불과한 제가 감히 기이 님의 판단에 이의를 제기하는 것은 아예 말이 안 되는 짓입니다.

결국 그 자리는 리무루 님에게 맡기고 넘어갔습니다만, 결과적으로는 그게 정답이었던 것 같아서 안도했습니다.

왜냐하면 기이 님은 루미너스 님을 걱정하셨으니까요.

루미너스 님이 서방열국을 지배해주시고 있기 때문에 기이 님의 일은 아주 편해졌답니다. 그렇다면 걱정이 될 만도 하죠.

저도 동감입니다.

네가 대신하라고 해도 그건 무리라는 걸 아니까요.

어쨌든 무사히 끝난 것 같으니 아주 잘된 일입니다.

미저리가 임무에 실패한 것은 아쉬운 일이지만 상대가 블랑(태초의 흰색), 테스타로사라면 어쩔 수 없겠죠.

"강했어?"

"싸우지는 않았지만, 버거울 것 같았어요. 적어도 이름과 육체를 얻으면서 '데몬 로드(악마공)로 진화한 상태였으니까요. 웬만한 마왕보다는 훨씬 더 강할 거예요."

그렇겠죠.

제가 싸웠을 때도 벅찬 상대였는데, 거기서 더 진화했다면 제 실력으로는 감당할 수 없을지도 모릅니다.

애초에 그녀는 승패 그 자체에 중점을 두지 않으니까요. 자신이 바라는 결과를 얻을 수 있다면 전술적 패배도 받아들이는 성격이란 말이죠.

그래서 그녀는 비록 지더라도 마음이 흔들리지 않습니다.

제 머릿속에 있는 골치 아픈 인간들 순위의 제3위였지만, 지금은 4위에 자리 잡았습니다. 아아, 신조가 죽었으니까 다시 3위가 되겠네요.

우와아, 이렇게 놓고 생각해보니 리무루 님의 세력에 골치 아픈 인간들 순위의 상위 멤버들이 죄다 몰려 있네요.

카레라도 위험하고 울티마도 잘못 다뤘다간 지뢰를 밟는 결과가 나올 테고.

그런 자들을 부릴 수 있다니, 정말 존경스러울 뿐입니다.

"리무루 님에겐 싸움을 걸지 않도록 해야겠네."

"갑자기 무슨 소리를 하는 거냐고 되묻고 싶지만, 무슨 뜻인지는 이해했고 저도 동감이에요. 그리고 그 말은 오히려 제가 당신에게 해주고 싶네요."

"실례네. 나도 위험한 상대에겐 거역하지 않아."

"정말로요? 기이 님에게 도전해보자고 먼저 말한 건 당신이었잖아요. 믿을 수가 없군요."

그건 뭐, 말하자면 젊은 날의 치기라고 하겠습니다.

저도 이젠 성장했으니까 같은 잘못을 다시 저지르진 않을 거예요.

뭐, 그렇게 저희는 리무루 님의 실력을 인정하게 되었습니다.

위험해, 위험해!

리무루 님은 정말로 위험하다고!!

처음 뵈었지만, 위험할 정도로 위험한 분이야!!

네?

발푸르기스(마왕들의 연회)에서 만나지 않았냐고요?

시끄럽네요.

그런 건 아무래도 상관없을 만큼 리무루 님이 위험하다는 이야기잖아요!

위험하다는 말밖에 못하고 있지만 누구라도 그렇게 될 거예요.

제 이야기를 들어보면 말이죠.

리무루 님은 저희까지 진화시켜주셨다고요!

믿어지질 않겠죠?

하지만 사실입니다.

저는 악마지만 진실만을 고하는 착한 아이거든요.

하지만 이제 저희도 기이 님께 도움을 드릴 수 있게 되었습니다.

실력만 놓고 말하자면 기이 님이 겨우 인정하실 정도일 뿐이지만요.

실제로 '옥타그램(팔성마왕)' 분들을 상대한다면 저희가 이길 수 있는 상대는 없습니다.

하지만 그렇게 생각하면 지금의 마왕 분들은 훌륭하면서도 우수하다는 뜻이 되죠.

라미리스 님이라면 이길 수 있겠지만, 그분을 들먹이는 건 역시 아니라고 생각합니다. 만약 완전체가 되신다면 저희가 질 게 뻔하니까요.

쓰레기인 디노에게는 본때를 보여주고 싶지만, 만약 실행으로 옮긴다면 제가 눈물을 쏟게 될 겁니다. 그래서 너그러이 봐주고 있는 것이니 저의 관대함을 고맙게 생각해주면 좋겠군요.

이런, 이야기가 딴 길로 샜네요.

저희가 진화한 것에 대한 이야기를 다시 하도록 하죠.

……………….

…………．

…….

이번 일의 발단은 디아블로가 기이 님을 호출한 것이라고 할까요.

그래서 저희도 리무루 님의 나라에 들르게 되었습니다만, 디아블로에게 휘둘린 기이 님은 기분이 좋지 않았습니다.

우와아, 불똥이 튈 것 같으니까 나는 그냥 집을 지키고 싶은데——. 그런 생각을 했습니다만, 그런 안일한 바람이 허용될 리가 없었습니다.

사실은 참가하길 잘했지만 말이죠.

리무루 님은 베루자도 님과 처음 만났는지 인사를 나누셨습니다. 그런 뒤에 저에게도 아주 정중하게 인사를 건네주셨습니다.

반할 만하더라니까요.

쉽게 사랑에 빠지는 여자인 척 굴면서 적극적으로 대시해볼까 하는 생각까지 했답니다.

물론 분위기를 파악해서 실행은 하지 않았지만요.

그랬다간 끝장날 거라는 확신도 있었으니, 참길 잘했다고 생각합니다.

그리고 훈훈한 분위기 속에서 다과회가 시작되었습니다.

기이 님의 뒤에 서서 관찰했습니다만, 리무루 님은 왠지 모르게 기이 님과 비슷한 구석이 있더군요. 같은 반응을 보일 때도 있었고, 디아블로를 상대로 고생하고 있다는 것도 간파할 수 있었습니다.

그런 점들이 기이 님과 겹쳐 보이지 뭐예요.

호감도가 대폭 올라간 것은 굳이 말할 필요도 없겠죠.

그건 그렇고, 그 밖에도 마음에 걸리는 게 있었습니다.

우선은 리무루 님을 따르는 분들.

성함이 베니마루라고 하던데, 어째서 웬만한 수준의 마왕보다 강하게 보이는 걸까요?

또 다른 분인 시온 님도 그렇습니다.

예전에 만났을 때보다 몇 배나 더 강해진 것 아닌가요?

왠지 모르게 사악한 기운도 느껴지는데 이 사람, 혹시 악마에 대한 우위성까지 획득하고 있는 게 아닐는지?

대체 뭐죠?

제가 진심으로 싸워도 과연 이길 수 있을지 모르겠다는 의문이 드는데요?

하지만 그걸 인정했다간 제 존재의의가 사라질 것입니다.

그건 안 돼, 절대로.

그래서 시크한 표정을 애써 유지했습니다.

그래도 말이죠, 상당히 분투하지 않으면 안 되었습니다.

사실 강자의 기운이 느껴지는 자는 그 두 분만이 아니었으니까요.

어, 그러니까 잠깐만요.

이 기운은 테스타로사를 비롯한 그 악마들의 것이 아닙니다.

그녀들을 제외하고 적게 잡아도 서너 명은 되겠군요.

왜 마왕의 부하 중에 마왕급이 이렇게 많은 걸까요.

그럴 수 있는 분은 기이 님이 유일하지 않을까 하는 생각을 했습니다만, 그 인식을 바꿀 필요가 있을 것 같습니다.

속으로 그런 결의를 하고 있으려니, 홍차 향기가 풍겨왔습니다.

휴식시간이 된 걸까요?

하지만 저희는 메이드이므로 같이 차를 마시는 건 매너위반입니다. 아쉽지만 그냥 구경만 하겠구나 하고 생각했는데, 옆방으로 안내를 받았습니다.

놀랍게도 그곳에는 저희의 몫까지 케이크가 준비되어 있었습니다.

역시 리무루 님.

이런 배려만 봐도 왕이 될 자격이 충분하다는 생각이 드네요!

그리고, 그리고, 실제로 먹어볼 수 있는 시간이 드디어 찾아왔습니다.

이건 딸기 쇼트케이크일까요.

후후, 저는 이렇게 보여도 요리 솜씨는 프로의 수준이랍니다. 그것도 초일류 호텔의 조리장을 감금하여 기술을 배웠기 때문에 주변의 흔한 자들에겐 뒤지지 않는 실력을 지녔다고 자부하고 있죠.

즉, 무슨 말을 하고 싶은 거냐면, 어중간한 맛으론 절 납득시킬 수 없다는── 냠.

"맛있어!!"

어, 어떻게 이럴 수가?!

이거 엄청 맛있는데!

보기에는 심플하게 생겼는데, 복잡한 맛의 하모니가 느껴집니다.

아, 이건 여러 층으로 겹쳐 만든 거로군요.

층 사이에 들어 있는 크림의 종류가 다른 건가.

아니, 그러면 엄청나게 공을 들여서 만든 거잖아?

균등한 맛이 느껴지는 걸 보면 재료의 분배도 철저하게 계산된 것 같습니다.

"대단해……."

미저리도 감탄하고 있네요.

저희가 잘 만드는 것은 신선한 과일 케이크나 설탕을 듬뿍 넣은 팬케이크처럼 고급재료에 의존하는 케이크가 많았습니다. 설마 이렇게 케이크 하나에 이렇게까지 기술을 구사한다는 생각은 해보지 못했습니다.

"이건 이세계의 기술인가요?"

저도 모르게 그렇게 묻자, 시온 씨가 대답해주었습니다.

"그렇습니다. 이건 요시다 씨와 슈나 님이 경쟁 끝에 개발한 세 가지 종류의 크림을 이용한 딸기 쇼트케이크이죠. 미량이지만 마흑미(魔黑米) 가루도 들어가 있어서 마물에게도 대호평을 받는 명품으로 만들어진 것입니다."

요시다 씨라는 분이 '이세계인'일까요?

슈나 님은 저도 알고 있습니다. 저희를 안내하고 직접 시중까지 들어주신 분이었죠.

실수가 없는 세련된 동작과 두려워하지 않는 당당한 태도. 완

벽한 메이드로 이름 높은 제가 봐도 접객 솜씨가 상당하다는 평가를 내릴 수밖에 없었습니다. 그것도 모자라서 요리 실력까지 이렇게 대단하다니…… 얕봐선 안 되겠네요.

그런 식으로 케이크를 즐기면서, 밉살맞은 디아블로에게 물어봤습니다.

"그건 그렇고 당신, 예전에 저와 싸웠을 때보다 더 강해진 것 아닌가요?"

계속 마음에 걸렸던 일이었습니다.

이젠 보기만 해도 존재감이 달라진 걸 알 수 있었으니까요.

기이 님과 다른 분들이 계시는 곳에선 물어볼 수 없었지만, 지금이라면 직접 물어볼 수 있습니다. 이 기회를 놓칠 수는 없겠죠.

왜냐하면 저희는 '데몬 로드(악마공)'로 진화한 이후, 더 이상은 강해지지 못한 채 정체되어 있었으니까요.

아니, 다양한 경험을 쌓았으니까 강해지긴 했습니다.

하지만 강해지지 못했다는 말은 그런 뜻으로 한 게 아니며, 존재 그 자체가 진화하지 못하고 있다는 의미였습니다. 그랬는데 디아블로 녀석은 이렇게 쉽게…….

"훗, 역시 어리석군요. 당신들은."

그게 디아블로의 대답이었습니다.

뭐지. 이 짜증을 유발시키는 감각은.

때려도 괜찮을까?

응, 괜찮아──라고 제 안의 양심이 전면적으로 찬성해주었습니다.

이 정도면 실행으로 옮겨야 합니다.

그렇게 생각한 제가 움직이려고 한 순간, 그걸 차단하듯이 디 아블로는 자신이 하던 말을 이어갔습니다.

"쿠후후후후. 모든 건 저의 주인이신 리무루 님 덕분입니다. 제 활약에 대한 포상을 내려주신 것이죠!"

큭, 이 자식.

자랑하려고 일부러 뜸을 들인 거였군요.

그렇다면 저도 사양하지 않고 도발해주도록 하죠.

"후훗, 그랬나요. 그렇다면 당신도 딱히 대단하지 않은 것 같은 데요. 리무루 님이 위대하신 분이라는 점은 저도 동의하니까 의 심할 여지도 없지만, 그건 별개의 이야기죠. 당신 자신은 리무루 님에게 전적으로 의지하고 있다는 말이네요."

어때? 제대로 쏘아붙여 주었습니다.

네가 진화한 것은 리무루 님 덕분이니까 네 실력은 별 볼 일 없 는 것 아니냐, 라고 말이죠!

그랬는데 말입니다.

"네. 그렇습니다만, 그게 무슨 문제라도 있습니까?"

빌어먹을 디아블로 자식, 어떤 반론도 하지 않은 채 바로 인정 하고 말았습니다.

더구나 기쁜 표정을 지으면서 '당신도 잘 알고 있군요'라는 눈 으로 절 보고 있었습니다!

분해 죽겠네.

이래선 내가 정말 바보 같잖아.

"레인, 이제 그만해요. 그자를 말싸움으로 이기는 건 기이 님도 어려울 거라고 생각하니까. 당신 수준으로는 먼저 울음을 터트릴

게 뻔해요."

미저리까지 그런 말을 했습니다.

하지만 아쉽게도 그 의견이 옳다는 생각이 들었습니다.

저는 너무 분해서 디아블로를 한껏 노려봤습니다.

그러자 그때, 생각지도 못한 일이 일어났습니다.

따악—— 하는 경쾌한 소리를 내면서 시온 씨가 디아블로의 머리를 때려준 것입니다.

너무너무 기뻤지 뭐예요.

게다가 잔소리까지.

"차 끓이기 담당 주제에 건방집니다! 손님을 상대로 그게 무슨 무례한 태도입니까."

그 말을 들은 저는 저도 모르게 쾌재를 불렀습니다.

눈만 슬쩍 돌려서 보니, 미저리도 기쁜 표정으로 미소 짓고 있었습니다.

그렇겠죠.

너무나도 재미있으니까 웃음이 저절로 나올 만도 하죠!

그러고 나서 우리는 내버려 둔 채 디아블로와 시온 씨의 싸움이 시작되었습니다만, 그 싸움은 슈나 님이 등장하실 때까지 계속됐습니다.

슈나 님.

이젠 '님'이라고 부르는 것에 아무런 저항을 느끼지 않게 됐습니다.

디아블로와 싸울 수 있는 시온 씨도 대단하지만, 그런 시온 씨와 디아블로를 상대로 한꺼번에 꾸짖을 수 있는 슈나 님은 제가 봐도 너무나 근사했습니다.

정말로 배울 점이 많은 분이란 말이죠.

참고로 디아블로와 시온 씨의 싸움은 말싸움이었기 때문에 미저리도 저도 너무나 놀랐습니다.

슈나 님은 저희를 부르러 오신 거라 하셔서 얌전히 따라갔습니다.

그뿐만 아니라 이동할 때, 나중에 저희에게 케이크의 레시피를 전수해주게 되었다는 것을 가르쳐주셨습니다.

듣자 하니 기이 님이 긴히 부탁하셨다고 하는군요.

그 말을 듣고 감사와 감격의 감정이 제 마음을 가득히 채웠습니다.

리무루 님이 계시는 응접실로 안내를 받고 들어가면, 바로 제 마음을 전해야겠다고 생각했습니다.

"역시 마왕 리무루 님, 참으로 훌륭한 케이크였습니다."

이런 제가 좀 늦었군요.

미저리의 새치기에 당황하면서 저도 감사의 인사를 드렸습니다.

"아낌없이 레시피를 전수해 주시다니, 감격스럽기 그지없습니다."

그렇게 말씀드리자 리무루 님이 별일 아니라고 웃으면서 말씀하셨습니다.

"감사의 말은 받아들이기로 하지. 앞으로도 서로 도울 수 있다면 나로서는 더 바랄 게 없다고 생각하고 있어."

일방적으로 저희가 받기만 하고 있는데, 그걸 서로 돕는다고 표현하신단 말인가요.

참으로 도량이 크신 분이군요.

그랬는데, 제 인식은 아직 부족했던 모양입니다.

"너희들, 리무루가 힘을 주겠다고 한다. 더 고맙게 여겨라."

갑자기 기이 님이 그런 말씀을 하셨으니까요…….

그리고 저와 미저리는 '데빌 로드(악마왕)'로 진화할 수 있는 영예를 얻었답니다.

……………….

…………．

…….

어때요? 위험하죠?

정말로 리무루 님의 정체는 무엇일까요?

지금 다시 생각해봐도 위험하다는 감상밖에 떠오르지 않습니다.

그분께 받은 힘은 유효하게 활용하고 있으니까, 만약 그분이 곤경에 처하신다면 아낌없이 도와드릴 것을 맹세했답니다.

그도 그럴 게, 저희도 날마다 에너지(마력요소)양이 늘어나면서 지금까지 해왔던 것 이상으로 기이 님께 도움이 될 수 있었으니까요.

이것도 전부 리무루 님이 계셔주셨기 때문이니까 은혜를 갚는 것은 당연하다고 생각합니다.

애초에 그분의 나라에는 테스타로사를 비롯한 태초의 악마들이 있으므로 저 같은 자의 힘이 필요할 때가 있을지는 의문이지만 말이죠…….

아, 자조는 여기까지 하죠.

오늘도 늘 하듯이 미저리와 모의전을 치를 시간이 되었습니다.

자신들의 힘에 익숙해지기 위해서라도 매일 필수적으로 훈련해야합니다.

자, 그러면 수련장으로—— 어라?

이런 시간에 손님이 오시다니—— 아니, 그런 농담을 하고 있을 때가 아닌 것 같군요.

"레인! 누군가가 '결계' 안으로 침입했어요."

"알고 있어요. 그건 그렇고 이건——."

아무래도 모의전은커녕 느긋이 이야기를 나누고 있을 때가 아니게 된 것 같습니다.

저의 혼잣말은 여기서 끝내기로 하죠.

그러면 여러분, 또 뵙게 될 날을 기대하면서 이만 실례하겠습니다——.

특별수록

베스터의 고민 상담

Regarding Reincarnated to Slime

내 이름은 베스터.

위대한 영웅왕 가젤을 모시면서, 사람들에게 도움이 되는 연구를 하는 것이 꿈이었다.

그 꿈은 깨지고 말았지만, 아버지의 뒤를 이어서 무장국가 드워르곤의 대신이 되었다.

——아니, 대신'이었다'는 표현이 정확하겠군.

나는 내 자신의 어리석은 질투로 인해 그 자리를 잃어버리고 말았으니까…….

당시에 내가 소속되어 있던 공작부대에선 엘프의 기술자들과도 함께 신형병기를 공동개발하고 있었다.

'마장병 계획'이라고 불리는 극비계획이었지만, 카이진이라는 남자가 개발 리더로 선발되었다.

카이진은 자신의 친가가 대장간을 운영하는 평민출신이었지만, 그 지식은 풍부했다. 노력가였으며, 부하들의 신뢰도 두터웠다. 좀 지나치게 열혈스럽게 구는 경향은 있었지만, 우수한 상사인 것은 틀림이 없었다.

그러나 나는 도무지 카이진이 마음에 들지 않았다.

그 이유를 말하자면, 그가 평민출신이기 때문은 아니었다.

카이진의 실력은 그 무렵부터 이미 명장으로 불리기에 어울리는 수준이었다. 그래서 나는 그런 그를 질투했던 것이다.

가업으로도 명성을 높였고, 연구에서도 성과를 만들어내는 카이진. 그에 비해 나는 연구밖에는 장점을 찾을 수 없는 남자였다.

내 가문은 후작가였기 때문에 장래에는 대신이 되는 것이 내정되어 있었다.

아버지가 살아계시는 동안에는 군에 소속되어 연구를 하고 있었지만, 그건 결국 취미삼아 하는 일로밖에 인정받지 못했던 것이다.

나는 그걸 분하게 여겼다.

나에겐 정치가로서의 재능은 없었다. 아버지 같은 냉철함 같은 건 가지고 있지 않았으며, 가젤 폐하 같은 카리스마도 갖추지 못했다. 하지만 후작가의 하인들은 너무나도 우수했기 때문에, 내가 아무런 행동을 하지 않아도 정치 세계에서 힘을 발휘할 수 있는 환경이 마련되어 있었다.

그리고 대신의 직함은 여러 개가 존재하고 있었다.

국가운영은 가젤 폐하와 장로들이 방침을 정하기 때문에, 나 같은 자는 있어도 없어도 문제가 되지 않는 장식밖에 될 수가 없었다.

아무리 노력해도 가젤 폐하에게 도움이 되지 못한다. 나 자신을 인정받는 일은 일어날 수가 없다고, 그때의 나는 그렇게 믿고 있었다.

그렇기 때문에 나는 카이진에게 반발했다.

카이진이라면 대장장이가 되어도 왕에게 도움을 줄 수 있다. 나에겐 연구밖에 남은 게 없는데, 그건 불공평하지 않은가 하는 생각을 했던 것이다.

그리고 나에겐 느긋하게 오랫동안 연구를 하고 있을 시간이 없었다.

아버지가 쓰러진 것이다. 그대로 용태가 악화되는 바람에, 내가 후작가의 당주가 될 날이 바로 눈앞까지 닥쳐온 것이다.

빨리 연구 성과를 내지 않으면 평생 동안 가젤 폐하의 눈에 들어오는 일 없이 끝나고 말 것이다. 나는 그것만큼은 결코 참을 수 없었다.

그래서 나는 견실하게 연구를 진행해야 한다는 카이진의 주장을 무시하고, 억지로 실험을 강행했다.

그 결과, 계획의 중추가 되는 '정령마도핵'의 폭주가 일어나면서, 실험은 실패로 끝나고 말았다. 그리고 계획 그 자체도 또한 '없었던 일'로 처리되고 말았던 것이다.

망연자실한 날 대신하여 집안사람들이 뒤에서 손을 써주었다.

어느새 카이진이 모든 책임을 뒤집어쓰면서 군을 떠나게 된 것이다.

그리고 정신을 차려보니 나는 대신이 되어 있었다.

이렇게 되면 이제 솔직하게 사과할 수도 없었다. 나는 어느새 카이진을 괴롭히는 것만이 삶의 보람이 된, 변변치 못한 인생을 걷게 되어버린 것이었다.

*

"그때는 정말 미안했소."

문득 생각이 나서, 나는 카이진에게 사과했다.

그러자 카이진은 무슨 얘기를 하는 건지 모르겠다는 듯이 당혹스러운 표정을 지으면서 나를 보고 있었다.

"무슨 얘긴가? 리무루 나리로부터 모형 증산의 예산을 받아내지 못한 건가?"

"아니, 그 건은 이미 허가를 받았소. 폐하께서 묘르마일 공을 잘 구슬려 주신 덕분에 풍부한 자금을 확실하게 모을 수 있었소이다."

"그럼 뭘 사과하는 건가?"

"아아, 옛날얘기요. 군에서 쫓겨나게 만든 것, 그 후에도 괴롭힌 것. 반 정도는 내가 아니라, 내게 잘 보이려는 부하들이 알아서 저지른 짓이었지만 말이지. 이제 와선 아무 의미도 없겠지만, 사과를 아직 하지 않았다는 생각이 나서 말이오."

"정말 이제 와서 무슨 얘기를 하는 건가 했네. 하지만 그 건에 대해선 이미 사과하지 않았나."

카이진이 그렇게 말하면서 쓴웃음을 지었다.

그 말대로 나는 이 나라에 왔을 때 사과의 말을 한번 하긴 했다. 그 말에도 틀림없이 진심이 담겨 있긴 했지만, 그래도 한 번 더 정식으로 사과를 하고 싶다는 생각을 했다.

···················.

············.

······.

이 나라에선 매일 놀랄 만한 일이 계속 일어나고 있었다.

변명에 지나지 않는다는 건 잘 알고 있지만, 그래도 이 말은 해야겠다.

너무 바빠서 그럴 겨를이 없었다, 라고!

가젤 폐하도 만만치 않다고 생각하지만, 리무루 폐하의 자유방임한 성격은 그 이상이었다. 나 같은 자에게 중요한 일거리를 믿고 맡겨주었으니까.

처음 맡게 된 난제는 마물들의 교육이었다. 읽고 쓰기와 주판을 쓰는 법을 가르쳐달라는 부탁을 받았을 때는 불경하게도 '이인간, 제정신인가'라는 생각을 했었다.

참고로 주판이라는 것은 너무나 편리한 계산기로, 드워르곤에서도 채용되고 있었다. 리무루 폐하가 시험제작품을 만들어 주었는데, 사용법은 거의 같아서 아무런 문제도 없이 채용하게 되었다.

내가 가르치는 것은 기초학습뿐만이 아니었다.

실기로서 매너의 강습도 맡고 있었다.

마물에게 매너라니.

무슨 소리를 하는 거야, 이 인간이——. 내가 그런 생각이 저절로 든 것도 무리는 아니지 않을까?

무슨 목적으로 그러는지를 물어봤는데, 리무루 폐하는 웃는 얼굴로 대답해주었다.

야아, 장래에는 인간들과도 교류하고 싶어서 말이지——라고.

무모한 짓이라고 생각은 했지만, 나에겐 거부권이 없었다. '잘 알겠습니다'라고 말하면서 그 자리에선 고개를 끄덕이며 수긍했다.

하지만 그 일은 생각했던 것보다 재미있었다.

슈나 님을 필두로, 고블리나 여성들은 적극적으로 매너를 배웠다. 남성들도 그에 뒤지지 않았으며, 흉악한 외모에서 오는 반감을 조금이라도 누그러트리기 위해서 예의를 갖춘 접객술을 익혀가고 있었다.

마물들에게도 생각했던 것 이상의 향상심이 있었으며, 나도 그걸 가르치는 것을 즐겁게 생각하게 되었던 것이다.

연구시설이 마련될 때까지만 맡는다는 약속이었지만, 지금도 정기적으로 강습회를 이어갈 정도로 나에게도 의의 있는 시간이 된 것이다.

이런저런 일을 하면서 보내는 사이에 봉인의 동굴로 불리는 장소에 연구시설이 생겼다.

지금 생각하면 최소한도의 비품밖에 없었지만, 그래도 한 번 더 연구에 몰두할 수 있게 되었다는 생각을 하니 내 가슴은 크게 두근거렸다.

그때 소개받은 용인족(드라고뉴트)인 가비루 공과는 뜻을 함께하는 친구가 되었다. 그의 기상천외한 발상은 잊고 있던 내 연구의 욕에도 좋은 자극을 선사해주었다.

여기로 끌려왔을 때는 앞으로 어떻게 될지 몰라 불안했지만, 지금은 가젤 폐하에게 고마운 마음만 가지고 있다.

나는 지금 행복하다고 단언할 수 있다.

하지만.

문제가 전혀 없는 것은 아니었다.

나는 오늘, 그에 대한 고민을 상담하기 위해서 카이진을 찾아온 것이다.

··················.

············.

······.

마음에 담아두고 있던 사과의 말도 전했으니, 본론에 들어가기로 하자.

"그런가. 그렇게 말해주면 고마울 뿐이오."

"잘도 말하는군. 그보다 여길 찾아온 용건은 따로 있겠지?"

"호오, 잘 알고 계시구려."

"당연하지. 넌 옛날부터 말하기 어려운 건 뒤로 미루고 일단 별문제가 되지 않을 화제부터 꺼내는 버릇이 있었으니까."

그 말을 듣고 보니 확실히 그럴지도 모르겠다.

생각해보면 카이진 공과도 오래 알고 지낸 사이이니 서로의 성격도 잘 알고 있는 것이다. 이제 와서 새삼스레 사양할 필요도 없을 거라 생각하고, 나는 단단히 각오를 한 뒤에 찾아온 용건을 꺼내기로 했다.

"실은 말이지, 조금 의논해줬으면 하는 게 있소."

"의논? 예산이 통과되었다면 중요한 안건은 아니란 말인가."

예산은 확실히 통과되었지만, 이번 건과는 다른 일이다.

"중요하고말고. 예산보다도 훨씬 더."

"······호오?"

나도 예산보다 중요한 안건으로 고민하게 될 줄은 생각도 못했지만······ 뭐, 됐다.

카이진이라면 이 어려운 문제에도 답을 내줄 것이다.

"실은 말이지, 리무루 폐하의 연구실에서──."

"자, 잠깐! 그건 나리가 비밀리에 연구하던 걸 말하는 거겠지? 그런 걸 가볍게 입에 올려도 괜찮겠나?"

괜찮지는 않다.

그런 건 말하지 않아도 충분히 이해하고 있다.

하지만 끝까지 입을 다물고 있을 수가 없는 일이었다!

왜냐하면 그곳에선 수백 명이나 되는 데몬(악마족)들에게 육체를 주고 있었으니까!

그중에는 아크 데몬(상위마장)도 있었다.

그것도 지배자계급이라고 했다.

그런 무시무시한 존재가 눈앞에서 육체를 부여받고 있었다. 더구나 리무루 폐하가 이름까지 지어주는 것을 보고 만 그때의 내 심경을 부디 헤아려주기 바란다.

수비의무(守秘義務)가 있다는 것은 이해하고 있지만, 이건 가젤 폐하에게도 알려야 하는 게 아닐는지…….

실은 리무루 폐하로부터 입단속을 당한 것은 아니었다.

기술협정이 있는 이상, 내가 관여한 연구 성과는 그대로 드워르곤에 전해도 아무런 문제도 없는 것이다.

하지만 말이지…….

"그러면 구체적인 표현을 피해서 추상적으로 묻겠소. 그 연구소에선 말이지, 전 세계를 상대로 싸울 수 있는 수준의 전력이 양산되고 있는데 그걸 가젤 폐하에게도 전하는 게 옳다고 생각하오?"

카이진의 말에도 타당한 부분이 있었기 때문에 나는 적당히 포장해서 질문했다.

그러나 카이진의 반응은 생각했던 것보다 과격한 것이었다.

"잠깐, 잠깐잠깐잠깐잠까――안! 베스터, 넌 지금 갑자기 무슨 소리를 하는 건가?!"

"음? 알아듣기가 힘들었나? 너무 포장을 많이 한 건가."

"바보 자식! 그게 아니야. 그리고 지금 그 발언은 전혀 포장이 된 게 아니라고!!"

그럴 리가 없다.

이래봬도 중요한 내용은 감추고 있는 것이다.

"하하하, 괜찮소. 구체적인 내용을 들으면 카이진 공도 머리를 끌어안고 고민하게 될 테니까. 그러니까 솔직한 감상을 들려주면 좋겠소이다."

"그런 걸 괜찮다고 하지는 않거든?"

너는 옛날부터 곤란한 일이 있으면 현실도피하는 버릇이 있다니까――. 카이진이 그렇게 무례한 말을 하고 있었다.

그러나 지금의 나에겐 큰 걱정거리가 있기 때문에 그런 쓴소리는 귀에 들어오지 않았다.

"그래서, 나는 어떻게 해야 한다고 생각하오?"

내 가슴속에 담아둬야 할 것인가, 그렇지 않으면 가젤 폐하에게도 빠짐없이 보고해야 할 것인가.

그런 내 질문을 정면에서 받고 카이진은 머리를 긁으면서 이렇게 대답했다.

"베스터, 너는 지금 많이 피곤한 것 같군. 오늘은 그만 돌아가서 술이라도 마시며 쉬는 것이 어떻겠나?"

카이진은 그렇게 말하면서 씨익 웃었다.

아, 이 인간. 도피할 생각이군…….

"그건 대답이 되지 않잖소!"

"바보 자식! 그런 중대한 안건에 날 끌어들이지 마—!"

지당한 의견이지만 여기서 물러날 순 없었다.

"그런 말 하지 말고, 사람 하나 살리는 셈 치고 도와주시오!"

"아니, 아니, 나는 나라를 떠나온 몸이라고. 드워르곤의 후작인 베스터 씨처럼 책임이 있는 입장이 아니란 말이야—."

"무슨 그런 싱거운 소리를. 내게 있어 카이진 공은 지금도 존경하는 상사란 말이외다! 작위보다 지위. 옛날부터 그런 말을 하면서 부하들을 부리지 않았소이까!"

"아, 이 자식! 그래서 방금 전에 사과하겠다는 말을 한 건가. 그렇게 교활한 지혜를 쓰는 것만큼은 여전히 대단하구먼……."

그런 식으로 나와 카이진의 공방은 한동안 계속되었다.

끌어들이고 싶은 나와 뿌리치고 도망가고 싶은 카이진.

그러나 승부는 이미 끝이 보이고 있었다.

책임감이 강한 카이진이라면 이 정도로까지 얘기를 들은 상태에선 무책임하게 도망치는 짓은 절대 하지 못할 것이다.

"쳇, 알았어. 자세하게 얘기해보라고."

"그렇게 말해줄 것이라 생각했소."

카이진은 내 예상대로 최종적으로는 내 고민 상담에 응해주게 되었다.

나는 그 결과에 만족하면서 씨익 웃었다.

＊

미궁 안에 있는 고급주점으로 장소를 옮겼다.

드워프라면 술.

드워프라기보다 엘프 쪽과 더 닮은 외모를 가진 나이지만, 그래도 술은 아주 좋아한다.

그리고 이 나라에는 훌륭한 술이 많았다. 그리고 가게의 종업원은 손님들의 비밀을 철저하게 지키기 때문에 자칫 실수로 비밀리에 의논하던 내용을 듣게 되더라도 그걸 누군가에게 누설하는 일은 없다.

이곳은 그런 안전이 보장되는 장소. 비밀 의논이나 상담을 하기에 가장 적합한 장소이다.

"그래서 넌 어떻게 할 생각이지?"

카이진이 그렇게 물었기 때문에 지금은 솔직하게 내 심정을 토로했다.

"잠자코 있다가 무슨 문제가 일어나게 되면 내 입장이 곤란해질 거요. 입막음을 당하지 않은 이상, 보고할 의무가 있는 것으로 생각할 테니까."

그런 내 대답을 듣고 카이진은 흠 하고 고개를 끄덕였다.

"그렇겠지. 처음 맺은 협정대로 그건 고자질에는 해당되진 않을 거야. 그리고 너는 아직 정식적으로는 드워르곤의 후작 각하라는 지위를 유지하고 있는 것 아닌가?"

그랬다.

나도 잊어버릴 뻔했던 사실이지만, 내 지위는 조국에서 말소된 게 아니며 내가 반납한 것도 아니다. 아니, 집에서 멍하니 지내고 있다가 어느새 가젤 폐하에게 납치를 당하면서 리무루 폐하에게 전달되어 버린 것이다.

조국에서의 내 지위를 어떤 식으로든 처리할 여유 따윈 그 당시엔 전혀 없었다.

드워르곤의 귀족은 자신의 영지를 소유하지 않는다. 모든 토지는 드워프 왕의 것이며, 그걸 빌려주는 형식으로 귀족이 관리하고 있었다.

아니, 그 전에 다른 나라와 비교하면 영지의 개념도 다를 것이다.

드워르곤의 대도시는 중앙 및 동쪽과 남쪽의 세 군데만 존재한다. 나머지는 산맥의 기슭에 펼쳐져 있는 장원과 천연 동굴을 이용한 갱도내주거군(坑道內住居群)으로 구성되어 있었다.

귀족이 관리하는 것은 구획으로 나뉘어 있는 갱도내주거군이었다.

즉, 리무루 폐하가 말하는 호적관리라는 개념에 해당된다. 자신이 맡은 구획의 주민들을 돌봐주고 그들로부터 세금을 징수하는 것이 귀족에게 요구되는 역할인 셈이다.

작위에 따라서 관리하는 호적의 수가 바뀐다.

나는 후작이므로 실은 상당한 수입이 있었다.

그 정도로 심한 추태를 보이면서 가젤 폐하를 실망시키고 만 나였다. 당연히 작위는 빼앗길 것으로 생각하고 있었다.

그러나 지금 현재에 이르기까지 나는 여전히 후작으로 대우받고 있었다.

즉, 매년 세금도 그대로 들어오고 있었다. 선대부터 집안을 받쳐주고 있는 우수한 하인들이 귀찮은 잡무를 모두 처리해주고 있는 것이다.

그리고 집안사람들에게 봉급도 문제없이 지불되고 있었으며, 본국에서 추방된 것도 아니므로 친가로 돌아가도 평범하게 생활할 수 있었다.

애초에 그런 짓을 할 생각은 없으며 그럴 예정도 없었다.

왜냐하면 이곳의 생활이 더 재미있으니까 말이지.

그리고 나를 쫓아서 이곳까지 온 하인들도 있어서, 드워르곤에 있었을 때보다 더 윤택한 생활을 할 수 있었다.

식사는 맛있고 술은 고급이었다.

좋아하는 만큼 연구할 수 있는 지금의 삶은 내게 있어서 천국이었다.

묘르마일 공의 지갑이 잘 열리지 않는 것이 어려운 점이지만── 이런, 얘기가 엇나가고 말았군.

"음, 그 말이 옳군. 역시 후작이라는 입장에서 생각해봐도 가젤 폐하를 배신할 수는 없겠구려."

"잠자코 있는 것이 배신으로 연결되는 것으로 생각되진 않지만, 보고하는 것이 너의 의무라는 것은 틀림없는 사실이겠지."

그렇겠지…….

그런 얘기는 굳이 말로 하지 않아도 이해하고 있다.

하지만 어떻게 보고할 것인가가 문제란 말이지.

"그럼 다 까발려야 하나? 세계를 멸망시킬 수 있을 만한 전력이 육성 중입니다──라고."

"어이, 어이, 너무 많이 마신 것 같군. 하지만 말이지, 정말로 그렇게 중요한 사안이란 말인가?"

으──음, 이 술도 맛있군.

마시는 걸 멈출 수가 없는, 부드럽게 입에 닿는 감촉. 깔끔하고 향기로우면서 그 풍성한 맛은 나를 고민에서 해방시켜주는 것 같았다.

하지만, 그렇긴 하군.

"울티마 양이나 카레라 양은 알고 있소?"

"으, 응? 물론이긴 한데, 취한 건가? 갑자기 화제를 바꾸는군."

"아니, 화제가 바뀐 게 아니오. 이런 얘긴 술에 취하지 않고는 입 밖으로 꺼낼 수가 없지."

"이봐, 그렇다면 혹시……."

"바로 그거요. 실은 그 아가씨들도 그 전력의 일부분이란 말이지."

"과연. 그 얘기를 듣고 보니 모험가들을 단속하는 경찰의 실력도 납득이 되는군. 경비대 중에도 못 본 얼굴이 보여서 어딘가에서 훈련시킨 비밀부대 정도로 생각하긴 했지만……."

보아하니 카이진에게도 이 사안의 중대성이 조금은 전해진 것 같았다.

이곳 템페스트에선 경찰을 상대로 난동을 부릴 수 있는 자는 전무했다. 또한 재판소에서 판결에 불복하여 반항하는 자도 없었다.

그 이유는 바로 압도적인 힘으로 범죄자를 단속하고 있기 때문이다.

누가 봐도 명확할 만큼 그들의 전투능력은 뛰어났다. 모험가의 기준으로 말하자면 말단 경찰관도 A랭크 오버라는 생각이 들 정도로.

"잠깐, 어————? 전 세계와 맞서 싸울 수 있는 전력이, 경찰이라고?"

"음. 완벽한 위장이라는 생각이 들지 않소?"

"아니, 그렇게 물어봐도 말이지……."

난감한 표정을 짓는 카이진.

당혹스러워하는 기분이 잘 전해졌다.

세계를 멸망시킬 수 있을 만한 거대한 전력(데몬)이 시민을 지키는 경찰관(히어로)이 되어 있으니까 말이다.

"그리고 그걸 가젤 폐하에게 보고한다고 치자. 어떻게 반응할 것 같소?"

"아, 음. 그야…… 그렇군. 그걸 보고하는 게 어렵겠군."

"그렇겠지? 절대 믿어주지 않을 거요. 그러기는커녕 머리가 이상해진 게 아닌가 하는 불명예스러운 소문이 돌 수도 있지. 가젤 폐하라면 믿어주시겠지만, 그 밑에 있는 돌머리들은 내 말을 의심할 게 틀림없소."

"하긴 그렇군."

카이진은 그렇게 중얼거리면서 잔에 채워진 술을 단숨에 비웠다.

완전히 휩쓸리고 말았다고, 그의 눈이 내게 불만을 토로하고 있었다.

그래서 나는 씨익 웃으면서 물어봤다.

"어떡하면 좋겠소?"

"그러게 말이지……. 솔직하게 보고하는 것도 고려할 일인가. 이건 나라도 고민이 되겠군……."

그런 뒤에 한동안 침묵이 이어졌다.

비워진 잔에 새로이 술이 부어졌다.

어떻게 하는 게 정답일지를 놓고, 나와 카이진은 둘이서 머리를 끌어안고 고민했다.

그렇게 고민하는 우리를 구원해준 것은 나를 부르러 온 디노 님이었다.

"이봐, 베스터 씨! 자기들끼리만 치사하게 이러기야? 나도 불러달라고. 그리고 술도 좀 사달라고. 그러면 나도 얼마든지 얘기를 들어줄 테니까 말이야!"

너무나 보기 좋은 미소를 지으면서, 디노 님이 그렇게 말했다.

그 미소를 보고 나는 자신도 모르게 그에게 묻고 말았다.

"그럼 디노 님은 어떻게 하는 게 좋다고 생각하십니까?"

취해 있었던 것이다.

그리고 잊어버리고 있었다.

이 사람도 마왕 중의 한 명이라는 것을.

"떠넘겨버려. 책임 같은 건 다른 누군가에게 다 떠넘겨버리라고!"

그러다가 꾸중을 듣게 되면 그저 그녀석의 운이 나쁜 것이다──라고, 디노 님은 엄지를 들어 올리면서 자신 있게 단언했다.

"아뇨, 그건 좀……."

카이진이 난감한 표정을 지으면서 그렇게 말하려고 했지만,

"괜찮아, 괜찮아! 솔직하게 말해서 나도 일이 생기면 보고하라는 부탁을 받았지만 말이지, 전부 씹어버렸거든. 그랬더니 엄청나게 화를 내서, 다음에는 제대로 보고해야겠다는 생각은 했어. 하지만 누구에게 보고할지는 내 자유잖아? 적당한 녀석을 골라 잡아서 그 인간에게 보고하면 그게 정답이야. 질책을 받는 건 그 녀석이고, 나는 제 할일을 하고 있는 거라고 가슴을 펴고 당당히

말할 수 있어. 개운한 기분으로 매일을 보낼 수 있으니까 이 방법을 추천할게!"

그렇게 할 말만 하고는 디노 님은 멋대로 주문해서 술을 마시기 시작했다.

보아하니 그걸로 내 얘기를 들어주는 것은 끝난 모양이다.

그리고 그 고급술은 군이 말할 것도 없이 내가 사게 되겠지.

후후, 왠지 고민하고 있던 것이 멍청하게 느껴지는군.

"좋아, 그 작전을 채용하도록 하겠습니다!"

"자, 잠깐, 베스터―?!"

"오오, 역시 베스터 씨야. 그 정도는 되어야 내 상사라고 할 수 있지!"

마왕인 디노 님으로부터 그런 말을 들으니 조금은 자랑스럽게 느껴지는 것이 신기했다.

"넌 지금 말도 안 되는 궤변에 속고 있어. 이 인간은 참고해선 안 되는 인간이야. 다시 생각해보라고!"

아까부터 카이진이 그렇게 소리치고 있었지만, 그것도 기분 좋게 느껴졌다.

"마십시다! 오늘은 내가 사겠습니다. 밤새도록 실컷 마셔보는 거요!"

"오오, 그렇게 나와야지!"

"잠깐, 괜찮겠나?! 여기 술값은 간부 포인트로도 감당하기 힘들 텐데――."

"쩨쩨한 소리는 그만 하자고! 아저씨도 더 이상은 아무 말 말고 지금은 사주는 대로 마시면 돼."

"댁은 그냥 자기가 마시고 싶은 것뿐이잖아!"

"그렇긴 한데 문제가 있나?"

"음, 문제될 일은 없지! 카이진 공, 고민이 해결된 걸 축하하려는 거요. 이 자리는 모든 걸 놓고 그냥 즐기십시다!"

나는 큰마음을 먹고 그렇게 내뱉었다.

그리고 떠들썩한 술자리가 시작되었다.

부디 내일은 시시한 고민거리가 더 늘어나지 않기를.

그렇게 바라면서, 나는 카이진과 디노 님과 함께 셋이서 술로 채워진 잔을 들어 건배했다.

＊

"베스터 공, 공은 지금 많이 피곤한 것 같소."

보고한 나에게 담당자인 남자가 그렇게 말했다.

역시 믿어주지 않는 것 같았다.

예상한 대로의 결과였지만, 지금의 나에게 후회는 없다. 왜냐하면 취기가 가신 후에 내게 전해진 지불청구서를 봤을 때 후회라는 감정을 다 써버렸기 때문이다.

"그럴지도 모르겠군요, 하하하. 하지만 전 분명히 전해드렸습니다."

그렇게 말하면서, 나는 정기연락을 마친 것이다.

그리고 그 후에──.

내 보고가 진실이었다는 것이 판명되었지만, 그때 나에게 책임을 추궁하라는 주장은 나오지 않았다.

　정확하게 말하자면 그런 주장을 한 사람이 있었다고는 하지만, 마법통화의 기록을 통해 이름도 모르는 그 담당자에게 모든 책임이 있는 것으로 처리된 것이다.

　디노 님의 말대로 되었군──. 나는 그렇게 생각하면서 고민 상담을 하기를 잘했다고 생각했다.

푸른색의 시대

작화 : 카와카미 타이키

왜 그런 일을 하고 있느냐고요?

그건 말이죠….

제 이름은 레인.

지금 저는 마왕 리무루 님의 모습을 충실히 묘사하는 연습을 하고 있습니다.

주절

외모뿐만 아니라 내면에서 넘쳐 나오는 아름다움과 신성함을 좀 더….

그분의 영혼에 담긴 광채가 반도 표현되지 않았어요.

전혀 닮지 않았군요.

…이, 이게 리무루 님을 그린 거란 말입니까?

주절

주절

주절

완벽하게 그려낼 수 있게 되면 이 녀석을 마음대로 부려먹을 수도 있겠다고 생각했기 때문이죠.

우후후

…뭐, 완성되면 제가 받아줄 수도 있습니다.

'전생했더니 슬라임이었던 건에 대하여' 카와카미 타이키 작가님께서

이 두 사람의 이야기가
정말 마음에 들었습니다—!!

'전생했더니 슬라임이었던 건에 대하여
~마물의 나라를 즐기는 법~' 오카기리 쇼 작가님께서

祝17巻 伏瀬先生 おめでとうございます！

후세 작가님 축하드립니다!

SHIBA
闇
2020.
시바

축 17권

'전생 슬라임 일기 전생했더니 슬라임이었던 건에 대하여' 시바 작가님께서

전생했더니 슬라임이었던 건에 대하여 17

2021년 2월 1일 1판 1쇄 발행

저 자	후세	
일 러 스 트	밋츠바	
옮 긴 이	도영명	
발 행 인	유재옥	
본 부 장	조병권	
담당편집자	김민지	
편 집 1팀	정영길 김민지 조찬희	
편 집 2팀	김다솜	
편 집 3팀	오준영 곽혜민 김혜주	
편 집 4팀	성명신	
미 술	김보라 서정원	
라이츠담당	김슬비 한주원	
디 지 털	박상섭 이성호	
발 행 처	㈜소미미디어	
인쇄제작처	코리아피앤피	
등 록	제2015-000008호	
주 소	서울시 마포구 토정로222, 403호 (신수동, 한국출판콘텐츠센터)	
판 매	㈜소미미디어	
마 케 팅	한민지 이주희 우희선	
물 류	허석용	
전 화	편집부 (070)4164-3962, 3963 기획실 (02)567-3388	
	판매 및 마케팅 (070)4165-6688, Fax (02)322-7665	

ISBN 979-11-6611-398-7 04830
ISBN 979-11-5710-126-9 (세트)